天魔舞

李劼人◎著

四川人民出版社

图书在版编目（CIP）数据

天魔舞 / 李劼人著. — 成都：四川人民出版社，
2023.5
　　ISBN 978-7-220-13036-6

　　Ⅰ. ①天…　Ⅱ. ①李…　Ⅲ. ①长篇小说－中国－当代
Ⅳ. ①I247.5

中国国家版本馆 CIP 数据核字（2023）第 033038 号

TIANMOWU

天 魔 舞

李劼人　著

责任编辑	王其进
封面设计	张　科　李秋烨
责任校对	王鲁琴
责任印制	祝　健

出版发行	四川人民出版社（成都三色路 238 号）
网　　址	http://www.scpph.com
E-mail	scrmcbs@sina.com
新浪微博	@四川人民出版社
微信公众号	四川人民出版社
发行部业务电话	（028）86361653　86361656
防盗版举报电话	（028）86361653
照　　排	四川胜翔数码印务设计有限公司
印　　刷	成都东江印务有限公司
成品尺寸	130mm×185mm
印　　张	13.75
字　　数	280 千
版　　次	2023 年 5 月第 1 版
印　　次	2023 年 5 月第 1 次印刷
书　　号	ISBN 978-7-220-13036-6
定　　价	82.00 元

中国版《包法利夫人》

本书在编辑出版中，尽可能保留了原版本的惯用字、通假字和标点用法；人名、地名亦保留作者原译法。

回忆我的父亲（代序）

李 眉

"自由著述"

从我上小学起，每次在填写学生登记表一类的东西时，父亲总是在"家长职业"一栏内填上"自由著述"几个字。什么是"自由著述"呀？我弄不懂，问父亲，他爽朗一笑："著述吗？写书嘛。你不是天天都看到我在写字吗？自由吗！我不当官，不攒钱。想写就写，想读就读，起居无时，怡然自得。"当时，我年纪还小，对他的话，似懂非懂，只觉得父亲好像很喜欢"自由著述"这个行道。那时，他大约40岁出头，《死水微澜》还没有开始写。

以后，我年龄渐长，常常听见父亲讲他以前的事，才慢慢地悟出父亲选择"自由著述"这条道路对他的确是较为合适的。

父亲在中学时代，经历了中国历史上的巨大社会变革——1911年孙中山先生领导的，推翻清封建王朝的辛亥革命。作为这次革命的前奏，四川省的保路风潮（即争取铁路民办权利）曾引起全国的注意。那时候，父亲正在中学念书，他作为学生代表参加了保路运动，初步感受到自甲午战争以来，中国这个地大物博、人口众多而又苦难重重的国家中错综复杂的矛盾。以后。辛亥革命成功了，中国几千年的封建统治被推翻了。但是，封建社会的陈规陋俗积重难改，旧社会的污泥浊水翻滚横流。成都地处西南边陲，封建势力、军阀、哥老会、奉洋教的帝国主义追随者，种种恶势力竞相争夺，和全国的封建势力、军阀遥相呼应。这一切引起了父亲的深思。恰巧在这个时候，父亲中学毕了业。家里没有钱供给他继续上学，一个做县官的亲戚把父亲带去做县衙门的秘书。父亲在县衙门中工作近两年，看到了社会的许多阴暗面，其丑恶程度简直使他大为吃惊。他没有想到经过了辛亥革命，清朝末期的种种腐朽东西在这里又改头换面的出现了。他十分愤懑。决心不再跨入官场，要用自己的笔来鞭挞社会的黑暗。

这样，父亲从 1921 年开始就走上了文学创作的道路。他写了 100 多篇揭露社会黑暗面的短篇小说，反对袁世凯称帝和张勋复辟的评论、杂文等等。这些就构成了他早期作品的主要内容。

1919 年五四运动爆发时，父亲 28 岁。资产阶级民主、自由的新鲜空气使他精神为之一振。同年底，他就离开了残废的母亲和新婚八天的妻子到法国勤工俭学去了。行前，他的一个朋友问他到法国将学什么？他回答："还是学文学吧，这个天地好像很广阔，我的兴趣，我的性格，还是学文学好些吧！"

父亲善于思索，但性格却很开朗、豪放，谁要是同他开诚相见，他就会滔滔不绝，一见如故。他一到法国，住在贫民区的学生公寓，左邻右舍都是些工人、小职员。这些法国人乐观、爽朗、善良、健谈，同他很合得来。以后很多年，父亲一直怀念在法国这一段时期的生活。特别使他难以忘掉的是 1921 年他得了一场急性盲肠炎和腹膜炎的经历，他在免费的平民医院里住了 62 天，病得九死一生，但却获得了中国穷学生和法国贫贱者阶层的无比宝贵的同情。大病初愈，他满怀激情地写了一篇中篇小说，用日记体载记下这几十天中的所见、所闻、所想，小说的题目就叫《同情》。

在法国四年多，父亲接触了大量的法国文学艺术。研究了知名和不知名作家的作品。他说："要懂得法兰西近代小说的真相，最好的方法，便是从各家的作品上去探讨。"他觉得这好比是"读千赋而后作赋，阅千剑而知使剑"的办法。

1935 年，父亲开始创作以 1894 年中日甲午战争到 1911 年辛亥革命这段历史为背景的三部长篇小说：《死水微澜》《暴风雨前》《大波》。少年时代在历史激流中的感受，中国古典文学的基础，法国名家著作的启示，浑然一体地融合在这几部著作中。

父亲在写作这几部长篇小说前后，虽然做过一些其他的事，如教书，开过小餐馆，当过造船厂厂长，经营过一个小小的造纸厂，但是，几十年间，他立志于"自由著述"的思想始终未曾改变。不管他做什么事，他的创作和翻译工作从来没有间断过。

1924 年，他从法国回到成都不久，一些依附于军阀的留法同学很想把他拉入政界。那个时候，留学生很吃香，当官很容易，军阀和旧官吏们都喜欢用他们来装潢门面。可是父亲回到故乡不久，就说："我要闭门著书，不问外事。"著书是真的，"外事"却没有"不问"。他当报馆编辑，写评论时，对军阀颇有抨击，因而，惹怒了一个军阀，报馆被封，他和几个同事还被抓去关押了几天。为这件事，父亲后来还写了一个短篇小说，叫《编辑室的风波》。

然而，在新中国成立以后，父亲却做了13年共产党的"官"！1950年，成都解放刚半年多，父亲被委任为成都市副市长。委任书刚送来，他就把它退了回去。这件事使好多人大为不解，有人问他："你不喜欢共产党？不愿意向共产党合作？"他哈哈大笑，说："什么话？我早就同共产党合作了，而且合作得很好。"这确实不假。1937年抗日战争开始，党领导的"中华全国文艺界抗敌协会成都分会"一成立，父亲就参加了协会的领导工作，整整十年间，他同党配合得很好，至今还有一些同志在怀念这一段往事。成都解放前夕，父亲代表成都文艺界写了一份《欢迎解放军入城》的宣言，热情洋溢，流露出久盼解放的心情。成都一解放，父亲就当选为市人民代表，他是极为高兴的。

没有想到，委任书又送回来了。这一下，父亲认真思索了一番，终于，他接受了委任，一直到他去世。后来，我曾向他提起这件事，问他为什么退回委任书，为什么又接受？他十分坦然地说："这有什么奇怪？我只是想恪守年轻时候的誓言。再说，我年纪也大了，时间不太多，想集中精力写一点像样的东西，以了心愿。"他停了停，若有深思地说："清朝时候的官，我看过，民国时候的官，我也看过，真是腐败透顶。共产党的朋友，我认识不少，都是好人哪！我们这个国家，国民党搞不好，看来，只有共产党来。我参加工作，时间是要花费一些，不过，我要写作，我相信共产党是会支持的。"

"小雅"

1930年，父亲在成都大学当教授。当时学校校长张澜是一个进步人士。他主张共和、民主，反对帝国主义、封建主义和四川的军阀割据。父亲很钦佩张老先生。当时，革命正处于低潮。四川连年军阀混战，民不聊生。他们逮捕和枪杀了一些中共秘密党员和进步青年学生，其中就有父亲的朋友和学生。张澜先生也受到军阀的排挤、威胁，在成都无法安身，决意离开。父亲平日支持张先生的言行，张先生一走，他自知在成都大学也待不下去。那么，干什么呢？

父亲从小对一切都井井有条，穿着朴素、整洁，他的手稿向来是工整的，同学们给他一个外号叫"精公"。他也很讲究吃，对菜的做法也有一些研究。母亲做得一手好菜，在亲戚、朋友中相当知名。这一点父亲的朋友刘大杰在1946年写的回忆文章中有这样的描述："到劭人家去喝酒，是理想的乐园，菜好酒好环境好。开始是浅斟低酌，继而是高谈狂饮，终而至于大醉。这时候，他无所不谈，无所不说，惊人妙论，层出不穷，对于政府社会的腐败黑暗，攻击得痛快淋漓。在朋友中，谈锋无人比得上他。酒酣耳热时，脱光上衣，打着赤膊，手执蒲扇。

雄辩滔滔，尽情地显露出他那种天真浪漫的面目。"这段回忆同时也形象地反映了我父亲的性格。

由于母亲有一手做菜的手艺，因此联想到经营一个小餐馆，既可解决一家四口的生活，又不为五斗米而折腰。

经过一番准备，父亲在自己租住的家门旁另租了一大间房子，一隔两间。前间约20多平方米，临街，作餐厅；后间约十几平方米，作厨房。餐厅粉刷一新，临街的门窗漆成蓝色。门上挂着一块招牌："小雅"，字迹清秀，是父亲的手笔。

"小雅"来自《诗经》。《诗经》中这部分诗歌多是辑录古代民间传诵的反抗暴政的歌谣。餐馆取名"小雅"，可见餐馆主人的用心。

"小雅"的开业，在成都引起了轰动，新闻界也很注意。开业那天，成都各报都当做一大新闻来报道；标题更是各式各样，有的是："文豪作酒佣"，有的是："大学教授不当教授开餐馆"。

实际上母亲是餐馆的主持人。她帮助几个厨师安排菜肴、点心、面食的品种花样。每天亲手做六种主菜，每周变换一次花样，这些菜别具风味，极受顾客欢迎。因此，生意十分兴隆，整天座无虚席，小小的餐馆门前经常停放着有钱人的小汽车和装备得很华丽的私人人力车。

餐馆开了一年多。"李劼人做生意赚了钱"的说法渐渐传了开去，这就给我家带来了一场灾难。

当时，成都土匪横行，他们同哥老会、军界串通一气，结成一股恶势力，走私、贩毒、抢劫、绑架，无恶不作。

1931 年冬天的一个早晨，保姆带着刚满四岁的弟弟一去不回。到了晚上，家里明白出了事，全家顿时陷入极端悲痛和恐惧之中，亲戚、朋友四处找人，打听消息，毫无下落。半个多月后，一个亲戚通过一个军官，找到一个哥老会头头，才打听出弟弟被土匪绑架到成都远郊一个地方。

这个哥老会的头头没有子女，经这位亲戚从中斡旋，父亲答应等孩子放回来后，拜他为干爹。于是，这个人就传出话：拿 600 块银元去取人。

父亲没有积蓄，开了一年多餐馆，表面上生意很好，实际上除了付给堂倌的工资，解决一家的生活外，所剩无几。赎人要 600 块银元，加上请客送礼，打通关节，总共要 1000 块银元，父亲实在没有办法。这时候，父亲一个朋友慨然相助，拿出 1000 块银元借给父亲，不要利息，不限还期。

经过许多波折，1931 年农历除夕前夕，弟弟赎回来了。

"小雅"呢，自从弟弟被绑走，就关了门。父亲和母亲也无心再经营这个行业，只另找谋生的办法。

那个哥老会的头头成了弟弟的干爹后常来我家走动，经常讲些哥老会的内幕，父亲对这些很感兴趣，又仔细观察研究了他和他的三朋四友。以后，在父亲的一些小说中，就出现了这些人物的影子。

"菱窠"

从成都市中心往东约八公里，有一个小镇，名沙河堡。从沙河堡往南，走过半华里泥土小路，就能看见一片果林，面临着一个大水塘，这里就叫菱角堰。

1939年春天，日本飞机开始轰炸成都，城里的人纷纷向城外疏散。一些用竹、木、草临时搭盖起来的房子遍布了成都的近郊。当时，大家都把这类房子叫做"疏散房子"。

父亲有一个朋友，在菱角堰经营果园。他把果园的一角廉价卖给父亲，作为修建"疏散房子"的地方。于是父亲就自己设计，找了几个泥瓦匠、木工，赶修了几间茅草顶、黄土墙的房子。

房子不大，连院子在内一共两亩多地。面临着菱角堰，院内有十几棵苹果树、几棵柠檬树、几棵桃树和梨树。院子周围，刺藜作墙，屋前屋后，一丛丛玫瑰、月季和蔷薇。院外，柳树和桃树相间，一直伸延到菱角堰周围，这是父亲初到那里时亲手种下的。

我家从来就是租宅而居。父亲从小吃够了搬家之苦，他最痛心的是家里积存的书和资料，每搬一次家就丢失一些。"疏散房子"建好后，他十分满意这个地方和这几间茅草房，决心一辈子住在这里。他在院子大门门楣上题了"菱窠"二字，就是说，这里是菱角堰的一个窠。每年，他总要积蓄一点钱来修整房子，慢慢地，"菱窠"从临时的"疏散房子"成了永久的住宅。

父亲在"菱窠"住了24年。解放前11年，解放后13年。解放前的11年，日子比较难过。特别是1948年至1949年这两年。

父亲自抗日战争以来，积极参加"中华全国文艺界抗敌协会成都分会"的活动。据陈翔鹤同志的回忆，父亲当时"并不管组织工作或日常工作。但他却自始至终从不曾放松过他领袖群伦的理事职责。无论什么事情，只要我们一去同他商量，他就会一马当先，毫不退缩"。"每次开大会，我们必定推他作主席，而他不管有无危险，也从不推辞。发言时，更是精神奋发，声如洪钟，把我们事先商量好的话，全都说了出来，可以说他是替大家在发言。这在特务横行、白色恐怖日甚一日的蒋管区，确实是十分难得的。""这些活动早已引起了特务们的注意。1948年，父亲又在成都一家报纸上发表了连载长篇小说《天魔舞》，揭露国民党买办官僚资本家的腐朽和特务的横行。父亲自己说："这部小说写得并不精炼，可是却受到了官方的警告"。

那个时候，国统区的进步学生运动正蓬勃开展，我和弟弟在大学校里也参加了反对蒋介石统治的学运。

1948年冬天，成都笼罩着白色恐怖，特务到处抓人。弟弟受到追捕，躲到亲戚家，我没有跑掉，被逮捕关押在特务私设的监牢里。父亲到处找人说情，总算把我保释了出来。但是，"菱窠"却从此不得安宁。

特务三天两头借故到"菱窠"来，可能是监视我和父亲的行动，也可能是看弟弟到底是不是在家。

恐怖、愤怒、压抑充满着"菱窠"。好几次，父亲气得要把特务赶出去，可是，"好汉不吃眼前亏"，我们强咽着气硬把父亲拉住。

好容易盼来了成都的解放！1949 年 12 月 28 日，下午，父亲兴冲冲地从城里回来，一进门就扬着手中红字印刷的"号外"，大声嚷道："快看，快看，解放军要入城了。"这天晚上，父亲高兴得像个孩子，要母亲做几个可口的菜，把弟弟接回家，大家围坐在一起，他高举着酒瓶说："都喝酒，庆祝解放！"

新中国成立后的 13 年，日子过得很顺畅。父亲每天进城到市人民政府工作，参加一些政治活动和文艺界的活动，一回到家，就到自己的书房兼卧室里翻阅各类报纸、杂志和史料，少年和中年时代的许多往事重又在他脑子里浮现。他开始考虑一个宏大的创作计划。

1954 年，作家出版社要重新出版他的三部长篇小说。父亲决定修改后再付印。于是，他集中精力，大量阅读了中外名著，重新研究有关史籍资料，进行调查访问，征求读者意见，为再创作进行着紧张的准备。《死水微澜》改动不大，《暴风雨前》改写和重写的地方较多；《大波》完全是另起炉灶，重新写过。

他那时已经年过 60，但是精力相当充沛。他自信能够写到 85 岁。他打算写完《大波》（约 120 多万字）后，再写一部反映五四时期知识分子动态的长篇小说，已定名为《激湍之下》。接着改写《天魔舞》。然后，再写一部反映解放后人民生活的长篇，完成一套反映半个多世纪中国社会变革的小说史。

由于生活安定，父亲在精心进行创作的同时，就着意把"菱窠"修缮了一番：把草屋顶改成瓦顶，把原来存放小杂品的小阁楼改建成宽敞明亮的楼房，里面整整齐齐地排列着几十个大书橱和几十个小书匣，存放着他几十年来，特别是解放以来购买的两万几千册书籍、装订成册的解放前后的报纸、杂志和两千多件中国字、画。

父亲不是收藏家，在他购存的书中，珍贵版本极少，但却种类庞杂。经史子集、诗词歌赋、中外文学名著、地方志等等最多，甚至还有一些科学常识书籍。这些，全是为了创作而准备的。

父亲很喜爱他的这个小小的"书楼"。在家里的时间，除了在自己的房间里写作外，就是在这个"书楼"上浏览书籍了。有一次，他颇含深意地对母亲说："我这个人一辈子没有什么东西，就是存了这一点书和画，我死了以后，你把它捐献给国家。"

1962 年 12 月 12 日，父亲心脏病发作。在离家去医院的时候，他对母亲说："'大波'还没有写完，过几天，我们就回'菱窠'。"在医院里，他在昏迷中还不停地喃喃自语："我这部书还有 30 万字……30 万字……。"是的，《大波》还剩下 30 万字没有写出来，《大波》以后的几部已有具体计划的长篇小说还来不及动笔，父亲就离开了"菱窠"，离开了他住了 24 年的家，再也没有回来了。

一九八一年五月　北京

原载一九八一年五月《中国文学》（英文版）

目
录

第一章　躲警报的一群

四十八架涂有红膏药商标的轰炸机已经掉头向东方飞去，被九十六具马达在湛碧长空中扰动的热浪已慢慢静止下来。向天上望去，那渐飞渐远小得类似蜻蜓的黑影，好像并未遗留下半丝痕迹，悠悠然的几朵白云还不是那么悠悠然！

一条甚为偏僻的水沟，曲曲折折地打从一片丘陵起伏的地带上穿过；沟的两边都是枝叶茂密的桤树，树下不到两尺宽的泥沙土，再外便是水稻田了。

在十来丈外，你断猜不到平日连狗都不要来的水沟边，此刻竟蹲的坐的站的躺卧在泥沙地上的公然有十多个人，而且男女老少全有，工商学绅也全备。

当飞机在天空中自由自在的盘旋着像一群老鹰时，这十多个人恰也像躲避利爪的鸡雏，心脏是那样地跳动，神经是那样的紧张，每一双眼睛都亮得像宝石，每一对宝石都将其冷森森的光芒，从枝叶隙间射出去，一闪也不闪地随着那老鹰的踪影而移动。

左近的高射炮发威了，砰呀訇的咆哮着，响声确乎震耳。令人一面感到抵抗的力量不但真的在长大，而且与过去几年比起来，还真的长大得很快。过去几年中，这周遭十多方里内，令人想听一声高射炮响也不可能。不过，那打在空中，变成朵朵云花的炮弹数目并不甚多，而且好像并不如飞机那么高，这又令人一面感到我们的家伙还是不行，并不如报纸所载欧洲战场的高射炮动辄构成一片火网，把敌人飞机打得落花流水样的那么威武、那么有效力；倒不如简直没有，简直像过去几年中，到处静悄悄的，还免得多一样增加恐怖气氛的声音。

本来，当马达轰轰隆隆越响越近之际，整个大地好像全死僵了；人们也需要这样的静，仿佛有了绝对的静，才经得住炸弹的杀伤。甚至连桤树上的鸣蝉，人们都要丢些石头土块去勒令它噤声。一个出世不过十五个月的小儿，大概被地上的大蚂蚁叮了一口，忽然啼哭起来。于是好几双眼睛都恶狠狠地射过去。年轻的妈妈，如同犯罪样，连忙把小儿揽在怀里，一面拍着诓着，一面解开旗袍纽扣、汗衣纽扣，当着陌生人的眼睛，把那白馥馥的奶房扯出来；而在旁边蹲坐着的那个当爹爹的男子，油然眉头紧皱，摆出一面孔的不自在。

飞机在高空兜了几个大圈子，好像找到了要轰炸的目标，直向北方飞去后，那光是发威而看不见丝毫效果的高射炮才寂然了。桤树荫下恐怖的感情，也才随之松弛下来。

一对偎坐在逼近流水边上的少年男女，首先就是几声清脆的哈哈。

靠树身坐着一个约有六十年纪的老头儿，把一根象牙嘴挺粗挺亮的叶子烟杆的白铜斗，向另一根树根上啵啵啵地敲了几下，似乎表示他的抗议。一个面容和蔼的老妇人，穿一件老式的玉色麻布衫子，那一定是他的老妻、颇为惶惑的把他瞅着、像是尚不明瞭他抗议的真意，是不该笑吗？还是不该挤坐得那么亲热？

一个十五六岁，扎了两只短发辫的姑娘，则睁起一双大眼，低低说道："管得人家的，爷爷才是哩！"

北方一阵大响，地面似乎有点动弹；因为相当远，到底不如左近的高射炮那么震耳，那么惊人。

一个在中学校教理化的中年人，登时就站了起来，把两膀向空举起，叫道："过了关了！"

年轻妈妈也不怕她男子皱眉了，仍然把孩子放在地上，赶快扣上汗衣。正待扣那件标准布旗袍时，才发现一个四十年纪，全身蓝绸汗衣裤，肥头大耳，头发剃得精光的汉子，正眯着一双水泡眼在品评她。

既然当了妈妈，而又生长于如此时代，自然没有害羞的道理；只微微感觉到那涎眉吊眼的样子，未免有点讨厌。但是在跑警报当儿，被人留心关切，总比受冷淡待遇好得多，怎能不摆点好面孔给人呢？她本已脸上一烧，正掉过头去要向她男子说什么，忽又回过脸来，举起一双黑白分明的眼睛，对那好心肠汉子微微地笑了笑。

原来那汉子所关切的才是她的孩子："地上虫多，孩子放在地上不好。……你太太嫌累，我倒可以代劳抱抱。……"

当爹爹的男子正和两个自己声明是木工身份的人在说话。

"今天不晓得炸的哪里？"

"说不定在城里！"是一个姓卢的说。他穿了件相当像样的毛蓝布中山装，领口敞开，露出一件洗旧了的绿色线背心；下面是赤脚穿了双新黄皮胶底鞋；一顶旧的灰帆布考克帽①扬在脑后；一口重庆腔，若不说话，你一定会猜是下江逃难来川的，尤其是口里那两颗金牙齿，和不时拿在手上的那只硬木烟斗，以及一盘很旧的带尺。

他的伙计是新繁人，倒是十足的土装束，粗手粗脚，麻耳草鞋，挥着一把纸壳扇，背上还背了一顶土制草帽；头发也是剃得精光，看起来并不像那位留有拿破仑发式的海派木工狡猾。他姓骆。

但是那姓卢的说了之后，却连忙向他请教："骆哥，你说是不是？"

姓骆的只是唔了一声。

"若是在重庆，我真敢写包票，只要炸弹一落地，我有本事立时立刻就给你说出来是哪处挨炸了。"那姓卢的天生是个爱说话的，还接着说道："格老子，成都这地方硬不同！像'七·二七'那天，我在少城红墙巷老文家里。他妈妈的，隔两条街就挨了他妈十来个炸弹！……嗨！那声音才并不凶，跟打闷雷一

---

① 考克帽，即太阳盔。——原编者注

样。……后来，炸新津飞机场，格老子，你硬不信会是隔了他妈百多里！我在武侯祠那带，……嗬！连窗格子都跟他妈震下来了！……骆哥，你哥子如其到了重庆的话……"

年轻妈妈笑道："莫劳烦你，娃儿又沉又热，让他凉一凉儿好。"

"听腔口，你太太好像是南路人？"那汉子这样问。

"我们是彭山青龙场……"

"哦！青龙场，那倒是个好地方！"

"你先生去过吗？"

"怎没去过？就是今年，还去过一次，到同益去买碱。……"

"同益曹达厂吗？"

同益曹达厂虽不算大，但牌子很老，已有几十年的历史，不但青龙场的人提起它来，觉得是桩光荣的事，就是彭山全县人也把它认为是本县地方的新工业之母，虽然就在彭山县城外，近几年还新成立了另一家碱厂，几乎是同益的生冤家死对头。

因此，年轻妈妈才越发同那汉子谈得拢了，俨然将其当作了他乡的故知。

中学教习身边有两个穿麻灰布制服，打着青布绑腿的高中学生。一个很年轻，看来不过才十七岁，高高的、瘦瘦的，态度很是胆怯。当那抱怨爷爷多事的小姑娘好奇的多看了他几眼时，他已通红了脸，时时低下头去，拿指头在泥沙地上胡划。另一个身材很矮，骨骼粗大，全身肌肉充实得像一条小牯牛，大脑袋上也戴了一顶青哔叽的，时下流行的"指天恨地"式的制帽，虽然崭新，不仅汗已浸透，而且显得一张面孔更大更糙更老。整个说来，实实不大像一个读中学的学生。据他投考的初中毕业凭照上算来，应该是十九岁，但是天知道他的真实年龄，一般同学都唤之为老大哥，似乎连这位已有资历的理化教习也未必就长了他好多。

他是江油人，是今年春季才上省投考进了一个高级中学。同学们都知道真个考的话，他再读三年初中，也未必有考取的希望；英文、数学几乎是零分，已经读到第二学期了，似乎还没有入门；国文哩，还好，能够写出百多字的文言文，工架还老练，别字也不多，只是不会作语体文，而其所以能够考取上者，据说除了得力他这位同乡的理化教习之特别吹嘘外，还得力投拜到军事教官和训育主任两位先生的名下，先作了一个月的私塾弟子之故。

因为世故相当深，不但一般年轻同学都能与之相处得好，不但师长们都能另眼相看，便是小工杂役校警等，也很恭维他，说牛维新先生真大方，会使钱，你就多弄他吊儿八百，他也满不在乎。

其实他脾气也真好。老实说，简直就叫没脾气。凭你怎么惹他欺他，他总是笑嘻嘻的让你，有时还假装不晓得。谁也知道他气力极大，还能够打几拳，有人说，七八条大汉未必打他得倒，可是谁也敢于揍他几拳，相信他不会还手。

但他到底是个什么样的人，果真如人们猜的：是个犯了事的乡长吗？是个通过匪的袍哥吗？是办过小学而再求深造的绅粮吗？全没有人知道，除了他同乡，这位理化教习白知时一人外。

姓卢的木工始终说不到本题，即是说今天的敌机轰炸了哪里。姓骆的木工老不开口。而那个当爹爹的人乃转而请教到白知时："你先生可晓得炸的是哪里？"

那个穿老式玉色麻布衫子，一味念佛号喊菩萨保佑的老太太，忽然接口说道："明天报上总有。"

白知时把顶旧棕绿草帽当扇子扇着，哈哈一笑道："报上有吗？"

当爹爹的那人问："敌机硬投了弹，全城几十万人跑了半天警报，千真万确的大事情，难道不载？"

"我并没说报上不载……牛维新，你说哩。"

牛维新先拿眼把众人一扫，然后很正经地回说道："我听得清清楚楚，先生并没说过报上不登载的话。"

"唉！你不明白我的语意。"他习惯了在讲堂上的动作和口吻，"黄敬旃，你说。"

黄敬旃还在地上胡划。抬起头来，又拿手把那顶"指天恨地"的制帽一掀，迟迟疑疑地道："先生说的是……是……"

好像那小姑娘扑哧一笑。

黄敬旃的脸又红了，怯生生的眼睛一瞬，急忙道："哦！我明白了！……"可是说不下去，连眉毛骨都红了。

老太爷把叶子烟杆在地上一顿，微笑道："这位先生的意思，想是说，报上一定不会登得很清楚的？……"

"是呀！永远是敌机窜入市空，我方早有准备，敌机被我方密集高射炮火射击，不敢久留，仓皇投弹而逃，弹落荒郊，我方毫无损失！……永远是这机械的八股新闻。你们说，能确实知道炸的哪里？我们到底损失了些啥？到底死伤了人没有？敌机飞临成都市空，从宜昌以上的人，大半都晓得，是不用说的。弹落荒郊，毫无损失，这只好骗我们自己。其实，永远骗下去，又何曾骗得倒呢？说是骗日本人吗？更笑话了！"

当爹爹的那人乐得跳了起来道："着！……着！……你先生快人快语，我也常是这样怀疑。比如重庆'六·五'大隧道惨案，明明闷死了三千多人，第二天中午，有人听见日本广播，早已把确数报出了，我们的报纸却说只闷死了七百多人，有的还三番四复地说，七百人中还有多数自己缓过气来走了。真是只好骗鬼！你先生没见那景象才惨哩！……"

"你先生那时在重庆吗？"姓卢的木工兴奋地说："唉！说起来，我还几乎在数哩！……"

年轻妈妈忽然叫了起来道："请你莫说罢！我的先生不也几乎在数吗？那时莫把我焦死了！好容易才把他找回来，如今想起，还会打抖，真是亏了天王老爷有眼睛！……"

她连忙把孩子重新揽在怀里，并拿脸去揾着那红彤彤的小腮巴，非常母爱地说道："乖儿，乖儿，……我的乖乖！……哪能有你哩！……"

和她搭白的那个又黄又胖的汉子，却木木然地说道："这有啥！乱离年间的性命，哪个不是捡着的？除非你是委员长！……这惨案虽是听见说过，到底不如身临其境的说得真概，你两位说说看。"

年轻妈妈仍然叫喊道："莫说呀……难为你们！"

老太太也道："当真不要说。那样凄惨的事。……阿弥陀佛，人心都是肉做的！听一回已经够了。阿弥陀佛，……哪里还去找地狱！"

白教习把右手一挥道："在目前的境地，的确不好再说，何况太太们的神经已是受过刺激了的。我们还是来讨论本题：今天到底炸的哪里？"

姓卢的木工接着说道："自然在北方。骆哥，你说是不是？"

"在北方，那何消说。我们要确实晓得的，到底在北门城外吗，还是在城里？"

老头子道："这颇难说！几十架飞机，投的炸弹一定多。远哩，地面都有点震动，不甚远哩，声音又不很大。"

姓卢的木工又抢着说："声音大，倒不一定很近，'七·二七'那天……"

那又黄又胖的汉子把手上的篾丝潮扇连扇了几下道："有啥研究头！等解除了，进城一打听，不就一清二楚了？"

白知时笑道："这是英国人的精神，也是美国人讲实验的方法，但是答案不完全。我们为啥要研讨？就因为我们等不得进城打听。……"

那小姑娘仰面说道："这容易啦！我们朝北方看看，天上没烟子，定在城外老远没人家的地方。"

黄胖子眯着水泡眼哈哈笑道："对的，对的，我全体赞成！"

小姑娘好像生了气，回头去瞪着他道："稀奇你赞成！"

"拐了吗?"

"赞成就赞成，你一个人，为啥算全体? 不是安心挖苦人?"

"你这小姐倒会挑字眼！我们生意人，一根笋就是这样说的，别的人倒没批驳过我！"

白知时向老头子道："这小姐脑经①倒细，读中学了罢?"

"要是学校不疏散得太远，已经初中毕业，该进高中了。"

老太太接着道："你先生不要见笑，也是我们把她耽误了的。他父亲是有病的人，经不住在成都受惊恐，是我主张送到遂宁乡下他丈人家去养病。他哥哥又考上空军，到昆明去了。家里没一个人，只我同她爷爷，又都是六十多岁的人了，有两三个用人，不是自家亲骨肉，怎说靠得住的话，所以才把她留在身边的，不然，是应该跟着学校到彭县去的。"

"还年轻，不算耽误。……啊！还未请教贵姓。……让我先自己报个名罢！……"

那黄胖汉子连忙附和道："是啊！不因今天跑警报，大家怎能无缘无故聚在这一块? 可见都是命中注定。大家通个姓名，

---

① 按现代汉语规范应写作"脑筋"，但作者认为思考是脑部神经在起作用，故写作"脑经"为正，本书保留作者写作习惯，其作品均依此说。——编者注

将来萍水相逢，也算故交了。我也学白先生的样，自家报名，贱姓先……并不是针线的线，是先生的先，先后的先，……"

年轻妈妈首先表示惊异："这姓好怪呀！"

"不怪，不怪，只是稀少得点。你们没到过眉山吗？那里有个地名叫先滩，本地人又读变了音，叫旋滩，其实就是敝族的姓，……"

"那你是眉山人了！可你的腔口又不像？"

"也算眉山人，也算成都人，我家在这九里三分①已住了两三代人了。我们做生意买卖的，哪里好哪里住，比如舍间家小现刻因了疏散，就在郫县安德铺落了业，只我一个人在城里做生意。将来洗手回到安德铺，不又算郫县人了吗？"

当爹爹的那人接着问："尊号呢？"

"这年成将本求利的人，还敢开号头？有号头就有账簿，那才打不清的麻烦？啥子印花税啦，营业税啦，所得税啦，过分利得税啦！还有啥子商会会款、同业会派款、牌照捐、房捐、马路捐、救国公债、美金公债，这一大堆不说了，光是一月一次的慰劳费、壮丁费、义务保安费、棉衣献金、鞋袜献金、飞机献金、祝嘏献金、就可以把你几个血本弄得精光！像我们能有好大的本钱敢开号头？"

姓卢的木工笑道："那你是包袱客了，一个钱的捐税不给，

---

① 九里三分，旧时成都从东门到西门的距离，这里指成都城区。——原编者注

光是净赚，格老子才安逸呀！”

“你才说得轻巧，不给一个钱的捐！你问问看，到处是海关，这样照从价抽百分之二十，那样又照从价抽百分之十五，只要你挰一捆竹子从东门进城，从南门出城，包你上个百分之三十。并且还由他杂种们估价，又没有一定的把凭，说你值一万块钱，你就得该他三千块。这样的年成，做生意买卖简直是犯罪！像你们做手艺的倒好！”

“好吗？你没有钻在这一行里来！格老子生活好贵哟！工钱是挨的，不能月月涨。生活哩，像长了翅膀在飞！摊派献金还是有我们的份，不加入工会不行，加入了，还有啥子强迫储蓄啦，团体保险啦，党费啦，团费啦！格老子一月几个牛工钱，光是吃饭就成问题。还是你们做生意的好，怕他捐税再重，水涨船高，货物卖贵点，还不是摊在我们这些买主身上了，有卵的亏吃！你们这些做生意的，有啥好人！格老子说句不客气的话，他妈的政府是大强盗，你们就是小强盗！”

“能够算小强盗又好啰！你晓得不？限价又来了。货物的成本已高，捐税又重，还要限定你的卖价。卖哩，再也买不回来了，不卖哩，来查你，说你囤积居奇。经济检查队就是你的追命鬼，好恼火哟！做生意！你还说水涨船高不吃亏！”

当爹爹的那人笑道：“你们吵些啥？国难期间，哪一行不在牺牲，这些牢骚不发好了。我是问你的名字，你却扯了这一长篇。……”

“原来你问尊号？哈哈，我听成字号去了！……我名字叫长兴，草字洪发。……说起来倒像号头，其实是名字。你先生呢，倒要请教?"

"朱乐生。"

"恭喜在哪里?看你先生模样，像是一位机关上做事的。"

"倒是在一个机关上服务。只是个小公务员，挣钱养家罢了，说不上别的。"

先洪发看不出他那神情，油然追着问:"到底是哪个机关?"

"说出来你可别多心，就是在税局里做事!"

"啊也!真正失敬!朱先生!……"他又赶紧站起，必恭且敬地鞠了一躬，"万想不到你才是我们的管头!……咳!朱先生大人大量!……不知者不为罪，……有啥不好听的话，包涵包涵!……"

顿时，几个人的面孔似乎都有点故意在微笑。本来甚为和谐的空气，好像起了棱了。也没有人想起挨次去请教坐在水边，挤得甚紧的那一对人的姓名家世。而那一对，仍然不瞅不睬，各自叽叽喳喳，俨然是与这个世界毫不相干的两个人。

白知时也故意做了个不相干的脸色，向他两个学生说道:"何小姐刚才所说的话，理由是有，但是不充分，我们能不能给她补充一点?……尽管发表，借此测验一下你们的脑经，……何小姐，我先声明，我们并无恶意。真理是越研讨越明白，……老太爷，你也同意?"

老太爷老太太自无话说，牛维新板起一副粗糙而又宽大的面孔，也丝毫看不出他有说话的动机。

白知时瞅着黄敬旃道："你说说看。不要紧的，快要二十岁的人，别太腼腆了，显得没出息。"

黄敬旃先红了一回脸，连那何小姐的眼光都在督促着他，好像太不好意思了，反而拿出了拼命的勇气，猛地站了起来，很庄重地说道："倒要请先生勾一个范围。"

"又不是学期考试。"

"却不明白先生要我补充的是哪几点？"

"并没有几点，只是说日机炸弹投下，是不是起了烟的就在城内？而断定其在城外者，以其炸弹投落在无人家处，因无烟子可睹故！"

何小姐连连点头道："是的，是的，你批评一下对不对？"

"不对！"黄敬旃自己都不相信何以这样直率地就说了出口。

白知时道："理由呢？"

"日本飞机成群结队地来，我们只有高射炮抵挡，但高射炮有限，日本飞机为啥要把炸弹投在荒郊？……"

"这可算是第一，即是说必要把炸弹投在目标上。但目标不一定就是房子，是不是？"

"是的，比如飞机场。"

"照几年来日机轰炸机场的例子，跑道倒不一定是第一目标。其第一目标为何？"

"是飞机。"

白知时笑道："你要想到我们的飞机，不是早跑了警报了吗！停在机场上挨炸的，不见得瞒不过日本人的眼睛。那吗，他顶要摧毁我们的是啥?"

又把黄敬旃问住了,恰像在讲堂上口试时那种窘态。

何小姐突地跳了起来叫道:"我全懂了!他们要炸的是汽油,汽油是有烟的,你不过要说有烟子起来的地方,也可以是在城外!"

这连她的婆婆也拍手笑道:"对呀!对呀!学生到底不及老师!"

轮着何小姐红起脸来了。

白知时微微笑道:"不然,还是她脑经活泼些,你只看我的这位高徒,……不过,还有哩,就起烟子,也不能断定就不是城内被炸,你再补充一下看。"

那姓卢的木工正待乘机表白一下:纵在税官跟前,他也不在乎,骂了政府做强盗,总不能算是抗税。于是就抢着说道:"格老子,这个,我又懂了!'七·二七'那天,他妈的一百零八架敌机,炸弹像大白雨样,炸垮他妈的好多房子,格老子亲眼所见,并没有一处起火。"

白知时转身去,把他肩头一拍道:"朋友,你这证明真有力,可打八十分。但是,你再说明那天为啥不起火的原因,就可得其余二十分了。"

"我啷格晓得!"

税官朱乐生也乐得把气氛转变一下,免得连自己都拘束起来,插嘴道:"我替他挣这二十分罢,白先生。"

"一定给你,请你说。"

"我说，那天日机投的全是爆炸弹，没有烧夷弹的缘故。"

"正是哟！……这样一来，何小姐的一句话，才算正反两面的理由都有了。"

老太爷已经把一只装叶子烟的皮盒子摸了出来，一面笑道："话倒说得好，到底炸的哪里呢？还是不晓得！"

白知时道："理论有了，再加以观察，总可知其大略。……这地方较为隐蔽，眼界不够大，到右边高坡上一望何如？"

年轻的朱太太抱着孩子先起身道："怕也快解除了，不如慢慢走着，从这儿到马路还有一大段小路哩！"

先洪发忙眯着水泡眼道："把少少交给我抱罢，你太太空手好走些！"

他到底还能抓住献殷勤的机会啊！这个善于投机的家伙！

第二章　野　餐

　　最后，连那个绝不开口的姓骆的木工也走了后，这一带隐僻的桤树水沟，仍回复了它本来的寂静。

　　要说是怎么寂静，也不见得。第一，桤树上的蝉子，因没人骚扰它，又振翼而鸣起来，而且声音还格外的响；其次，也绝非如诗人所咏叹的"一湾流水寂无人"，原来那挤坐在沟边、只顾自家唧唧哝哝、而从不瞅睬人的一对男女，还在那里，并没有走哩。

　　不过到姓骆的木工走后，那梳着拖仑头①发，而头发上还搽了头油的男子，掉头回顾了一下，便霍地站了起来，在泥沙地上来回走了几步，一面无目的地咒骂道："杂种们也闹够了！……躲警报就躲警报，偏有那些屁放！"

　　那女的看来有二十五六岁的光景，全身肌肉是充分发育了的；一件白底蓝花印度绸长旗袍，紧紧绷在身上，一对高耸的

――――――――

①　拖仑头，又称拿破仑式，即一般男式短发。――原编者注

奶房，不消说几乎要突破了那纺织得过细过薄的绸面，就连内面白绸衬裙的褶子，也显然的摆露在并不太细的腰肢部分上。这时，她也感觉到可以稍为放肆一点了，便仰面躺到地上，一双浑圆而微黄的膀膊，自然而然地曲过去衬在电烫过的浪纹发鬈下。本来没有衣袖，这一下，连微有卷毛的两腋全张了开来。而高耸的奶房，更其高耸得像两座小丘；可惜她那男伴不是诗人，对于这，才没有找出什么香艳而有风致的字句来描写，只是在看了几眼后，直率地笑道："好肉感！……好肉感！……"大概想到了电影的广告和说明。

女的有一双当女人成熟以后，不安本分时，叫男子一见了，就会感到"原来我爱的就是这个"的眼睛。简单的形容起来，虽只是水汪汪三个字，不过要完全刻画出来，却太难了；一则，水是活的，再而汪汪者，汪洋也，有如八百里太湖，不但波澜壮阔，而且扰之不浊，澄之不清，那男子已同她交好了快八个月，几乎成日在一处，也相当的费了些心思，还不能测出它到底有多深多浅，溺死过多少人，而今日在那风平浪静的清波里泅泳着，诚然快活了，但是能得几多时呢？也还是问题？

男子仰头看了看上空，当顶枝叶甚茂，连日影都射不下。太阳业经偏西，强烈的日脚渐渐移到沟西丈把远处。水田里已成熟的稻穗更其黄得像金子；看来，再半个月，这一带的农人就该下田收割了。

男子从黄咔叽旅行西装裤袋内，摸出一只有弹簧的赛银纸烟盒，是带有打火机的，新近才由一个好朋友从印度带回来，被他随意抢了，就算朋友送给了的礼物。取了两支三五牌外国纸烟，随便一举手，有一支恰如人意的刚好就掷落在那女的两乳之间，金项链下面坠着的一枚翡翠鸡心上。

"该死哟！朝人家身上乱丢。设若是燃着的呢？"

"那真该罚了，死倒不必！"一面便电影式的屈下右腿，贴皮贴肉的半跪在女的身边，并双手捧着那打火机，直送到女的搽得鲜红的，并不算樱桃小口，而且上唇还嫌稍短一点的嘴边。

烟卷是拈在指甲上染有淡色蔻丹的，不算怎么纤细的手指间了，只是还没有凑上嘴去。

"罚啥子呢？"眼光是那么波动着，红粉搽得不算过浓的脸，倒笑不笑的，真娇媚！绝对看不出是快三十岁，而且已是有了三个孩子的妈妈。

"多啦，听凭吩咐。"男子也微笑着，越发把上身偏了下去，"不哩，就罚我结结实实亲五分钟的嘴，再……"

"不准胡闹，有人来看见了，像啥子？"

"鬼也没有！"

"起先不是说鬼也没有？冷不防就来了那一伙。"女的坐了起来，一面把光赤一条，又结实又细长的右腿，屈来盘在左腿上，一面凑着打火机，把纸烟吸燃。

只看一口烟嘘进去，到相当久才撮起嘴唇，徐徐吐出一丝半缕青烟的样子，就知道她之对于吸纸烟，并不是虚应故事。

连抽了三口之后，方警觉似的说道："还没听见解除警报哩，怕使不得？"

"为啥?"男子仍傍着她坐下,只是两脚蹲着,两条被浅蓝洋府绸衬衫袖裹着的手臂,搭在膝头上,燃着的烟卷,则自自然然挂在嘴角上,样子很为潇洒。

"你没听见说吗?一点烟子,隔几里路都看得见的。"

"放屁的话,你也相信?那时,不因日本飞机快要来了,我倒不受他的干涉。"

"该干涉的,依我说。既然是教过你的先生,何况……"

男子一对有杀气的眼睛圆彪彪睁着道:"卯先生!牝先生!……离开学校几年了,还认他先生?"

女的把头一偏道:"别片嘴①,他不认得你罢了,若果起先向你打个招呼,怕你不规规矩矩的问啥答啥,同那两个造孽徒一样吗?我看那个不说话的矮子也非凡啦,只管装得老实!"

男子默然了,只是抽烟。

"现在当教书匠的也真惨啦!你看他一顶草帽,连我们车夫戴的还比他的好,皮鞋更是补了又补。"

男子把嘴一撇道:"活该!……穷死也活该!你看他还得意扬扬的哩!……其实,告诉你,这姓白的还是好的哩,教了多年的书,听说,找了几个钱,老婆死了,没儿没女的当光棍。……光棍一身轻,他比起别的教书匠来算在天上了,所以才话多屁多。"

"看来老婆儿女才是害人精呀。"

---

① 四川方言,意指口头上不认输,也有夸口的意思。——原编者注

"所以我才赌咒不讨老婆……"

"说到这儿来，我又要问你。……"

"问了总有一百回了，我哥的信，难道还不作数吗？如其我骗了你，家里还有老婆的话，我立刻死，着日本飞机炸得尸骨不留！……"

"又是血淋淋的咒，话还没听完哩！……我的意思，并不一定怕你已有了妻室儿女。像你们外州县人，哪家儿子不是十五六岁就当爹的？何况说起来，你还有家当，大小总算个粮户！二十七岁的男儿汉，有了妻室儿女，并不是歹事！我又没有正式跟你结婚，一不算小老婆，二不算两头大，只要你一心在我身上，即使你老婆在跟前，我也让得！何况放在老家，你又并不回去过老，我尤其放心。我只害怕……"

"也给你赌过咒的！……"

"就是你动辄赌咒，所以我不相信。像你这样有钱有势，又有背景，前途远大，变化无穷的男子，哪里不碰着拼死命爱你的年轻女人：或是啥子官家小姐啰，名门闺秀啰，生成贱骨头的黄花处女多得很！你又年轻，胎胎儿也下得去，又曾拈花惹草来过的！当今世道的年轻男子更其靠不住！只要有女人跟他打招呼，哪个不是今日黄花，明日紫草的？甚至于还有吃在口里，端在手里，看在碗里，想在锅里……"

纸烟已抽到只有四分长，顺手向沟水里一掷，唧儿一声，很像给她话句打了个逗点，她的话便再也说不下去。而且两眼呆呆地瞅着流水，脸上现出一番踟躇而又可怜的容色。

天上的气象也像在给成都人开玩笑似的：当上午九点半钟放预行警报起，直到正午日本飞机来临，太阳闪也不闪一下，蔚蓝的高空，仅几朵棉花样的白云游来游去，而且一会儿散个干净，又另自目所不及之处移过几朵；这不仅帮助了日本飞机的威势，使那横行肆虐的矮子们高高的一览无余，而且把几十万向四郊十几二十里外跑警报的人们，也晒了个头昏脑涨，汗水长流。

但是，毕竟阴历八月，收获庄稼的天气，不能与正六月比。任是怎么晴明，也只是半日，一过午，到日本飞机投弹完毕，打道飞回不久，西方一片薄云，便徐徐漫起，像片帷幕样，越展越宽。帮助它开展的是风，风不大，已能把那一片黄熟未割的稻子吹得摇头摆脑，活像有了生命的东西；桤树叶也吵了起来，蝉子反而敛了翼。

只有那箕踞着，一面用手巾拂着脚上那双白麂皮胶底鞋的男子，并不感觉。他的全副精神，都被那女人的嘴、眼、脸色、神态和声音吸去了，一心想着要怎么样才能使她相信自己是爱的奴隶，打破枷锁的权，是操在她手上的；只要她不驱逐他，他哪有丝毫造反的妄念，即令驱逐了，他也绝不再找新对象，而甘愿抹颈吊喉，作一个殉情者。

心里确乎有此感，但要婉婉转转，从口头传出，而又能够使对方听得入耳，并且相信到不再提说，不再生心，他自己知道实在无此口才。在平时，倒很能说，尤其在应酬场中，几句又机智又漂亮的话，二哥颇为称许过。但一到这种境地，感情越动，舌头反而拙劣了，每每弄到词不达意，有时还会引起听话人的误会，倒节外生枝起来。

不说也不行，女的更疑心了，更理直气壮起来。

"是不是呢，我说到了心眼儿上了？……自然啰，只好怪我自家不好，为啥会把你的甜言蜜语，当成了真话，一切不顾，把啥都牺牲了：名誉、家庭、丈夫、儿女、亲戚、朋友、事业！……并且还背了一身的臭骂，没名没堂的跟你住在一块儿。自家不打量一下，凭了啥能把你拴得牢。说地位金钱，没有；论才学，更没有，充其量可以当个女秘书罢咧！年纪比你大，相貌哩，更平常极了，……你刚才不是还夸过那姓何的女娃子吗？据我看，也真不错！别的不说，光说年纪，人家才十五六岁，好嫩气呀！……其实哩，就那个姓朱的婆娘，也不算坏，比我好得多，不但年轻，还多么风骚，人家老是有说有笑，只管声气苕①得点。……"

那男子忽然大声笑了起来道："刚才倒把我骇了一跳，以为你在说老实话，正想再给你赌几个血淋淋的咒。……哪晓得你才在和我开玩笑！……啊，哈哈！算了罢，该我们吃午点的时候了。"

一伸手，便从女人身边拖了一只卤漆有盖的长方藤篮过去。

"本是正经话，咋个说是在跟你开玩笑？"女人的脸色业已和悦起来，好像预知他回答的，一准是绝好听的言辞。不过为

① 苕气，四川方言，即土里土气。——原编者注

了保持威信，犹然故意把一双人工修成的，又弯又细又长的眉毛，高高撑起，使得平滑的额头上皱起了十多条细纹。

先是一条二尺见方的雪白饭单铺在两人中间的地上。

"怎么不是开玩笑？你想想看，那小女娃子……"

接着是两双牙筷，两只玻璃杯。

"……只能说是一只还未长醒的小母鸡，除非是前三四十年的风气，考究吃这种拳大的毛臭小家伙；不说我没有这种怪口味……"

接着是一大块有两磅重的冠生园的面包，和用鱼油纸包着的卤鸭腒肝、卤鸡，以及广东香肠、宣威火腿等，都是剔骨切碎了，只需朝口里喂的精美好吃的东西。

"……就是强勉吃了，也会着人笑呀，既没有滋味，并且不人道！……至于那一个婆娘，……哈哈！……"

接着还有一只小小洋铁盒的岂斯①，是一个在美军中当翻译的朋友送的，原是半打，只剩这一盒了。

"……虽说年轻风骚，但是……你还只觉得她声气带苕，我哩，是吃红苕长大的，更感觉得她那全身的苕气逼人！……"

最后是一瓶葡萄酒，重庆酿造的，据说还好，可以吃，是他哥告诉他的，他买得不少，随时喝一二瓶，比米酿的黄酒，比玉麦烤的白酒好，还卫生，虽然赶不上来路货。

"……拿这些人来比，除非是安心挖苦自己，怎能不说是开

---

① 岂斯，英文 CHEESE 的译音，即奶酪。——原编者注

玩笑呢？……算了罢！喝一杯，口也有点渴了！"

女人把眉头微微一蹙道："总爱拿这些酸东西灌人！应该把那只旅行茶瓶带来才对啊！"

"虽有点酸，却不是醋。……"男的有意这么说。

"你说我爱喝醋吗？"眼波又是一荡漾，并且斜斜的把男子的脸盯着："你才简直不知好歹哟！"

"是的，我晓得这中间的道理，不过……我倒要奉劝一言，寡醋喝多了，不卫生的！"

这时，云幕已遮满了，强烈的太阳被迫与大地告了暂别，大概到明天清晨才能互道早安的了。风还是不大不小的吹着，桤树沟边已显出凉飕飕的秋意。

男的吃着岂斯面包，并大块的挟着火腿、鸡肉，又一杯一杯地喝着葡萄酒，感到一种安适的快活。女的哩，吃得比较斯文；大概是顾虑着口红，咬面包和咬卤菜时，老是翘起嘴唇，尽量地使用着那又白又细的牙齿。

男的把脚平伸出去，侧着身向地上一倒，笑道："你说，这哪能像躲警报，简直是有趣的野餐，可惜没有老金他们参加！……"

"老金他们顶胆小，一有警报，总是跑得多远。今夜约的会，该不至于放黄罢？"

"不会，不会，他们的小汽车跑得快。作兴又到石经寺去了，也不过点把钟就跑回来的。小马说，今夜有要事相商，他怎能不来？爱娜来不来，倒不敢定，设若罗罗家的茶舞不改期的话。……"

"该不就是为了爱娜的事罢?"女的端着酒杯,浅浅地抿了一口,这样思考着说。

"却不晓得,……恐不是的,小马在电话中说话的口气,没那么严重,只是说有要事商量,叫我不要约别人,他们准七点半来。"

"唉!爱娜也是哟!大家要耍也罢了,为啥那们不谨慎,会弄出把柄来!……"

"这事能由自己做主吗?"

"有啥不能?我就是!"

男的又是哈哈一笑:"别片嘴,设若我……"

一阵脚步擦着地面的声响。

女的忙把嘴一努道:"莫胡说!又有人来了!"

"第二次警报吗?……糟啦!……说不定还有夜袭哩!"

却又不大像。走来的并不是城市上的人,而且也只是一个老太婆和一个人穿了一条破破烂烂、蓝土布长脚裤子的男孩子。这孩子,一如乡间众多的穷孩子样:第一,是从吃了粽子起,有时从浴佛以后不久就起了,永远是赤膊光脚,除了腋下和裤子遮着的地方外,全身皮肤是经太阳的紫外光线、红外光线炼得同腊肉皮差不多;在现代人眼里看来,据说,这才是标准的健康色,许多时髦的青年男女,还巴不得把自己的又白又细嫩的四肢,在一天里就晒到这个程度哩。其次,是你从他们的体格和容貌上,差不多是难于估出他们的确实年龄;例如刚走来的这个孩子，在女的眼光里反映出，认为同她亲生的第二个儿子的年龄不相上下，七岁罢咧，然而到后来，据他祖母说起，已十三岁了；就因为尺码长得太差，虽然已有一大把气力，但是推车挑担，总觉吃力；不过，他祖母又欣慰的感叹了一声道："唉！也得亏尺码不够，又不像头大手粗成了大人的矮子；几年来拉壮丁，也才躲过了！"其实，照林幺满这样躲过拉壮丁的，倒不少！

当其林老太婆同着她孙子幺满子刚走来时，那男子连忙翻坐起来问道："又有了警报吗?"

先是呆了一呆，然后林老太婆才停脚说道："你们还在躲警报么？……早解除了。汽车私包车都接连不断的在朝城里跑。……我们是回去的。"

女的也忙问道："你的房子在哪儿？有马桶没有?"

"粪桶是有的，太脏了，你们城里太太们用不来。……乡坝里头，哪里不是屙屎屙尿的地方！"

"光漠漠的，太不方便，难免不着人家看见，我们搞不来。"

"那么，我家屋后头有个小粪坑，倒有遮拦，我媳妇孙女都在那里屙，倒没人看得见。"

"我同你去！……有好远?"女的已站了起来，同时把放在地上的一只精致的大英纹皮手提包拿起。

"好远点儿！顺着沟边上坡，转过那丛竹林，不就是了吗?"

所谓竹林，倒看得见，在一个矮坡那面。但在女人眼里估量来，足有城内长长一条街远。抗战以来，最著成绩的，是城市中不惯使脚的女人，对于走路，倒也不在意下，尤其是乡野间，动辄可以把娇嫩的脚底顶起水泡，把漂亮鞋子在沾满尘埃的泥土小路上走动。

女的还用象牙筷从鱼油纸包中，将吃剩下来的卤鸡、火腿、香肠挟了几大箸，塞在大面包心里，递与林幺满，并且很和蔼地说："娃儿，我请你吃块夹心面包。"或者由于她想起了她那二和尚了。

娃儿很腼腆，不肯来接。一对光闪闪的小眼睛，但又不肯离开那没有听惯名字的东西。

老太婆也和一般的乡下老太婆样，当有人瞅睬了她的孙儿，不管好意歹意，总喜欢。难得开颜的，又黑又瘦，令人一看立即可以数出好多年辛苦的老脸，登时又在两腮上眼角上，更挤出了无数的皱褶；露出一口黄而残缺的牙齿，笑道："啊哟，咋好哩！没缘没故的，就多谢起来！……幺满子，快接了，给太太道谢，是太太的好心。……也给老爷道个谢！……这一大块，抵两个大锅盔啰！别一个人就吃了，……拿回去，跟二姐分！……真是，多谢啦，没缘没故的！"

男的接着问；"老太婆，你从场上来吗？听见说今天炸的哪里？"

"没听实在。周保长说的，像是藩署街。"

"藩署街，那们近吗？……真是那里吗？"

女的也愕然道："小马的房子，不是中了彩了！"

幺满子插嘴道："奶奶记错了：人家周保长说的是厅署街。

还有几个人说是文殊院。"

"哦！那差不多！我们揣测来，断不会在城中心的。……起了火没有？"

"没有，只听见打炸雷样的响。"也是林幺满说的。

女的把手提包打开，看了看："糟糕！忘记了带纸。……你身上有没有？"

男的向裤袋里一摸，只有一份《新新新闻》，是夹江手工纸印的，两面油墨浸透，并且已经折断成几小块。

林老太婆道："有字的纸，用不得，污秽了圣贤！你不嫌弃，我们家倒有火纸，只是搓纸捻的，粗得点。"

第三章　农人家

草房后面，乱糟糟的竹林边，就地挖了个很草率的浅坑，斜斜的搭了片竹架，盖的稻草已朽败了；后面倒是一披水盖到地，前面垂的皁帘，却零零落落的遮不着什么。坑太浅了，粪蛆连往外面爬，幸而有几只小鸡担任了清除工作，又幸而草帘草盖通气，还不臭。设若不是抗战了几年，大家为了疏散，为了跑警报，使若干年的贫富阶级生活混搅了起来，因而把每个人一成不变的习惯全打破了的话，你乍令一个在城市住惯，而又是小有资产的女人，临到此境，她怎能相信就在城郊不远的乡间，而女人大小便乃有不坐马桶，而所谓特别构造的女厕所？盖如是，说不定大惊之下，早已抻着肚子跑回去了。

但是，这个为了内逼、急于解决问题的女人，已不感到惊异了。并且犹有心情，在整理齐楚，掀开草帘，跨出来时，还细细的将四周看了看：竹林外有几座坟墓，墓侧有七八株枝干弯曲、叶小而浓密的树，再外又是穗实垂垂，满眼黄色的稻田。风景不差，只是乱草败叶，鸡屎猪粪，到处都是。

适才吠过她的一条黑色跛脚老狗，正睡在一堆草灰旁边。大概还是认不得她，又跳起来向她大吠。不过已不像头一次那样耸毛露牙的恶状，而是一面汪汪，一面摇着尾巴。

林老太婆已匆匆地拿着一根竹竿走来，叱道："瞎眼东西，真在找死啰！才看见的人，就认不得啦！……啊！太太，解好了，前头堂屋里洗手。我晓得你们城里人爱干净的，早叫张女儿舀了盆水在那里。"

"这坟地也是陆旅长的吗？"

"不是，这是头一个主人家的老坟，转了两手，现在是有坟无地了。"

"那一片田，都是陆旅长的吗？"

"都是的，一直到你看过去，有几根电线桩的地方。"

"怕不有百打百亩！"

"没有，这一块相连的，不过六十来亩。"

"你们做的八亩，这后面也有吗？"

"插花着有二亩多点。不是周保长帮忙，在上前年转佃时，不几乎也着曾二兴抢去了？……太太，说起来，真伤心啊！当我十八岁过门到他林家来时，他们家事多旺啰！前前后后五六十亩坝田，全是他家佃着的。弟兄几人做不完，还分佃了二十几亩出去。那时主人家也厚道，一亩田扣租下来，照上七斗五的谷。不管年成好歹，每年总要让点租，还不等我们佃客开腔求情。那时，我们住在沟那头林家坡，好大的四合头瓦房！光是牛圈，就比我们现在的堂屋两个大。圈里的肥猪，哪像现在一年只敢养一头，到年下还要出现钱买肉？那时，日子也好过，家里好像见啥都有，一年四季没有使钱的地方。光说主人家春秋二季出来挂坟，人夫轿马塞满一院子，上上下下总有三四桌，还不是鸡鸭鱼肉的待承？却没听见当家的呻唤过一声，总在请主人家多耍两天，到主人家走时，大家总是情情美美的。主人家也大方，哪回出来，不要给我们些东西：桂林轩的桃园粉红头绳，九龙巷的博古辫子，我们用不完，还要分来送人情。……唉！说不得啦！以前才是太平时候，哪像现在……"

女的很为同情地点点头道："现在是国难期间，大家都在吃苦。我想，比起来，这几年米粮涨得这们凶，你们做田的总比城里那般做小买卖，靠手艺为生的，总好一丁点儿！"

老太婆用竹竿在地上一顿，并眯起她那目眶已小，而眼球已带皮蛋色的眼睛，射出一种愤怒的光芒，声音也越发沉重地说道："你太太到底是饭来张口、衣来伸手的城里人儿！你哪晓得乡下做田人这几年的苦啰！别的不说，光说拉兵罢，一年四季，没有两个月安静的。本来说一年只拉一回的，并且说要精壮，要够尺码的汉子。话倒说得好，抽签啦，中了的才去。还有啥子安家费，还有啥子抗属优待费。他个龟杂种说是说，做是做，这两年来，哪一个月不在拉？拉得人仰马翻！真正精壮的，够尺码的，都跑啦，跑到大城池里干别的事情去了，剩下来的，不够做田，要做的，又做不动。就拿我家来说，老公公死了多年，一个大儿，四十好几了，疲癃残疾的一身是病，还不是要下田，要出去跟人家换工？……你们哪晓得人越少，工越贵。庄稼成熟了，不收割吗？找不出这个道理；收割哩，就有零工也雇不起：一天五顿，酒肉烟一件不少，算来，除了他的，没有我的。可是我们要缴租啦！现在是一亩田比从前多收二斗五。主人家说，征实啰，积谷啰，公债啰，太重了，若不加起来，他们哪有钱垫？就说向主人家求情，看在人工粪草都贵了，让点。但是给公家上仓的谷子，你却说不脱。并且斗秤上都有手脚，比起缴纳主人家的，一担里有时添到五升，还吵不够！……像这样，是不是只好全家人拼命呢？如其我那老三不被拉走，我们咋个这样苦！……也不只我们一家人是这样，左右团转的，哪一个不喊天！……"

干枯的眼里，实在挤不出泪来，但也够令那女的难过了。

所谓张女儿，就是老太婆的大媳妇，也是将近四十年纪的中年妇人。和一般的乡间妇女一样的，一把晒得枯黄的头发，依然在脑后挽了个纂，别了根镀银簪子。毛蓝布的衣裤，一准是从种棉、弹花、纺纱、织布、染色、裁缝，全出于自己的手工，才有那么厚，那么粗，那么难看。穿印度绸的人们且不要说是去穿着，就只看见那样毛绒的分量，已感到全身肌肤，好似沾染了蘴麻样那种火辣辣的不好受。而且裤管下还是一双裹断了骨的，任凭解放，终不成形的脚，不过也和一般的乡间妇女一样，还是很力扎，走起路来，像两只铁锥在地上椿。正因为脚头沉重，她才走到屋山①跟前，后面说话的两个人就听

① 人字形屋顶的房屋两侧的墙壁，叫屋山，也称房山。——原编者注

见了。

老太婆头一个回头问道："是你吗，张女儿？……董董董地跑来做啥？"

一脸带笑，可是两腮和眼角的皱纹已同她老人婆的差不多，眼眶子也好像在紧缩了，只是黑黄色的皮肤，到底不似六十以上的人那么枯。两只粗手，一前一后摆着道："稀脏的地头，为啥不到堂屋里来坐！……我骂到黑宝不听招呼，把客人咬着了哩。"

那女的旋走，还旋指着问询坟地上那几株好看而不认识的树，是什么树。

张女儿道："檬子树，一点用处没得，又不结果子，又不成材，光是长叶子占地头，不是主人家坟地上的风水树，我们早斫掉它了。"

十五岁，好像还未成大人的二招子，已同她弟弟把一大块夹心面包分吃了，还彼此在讨论那顶好吃的是不是腊肉。

堂屋里也是乱糟糟的，有一架织布的木机和两具纺车，是从形象上逆想而得的；还有好几件用具，却说不出名字来，不过都盖了一层灰尘，乍看来，好像十年没有经过人手了。一张矮竹凳上，果然放了一只小小的白木盆，大概就是所谓洗脸盆。有大半盆清水！确比沟里的水干净得多，一准是林老太婆曾经夸过口的，他们所特有的土井水。只是盆边上搭的那张洗脸帕，虽不甚黑，却因是土制的毛葛巾，天生的又硬又厚，沾染了汗气，是颇难把它搓去的。

女的强勉跨进堂屋，把手指在清水里淘了淘。实在没有勇气去取那毛葛巾，连忙退到院坝里，把两手向空中使劲摔了几下，差不多半干了；又从腋下夹着的纹皮手提包中，搜出了一张粉红花边细麻纱手巾，揩了揩。

林大娘端了张靠背竹椅出来道："太太，在这里坐，凉快些，有风。"

女的点点头，坐了下来。一面又在手提包内搜出一只扑粉盒，就着那块小镜，一面用心的照，一面仍旧在问林老太婆："你们这一带还清静吗？"

老太婆坐在一条窄窄的木板凳上。她媳妇递了只老式的黄铜水烟袋给她。明知道这种东西不是城里太太们所欲接触，于是林大娘连问也不假意问一声，而老太婆遂也连让也不假意让一下。烟丝必不是城内刨烟铺刨的，粗得像干草须，红得像土红染过，是赶场时贩子手上的商品。据说已比战前贵多了，然而以一支三五牌纸烟的价钱，仍然可以买一大包，足够乡下人两三人半月之需了。

老太婆牙齿残缺，又坐在风头上，吹纸捻的工作，几乎全靠了二招子。但二招子也不专心在吹纸捻，她的一双乌黑灵活的眼睛，一颗天真坦白的心，全寄寓在那女宾的全身和其一举一动上面去了。

也得亏几年来城市中一般有钱有产的男男女女，都被日本飞机骚扰得不敢再藏在他们的迷宫和宝塔里，而把他们不容易使人看清楚，和不容易使人懂得的生活，全然暴露在光天化日的田野间之故，尤其是许多更令人稀奇的外省人，也毫无优越感的肯交流到四乡之故，于是一般流行的别致打扮，例如女人之电烫头发，无袖无领的衣衫，乳衬、乳罩、三角裤，以及便于在脚指甲上搽蔻丹的空前绝后的皮条鞋，甚至令人骤睹之下，总会大骇一跳的白边黑玻璃的太阳镜等，还有一种流行的别致动作，例如男的女的搂抱着走，在不甚隐蔽的所在公然亲嘴，有时还要亲响，众目所视地方，毫无顾忌地躺在一块，甚至于不分彼此地跳到水里，嘻哈打笑的游水啦，打水迷子啦，而且男的还不怕触霉头的给女的钻裆，都薄薄穿一件连裆背心，但是什么东西看不见呢？像这种打扮，这种动作，如其在十年前，岂但要被官府悬为厉禁，就是无论何人，只要说一声有伤风化，打死他！则这一对狗男女必会立毙在众忿之下，还得剥光了示众三天，给任何老先生去吐口水，而不准收尸哩。然而现在，逐处都是，看惯了，倒也并不感到有什么不得了的事情；也没有人再把国弱民贫的责任归之于摩登妇女的不穿裙子，和衣袖太短上去了。

因此对于那城里太太，不但顽固守旧的林老太婆未曾把她看作妖精，即少见多怪的二招子也没有丝毫惊异，她已不像前两年样，一看见女人之光赤两腿，便相信她没穿裤子，而她此刻之专注，只是羡慕这摩登太太穿得好，打扮得妖艳，而人又实在好看。

她的奶奶并不羡慕，一面吹烟锅巴，一面还是那样颇有芒刺地答说："周围一里地没一家疏散的人户，连小偷都没有，还不是同几十年前一样，有啥不清静?"

女的注意力全被那一块小镜子吸去了，一张粉纸在鼻梁上搋了又搋，放下粉纸，又用右手指头摩挲着额脑眼皮，那样的精细，那样的留心，简直是一位名雕刻师之抚爱他那成功的艺术品，两者的心情，恐也没有多大的分别。

"有了警报，你们当然用不着躲了!"无意义的话，自然是未经思考，冲口而出的。

林大娘坐在堂屋门口纺纱凳上，笑道:"还躲么?……"

老太婆接着说:"日本飞机也不会炸我们穷人的，我们怕啥?"

女的似乎觉到了这老妇人的语意了，便将镜子粉盒一齐收入提包内，举眼把她三代人望了望，才说道:"敌人的炸弹倒没有眼睛，它只要多多炸死些中国人，管你是有钱的没钱的。你们不晓得我们打的叫国战吗? 若果打不赢，全都是亡国奴! 那时，都要遭日本人的欺负，哪怕你就穷得没饭吃! ……"

"太太，你说的是大道理话，我们懂。这几年，随时都有做官的念书的先生小姐们向我们说过多少啰! 我们想想，都对，只有一点想不通:那就是城里头那们多的精壮小伙子，为啥不弄去当兵，偏偏要向我们做田的穷人家来拉? 人拉走了，没人做田，又为啥硬要我们缴谷米出钱? 还有啥子修马路，修飞机场，派工派款，总是朝乡下穷人头上派! 向保长甲长们理论，那是说不清的，只一句话:上头要! 为啥呢? 为的打国战? 打国战么? 是众人的事呀! 为啥城里头有钱的人，兵也不当，钱也不出，工也不派？像我们主人家陆旅长，听说到前线去了两个月，就跑回省来做生意，发了国难财不算，还年年吵着要加我们的租，生怕把我们当佃客的穷人鸩不死①！太太，我也问过那些向我们讲话的先生们。我说，打国战，是不是只算我们穷人的事？你们嘴巴又会说，身体又结实，为啥只劝我们出钱出人？难道你们口口声声喊的国家，只是我们才有份吗？先生们没话说，只拿眼睛恨我。今天你太太也是这番话，真把我搞糊涂了？……"

女的本来能说会道，交际场上颇去得的，此刻却只能摆出一脸不悦之色，一任老妇人去发牢骚。

"……我们原本是做田的穷人，一年苦到头，很难得吃上整半个月的白米干饭。日本人就杀来了，我想也不过像眼面前这样罢了，饭总是吃不饱的，穿哩，凭自己做点穿点，说不定不再打仗，还可以免得拉兵。所以我们大家背地里讲起来，光拿日本人来骇我们，我们偏不怕……"

林大娘并不算怎么老实的乡间女人，感到话不能再这样说下去了，遂站起来笑道："老奶奶也是啰！越老话越多！人家太太是好意问你一句，你就这样唠唠叨叨地说了一长篇，不怕人家笑你吗？"

"哦！……是啰！……你早该提醒我呀！……唉，唉！太

---

① 川语，凡谓害人或玩弄人使人吃亏，皆曰鸩人。——作者注（此注见《死水微澜》。作者曾说明，"鸩"为"鸩酒"略语，实指毒酒。）

太，你莫多心呀！我并不是要和你斗嘴……只是……"

女的也向林大娘微微一笑道："我倒没关系，我也是女人家，当兵不当兵，都没我的份。钱哩，并不怎么富有，比起你们，算是不愁穿吃罢了。不过，你们老奶奶的嘴，确实唠叨。如今这世道，你能不问青红皂白，随便向人乱说得吗？如其遇合着有关系的，或者气性大的，他倒不管你老，你穷，你是女的。……你们住在乡下，耳朵不长，又没有报，却不晓得城里逮过多少人来关起。还不是有女的？罪名哩，不说你是汉奸，就说你是共产党。其实，就为了乱说话！"

"是吗？我就是常劝我们的老奶奶说，如今世道不好，少说点话。穷人多啦，吃苦遭灾的不止我们一家。别人都不开腔，光只你一个人叫唤做啥子！以前还不晓得要逮人，既这样，你老人家从此住了口罢！"

老太婆不服气地说："逮人么？我才不怕哩！坐监坐牢，有吃有穿，我活了六十五岁，享享现成福也好！"

女的同她媳妇都笑了起来。

忽然辽远的传来了一声："莉华！"

女的连忙站起来道："我的朋友，……啊，我的先生在喊了！"

她还没动步，那条黑宝早已跛着脚，从屋山跟前冲了出去，并且一路狂吠。幺满子不待大人指挥，早已抄起一根竹竿追了去："黑宝！……黑宝！……"

"你们这狗好凶，……多骇人！"

"乡坝里头不喂条把狗，是不行的，夜里有个啥响动，全靠它。……也是样子骇人，其实并不下口。以前不着人打跛时，还凶得多。"

女的一面打开皮包在找什么，一面问："为啥打跛它？"

"就是前年半夜里，县府的人来拉我们三兄弟的时候，它咬人，着一个兵开了一火，就把一只后腿打断了。"

老太婆同二招子也跟着送出来，还是那样客客气气地说着应酬的话："多坐下子嘛！……天气还早！……下回再有警报，只管到我们这里来躲，……总比那沟边好些！……"

女的也敷衍了两句，顺手将一张崭新的，印刷纸张都不甚精美，而票面却标着四百元的法币，递与林大娘道："打扰了你们。这四百元，权当给你们的水钱，请你莫嫌弃！"

"啊，咋使得！……四百元要割三斤多猪肉了，一盆冷水，哪值这们多！……"

老太婆也说："太太，使不得，你肯来坐坐，已经赏光了。刚才又给过娃儿的东西，实在不好再多谢啦！……"

结果，四百元还是塞在林大娘的满是厚茧的手上，而换得了两颗朴实感谢的心。

女的很为得意的挟着皮包，学着电影明星的步伐，急匆匆走出竹林，在泥路上远远就迎着那男的说："你喊啥？……才一会儿……难道我逃跑了？……"

男的站住了。把拈在指头上的烟卷，又挨在嘴上。直等她走拢，才道："你说的才一会儿，你看，快三点了！"

同时把手腕上一只飞行表扬了扬："你们的脾气，总是牵藤挂刺的，只要有人搭白，话匣子一打开，点把钟就过去了。……稀脏腥臜龊龊的地方，亏你也能待下去。……要不喊，恐不等到天黑！……"

　　"就是三点钟，也还早，你忙些啥?"

　　"我倒不忙，老金他们说的七点半准来，虽不算请客，先打了招呼的，总得预备一下。"

　　"亏你这时候才想起来，要靠你，还预备得及吗？……告诉你，走之前，我已跟老邓吩咐过了。"

　　男的忙又取出一支纸烟递了过来："到底太太能干!"

　　"哪个是你的太太？趁这时弄清楚，免在人面前扯起来，又说我得罪人。"话虽如此，纸烟仍接了过手，并且脸上也不像怎么认真的神气。

　　"我并没说是我的太太，我没有庞兴国先生的福气。"男的顽皮地笑了笑，"而且，谁又不晓得庞太太就是有名的陈莉华，陈三小姐？……"

　　"对啦！既是陈三小姐，"两个人抽着纸烟，向沟边走回来，"就不准太太前太太后的乱称呼!"

　　男的右手已从背后伸过去将她腰肢搂着，因就凑在耳边轻轻地说："我还是希望……"

　　"没希望的，陈先生！……"但是唇角上已挂上了笑容，而清如秋水的眼波也更其溶溶地起了涟漪。

第四章　意料中的灾害

一条相当宽的马路，从稻田当中，蜿蜿蜒蜒指向城外的街口。

马路是上半年才培修过。因为全出于征集来的人工之手，材料不能算不够，一锤一锤打碎的鹅卵石，也铺有几寸厚，黄泥浆灌饱后，也还盖有一层三合土。就由于没有很重的压路机器，而滚压路基和路面的，仅靠了那一只二十几人才拖得动的大石磙。这在公路局和一般专门主持建设工作的官员们眼里估量来，也够好几吨重量，似乎其功用已可抵得住一部外国压路机器的了。确乎在刚刚修好的半个月，路面倒也平滑，像城里马路面之刚刚修好后一样，但是不久，也和城里马路同一样的命运，被载重汽车的轮子一碾，便显出了凭眼睛估量也看得出来的凹凸不平。在官员们口中说起来不差什么的，实实并不科学。城里马路为观瞻所系，坏了，尚有人管，尚有泥水工人被雇来，用轻工具偶尔挖一挖，填一填，拍一拍，补一补。城外，在市街以外，不是主持建设的官员们的脚踪所及，虽也派有许多人管，但大家好像忙不过来似的，谁管？

今年是元旦宣言过的"胜利年"，大概不像去年元旦所宣言过的"反攻年"，只是一句骗人的空话罢？东门外的公路上，确乎有很多很多的十轮大军车，成队的来，成队的去。每辆车都载得那么重沉沉的，马路的皮早被碾成了细粉末，马路的骨全变成了咬车轮的牙齿。

这是成渝公路上的情形，并且那条路是培修过一年多，不比这条南门外通新津飞机场的马路，平常汽车也少，又都是小汽车吉普车之类，就有一小部分客货车，也不过仅仅过度的载上四吨罢了。然而马路的皮，还是在半年当中就被碾成了细粉末，汽车一跑过，黄色尘埃便随着车轮飞起来，总有丈把高，像透明的幕样，把马路上什么都遮完了。

两乘漂亮的私包车老半天才从幕中钻出，从反方向朝武侯祠这面飞跑。

陈三小姐在头一乘车上，拿一张粉红色花边手巾把脸全蒙了。虽然眼睛鼻孔免了袭击，但全身都像扑上了一层匀称的黄粉，尤其是两条光光的膀膊，和两条光光的腿杆。

包车跑进尘幕之后，她便用手巾把两膀再揩抹一遍，又回头向那坐在后一乘车上的男子抱怨道："还是要怪你！……把人家催得那么急，就像空袭警报已经放响了一样。……连外衣都没有带一件。……你看，又是一身灰！"

那男的一面挥着一把巴掌大的黑纸折扇，一面带笑说："没多远，快拢了，横顺一身稀脏，要洗澡的！"

　　快要转入小路了，大约只剩小半里的马路待走。远远的黄尘大起，一辆蓝色小汽车，风驰电掣的又从对面而来。

　　"快跑，快跑！"陈莉华催着她的车夫赵少清，"抢前转到小路上，免得再吃灰！"

　　赵少清简直不像才满十九岁的孩子，一身筋肉，两条长腿。虽然汗水淋漓，活像才从溪沟里爬起来的，但已把腰一弓，头一埋，那一段短跑，真不愧他同事周安带羡慕带讽刺说他的话："你娃娃不要命，飞得起来了！"

　　车子跑得箭一样快，风拂面吹过，已经不觉烦热。马路上余尘濛濛，生恐渗进眼睛去；听人说过，一不当心，便有害砂眼的危险。别的病尚可，要是害了砂眼，且不忙说可以把眼睛磨瞎，光是那轻微的现象：红线锁眼皮，岂不就送了终生？又是那男的不对，催得连太阳镜也没有带。就是带把伞也好呀！她只好把两眼紧紧闭上了。

　　两耳贯着风，仿佛觉得那男的和周安在后面叫唤些什么。周安是三十多岁的汉子，身体也强壮。毕竟拉了多年的车，持续的脚力是有的，可以从早跑到晚，可以一路小跑跑上二百华里，五十里歇口气，八十里吃顿饭，就是没有赵少清那一股冲劲。每逢两乘车同时出门时，赵少清必要先受他一番警告："莫光整老子冤枉，一起脚就冲！你妈的，要显本事，哪一天同去拉一趟长途车看。告诉你，气力要使得匀净，才不会得毛病。四八步的小跑，看来也快，老板莫话说，自家也轻巧。老子在八年前也扬过名的，现在带了坏子了，莫只顾充能干，有气力留着多拉几年。"

赵少清是他的同乡，都是安岳人。去年春天躲避拉兵上省，是他一手照应着，先找了一个当杂工的事，工钱少，活路也太轻了。赵少清闲不惯，又是他保去拉街车，生意真好，设若一天能拉上一全班，几乎可以抵个大学里的穷教书先生；比什么衙门里的有些科长都强。顿顿见荤开饭，下班后还要喝个四两酒。他，赵少清，又没有家室拖累，又不抽鸦片烟，——也偶尔来两口，太容易了，也不算贵，拉车的全抽得起。不过他不敢常抽，怕上瘾被老的骂。而周安又时常在警告他："别的都干得，这家伙却莫沾染它，那是附骨疽，他妈的，一上瘾就莫想回老家！"——又不好赌博，只是喜欢打扮自己：拿破仑发式早留起了，一星期要跑一回理发店，脸总是刮得红红的，头发总是搽得油光水滑的。原来的土白布衣裤，业已改换成线背心，衬衫，短裤管的咔叽裤，皮腰带，线袜，毛背心，只是不穿麻纱袜和皮鞋；而布面绸里的小棉袄，泛黄呢博士帽，却是齐备了。只是下力的人太多，连当过排长以及断了一只膀膊的伤兵，甚至挟过皮包穿过长衫的师爷们，都挤了来。全班不容易拉，而自己又不大弄得清楚街道，尤其讨厌的是许多街，看不见街牌，就看见了街牌，又每每与坐车人所说的街名不同。譬如明明写着康庄街，却叫作康公庙，明明写着梓橦街，却叫钱纸巷，同时有了梓橦街，又有梓橦桥；又譬如少城内的叫东胜街，东门上的叫东升街，这不奇了，还有半节巷，便有几处，而一条西顺城街分了几段，中间又夹一条皮房街；在皇城坝，又偏偏有一条皮房后街。诸如此类，不拉上三年街车，实在无法弄得清楚。不弄清楚，那你就拉不着生意，并且如何讲价钱呢？因此，就只好拉半班，拉半班之一半，并且只要有主顾，自己先声明，不认得街道，凭公道给钱好了，这中间吃过多少亏。但是一个人终好过，比起在老家挖土，总算值价多了。其所以使他不能把街车长远拉下去的缘故，就由于警报太多。

警报期间，是拉街车的黄金时代。人满街跑，老的少的男的女的很少有几个人的手上，不拿一些东西，至少也有一只小包袱。几十万人，有一部分早疏散到四乡去了。各机关各学校是为表率的，把乡间许多大院子，如祠堂庙宇之类，占完了，不够，还很迅速的建造起许多简陋的茅草房子：沿马路的成了街，在田野间的成了村落。其次，是一般有钱人，乐得借此在四乡修造一些永久性或半永久性的别墅。再次，一般小有产者也大批的在认真疏散，这般人还有机会向政府借一笔疏散建造费，利用佃农的余地，或是本来预备给死人长眠的空土上，立一些聊蔽风雨的房舍。然而在城里安居惯了的人，总感觉得暂时疏散几天，换一下环境，未始不新鲜有趣，一久了，连住上十天半月，遂发现了百般的不便：没有电灯，煤油又贵得不近人情，非有思古幽情的人，是不容易再伤味那一灯如豆的点菜油的生活；没有医药设备，就是一点伤风咳嗽的小病，也很难找得一个相信得下的中医，而疏散期间，偏偏生疮害病的又多，没有多少人能有专请一个西医到乡间走一趟的财力，而且治得好病的高明西医已经不多，又忙，除非达官贵人，他哪有许多工夫分得出来？至于有现代设备的医院，那是宗教家口里的天堂，更不是疏散地方的人所能妄想得到；买点日常生活上的东西也实在不方便，疏散地方，除了猪肉，除了顶寻常的小菜，可以多出十分之一的钱买得到外，其他全须求之于城内。因此，几十万人，只管有一部分早疏散到四乡，只管政府的好心，三令五申地劝告大家安心搬到乡下去，勒令安心搬到乡下去，甚至搬出城门的东西不许再搬进城门；而城门也不惜拆光，巍峨的城墙，也不惜开上许多缺口，以便利人们的搬动；可是，大家要生活呀，要生活得方便和有趣呀！不能疏散的，真不能疏散，就疏散了的，又哪一天不须进一回城？已经有这么一部分人需要成都唯一方便的交通工具：人力车了，而况乎一到警报时，凡在城内的又多半需要它载人载物，向四乡跑呢？于是人力车的身价，便因需要之殷而高了起来，平时涨到十元钱的路程，此刻，有些车夫就凭豪气要了：加十倍，是天理人情，加五十倍，也还合乎天理，加一百倍，又何尝不是人情？倘或对象是病人，是老年人，是走不动路的女人和小孩子，那又更在天理人情之外，就凭你的良心好了。人到买命时，是不计算钱的。

但是，也有拉车的不好处。一趟生意拉到四乡，警报不解除，绝对不许再在街上走。就是城外的街道，近郊的马路，只要有警察，有宪兵，有保安队，有防护团在巡逻，在放哨时，都不许走。理由是紧急警报之后，不管日本飞机来不来，我们的城乡间是不准暴露半个人影，半件物资；而人力车也是物资之一。警察等大都是只知道命令，而不甚了解这命令的理由，而且命令是权威，他本身的意志也是权威，年轻人认字不多，受的训练又不同，意识中凡是穷人平民都该他管，都该他教；一说到管教，那他必一切是对，而被管被教者必一切不对，这是至高原理，尤其是对付苦力，如拉车的人。倘若敢不听话，比如不准暴露，哪怕就放了解除哨，我安心同你开玩笑，偏说还没听见，还没确实命令传递来，不准走，不准通过；你不听命令吗？那好，耳光脚头打了你，还要你服输。再不然，还要弄坏你的车带，或是别的什么，总要叫你受点意外损失，耽搁你整一班没生意。是内行，自有眼法手法说法躲过这些权威，而不吃亏，但刚学拉车的生毛猴儿，则专门是权威的下饭菜。赵少清刚走了旺运不久，就遭遇过这么几次，气得他对着周安又哭又跳："老子不要命，同他杂种拼了！""你拼得赢他吗？我才信哩！""老子们凭气力挣钱吃饭，又莫抢人害人，为啥动辄就挨打受气？""民国年间就是这样！"最后才下了决心："拉街车不干了，再干不算人生父母养的！……"

恰好陈三小姐的包车夫犯事被开销了，凭了周安运动了王嫂推荐，才被雇去拉私包车。

由拉街车到拉私包车，算是升级，也同某些机关里的股长升任科长样，面子好看，其实说到收入，却差多了。但是拉了三个多月，赵少清是心安理得的，除了活路不扎实，住得好，吃得好之外，到底因为拉的是陈三小姐，那是体面的女客呀！拉了漂亮的私包车，心里已经舒服，坐的人再漂亮，拉起来更有劲些。因为，从此不再受警察先生的莅气了。警察对于黑得透亮的私包车，早就敬畏三分；对于那些坐在私包车上的，有钱有势的老爷、太太或小姐，哪能正眼相视？坐私包车者的权威使一向欺负赵少清的警察先生尚且如此。因此，钱多钱少，倒不在乎，只要女主人高兴，偶尔赞叹一句"赵少清这小子还要得！"那就荣幸之至！只要陈三小姐叫声跑，还有什么顾忌？哪怕是万丈悬崖，他也有本事飞过去。……

一弓腰，一埋头，飞似的就跑向前去。前面可惜不是万丈悬岩，而是比他强得多的汽车。

就是那蓝色小汽车，虎虎地迎面冲来！

要转弯的小路就在跟前，赵少清伶俐的向小路上一抢，恰那小汽车也正掉了头，于是人啦车啦终于碰上。

简直是天崩地塌样，漂亮的私包车已翻下路旁小沟，赵少清血淋淋的仰卧在稻田里。

汽车登时煞住，周安拉着那男的也一路大喊大叫地跑到了。

汽车门一开，跳下了几个人，一同喊叫："怎吗？……怎吗？……"

"是小马么！……好冒失！……赶快救人！……是莉华！……"

"该死哟！开汽车是这样开的吗？……喇叭也不按！……撞死了人，看你们咋个办！……"

"吵啥子！……快快把陈三小姐扶起来！……跌伤了哪里？……"

"唉！……只怪我们说话去了，不当心，……也没想到这车夫恁大的胆子，会朝汽车上撞！……"

"神天保佑啦！莉华不要跌坏了才好呀！……"

"还好，还好，……没跌坏哪里吗？……莫管车子，那算什么！……"

"莉华，……真真骇死人了！万想不到是你！……"

陈莉华被几个男的从沟里搀扶起来。沟并不深，也没有许多水，仅仅把头发和大半边身子打脏了。也得亏是泥沟，又有点水，人碰上去的地方都不算硬，免了破皮流血，折筋断骨之灾。经那男的把周身上下仔细看了一遍后，才吁了一口气道："没有血迹！"

陈莉华却仍一声不响地坐在地上，把右手抚着额头，眼睛低垂着不看一个人，好久才说："头昏！"

男的把小马看了一眼道："怕是头部撞伤了，……这要你负责！"

小马是二十几岁，一个外表颇为精悍的小伙子。当时就从陈莉华身边站了起来道："负责、负责、……绝对负责！……莉华，我就拿汽车送你到城里检查去。"

他俯身伸手去搀陈莉华。

她把肩头一摆说："见了鬼！……我又没死，要检查些啥？"

另一个少年是小马的朋友，一口重庆腔，说道："他们住的地方在哪里儿？"

小马指着小路深处，一带矮矮的砖围墙，墙内露有一只楼角处道："那不就是?"

"不如先把她送回去,待我拿汽车去接医生来的好。……倒是那车夫,……"

"这倒要你负责任的。"陈莉华眉头一扬,顺眼朝赵少清那方看去,"开汽车的是谁?……"

赵少清已被周安扶起,坐在地上。大概是头和右膀都跌破了,一脸一身的血,腿大概也受了重伤,说是站不起来。不知是痛麻木了吗,或由于他忍耐力特别强,不呻唤,也没有哭。

"是这位朋友卫作善老兄的司机。也不能怪他,路太弯曲了,又这们高的草,在转弯前,简直看不见前头,就叫我亲自开车,也会出拐,何况钱司机又才到成都,路很生。……"

"为啥不按喇叭?"男的犹然不甚舒服地说,"这却不对!……设若真个碾死了人呢?"

卫作善老是赔着笑脸道:"彼此都有点过失。现在不是理论是非的时候,请先把这位太太扶上汽车,让我们开过去后,再回头来载那车夫进城找医生。"

小马道:"让我先介绍一下,……这位就是陈三小姐!……这位就是陈登云先生!大家都是好朋友,以后合作的时候多哩。今天是卫老兄专诚来拜谒,却没料到恰碰着三小姐的年灾月降,……"

陈莉华已狼狈地了起来,好像不愿意未见过面的朋友多留些坏印象在脑子里,仍向着小马说:"我还好,用不着汽车送,倒是我那车夫的伤不轻,劳烦卫先生赶快把他载走罢!"

都晓得陈三小姐说的话是画一不二的，遂都依言把赵少清架到小汽车上。陈莉华又吩咐周安跟着去照料，看了结果如何，赶快回来报告。

"两乘包车呢？"周安尚不失其镇静地说："小姐的那乘，杠子碰断了，车圈也压弯了，车灯踏铃全坏了，要大大的收拾了才坐得。……"

"不要你管，"陈登云挥着手说，"等我同马先生自己拉回去，撞坏了的，自然该收拾，那是以后的话。"

小马笑道："叫卫作善赔一乘崭新的就完了！……"

卫作善在钱司机身旁，连连点头说："何消说呢？……啊！几乎忘了！莫问你们，该找哪个医生？"

小马主张是四圣祠施密斯医生，陈登云则以为不如公立医院的霍医生，两个人坚定相信各人所举的医生都有了不起的本事，并且各提出例证。小马的是：上年坐飞机到成都，航空公司的大汽车在驷马桥撞跌了一个乡下人，"脑壳跌得稀烂，看来已不像人形，但是一经施密斯治疗后，不到两星期就出院了。"霍医生却也是一个留学美国的有名的外科医生，尤长于开刀，"架子当然大，连主席找他，都得听他的便。不过同我极熟，只要有我一张片子，他就吃着饭，也得搁下碗的，那就比外国人通商量多了。"

"这样好了，"卫作善折中道，"车夫送到四圣祠，指定找施密斯，回头再找霍大夫来给陈三小姐检查。不过请霍大夫，却要陈哥子一张名片，请得来请不来，我可不敢负全责。"

汽车又风快地开走了。天上的云越来越浓，风倒停止了。马路上的黄埃更像一重幕。

第五章　"归兮山庄"

陈莉华一脑子的惊恐，一身的气，一肚皮的不自在，本打算一齐发泄在陈登云和小马身上的，却不想在洒有紫罗兰香精的温水中一浸后，这些全都从千万毛孔中融合到水里去了。

头发也洗了，正由王嫂小心翼翼地用几张干毛巾搓着。

她自己则赤条条地坐在一面窄窄的长玻砖穿衣镜前，向自己周身端详着。一面是在研究手肘上肩头上两膝上几处碰青紫的伤痕，有没有大关系，一面也是日常功课，洗澡之后必然的要欣赏好半晌自己的美。

王嫂是四十多岁的一个寡妇，华阳县人，在庞家就服侍起她，是她得力的一个女仆，参与过她的秘密。不但她自己说过，也曾被女主人试过多次，口确是紧，凡是女主人的事，从没有泄露过半句；而且行为又很端正，不见小，不乱批评别人的不对。对于女主人更是体贴周到，陈莉华曾经向她说过笑："王王，如其你是个男人，我真愿意跟你一辈子！"她们已至忘形的境界，所以连陈登云同居了八个月颇不容易在光天化日之下尽情看过的曲线，她，王嫂，倒天天的能饱眼福，而且还能用她半僵硬的手，随意抚摩之，而且还若无其事然，不使女主人感到丝毫难过。

即如这时，她只用心用意的在搓头发，口里只是说："我老早就叫你买一个电吹回来，你总是忘记，与其几天出去洗一回头，不如在自己家里洗，只要有电吹，多方便！"

"看我背上腰上有没有伤。"

然后，她的眼光才离开了漆黑而鬈曲的头发，移到莹白的背上，和曲线极多而线条又极柔和的部分，也只是像接生妇之审视初下地的婴儿，顶多，也不过像看护士之看护她的病人样，仔细慎重，却又是职业的那样看法。

"没有伤。"

"却是那些地方全有点痛哩。"

"没有外伤，想是闪着了，这要等医生来检查。"

头发搓得半干了，王嫂用角梳梳着，一面还是在抱怨为啥不买一只电吹回来。

陈莉华把三角裤和丝背心穿上，忽然对着镜子嫣然一笑说："王王，我今天若果跌死了，或是被汽车碾死了，你咋个办？……"

"那，我不等到这时候，早就哭死了！"

陈莉华虽仍旧扑着粉，画着眉毛，很注意地望着那个俏丽的人影；但脸上却摆出一种自信的神色道："恐怕哭死的倒不止你一个人！"

"不见得罢!"忽又恍然若有所悟,把头一点道:"哦!当真,还有几个人哩,庞先生同贞姑儿……"

陈莉华正在搽口红,似乎不便有什么表示。王嫂已把一件浅蓝花绸宽领短袖旗袍,从立橱里取了出来。

"为啥穿这件,样式多老!……"

"因为是大襟,好穿好脱,一会儿医生来检查时,比那钻领的方便。"

"我还是要下楼去的,今天有生客。……"

"生客?还不是那一伙毛猴儿!只要人生得好看,凭你穿啥子都对。"

"那也不见得,比方今天我们躲警报时,一个年轻女人,拿模样来说,倒好一个胎胎儿,就是一件花标布旗袍缝得太难看,窍也没取,直统统的,把人也显丑了。陈登云说的全身苔气,……你莫看轻他们毛猴儿,眼睛还是很厉害哩。"

王嫂不说什么,仍固执地举着那件绸旗袍。

"真讨厌,遇事都要由你主张!"虽是蹙起眉头这样说,但仍温驯地把衣衫穿上了。下面还是赤脚靸一双半高跟的香港藤拖鞋。一切齐备了,犹然站在镜子跟前,拿梳子把那蓬松的两鬓梳得更为蓬松有致。

"王王,如其赵少清跌成了残疾,才是我的过哩!……你看,我该咋个办?"

"你的过?他妈没给他生有眼睛吗?"王嫂无动于衷地收拾着房间里的一切,"再说哩,还有那个开汽车的。"

"不过我心里总过不去。"

"到那时再看罢，你还不是带了伤！……呃！说起来又该怪陈先生了，已经疏散了出来，还躲啥子警报！"

"这也不怪他，本来我们这里离航空机械学校太近了，若果日本飞机来轰炸这所学校，我们这里是不平安的。"

"你爱听这些鬼话。差不多两里路远，咋说太近？"

"哼！你没坐过飞机？地下两里路，在半空中看来，好远一点儿！只需炸弹丢的稍为偏一偏，一两里倒不算啥。'七·二七'那天你不记得吗？日本飞机明明要轰炸支矶石防空部，谁料得到卢家碾和少城公园会死伤那们多人！这两处离支矶石才不只两里路呀！"

这是顶有力的反证，不过王嫂仍然不服道："也只有你们有钱人的命贵重，才胆小！我们不躲的，不见得就该炸死！"

陈莉华立刻就马起了脸，把梳子向梳妆台上一丢，车过身，睁眼对王嫂瞪视着道："你这话才怪哩！是你们自己不躲的嘛！我们并没说过你们帮人的命贱，该留下来炸死！……"

"一句话就发起气来，骇哪个？我不是陈登云！"她一点不顾忌，犹然唠唠叨叨地说，"有钱是有钱，胆小是胆小，哪个还嚼了舌头，冤枉人？人家是一点雨一点湿，难道有的要说成没有，才安逸吗？这也值得发气，不要跟我说话好了！"

"就不跟你说！……"并且一冲地就向楼梯口奔去，刚踏下两步，不由腰背腿各处竟酸痛得啊呀了一声。

王嫂连忙跑来，一手撑住她的胳肢窝，一手揽着她的腰肢，满脸不自在的神气说道："当真还要拼命吗？何苦哩！"

"莫管我的！"她双手撑拒着："我要到客厅里去！"

"我抱你下去好了！……要赌气，等你好均匀了再赌！……我的话，是不好听咧！……脾气生就了，没法改！……好生搂着我的颈项！……莫扭！……楼梯窄！……再跌一跤，才不值哩！……"

陈莉华并不算轻，但在王嫂两臂中仍然不觉得很沉重。一到客厅门外，她道："好了，放我下来！"

"告诉你，受了伤的人，本应该躺在床上的，你偏不听话。进去，躺在软椅子上，莫动！叫他们服侍你，要上楼，等我来抱，不许那些毛猴儿揆你！……"

客厅门一启，陈登云跳了起来，叫道："下楼来了！全好了吗？"

小马毕竟细心些，忙伸过两手来道："何必下楼来呢？"

这虽是一座作为疏散住居的房子，其实并不像一般的所谓疏散房子。第一不同的，是周遭有五十几丈长的砖围墙。连墙帽子诚然和乡村院子的土垣墙差不多，也只有四尺七寸来高，但是人却难于爬上去，因为墙根内外尚种有一排密密的铁蒺藜。大门虽也矮矮的，却相当宽，准备小汽车满可以开进开出。一条修筑过的平阔泥路，由大门通到马路，大约有三百多步长，而且是独路。看门人住的一间平房就在大门旁边，这是取法华西坝考究的教员宿舍的结构。第二不同的，是平瓦顶，全砖建筑的一座楼房。楼上没有栏杆，楼下没有游廊，屋檐浅得几乎没有，接了一道铅皮做的溜筒，颇像加拿大北部的一种建筑；恰好又是坐东北，向西南，一年四季的太阳，都可从大得出奇的玻璃窗上笔直的射进房间里去。但是除了短短的寒冬三个月外，一年三季里，由于在屋外搭上了一座很不好看的篾篷；有太阳时，楼上房间仍像是烤鸭子的挂炉，没太阳时，光线又不好，风也不容易透进去，住的人还是不大舒服。就窗口数来，楼上有六间房，很规则的前三间，后三间，而中间恰是一条过道，一头抵着墙，一头通到一座虽然宽，但阶梯却相当陡峻的楼梯口，这格式绝似轮船上的舱房，又像三等旅馆的客室，如其每一间房门外配上一只号码牌子的话。楼下凭中也是一条过道，相当宽，接连前后两道有三步石阶的双扇大门，门上嵌的是五色花玻砖。这一条过道，恰与楼上的交叉成了一个人十字，只是没有人能从楼顶上作一度平面透视，所以看得出的仅仅楼下过道的两面，也是有规则的分成了四间；不过靠左两大间的隔墙上开有一道把门扇能推到墙缝里去的大隔门，如其一推开来，简直是一间相当大的舞厅；地板也是楠木条子嵌成人字形，没有钉头而又涂过几道漆的；只是墙面上未曾糊有柏林花纸，也同三等旅馆样，只在石灰上涂了一大半截赭色，一小半截湖水绿色，颜色上又揉了一道光油而已；三面几道大窗，也全装的五色花玻砖，和楼上窗子一样，没有窗纱，也没有窗帷，并且连用这两种装饰的设备都没有；而窗的外面，却又装有一排铁签，偷儿伸不进手来拨窗子，任何人却也没法伸出头去看风景，这也和楼上窗子一样，被篾篷遮得严严的，要想凭窗看看朝阳，看看晚霞，看看夜月，或看看田野风物，看看古道行人，都不可能！过道右边也是两间同样大小的房间，不过中间又抽出了一段过道，以便安置上楼的楼梯。这一小段相当暗，设若从前后门进来的人要疾趋上楼，便很容易在这里和从楼上冲下来的人碰个火星四溅。但是这座楼房原是抗日战争起后，十个月内，它的主人在解甲归田时，特别精心结构来做自己享受的别墅的。那时材料人工多么便宜，格式虽然有问题，而工坚料实，却不可厚非。

本来是别墅，所以后面还有一排平屋，是厨房，是用人宿舍，也是全砖修的，倒还是成都的土格式：明一柱，宽檐阶，既可以蔽风雨遮太阳，而又适宜于起坐眺览。前面门房旁边，还有一间汽车房哩。

本来是别墅，所以围墙之内就广种了些树，除了笔端一条洋灰走道外，全是树，全是永远长不高大的一些果树花树；也有乔木，但又是一些不容易在几年中就能长得高大的龙甲松和扁柏之类，至今还不到一丈五尺高，大概主人做的是百年树木之计罢？

本来是别墅，所以在大门门楣上，用石灰做了四个凸起的大字，而代替了穿牡丹的雄鸡，和滚绣球的哈巴狗。那四个字，当然是主人题的，很雅："归兮山庄"，也通俗，只要念过《古文观止》的，谁不知道陶渊明的一篇《归去来辞》，而头一句，谁也记得是归去来兮。只是山庄稍为不大妥，登楼一望，到处都是洑洑水田，历历烟树，唯在极晴明的当口，可以偶尔望得见西方的玉垒①，北方的天彭②，倒都是名山，不过都在百里之外去了。

　　本来是别墅，是解甲归田的主人特别修造来为自己享受的，到日本飞机能够从山西运城和湖北汉口频频飞来成都游行时，恰好就作了现成的疏散之居。那时，政府派到南京出席防空会议，讲求了防空防毒技术的专员已学得满身本事回来，正在设计宣传，叫人人做纱布口罩；叫人人以街头茶馆做临时避弹之所；叫人人在自己狭小的院子内挖一个土洞，盖上一层木板，堆上一层厚土，做防空洞；而演习时，警察尚在沿街勒令家家关大门，屏声闭气躲好！拆卸队尚灯笼火把的在大街上"报位数！开步走！"十字街口安置了向天指着的机关枪和迫击炮，说是和高射枪炮的功用差不多，而雄赳赳的防空士兵，也还在预行警报时，就高声叫着："行人不准通过！"然而"归兮山庄"的主人却能居安思危，先就疏散了出去。

　　然而经过了三个热天，三回咬人的秋老虎，三次刮大北风的严寒，四度斜风霖雨的春日，主人尝够了别墅的苦味，也被太太和姨太太们抱怨得心神不宁；赖到前两年，在成都市民和一般政府官吏都切实领受到都市轰炸的恐怖经验，知道以前所会商所宣传的防空说法全归无用，只有把密集的人口疏散到田

---

① 玉垒，山名，四川灌县西，杜甫《登楼》一诗，有"玉垒浮云变古今"句，即指此山。——原编者注
② 天彭，山名，四川彭县西北有彭门山，两峰对立如门，人称天彭门，天彭即指此。——原编者注

野间去倒是一种安全善法时，主人也才利用了原有的身份，和近来的人事，由政府介绍，无息亦无还期的向省立银行借到一笔可观的疏散建造费，在东南门之间，接近华西坝和新村不远之处，另自买了五亩地，另自修了若干间真有陶渊明之风的茅舍。这回修造，是凭太太们和两个土生土长的泥木工头商量结构而成，并未参考什么西洋杂志，也未绘制什么投影图平面图，但是据主人体验起来，倒确乎夏凉冬温，而又深得遮风避雨之用。外面是白篾竹编的牛眼篱笆，只能拦君子，而绝不能如砖墙铁蒺藜之足以拒小人，可是配上内外几丛修竹，几株大皂角树大槲子树，和左右前后若干畦青翠菜圃，又确乎比起"归兮山庄"优美得多！主人风雅之兴复作，因又在篱笆门上挂上一块不很大的白木匾，墨写了两字："田舍"。自家作过五十整寿了，便从此署名曰田舍翁。

"田舍"可居，"归兮山庄"便无所用。朋友们知道主人曾经尝过苦味的，已没有人打算承受它。大约荒废了一年光景，两个看守人还耗费过相当大的工资，主人才在一次颇有意义的赌博场上，凭着一台豪华的梭哈①，故意输给一位姓区的广东人。

区先生哩，据说生长新加坡，刚在圣约翰大学毕业不久，以英文甚好之故，已经充任了某亲贵的英文秘书。年纪虽轻，却颇能欣赏中国的本位文化。听说成都的天气好、花好、饮食

---

① 梭哈，扑克牌的一种玩法。——原编者注

好、女人也好，才特意飞到这古城来。才下飞机，颇令他失望，认为人言不足据，而尤感不便的，就是睡与厕的现代设备不够，一切还用着十九世纪的方法。但是强勉住上一周，和古城的士绅名流一往还，照他自己说，"趣味就来了！也便是中国文化的好处，味道很长，可是得慢慢地领略。"

果然，一个月后，认识了爱娜，又赢得了"归兮山庄"。人与住宅，他都喜欢，便尽量以在这古城买得出，以能托航空朋友运得来的一切，将这两件喜欢的装备起来。若非由纽约打来了两通急电，叫他立刻转印度飞去美国，有要公待办时，他真有此间乐的意思。

人是准备带到美国去的，设若不为了护照问题，和办入境的手续问题，未能如想象之迅速，而实实需要相当时间的话，他也不会急得在昆明巫家坝飞机场跳脚，大骂中国政府腐败，大骂美国领事不讲交情；也不会闹到无办法中，只好与爱娜订了三年相待之约，并抱吻了又抱吻，彼此招着手，喊着"古拜"而惨别了。

住宅哩，要卖，未免自卑了身份，说不定将来还要用它；要租，也不便，还有麻烦，现代的青年，又是干大事的，凡事只求痛快，想到麻烦，头就痛了。新近结交的好朋友，也是介绍爱娜的陈起云陈老二，不恰在成都的朋友家住着的吗？人是有信用的，社会地位也不低，前途希望颇大，方面宽，使钱又阔绰，"好，陈二哥，你就搬来住下罢！"

陈起云说："我还不是流动的？年把工夫或许也要到美国

去，怎能给你看房子?"

"没关系，凭你交代一个可靠的人。只需说明白房子是我的，随时要，随时搬走，所有家具不损坏就得了。"

"那吗，把家具开一张单子带去。"

"我多少事啰! 你以后开好了，一封信给我寄到纽约来，不就结了吗?"

但是，陈起云住了一个月，直到要去江西，把房子又转托给他兄弟和陈莉华同住时，并未将单子开出来，而区利金先生也一直没有问过。

所以客厅里那几张长沙发，都是上等的紫绒面子，而钢弦也是英国货。

陈莉华平躺下去，后脑刚好枕在那矮扶手上，小马把她的两脚捧上沙发后，就顺便坐在她膝头边，左手长伸过去搭在靠背上。

陈登云把吸燃的一支纸烟递与了她，自己又在一只江安竹黄盒内另取了一支，一面很注意地问:"痛得怎样? ……倒是外伤还好些! ……咳! 真焦人! 汽车怎么还没回来? 不是又撞了祸，着警察扣住了?"

小马仰着头道:"不会，不会，头一回，是钱司机不认识路，开足马力直向前头冲，等我说，到了，他又来个急转弯，却没注意到赵少清冲得收不住脚步。……"

"我也没想到你会来。那汽车不是老金的，我还认为是密斯特们回飞机场去的汽车哩。"陈莉华此刻更比在楼上打扮时心平气和多了，接着还微笑了笑道："险也险到注了！我当时只好闭着眼睛，听命去，不是刹车刹得快，起码这两条腿是没事了。……你们在吃酒吗？好开心！……也好，把白兰地倒一杯给我。"

陈登云正待向餐室走去时，又迟疑道："不妨事么？"

"包不妨事！"小马加重语气说："许多西药，还要掺和白兰地哩。就是中国跌打损伤的药，不也是和黄酒吃的吗？"

陈莉华拿膝头在他腰上一触道："我还没问你，老金他们哩，为啥不来？难道真要等到七点半吗？有啥事情耽搁了？"

"我也正要告诉你，他们此刻怕已到内江了。……"

远远的喇叭响了几声。

陈登云刚好把一只盛了满满一杯橙黄色白兰地的高脚玻璃盏放在旁边一张矮矮的楠木圆桌上，便匆匆走了出去，一面说："汽车来了！……霍大夫来了！……"

"说嘛！他们为啥到内江去哩。"

"说起来话长，一会儿再告诉你。"小马随即站了起来道："先关照你一句，那个卫作善，是汽车夫出身的，现在有了钱，地位也高起来了，正在绷绅士，摆龙门阵时，你得留点神，不要信口批评，得罪了人。……人倒很好，并不粗鲁，没一点下流气。……同我们几年前就认识，银钱上有来往的。……"

"今天同你跑来，有啥事吗？"

"事是有一点，不过主要目的是来亲侯你三小姐的。……"

"稀奇他亲侯，"她把口角往下一撇，却掩不下她那得意之色，"莫把人碾死了！他赔得起吗?"

一阵急遽的脚步和几个人的谈话声已在过道中了。

"笑话！……不过……"

客厅门一开，霍大夫第一个先进来。

一个中年而正在发展脂肪的人，脸色红润，表明需要的营养很够。本来一副络腮胡子，大概是美国风尚罢，却被刮得干干净净，而显示出一片青郁郁的颜色，还配着一身白洋服，白鞋袜，白考克，给人的印象是严洁，是和蔼，并不像一般的河北省人，而个儿也并不算大块。

"哈啰！三小姐，怎么啦? …… 一杯白兰地吗? 好极了！……谢谢。"

陈登云代提着手提箱走进来道："大医生的行头真重，怕不有一二十斤！"

外面才到黄昏，客厅里已不甚看得清楚。小马把电灯扭明了，陈登云说："灯泡不够亮，等我去换一只来。"

陈莉华看见医生把外衣一脱，衬衣袖一挽上，忽然拿眼睛向站在桌旁的卫作善一瞬道："要全身检查吗?"

医生笑道："不像头回，又不抽血，只管放心！"又学了两句重庆腔，"没啥来头，不扮灯儿①！"

卫作善和小马哈哈大笑着道："说得不对头！"

---

① 扮灯儿，意指开玩笑，四川重庆及川东一带多用此语汇。——原编者注

"我不是害怕，……书房里去检查，不更好些吗?"

王嫂恰也跟了进客厅，连忙说:"对，对，那边好，有美人榻。……我抱你过去。"

医生也以为然，提起手提箱就跟了过去，他对于这所房子和人是熟透了的。

第六章　一夕话

陈登云把竹黄盒子递过去，卫作善摆了摆头道："我有雪茄。……抽一支吗？"立刻就从灰哔叽上装内袋里摸出了一只香港纹皮烟匣来，抽出一支很玲珑的雪茄，先拿在鼻子跟前闻了一下。

"谢谢你，我是抽纸烟的。"

"抽一支。真正的小吕宋，你闻，多香！"

"我没有那们大的瘾。……也是你从香港撤退时带出来的吗？装潢果然不错。"

卫作善把雪茄吸燃，仍然把一个结实的身子在太师椅上摆好后，才说："好说，香港带出来的，还留得到现在？……这是，……这是今年春上，在上海买的。……本来买得不少，但多数都孝敬了院长，留下来的，就只够自己用了。"

"你起先说的，院长在上海已有了布置，是真的么？"小马插嘴问。

"岂但他，在上海有布置的人多哩！……告诉你，……说起来你又不信，有一天，我在永安买东西，忽然碰见一个人，是头个月在重庆才认得的，我晓得他是特工，他也晓得我是做啥子事的。……那时，他同着一大群人，男男女女，好像都是机关里的什么人。……他只同我淡淡打了个招呼，无意地说了句才到吗？……嗯，你们再也想不到，当天夜里就有人钻到我那里来了。……他格老子，动手倒骇了我一跳，我以为既是特工……"

"同你打招呼的那个人吗？"小马莫名其妙地问。

虽然桌上就摆有一只烟灰缸，但卫作善的雪茄烟灰却一直是弹在脚下那幅考究的天津地毯上。陈登云只差明白告诉他了，但他还是那样不在意下的哈哈一笑说："你没听清楚。前一个特工，是重庆的，我们这边的。后一个，是伪政府的，李士群的。……嚇！特工真多，也真行！只要你眼睛眨一眨，一不留意，就着他舅子看出破绽来了。……像你这样不机警的人么，不多心，一下码头只有着抓的。……"

客厅门一响，原来是周安。

"你怎么回来了？原说你留在医院里的。"陈登云略为吃惊地问。

"我是特为回来报告小姐和先生的。"

小马道："死了吗？"

"没有。……检查过了，脑壳和肩膀都要开刀，医院里说，要先交手术费。"

还是小马在问："交好多？"

"十万块!"

"咧个杂①,十万块!"卫作善火冒冒地跳了起来,几乎是直着脖子在叫,"起先的十万块,不是讲明,见啥都在内了?"

周安睭着两眼道:"医院里这样说的,我咋晓得!"

"叫他们开刀就是了。"小马把手一挥。

"医院里说的,要先交费。"

"他狗娘养的,敲老子钉锤!"卫作善简直约束不住自己,雪茄烟灰更其洒了一地毡。

陈登云抄着手靠在一张立背椅上,老不开腔。周安一口一声要十万块,并且说:"医院里限定九点以前送去,不然的话,不负责任。"小马只是说"开了刀再说",而卫作善始终不愿当砸子石②。

当卫作善正把小半段雪茄丢到屋角痰盒里,脸红筋胀的第三次说到"就碾死块把人,也不过花十万块罢咧!老子硬不出,叫他杂种莫开刀!"恰恰霍大夫起来诉说检查经过,周安不得要领,一路咕噜着开门出去了。

"……还好,不至于有内伤。但是……"

陈莉华很尖锐的声音已在过道中叫了起来:"陈登云,你来,我问你!开刀费到底拿不拿?"

_____

① 重庆一带人的口音,是"这个杂种"的省略句,这里表示惊叹之意。——原编者注
② 一种坚硬的卵石,这里意指单纯而傻头傻脑的人。——原编者注

应声而去的是小马，并不是陈登云。

霍大夫愕然道："开刀费？"

"是三小姐的车夫赵少清。"

"凭你老先生裁判一下，"卫作善以请教的口气说，但是和平多了，已没有刚才的汹汹之势，"已经交过十万了，现在又另要开刀费十万，岂不是故意敲钉锤？"

"谁要？"

"自然是施密斯要的。"

"在他，这不算什么。"霍大夫有意思地笑了笑，"本来，目前物价涨得太凶，药品又不容易运来，开医院的确也有难于支持之苦。十万元的数目，就多也多得有限。作兴是钉锤，还算是很小的。如其你老兄遇着某一位大医生，他不敲你五六十万，那才怪哩！依我说，十万元既救活了人，又卖了三小姐的人情，作为请了几回客，也不算贵啦！"

卫作善道："我并非不肯出，一二十万，倒不在这些人的意下！只是他妈的立逼下马，限定即刻就要，未免……"

小马扶着陈莉华进来。

"……就这样罢，还是叫你们车夫同我一道去。让我当面签支票，当面问清楚，该不会再有别啥子开销？……妈的，碰到了鬼！现在连啥都贵了，开汽车真得当心！……对不住，三小姐，今天真是……"

陈莉华靠在沙发上一声不响，不但没有刚才当主人的迎人笑脸，而且那双会说话的眼睛简直变成了很锋利的两把刀。

医生拒绝了再搭汽车回城。他说，由这里走回华西后坝的家，倒近些。

及至陈登云和小马周旋着送客出去之后，王嫂把手提箱又提进来，放在一只条桌上。

"还是一个踩倒爬！我才不卖他的人情哩！呸！还说他碰到了鬼！"陈莉华才舒了一口气说。

王嫂两手一拍道："真是的，我们这儿倒从没看见过这样的暴发户！"

医生一面取纸烟，一面轻声笑道："还没走远哩！"

"我怕他听见！撞了祸，又舍不得钱！我倒要劝我们小姐以后再别要客气了，有啥话，就给他喀杂①出来！"

"还消你鼓励？"陈登云在门边说，"刚才不只差开了花了？好阵仗！……"

"我要怪小马，……"

"该怪我，但是也容我一言告禀，……"

"不听你的，……王王，啥时候了，开得饭了罢？霍大夫难得来的，去开一听鲍鱼，叫老邓加点小白菜在里头。"

"不必费事，有白兰地就行。"

已入夜了，客厅里反而更热起来。光穿一件衬衫，电扇开

---

① 两方争吵，一方要把对方的一切和盘托出，在四川语汇中，也有说："给他端点出来！""喀杂"形容刀砍斧切的声势。——原编者注

得唿唿响，头上还不住出汗。

陈莉华道："你们看外面有没有月亮，今天是阴历初九罢？有月亮，我们就在外面乘凉，外面吃；这里头太热了，霍大夫是胖子，经不住热的。"

"我倒不怕热。不过外面空气好些。"

"把门外的电灯扭开也行，倒不一定要有月亮。……你不怕着凉吗？这倒是问题。"

小马也说怕着凉，受了伤的，宁可热一点的好。医生保证不要紧，只是加一件外衣就得了。

王嫂同打杂的老吴来搬沙发和桌椅。

医生刚把他的病人一扶到外面洋灰宽走道上，立刻就觉凉风习习，通身皆爽。同时，那四下里的虫鸣蛙叫，也比在屋子里吵耳朵，但是比起电扇响声来，好听些。

天上是阴云密布，月亮看不见，不过到处都是明的，好像黄昏时候。倒是那一百瓦特的门灯，因为近来电力越发不足，反黯然无光了。

医生仰面说道："明天必是阴天，不会放警报的了。"

"大夫，你由城里来，到底今天炸的哪儿？"

"是昭觉寺的空军医院。"

陈登云向三小姐笑道："那伙人果然猜准了，在北门外！"

"哪伙人？"

"同我们在梖木沟躲警报的人。"

"不是躲了警报回来，又碰不上你们那鬼汽车了。……噢，小马，我说的，霍大夫这回的医药费，我不出的。"

"自然，自然，通通由我送过去。"

"咋个由你送？你才大方嗬！"

"倒不敢绷苏气，还不在他户头下一笔就划过了？所以我刚才不是向周安说，莫吵莫吵，在我号上去拿就完了；我不好明说；周安又不懂这个窍，反而把事情弄岔了。"

"并没弄岔，倒是叫得明明白白的好！"

"三小姐，你太爽快了，你不晓得各人有各人的脾气。卫作善这个人，别的都好，也够朋友，就只一点怪毛病：正当使的钱，总舍不得出手，每每都是，到头来使出几倍，又没话说。最好是，钱不由他亲手拿出来，便不感到那么心疼！"

"还是踩倒爬！"

医生哈哈笑道："你们这句成都话真俏皮！骂了人是乌龟，人还莫名其妙。……哈哈！……"

陈登云道："踩倒爬，并不是乌龟。"

"是什么呢？"

"我也莫名其妙，只晓得那意思是挖苦人，听不来好话，若是用强力估住他，他就百依百顺。不明白到底是个啥东西，必须用脚踩着它，它才会爬：踩得重，爬得快，……"

"那不就是乌龟？"

"管它是啥，"小马道，"总之，踩倒爬现在太多了！说句真话，连我们那位大老板不也是吗？卫作善更是时来运来，几年里头发了国难财不算，还撩着竿儿爬了上去，居然爬到准要人的地位，要不是运气好的话，……"

陈莉华抿着嘴一笑道："好啰！大哥别说二哥，说起来都差不多。凭我看，你们的运气都好！"

"连我在内吗？"医生把眼一眯，调皮地问。

小马道："运气好，我承认；发国难财，我也承认；不过，我们也还有点儿谱，哪能赶得上他，转瞬之间，不是处长便是局长了！但说起来哪个相信，前三年还只是一个汽车夫？……"

医生插嘴道："汽车夫么，难怪！车轮一转，钞票上万，喇叭一响，黄金千两，人家有过司机发财年的。三小姐把医生也算了进去，鄙人不胜荣幸之至，敢代敝界同人一鞠躬！……二鞠躬！……三……"

"撞着背！油来了，打脏衣裳！"

众人愕然，一回头，原来是不常见的老吴，毛手毛脚地端了一张大掌盘。

陈登云连忙抱歉似地说："车夫都不在，只好叫他来代劳。……真是粗人！你就说请让一下不好吗？……"

"王王呢？她来经由①一下也好呀！"

小马一面帮忙把掌盘里的五个大碗，一样一样端到圆桌上，一面笑着说："晓得打招呼，已经对的，老吴比起我们号上的老杨就精灵多了！……老吴，你抬过滑竿吗？"

_____

① 经由，一作经佑，意指伺候、服侍、照料。这是四川人的语汇。——原编者注

老吴咧着一张缺了牙齿的大口道："抬过的，从前还抬过三丁拐长途轿子哩。"

"那你一定还记得：'天上明亮亮，地下水凼凼。''左手力大，右手让它一下。'……"

"哈哈！你先生倒内行！这些都记不得，敢在路上写生意？……"

陈莉华挥着手笑道："老吴，走走，马先生故意挖苦你的。……"

"挖苦我？为啥子要挖苦我？"

"因为你太笨。"陈登云道，"请大家让一下好了，为啥要喊'撞着背，油来了！'不是活像抬滑竿的在打招呼？"

老吴还是老老实实地笑说："抬过滑竿就抬过滑竿，也不算挖苦。"

王嫂送酒出来道："这瓶酒快斟完了，再开一瓶吗？"

陈莉华说："我不要白兰地。王王，还是把那瓶葡萄酒拿给我。"

"小马陪大夫喝白兰地，我和莉华喝葡萄酒。"

"你的白兰地快喝完了吗？我记得你二哥走时，剩下来还不到两打。"

"还有好几瓶，我同莉华都不大喝它。……"

"专门留下来待客么？"医生按照外国人喝酒的方式，举起玻璃杯，只那么往嘴里一凑，一整杯便没事了："吓吓还不错！老实说，在目下的成都，要喝一瓶洋酒虽不算怎么困难，可是要喝到这样陈这样好的，算来却没有几家了。"

小马也呷了一口，舔着嘴皮道："有好的，比这更陈的还有，据我所知，……"

老吴又端了一碗菜来。这回却喊着："让一下，菜来了！"大概已受了老邓或者王嫂的指教。

陈莉华道："大夫请点菜，这是鲍鱼，你喜欢的。"

"吓吓！还是日本鲍鱼啦！这比好的白兰地更名贵了！"

"据我所知，就连日本罐头也不算难找。……"

"就拜托你给我们多找点来，白兰地同日本罐头，好不好？"陈莉华说："让我们多请两回客。"

"是不是指的你们大老板那里？"霍大夫问。

"大老板家里当然有，哪能分得出来？你们真个要的话，找卫作善好了。他是专门运输这些禁止入口的东西的。"

医生一面吃喝，一面笑说："这样的朋友，倒真该多交几位！"

陈登云道："他这次到成都，到底为的啥子事？"

"据他说，是关于国际上一桩什么事，特为来找航空站地上几个洋人办交涉的。他不肯明说，我也不好多问。前天罢？已经在我号上支用过三百多万去了。"

陈登云又问："他兑了好多来？"

"现的没有。但大老板有张拨款通知单，指明在老金户下拨八百万备用。"

"同老金对过吗？"

"在他走之前就对过了。"

陈莉华接着问："你说老金他们到内江去了，现在该可告诉我，到底为啥要到内江去？"

"为啥吗？你可问霍大夫。"

陈莉华掉头去看霍大夫。从迷蒙的夜光中，从那活像菜油灯笼的电灯光中，只见他全副精神，正一齐用在筷子酒杯上。两颐上的肥肉，也恰活动得像墙外正在歌唱的蛤蟆的肚子样。两只眼睛几乎眯成了一条缝，看不出一点感情的表现。她忽然想起了桤木沟边那个姓先的胖子，不也是这副面孔吗？虽然那是一个光头，而这个的头上留有稀稀的一片自然鬈曲的短发。但是两道淡得不甚看得清楚的眉毛，和一条悬胆的大而带扁的鼻头，也几乎说不出好多差别。

她正在诧异两个脸型何以会如此相似时，陈登云已经说了起来："哦！既是要问大夫，那就可想而知。……不过，为啥要到内江去？难道内江有更好的产科医院吗？"

"并不是说到内江，我不过说今天大概宿在内江，是到重庆歌乐山去的。"

陈登云继续说："我不是说过，就在成都好，医院设备虽是差点，医生手术到底可信，并且警报也少些。何苦一定要赶到重庆去？老金也太没主意了。"

"你莫怪老金。他一直到今天早晨放警报前，还没有打算走的，还叫我打电话给你约到傍晚来你这里做最后的商量。不想电话刚打后，胡处长又忽然来了一封信，告诉老金说，有两个无聊的新闻记者，正在向他打听爱娜的事情。从口气中听来，似乎怀的不是什么好意。设若事情弄穿，明白人倒没啥说的，只怕一些没有受过高等教育的愚人，随便乱说起来，不免损及盟友的颜面，大而影响抗战，小而也不利于我们的生意。胡处长的主意：爱娜最好是避一避，只要没有真实凭据，他就有对付的方法了。老金同我商量了好一会，大家的地方，一向都是公开的；成都只有这们宽，你能避到哪里？新闻记者的鼻子比搜山狗的还凶！……"

"我们这里不好吗?"

"考虑过的。"医生已把他爱吃的东西收拾了不少到肚里，放下筷子，宽怀的靠在椅背上说道，"晓得你们这里连你们自己都要躲警报，何况文小姐的胆子比你三小姐还小！我主张到西门外产科医院，他们又鉴于'七·二七'那天，西门外也不算安静地方。后来由我检查后，断定文小姐的时间尚早，金先生方决定趁着他到重庆的方便，这样，在预行警报时便走了，是九点零七分罢？我记得不十分准了。"

"路上该不会出什么事罢?"陈莉华皱起眉头，摆出一副担心的样子。

医生取出一张手巾，揩着脸上的油汗说，"不会的，凭我医生的经验说，胎盘稳固，只要没有大震动，倒不妨事。"

"我不担心这个。我想，日本飞机该不会轰炸汽车?"

陈登云摇摇头道："哪个敢担保？七七抗战才起后，英大使的汽车也曾着过炸的。"

小马很有把握地说："我敢说不会！上前年疲劳轰炸时，我几天当中都坐着汽车在小龙坎一带跑。司机都害怕起来，我便亲自开。……自然啰，为了自己的生意，也只好冒险了。……公路上只我一部小汽车，飞机就在头顶上飞来飞去，心里虽然有点怯，也只好麻着胆子。……几天里头，还不是太平无事？……说真话，那几天也当真对得住，大老板之看得起我，也就是为了能冒险。……我想，现在的日本飞机更其不像从前。好容易准备了又准备，才飞到后方来一回，哪能随随便便睬你公路上辆把小汽车！……"

"这倒是确而又确的情形。"医生在陈登云手上接过一支三五牌，一面悠悠地吸着，一面颇像说教似的说道，"我曾经论说过，日本鬼子如其不打中国，它倒不失为一个远东强国；只要它真的一出手，那它就输定了。何以呢？……"

陈登云笑道："大夫，算了罢！你的医道，我不敢批评，自然是好的。你的大议论……"

"怎吗？难道没说准吗？我自来就主张的日本必败论，现在不是一天一天地更接近了么？"

"不管接近不接近，我们总还没有反攻过。"

"何必等我们反攻！你只看看南洋的战局，再看看欧洲的战局，盟国的力量多强！希特勒还被打得只有招架之功，日本小鬼更何必说？我的消息：美国已在印度集中了十个军，只等雷多公路一通，立刻运来中国。十个军都是机械化了的，光说重坦克车，每一辆就重到八十吨，一上战场，那简直是一座小小的铁炮台。太重了，不能空运，只好从公路上走。像这样的武器，一进了中国，日本鬼子吃得消吗？……"

陈莉华笑说："大夫的消息，总是好听的。"

"你不信么？"

"今天他说的却有点根。"小马也点了一支纸烟，同时递了一支给陈莉华，一面说，"我也听见一个在盟军那里当翻译的讲来。美国造的新武器真不少，运到印度来的也多得很，若果专靠空运，就五十年也运不完。……大夫，你还没听见说哩，又要修大飞机场了：云南十个，贵州十个，江西十个，湖北十个，……我们四川更多，连扩大连新修的怕不有几十百把个！……五哥，你留心，这又是一笔好生意啦！……我算来，别的不说，光是纸烟这一项，就不菲！"

"你们说得好热闹，"陈莉华弹着烟灰说，"若果是真的，报上也该有新闻。……啊！陈登云，今天的报，又没送来吗？"

"没有看见哩，等我问问华老汉。"

"真可恶，一有警报，就该他们送报的躲懒了！"

"没啥看头，下午我同卫作善打从牛市口过时，在报贩子手上买过一份，大概撩在汽车上了。……也没啥看头，还不是外国事情一大篇，啰啰唆唆的人名，叽里咕噜的地名，记也记不得，弄也弄不清楚。……此外，就是衡阳、宜昌、洞庭湖一带战事，差不多还是几天前的那些话，看不出啥名堂。"

陈莉华问："有没有你们刚才所说的那些？"

"敢有！这都是军事秘密呀！"

陈登云也笑了起来说："确是没看头。就像今天有人说过的样，日本飞机来后，报上老是那几句'弹落荒郊，我方毫无损失'的话。前方战事消息也是的，我们一直在打胜仗，但我们总因了战略关系，又自动退却了，说多了，实在叫人生厌。"

医生又是一个哈哈："还不是为了军事秘密？所以我们只好拉长耳朵听别人的嘴动。"

"我看报，就历来不看这些，我只喜欢看地方新闻，倒有趣，一件事情也还说得有头有尾的，再不像大家说的那些啥子重要新闻，东一下，西一下，就是真的，你也看不出一个头绪来呀！"

小马笑道："三小姐，莫怪我说，就因为你们爱看这类新闻，一些记者才钻头觅缝的到处打听别人的阴私；管人家受得了受不了，哗里巴拉就给你登了出来，爱娜不就为了这个才跑了吗？"

"所以我赞成严厉的检察制度。……"

"怎么的，大夫？"陈登云诧异地道："你不是主张过应该照美国一样的言论自由吗？"

陈莉华哈哈一笑道："我晓得大夫为啥改变了他的主张，……"

一个人影从大门那面一拐一拐地走了过来，并且一路咳着。

"是华老汉么？"陈登云大声问："有啥事吗？"

"司厅长差了包车来接霍先生。……说是跑了一大转才找到这里。……说是请霍先生跟倒就去。"

"噢！简直忘记了！"医生连忙站起来："都要怪你们这里太舒服，每一次来，总要待上大半天！……劳驾把我的家伙，帽子，衣服，……是的，全在客厅里。……"

陈登云说："听说司厅长有调动的消息，不晓得确不确。"

小马问："是司厅长病了吗？卫作善还打算明天去他公馆找他，说有事同他商量哩。"

"是他太太，害了几天感冒，本约定今天上午去复诊。……调动的话，他那里倒没听见。你们听来的，一准确实。调什么职务，可知道吗？"

"说是调啥子专卖局的局长。"

"嗯！说不定有点影子。卫作善这回来，鬼鬼祟祟的，我就有点怀疑。不过，他和我们的大老板好像没有多大关系，这块肥肉怎么会落在他嘴里？倒有点莫名其妙！"

医生一面穿上衣，一面笑说："这是各人的官运亨通，我想，倒没有什么。"

"这样说，你又不算是科学的医生了。在民国年间做官，还能讲啥子运气不运气，没有上头的条子，凭你运气再亨通，还不是空事？就说我们所晓得的一个参议员，论资格、论地位、论年龄，哪样赶得过我陈登云，但是别人今日却红了起来了，这也是运气吗？"

"老实的，五哥，你也有内线的，为啥不弄个参议员来当当，见官高一级，又不负啥子责任，岂不好？"

"我不想！……"

　　医生把他职业上应该吩咐的话，向他病人仔细交代过后。便把提箱取到手上。

　　"大夫，你准定后天来呀！莫在别处耽搁下去，就忘了！你晓得我的车夫在医院里，没人来找你的。"

第七章　八达号

天气是阴阴的，云层像一片绝大的灰色幕，把成都平原遮盖得严严密密。这样，成都的人民不但不感到秋热，而且也心安理得地打发各人的日子，免除了日机空袭的恐怖。

就在这样天气下，陈登云穿着新做的浅灰薄呢西装，很精神地坐在私包车上，凭着会用气力的周安，轻轻巧巧地拉着，直向他所要去的目的地驰去。

已是夏令时间下午两点过钟。盟军的吉普车正在街上横冲直撞。成年的大人们看惯了，已经不很惊奇。在铺子里做着手艺的工人，和靠着黑漆柜台，一面看报，一面等候顾客的店员，顶多只抬起眼皮瞧一瞧；小孩子们还赶着车子，翘起右手大指拇，尖声喊着："密斯特儿！……顶好！……"也没有几个月前那么多，和那么起劲；只在看见有"吉普女郎"在盟军肩头上时，人们才既愤恨又鄙薄地笑一笑。

经过几条热闹街道，陈登云的车子立刻颠顿起来，周安也更把脚步放缓了。满街坑坑包包，碾碎了的泥渣石子，使穿薄底鞋和草鞋的脚板很为吃苦，而私包车的胶皮外带也像在磨石上磨似的。

他们已走到破落街来了。

破落街还是一条绾毂①着好多条热闹街道的街，然而竟自破落至此：昔日繁华，都成梦幻了。

它之所以由繁华而趋于破落，在许多定命论的人士讲来，自然认为是命运所归。其实哩，它也和其他许多人物的浮沉样，全有其渊源所自。当民国十三年，成都初有市政组织时，头一件新政，便是要把好些主要街道修成马路，要把窄得只有丈把宽的石板街修成两丈来宽，可以通行东洋车的三合土马路。一般被画了灰线，得如限折让当街房屋的居民，是怎样的反对："我们不要交通！""我们不信修了街就会出生意！""三丁拐轿子品排走得过的，为啥要修得那们宽？""我们官契上全写的街心为界，岂不晓得城内的土地是寸土寸金么？""又要我们拆房子，又要我们出钱修马路，损失我们，让他舅子一个人玩阔，这样办新政么，老子们根本不赞成！""满清时候那们讲专制，周孝怀办警察时，要我们把官沟外的地方让出来，还没办到哩！"同时，有地位有声望的老绅士们，也以仗义的态度出头反对，理由是连年战争，民穷财困，今幸仰赖德威统一，正应与民休息；即令新政利民，也应在十年以后再办。而目今之所急者，端在讲仁义，说道德，尊老敬贤，以砺末俗而已矣！同时，受过新

---

① 绾毂：喻地处中心，起联结、扼制作用。——原编者注

文化陶育，开口改造，闭口革新的新人物，也以纠正的口吻来作反对，他们热烈地说，何不集中全力开办川汉铁路？何不测量全川河流，疏浚险滩？何不继成都灌县短程马路之后，再将极重要的成都到重庆的马路修起？何不先办成都的自来水？何不开办一个成器的机械工厂？就说开办成都的新政罢，何不把那堵妨碍交通的城墙拆去，即就地基，先修一条最新式的环城马路，以示范？诸种反对的理由，都抵不住政府的一句引用《圣经》的话："凡民不可与图始。"而且威信所在，也不容轻予变更，政府既已说过"办新政必从城中心办起"，再不对，总之就是法律。市民们反对吗？暂时听之，待马路修成，他们只有歌颂功德。老绅士们反对吗？拉来关起，再不然，"叫他搽起脂粉游街，臊他的老皮！"新人物也反对吗？加等治罪，"枪毙他！"

于是破落街也继各大街之后，终于把推光漆的铺面拆锯几尺，而草草的结构成一种怪模样。

有了第一次，几年之后，当然便有第二次。第一，是政府感觉到原先实不应该太温和，既是又劳民又伤财了，怎么只叫大家退让了那一点？殊属不像马路！第二，是修马路才算市政的表现，光有一个市政组织摆在那里，岂不令人兴吃饭机关之谓？不在马路上打主意，别的事情都不容易着手。而且第三哩，或如大家所猜疑，为了要开拓经费的来源，修路的题目是比较好利用的。人们已经不再反对，人们已经习惯于"苟日新，日日新，又日新"，纵然有反对者，少数，情绪不强烈，无由表现，更无强力机构的支持，不但无结果，且将不免于杀以吓猴之鸡，惩以警众之一。又都是被历年政治训乖了的阿斗，谁再有那种不屈服的傻劲？

阿斗一学乖了，也有了不起的地方。就以破落街退让马路为例罢，平顶房变成了矮矮的楼房，学乖的是懂得利用空间；材料只管不合用，工作只管不如程，学乖的是懂得不求经久，免遭一成不变之讥；青灰泥壁上画些白粉条痕，硬叫人相信是砖石所砌，刨过锯过的材料上，抹一些颜色，涂一层光油，看来硬像漆过一样，学乖的是懂得敷衍场面的技巧。

退让马路到第四次，政府自行醒悟了，才颁布了个半永久性的大计划，表示今后不再轻举妄动了。在全城内画出几条干路，说是预备将来安放电车轨道的，规定了街面宽若干尺，人行道宽若干尺；其余头二三四等街的街面和人行道的宽度，都有比例规定。还制出图来，以为信证。并再三声称，决分三期完成，每期八个月。就全体而论，俨有苏联五年计划之风，那时还没有由美国传来的计划行政之说哩。

抗战老不结束，一般的情形也越抗越坏。首先是钞票发得太多，本身价值像是放在电气冰箱里的寒暑表，下降得过猛，反而把物价抬得像火箭式的飞机。这飞机先就把成都市修路计划冲垮，其次把一般人的生活意识，也冲成了两大片。一片是诸事将就，"能够敷衍目前就可以了！"一片是听其自然，"一日万变，谁有把握来应付？又有谁能把自然秩序维持得好？"一句话说完，生活出了轨，人的情绪也纷飞起来，人为的法律和计划，安有不粉碎于这两个轮子之下的？于此，就无怪以往颇难看见的载重卡车，满街乱跑，将就材料本用以对付小汽车不时之需的三合土马路，也随抗战第三年以来的人伦道德之后，而迅速变滥变坏起来。被日本飞机烧光了炸坏了的房子，到底该不该修复或整理？大家全觉茫然，可是也有绝对自由，不修而变为火厂坝或广场，自佳；修而纠工庀材，作牢实而永久的建筑可也；修而薄板篾笆，像临时市场那样搭盖也可也。比起重庆的严厉规定，实在令成都市民甚感幸而未曾戴上战时陪都这顶像孙行者头上的金箍似的荣冠，——啊！好险啰！

陈登云包车所走到的这条缩毂着好多条热闹街道的街，便是这样被搬弄得成了个破落户的面孔。大家也就毫不懊惜地公然叫它做破落街。其实哩，街牌上是另有一个好名字，这里只是不写出来罢了。

破落街也有其不破落处，那便是百十年前，以中国营造法建筑的，好些至今完整，动辄就是三进四进，深而又深的中等人家的院子。在当年，是中等人家营造的，照规矩，名曰门道，不得妄称公馆。大门外，也不准乱闹官派，举如砖照壁，八字墙，墙上嵌的系缰石锁，阶沿下摆的上马石磴，垂花檐，明一柱等等，都是犯禁的东西。于是多余的地皮上，只好修铺房，招人做生意。而生意之大者，多半是皮货局，是成衣庄，是金号，都相当富厚，出得起租金。故在尚未接近破落边缘之前，这些房子，不但工坚料实，且都用推光漆漆得光可鉴人，而有几家门道，在清朝时还开过票号，贴过府道等类的公馆门条哩。

陈登云此刻要去的，正是这些门道之一。

但它自前年落到最近这位主人手上时，一来因为铺房已被一颗燃烧弹烧得东倒西歪，二来也因了需要之故，十来丈宽的栏门铺房，遂变成了一道丈多高的青砖围墙。为了预先避免以后退让街面的麻烦和损失起见，主人颇有远见的按照着市府地图所规定的尺寸，再朝后退进了一丈四尺。这一下，大门外几乎就成了一片相当大的停车场。事实上，也确有好几辆大卡车，不时地带着公路上的尘土，休止在那里，虽然许多管什么的机关，就在那青砖墙上贴了不少的禁令："为整饬市容，卡车不准停留市内！""为保护路面，卡车不准在市内行驶！""为保障市民安全，卡车在市区内行驶不得超过每小时十公里之规定！""为预防疾病，凡无洒水设备之卡车，不准进入市区！""无论任何机关之卡车，必须听从宪警指挥，不准在指定地区以外随意停放！""卡车停放市街，不得逾一小时！""空袭堪虞，卡车卸载后，应立即开出市区，不得停留街面，增加敌机投弹目标！""预行警报后，卡车从速开出市区，空袭警报后，卡车不准行驶，解除警报十分钟后，卡车始准开入市区！"虽然每条禁令之末尾，都慎而重之的有一句："违者，严惩不贷！"然而，这几辆大卡车仍然停在那里。

这就是没有招牌的八达号。

陈登云的车子，从两排停放着，正有几个铜匠在从事修理的汽车中间，笔直的冲进大门，冲进砖二门，并循着青石铺的引道，冲上旧式轿厅，直到屏门跟前，方停住了。

轿厅上已放有几辆私包车，天井中还有一辆蓝色小汽车，陈登云认得，就是那天在"归兮山庄"小路上出事的那家伙："啊，卫作善还没有走！"

转进屏门，是一片大院坝。四株老桂，开得正繁，清新的香气，比什么花露水还沁脾。右手是三大间旧式厢房改造出来，全装了新式玻璃窗的客厅。陈设繁丽而复杂，有新式沙发，有地毡，有改造过的紫檀镶大理石椅子，有老样子大穿衣镜，有老样子长条几，上面摆着不伦不类的一些古董玩器，却又有一具收音机，而屋角上也有几张园庭用的藤椅藤榻；壁上好几幅配合得并不甚好的字画，是最近一两年展览会上的展品；中间又杂了几个大镜框，里面是科甲巷上等顾绣，是八达号开张时，同行朋友们的礼物，陈登云便送有一只，所以他对于这客厅很熟悉了，打从门外走过时，并不投以一瞥，连里面是些什么人在说话，也无所用心。

他在这里的身份颇难确定，是客吗？他在上面办公室里又有一张固定的办公台子。是有职务的人吗？又不天天来，来了也并无公可办，而工役杨世兴也一直称呼他为五先生，并不名为什么经理。

他刚由客厅转到上面过厅石阶上，并已从放矮而无窗纱的玻璃窗上，把经理办公室的内容看清楚了。

那本是长五间的正房。和两厢一样，明一柱的宽阶沿，全用尺五见方的水磨大方砖铺的地面。中间一间是穿堂，左右全是两间合成一大间的办公室。靠近客厅这头的，叫经理室，天楼地板虽也与西头的办公室一样，只是写字台并不多，而比较多的乃是沙发和太师椅。

陈登云从玻璃窗上已看清楚有四个人在里面。一个坐在他写字台前，正用自来水笔在一张洋纸信笺上写字的，是龙子才，坐在他对面一张摇椅上的，是穿中山服，拿黑纸折扇的胡处长，两个人好像在说什么，只看见口动，却听不见声音。听得见声音的，倒是那个背窗坐在沙发上的武乐山，一口夹有成都话的山西腔，好像六月天的闷雷。尚有一个侧面坐着的，左腿架在右腿上，把一只漂亮的黄色纹皮鞋跷得很高，一只手上挟着一根玲珑的雪茄烟，一望而知是卫作善，正吵闹着同武乐山争论什么。

杨世兴穿一身蓝咔叽制服，由穿堂上走出来，把陈登云一瞧，回身就走。

"我问你，老杨，马经理呢？"

胡处长已从门帘隙间向他点头打招呼。

"马经理在客厅里陪客。"杨世兴已在茶具架上，把五先生常用的一把小瓷茶乳壶取在手上。

卫作善比较生点，才做了个要站起来的姿态，一面伸出右手叫道："是陈五哥么？好嘛！才说下午同小马到你府上来辞行的。"

"要走了吗？到底决定了没有。"

"我的意思，还是照前天所议，照上头吩咐先到兰州。武老板偏认为到雅安去好些。"

"他仍旧没弄明白我的话。"武乐山把白大绸长衫的大袖朝肘上一揽，顺手去摸取他那用惯的长叶子烟杆，一面向陈登云把他那一双浑浊不清的眼睛一挤说，"我说，办运输为的啥？为的是抢运物资。你只要替上头做到了这一点，就是交代得过了。把汽车队开到兰州去，也为了运东西，今儿掉过头开到雅安，也是运东西呀！总之，有东西运，就得啦！为啥不朝近点儿的地方走，偏偏在成立之初，开到那远的去？第一趟做不出好处来，上头未必原谅你，自己哩，又有啥好处？小陈，你替我想想看。"

陈登云把上衣脱了，连那顶巴拿马草帽一齐递与端茶进来的杨世兴，又拿过武乐山放在茶几上的一把潮扇挥着道："武老板的话倒对，不过，我想卫哥是奉命到兰州去，不见得就专为抢运商货，……"

"我也是这样想啰！咧个杂，目前军事多紧！上头连更晓夜催着把汽车调拢，指定开兰州去，来回油款已拨够了，格老子，只是没说明去抢运啥家伙。我咋好从中倒拐，跟你武老板到雅安去效劳呢？"

"哈哈！话说重了。我怎敢偏劳你卫老兄？不过，你那上头的事，我通晓得，叫你去抢运的，无非是那些东西。没关系的，我总之是为你打算！……"

陈登云深知武乐山的背景，他们那帮口的力量很不小，交通团的汽车他也曾经弄来给他运过陕棉，而把兵工署所急需的东西，尚整整压下过个把月。他只把卫作善看了看，遂直向他自己的写字台跟前走来。

龙子才仍然挥动着钢笔道："只有几个字了，……就让你。"

"不要忙，我只看看抽屉里有没有函电。……给哪个写的信，啰啰唆唆的这们长?"

"给我们队上的。"

"又有什么大举动了吗? 恭喜，恭喜!"

"是我奉托他的，"胡处长两眼仍注在那信笺上："一点小事!"

"处长的口气真大，二三百担米的事，还说是小事。"

他又把写好的信笺递了过去道："请你看看，只能这样写了。……讲老实话，这人情卖得真大! 也是你胡处长的面子，把兄弟压得太紧了!"一面写着信封。

胡处长看得很快，连连点头道："写得对，写得对! ……费心，费心! ……承情，承情! ……那话儿一准明天上午送到府上，大约十一点钟，在银行办公之后。"

"迟早都没关系。……不过，队上有几位在最近两天就要调到乐山、宜宾一带去工作，趁大家没走，早了早好。……并且请你老哥转达对方，我们是奉了命令，有责任的;就说要拉交情，也得看人说话，几个钱打不瞎人的眼睛! ……要是早有处长来打招呼，事情何至于拖到这么久! ……你那贵友，说起来又像太老实了一点!"

陈登云因为抽屉里并无函电，遂另拖了一把椅子坐下，把纸烟盒摸出，向两个人面前一递，自己也取了一支。

龙子才先把纸烟一审视，笑说："还是三五牌，小陈真考究！……现在，这烟好缺货，使馆牌似乎还容易找罢？"

"没办法啊，外国烟一吃顺了口，就掉不过来了。"

"我记得你令兄就是老吃的这个牌子罢？……你们真可谓家学渊源！……我们没烟瘾的，倒不认真，好的也吃，……歹的也吃，……只要吃得燃，吹得出烟子来，……就行！"

"你老兄这话我不赞成。"龙子才吹着烟圈，悠然地说："我也不算有瘾，不过……坏烟吃起太难受！……别的不说，有紧得咂不动，有时……松的只剩得半支，……还有灯笼火把烧起来的。……所以我说，顶好是吃外国烟。……不过，不一定限制三五牌，像小陈样。……小大英、强盗牌等类也好。"

陈登云道："小大英、强盗牌都不算真正外国烟，假的也多。倒是最近从打箭炉来的一批英国烟，还不错，………像白锡包，就很吃得，也不贵，是私货。"

"走私货吗？"龙子才的小眼睛连连眨着，一只尖鼻头也动了起来："你可晓得是什么人在干？"

陈登云有意地笑了笑，并把嘴朝武乐山那面一歪。

"哦！是他！……"

胡处长也轻声笑道："所以我要挖苦你们搞检查的，总是半夜吃桃子，捡吧的捏？没势力的人，个个都有罪，……"

"还不是同你那行道一样的！"龙子才满不在意地说："讲老实话，我们为啥不想照着国家法令，认真尽我们的责任？……一则，大家要吃饭，要生活，我们不能眼睁睁看见别人倾家破产。……我们自己哩，讲老实话，彼此都不是外人，……几个牛工钱，照现在的生活算来，够哪一样？……天理国法人情，自己方便，与人方便，……何况各方面都要卖人情！……我们当丘二①的，能够马起脸，把人得罪完吗？……比如刚才的事，胡处长打了招呼，……要是认真办，……一次囤积食米到二三百双市担的话，……但是得罪了胡处长事小，将来……机关裁撤，饭碗没着，……哪个愿意帮你的忙？说不定有冤报冤，……还要揍你舅子下坎哩！如果不风火雷霆……弄几个该背时的来鸩治，又报不出奏销，……上头的人又怪你办事不力，……不然，就明说你抬了包袱，知情故纵，加等治罪！……你们说，现在的差使好当吗？"

胡处长大为感慨地说："子才兄说得真透彻！国家的事，就是这样难办！还不要说我们官卑职小，事情又都是临时性质，为了自己，得罪不起人，就是监察院罢，好大的衙门！又有法律保护！还不是多所顾忌，同我们一样？多少人不晓得内情，只怪这伙监察老爷，为什么一年里头，只在跟苍蝇淘气？真是隔行如隔山，不钻进这一行，就不晓得这一行的困难！"

"你晓得不？"龙子才向陈登云眨了一个眼睛说："胡处长是在为他姑老爷辩白！"

武乐山咂着叶子烟踱了过来。

---

① 指被雇用之人，如过去说帮长年、帮店员为帮丘二，后来扩大范围，把当时的公务员也说成丘二了。——原编者注

"谁有姑老爷？……那真阔呀！"

龙子才笑说："也不然！我们四川人的言子：鸠死舅子气死狗，远看婆娘近看猪，……"

陈登云掉头问道："你同卫兄谈得如何？是不是明天改道过雅安去？"

"他这个人真难讲话。此刻去跟小马打商量，……说是商量了，再回我的话。"

龙子才忽然把陈登云膀膊一拍道："有句话要同你私曰①，你们那边办公室可空么？"

"那边也有人，我们到后面小马家里去。"

---

① "曰"读阴平声，私曰，即两人私下交涉或了结某事，而不由外人参与之意。这是四川人的语汇。——原编者注

第八章　幽静的院落

走过穿堂，又是一进，照样的长五间上房，左右厢房各长三间；照样的宽阶沿，明一柱；照样的水磨方砖铺地，推光黑漆的柱头和裙板。只当中有一条与阶沿等高的引道，堂屋檐前摆了一座雕花贴金的活动屏风，东西是旧的，以格式同雕刻的花样看来，起码是嘉庆年间的作品，连同堂屋里现挂着的四只紫檀架的玻璃大宫灯，都是老房主临到写契约时，声明本人新居狭小，无所用之，只索了一点微薄的价钱，便让给了新房主。为了这件事，老金当时还几乎生了陈起云的气，说陈起云太大方了，这些并不时髦的家具，根本就不值半文钱，及至略为花费，收拾加漆之后，又觉得颇为美观了。也同现犹摆在堂屋里那张红木大神桌一样，在早，被老房主丢在那里，决意奉送新房主时，老金大起反感，认为既占地方，又增晦气，"我们不是住家人户，连天地君亲师的神榜都不供，要这张又长又大的老家伙来做啥？"却是小马建议，还是收拾加漆之后，在桌上陈设些古玩花瓶，把大老板一张和气近人的小像放得挺大挺大，摆在精致的镜框里，就挂在应该供神主的地方，这下不惟使堂屋光彩了，而且也足以表示一般伙计们对于大老板的耿耿忠诚；配着顶上那块于右任题的"念兹在兹"四个金字的黑漆大匾，这堂屋便充满了肃穆的气象，任何人一走进来，都会发生一种好像即是自己祖先堂的感觉。

也因此之故，陈登云一转过屏风，不再去跨堂屋的高门槛，而一直走到左边正房的窗根下来。

这里，靠着万不断花窗棂的窗台之下，安有一张小小的楠木麻将桌子，两边几张新式的楠木立背椅子，桌上犹然系着白洋布台布，椅上也都放有木棉垫子。玻璃窗上悬有湖色绸帷，把眼睛遮住了，看不见房内的情形。这间房子，正住着小马去年才在成都凭媒讨得的新太太丁素英，一个年方二十，仅仅读过高小的老实姑娘。右边正房是文爱娜的寝室，老金以正经理的身份，差不多可以算是八达号的主人了，反而住在右耳房内。不过家具之讲究，陈设之华丽，不下于爱娜房间，而确实比小马的新房超过不知多少倍。

陈登云坐下了，把手一摊道："请坐！这里算是内院，差不多的人难得进来，倒是一个说话的地方。"

龙子才虽是八达号最近几个月的常客，但被引到内院来，尚算第一次。院坝里两株饭碗粗的玉兰花，和好些花盆，和一小架金银花，在眼睛里很是新鲜有致。右厢房湘妃竹帘外，挂了一只精致的雀笼，有二头白燕在里面跳跃，叽里呱啦地叫得很好听。还有一条老哈巴狗，蜷睡在右耳房门外踏脚垫子上，看见人来，只懒懒地把眼睛睁一睁。

"好干净，好清静的院子!"他不觉赞了一声。

"不算什么，"陈登云俨然以主人自居的照例谦逊道，"若是小娃儿们不上学，那就烦了。"

"马经理、金经理的子女们吗?"

"他们还没有，是一般职员们的。"

"你们职员的家眷都住在这里吗?"

"我还不很清楚，大概这里住得有一部分。"

"唉! 你们职员们的待遇都好，比我们公务员强多了!"

"不见得罢? 第一，没有供应米; 第二，没有平价布; 第三，没有定量分配的日用必需品; 第四，除正经薪水津贴外，没有额外的奖励，也没有额外的油水。比起正式机关的公务员，或者好一点，因为调整得快，又有红分。比起你们来，就差远了!"

"你这话，就不对。你以为我们检察队的人，全可以抬包袱吗? 才不然哩! 还不是碰各人的运气，和看各人的手段。大宗囤积，垂涎的人多，闹穿哩，得好处的是上头。奸商们哪个没门路? 他们宁可多花钱，走弯弯路，打官话，动辄便说全部捐献政府。比如茂祥那桩生意就如此，九百多尺阴丹布，三百多匹哔叽，还有那们多的仇货①细纱。我们最初只要他一百万，其实并不多; 你想，我们三十多人，除了密告的奖励外，一个

---

① 指日本货。——原编者注

人能分好多？但他舅子只肯出二十万，说来说去，添十万。我们自然公事公办了，规规矩矩报了上去。他妈的才有一手啰！过不到二十天，公事下来，说他已经全部捐献军政部，不惟不办罪，还得了嘉奖，说他深明大义。我们照例的百分之三十的奖金，不多心也深明大义了。你哥子说哩，赶鱼的水猫子，你也得给他条把小鱼吃吃，像政府这样只顾自己，不管当差人的死活，我们还有啥心肠办事！"

他说得那么悲愤，陈登云只好大表同情，又摸出烟盒，敬了一支三五牌。

"但是，又要马儿跑得好，又要马儿不吃草，那咋行哩！政府既然有意叫我们自打主意，那吗，不客气，我们只好仰体圣意！……不过，前程还是得顾着，大鱼吃不下，只好吃小鱼，小鱼肉少刺多，也得处处当心，设若被刺卡住，那又麻烦了。"

"那吗，还是有好处啊！"

"自然啦，不图锅巴吃，谁肯跟着锅边转呢？只是好处有限，而且奸商们又越来越狡猾，不像前半年那样手到擒来；加以上头的人也好像走了气的橡皮人，自从着参政会叫唤了几次，也硬撑不起了，遇事抹稀泥，还示意叫我们少生事。……吓，吓！说起来真怪！也不想想，以前为啥要差我们出来，要成立机关？那时下给我们的命令，又为啥那们严，并且还说纠正颓风，稳定物价，以利抗战而裕征收！"

龙子才发了好一会牢骚，一支纸烟去了大半，才大咳了几声，又向院坝里吐了几泡口水；一双小眼睛紧盯着陈登云，很使陈登云怀疑，他是不是在打自己的坏主意。

陈登云确也囤积了些东西，但一多半是附在八达号账上。比如天回镇左近四五十仓黄谷，和东门外大田坎那一批油菜籽，除了老金小马几个经手人外，谁在那公账上查得出有他的一部分在内？即令查出，除非八达号的东西查封或抄没了，谁又奈何得了他？若要查封或抄没八达号么，那真太怪了！纵令日本人杀到四川，把全中国征服了，他们老实不与大老板合作了么？未必然罢？在今年以前的中华民国的命运，尚可能有打摆摆的时候，要是盟邦美国的飞机和军火再迟一年半载不运来，要是滇缅间战事仍像从前一样不顺利的话。然而大老板的命运，却莫准了的，输赢都有糖吃。这是他二哥常常告诉他的，看来确也如此。然则，除非有了比日本人还凶、还有势力、还不讲人情的人，庶几可能敢惹大老板，敢想到他的方子。但是就这样，也绊不到八达号的头上。何以呢？它太小了，还不够格，除非把成都以外那些声名藉藉①的大行号全收拾了，是不容易数到它的名下。试问，要不天翻地覆，像这样绊到八达号的头上的事又怎能实现？

他再想一想，作兴囤积在八达号账外的一些东西，被他们什么人调查出了，也许可能。但是，以他二哥的声望，以他本

---

① 藉藉，出自《汉书·司马相如传》："不被创刃而死者，它它藉藉，填坑满谷。"郭璞注"它它藉藉"为交横。这里指杂乱众多。——原编者注

人和八达号的关系，他还怕吗？因此，他颇为坦然，对于那一双像探照灯样的灼灼眼光，反而厌恶起来，要不是龙子才老实吐露了肺腑，他真打算得罪他了。

"……本来，我想找马为富的。可是数目太小，他一定看不入眼，你哥子算是在打'游击战'，自然大小不拘了，所以才特为找你商量。"

陈登云已有两年多游击商的经验，对于龙子才所说，只放在脑里转了一下，便慨然应允道："买是可以买的，总得先看看货色。到底全数有好多？"

"货色不用看，你想，经过我们那般伙计的眼睛，还有错了的吗？数目哩，我们有报告可凭。你是内行，你想，我们能多报么？先凭数目，你就有二成好处，我可以保险。问题只是要快，立刻决定，我们就好立刻呈报，上头的话早已说好了，只要回批一下，便成定案，随他用什么手腕，也无法挽回。还有一层好处，就是东西并不必搬动，仍旧封存在他那里，他还负有保管的责任，如其你嫌打零了卖不便，就以黑市的价，转卖给他本人，他出了钱不算，还会格外感激你。在你这面，毫不劳神，前后顶多一个月罢了，坐得三四倍的利润，真正划得过，比你囤积啥子都强，又不犯法。……哈哈！我兄弟向来心口如一，只要交情好了，总是替朋友打算的。哈哈！你不信，你事后可以问马为富，我曾经给他拉扯过几桩生意，全是干帮忙，为啥呢？就因为交情不同了。……哈哈！"

"一总是什么样的一个数目字？"陈登云很随便地问。

"若照现在黑市说，那就值价了，充公官价并不多，只一百三十六万。……是两个月前估定的。我本来叫那家伙出两百万买回去罢，他偏不肯，费了多少唇舌，他妈的只肯照估定官价出一百三十六万。……"

纸烟蒂顺手一掷，恰丢在一盆蕙草中间，线似的一条青烟，笔端地冒有二尺来高。

"哼！他算盘倒打得精！不着查封，少赚几百万，一查封，倒给他保了险了，摆上五个月，天天看涨。他妈的一百三十六万，是分毫不少要呈缴的，那吗，我们不是帮了他的干忙了吗？大家气不过，硬不给他龟儿好处了，才商量下来，少拿几文，宁可拍卖给别人。"

"到底要好大的数目字你们才满意？"

"满意说不上，"小眼睛眯成了一条缝，尖鼻头好像越尖了："只能说略为点缀，因为机关里的大小同事都要扯股子的。我算来，少个十打万还像个样子，再少，恐怕不行。"

"那吗，至少也得一百八十万的光景！……"

"差不多。"

"数目字大一点，倒不能不商量了。"

"难道你一个人还吃不下吗？"

"要不要期票呢？"

"不行。我们那里的交易，全是一盘现的。"

"所以啰！家兄上月才调了一笔款到江西去，目前要一口气拿出这个数目字来，哪能不找人商量？"

"大概要好多日子?"

"至少也得四五天。"

小眼睛呆住了，似乎在作什么沉思。

"你好不好把一切有关的文件给我看一看?"

"可以的，皮包在办公室里。……不过还不全，要是你得空，明天上午九点钟到我们那里，我可以把全卷捡给你看。"

"好的，话便这样说了，我明天上午去看你。"

龙子才站了起来。两头白燕犹然在竹笼里叫着跳着，金银花的清香一阵阵袭入鼻端。他四面一看，重新又赞叹了一句："好清静的地方! ……大概住满了罢?"

"听说连后面围房都没有空的。"

两个人刚走到引道上，丁素英恰挟着一包东西，由穿堂外面进来。这是一个矮矮的、胖胖的、身体极其结实的女人。一张圆圆的脸，本底子就有红有白，再加上一层技术并不大佳的脂粉，便令人感到白的太白、红的太红。头发也电烫过，式样选得不好，理发师又过分求好了一点，从前面看，俨然戴了一顶黑丝圆帽，把一张脸衬得更其圆，更其胖，更其红，更其白;从后面看，活像顶了一片全起算盘珠的黑羔皮。陈莉华、文爱娜曾笑过她，讥讽过她，也曾给她出过一些别的样式，劝她说："你身材又不高，脸又大又胖，一定得把头发烫成长梭长梭的形式，脑顶上拱高点，一路大水波纹拖到颈子下，这样，就好看多了!"但她总怀疑是她们两人在鸩她的冤枉，她认为两个人都比她生得体面，虽然文爱娜更瘦点，更高点，更活泼点，口齿更伶俐点，心肠更热点，然而，总之是女人，女人就是小心眼儿，别的不说了，对于打扮上，绝不会有什么好心肠让别人收拾得强过了自己的。除此之外，还有她祖老宗遗传下来的处世格言："逢人只说三分话，未可全抛一片心。"还有她住在新都的母亲自幼就耳提面命的家教："如今的人，难得有啥子好的，尤其是城里头那伙妖妖精精的婆娘，无一个不是黑心烂肺，把我们乡坝头的人全看成耍玩意，一言一动，总要使你上了当，她们就安逸啦！遇着这般人，总得留心，不管她们说的是好话歹话，听到了就是，自己的主意总得拿稳点！"还有理发师的话："如其不好看，也不会比别的样式贵了。我们还有标本，你看，外国人都是烫的这样式。"末了，还有她先生马经理的一句话："管它啥样式，总之，花过几千块，电烫了就摩登。"

就是身上穿的衣服，她也牢牢的有她自己的主意。不过很简单，只要看见文爱娜、陈莉华，或者别一些熟人的太太小姐穿了一件什么料子，什么颜色，什么花样的东西，她一定吵着她先生马经理拿出一把钱来，照样缝一件，虽然有的缝好了还来不及穿第二回。此刻，左臂下挟着一大包，就是才在春熙路买回来的两件预备作新旗袍的衣料。一件便是看见陈莉华身上那件蓝底白花印度绸的新衣，觉得好看，而特特找了半个月才买得的。

"啊！陈五哥吗？你莫走，我给你看件东西，好不好？"

"好的！……龙兄，我就不奉陪了，外面坐。……我明天上午奉访时，一总过目就是啦！……再会，再会。"

回到左窗下小方桌前时，衣料已经摊开。老哈巴狗正摇头摆尾地在女人一双半高跟雕花漆皮鞋上打搅着。这鞋，和文爱娜穿的一模一样，虽然文爱娜的鞋底已被跳舞厅地板上的滑粉擦光了，而她的却还没有。

　　"你看这颜色，这花样，像不像陈三姐身上的？"

　　"好！……岂但像，简直比她的还加倍好！你在哪里找到的？快告诉我，我再去替她买一件做夹旗袍。"

　　他说得那么正经，而且眼睛和手指还未离开那衣料。

　　"你哄我。只要有陈三姐的一半好，就下得去了。"

　　"我不哄你。莉华的印度绸，太薄，你买的这件，多半是嘉定货，顶好的厂丝，又厚又经事。颜色不消说，她的是二蓝，比不上这三蓝鲜艳。花样更好了，……"

　　"当真的吗？"她虽然还有点怀疑，但已真心地笑了起来。

　　比陈莉华年轻，确乎也比她天真得多，虽然有遗传，有母教，到底容易相信男人们的话。厚而宽的嘴皮，一笑起来，几乎连全口的米白牙齿通露出了，第一，不像陈莉华善掩其短，再是什么大笑，老尖着嘴唇，不使人感到她那微暴的上齿之露出得难看；第二，更不像文爱娜之每笑必将她那也还相当阔大的口，用小手巾掩着，简直不使人看见微有残缺而是修补过的牙齿。就是一双圆而大的眼睛，也老实得可爱，只管觉得远不如陈莉华的活像一汪水，也不如文爱娜的能说话，能传情，眉毛倒和两个人的一样，用人工修饰得又弯又细，只是短一些，看得出画笔的痕迹。

"难道你是瓜娃子么，还听不来我的话？今天午饭，该有好菜请我吃啦！"

"都都真讨厌，把我鞋子都缠脏了！……啊！有好菜请你吃！陈三姐好了，为啥还不进城来，我多想看她的！……爱娜走了几天，我也很想她。平日常在一堆，不觉得，隔开了，又不惯，真是的，连我都不晓得是咋个的！"

衣料包好后，纹皮大手提包里又取出几包软糖来。

"先吃点糖，我特为到冠生园去买的。"

"吃饭还早吗？"

这又该她炫耀那只"亚米茄"空军手表了。

这对于她，已是第三只手表，真经事，足足带了七个月，尚未被她弄坏。为她所承认的，第一原因是表好，时刻极准，用不着随时拨前拨后，而把针等又好，拉出来揍上去，也不容易有毛病；第二原因是爱娜的美国朋友送给爱娜，戴了不久，嫌它样式普通，又因与美国朋友闹别扭，特为取下来转送给她，来头不同，不免当了八分心。然而还有一个为她所不承认的原因，而她先生马经理偏偏背后告诉了人的，即是她有了戴手表的经验，也习惯了，不再像以前动辄就把底盖拆开，好奇的去看那机器是怎么在动，有时还不免用缝针去东拨西拨故也。

"啊，快了，四点一刻过了！不晓得今天有几个客？……"

第九章　一顿便饭

八达号虽没有明文规定的号规，但三年来，已经有此习惯：经理的伙食，是特别开在堂屋后面倒座厅内，除大厨房的例菜外，还有三位经理各做私房菜的小厨房。当陈登云犹在号上时，他小厨房的厨子就是"归兮山庄"的老邓。老金的厨子顶行了，还会做西菜，同时又是他私人的听差，是不能和他分开的，老金在哪里，这个叫胥银山的中年人便跟在哪里，就坐飞机出国，也是两张护照。

独马为富因为不大讲究吃，只要每顿有一样炒滑肉就行。他的理由，是把口味吃得太高了，出门不方便，这也由于他的路线，是指定在交通不大方便的内地的缘故。但是，从去年七月和丁素英正式结婚后，不久，为了面子起见，才听从丁素英的怂恿，雇了一个会做菜的女仆，于是在经理饭食桌上，丁素英也才每顿都要举着象牙筷子劝菜说："请一点！这是我们小厨房的菜！"虽然小马不怎么能够欣赏，但老金、爱娜和每天都有的客人们却很是称赞她的菜好："戚嫂虽会做，可也得亏丁丁会提调!"丁素英越高兴,菜也越好,到八达号来赶这顿时间与众不同的午饭或消夜的客人也越多。

但今天却是例外,一张大圆桌上,只有五个人。杨世兴照例把那甲戌年的允丰正陈年仿绍烫上一壶来时,丁素英说,人太少了,吃得不起劲,叫把汪会计请来凑数。汪胡子拳高量雅,人又有趣,同任何人都说得拢。可是这会儿汪胡子也同小马、卫作善一道作客去了。

这也是常有的事。丁素英遂自己把壶,先给一个来得不很常的嵇科长伸过去。

嵇科长是省政府的科长。从大学毕业到现在,不过才四年光景。在任何一个大学毕业生眼里看来,他的际遇算顶好了,既未经过什么普考高考,而只是凭着老太爷的面子,仅仅受了几个月的特训,便由陪都一个极有权势的贵人一函一电的推荐,先在一个非正式的机关中当了两任专员,最近半年,遂转任到现职。然而他犹满肚皮牢骚,认为自己还走了冤枉路,不如他某一个同学,刚毕业,就弄了个部派英美考察,看了两年战时西洋景回来,立刻便是简任秘书;听说最近上了几回条呈,颇得当事长官的青睐,说不定转瞬间就是司长。爬到司长地步,再出洋蹓跶一趟,前途更无限量。算来,同一出身,同一年程,别人可能到次长,到部长,或什么特任的主任委员,而自己尚未必弄到简任,世间不平,孰能过此!于是,牢骚牢骚,一百个牢骚!

满肚皮牢骚无从发泄,才离开求名正途,而寄情于发财的打算，和老金小马等因而才成了同心之交。他社交才能极优：会说英语，会打网球，会游泳，会跳舞，会拉"梵阿玲"①，也会拉京二胡，会唱外国歌，也会唱青衣学梅兰芳，会斗剑，会打太极拳，新近还学会了开汽车。只是中国字写得太不像样，他归罪于自幼就用惯了自来水钢笔，未曾正正经经地用毛笔写过字；也不会画，无论是中国画、西洋画，他自己说性情不大相近，更不会作诗，连白话诗都不会；赌博却又内行，但不会下围棋，也不喜欢打麻将，他说这太静了，没味；吃酒哩，也行。

丁素英的酒壶一伸来，他的酒杯就递了上去，仅仅略为谦逊说："怎么先给我斟，还有别的客呢？"

也是以社交才能出名的费副官便笑说："拿今天桌上的客来讲，你确算稀客，也算显客了！"

"显客说不上，稀哩，倒是的。不过，过不在我！……"

第三个接酒的是刘易之，说不出一个有什么专职的人，在这桌上，除女主人外，以他的年纪最小，实际不过二十三岁，而态度的老诚，举止的持重，看来很像三十以上的人，这已与嵇科长相反了。在外表上，嵇科长瘦而颀长，脸与四肢的皮肤黑红粗紧，鼻梁高而曲，眼睛细而长，一双墨黑瞳子显得精神饱满；就只一张极不好看的嘴，小而上下唇又很厚，并且随时微张着，据看相的神童子点明，是他毕生一个颇大的缺陷，虽

---

① 梵阿玲，英文 VIOLIN 的译音，即小提琴。——原编者注

没有断纹入口，但三十五岁以后，难免无空乏之虞。嵇科长自命为新人物，照例不信星相家言的，就情理论，今年已三十岁，不说父亲做过大官，已经积了很大一笔家当，即就他本身而言，官运虽不亨通，但半年以来的财运，却颇为可观，纵令从现在起，一文不进，全家人随便挥霍，而五年内也断不会就闹到空乏的地步；何况他兄弟快要高中毕业，再五年不又大学毕业，无论做官挣钱，岂不又是一个大帮手！只是对于自己口的不好看，却是一桩恨事。刘易之独于口，生得最好，不大不小，两唇薄而鲜红，两角微凹，常常带一种可爱的笑容。以此，就连那一条扁得近乎塌的鼻子，和一对鼓得像金鱼眼样的、呆而不甚灵活的眼睛，也显得不甚讨厌。大体上说来，还近乎有点傻气。肌肤白嫩，个儿矮，又相当胖，于是他有了一个绰号，叫"枕头"。

但是，刘易之却是成都一个有名女社交家罗罗的丈夫，也是令嵇科长大为叹气的事！

丁素英举着象牙筷笑道："嵇科长人贵事忙，差不多十多天了，……啊！我算算，还在金经理他们走前二三天来过！"

陈登云附和着道："该不又是着太太看管起了，不容易请假罢？"

"小陈就猜拐了，"嵇科长是那么开怀的大笑，"白天是有绝对自由的，……就在夜间，除非说明了要到罗罗家去跳舞，……"

丁素英一面吃菜，一面问刘易之："你太太好吗？……我倒

112

常说要跟你太太学学跳舞。偏我们先生是个古董，硬不肯，他说，我人太矮了，跳起来不好看。……我想，一定是他有啥子古怪想头，你们看，罗罗就不算高，……只不过高我一丁丁儿，刘先生你说是吗？"

"他同罗罗天天在比的，却没有同你比过，他怎么清楚呢？"陈登云同费副官哈哈大笑起来。

丁素英看着众人，想了一下，才红起脸叫道："哈！嵇科长，你狗嘴里不长象牙的，挖苦我老实人！罚你三杯酒！"

酒便这样快快乐乐地倾进主客的肚里。

费副官忽然说到盟军到成都来的越多，吃的住的都是别人各自出钱，各自照料。但是别人离乡背井，不辞冒着万险到我们后方来帮我们打仗，我们多多少少总得费点事给人家一点安慰才好呀！

嵇科长拿手掌把额脑一拍道："这一晌，就是着这许多麻烦事把人纠缠得一天到晚都不得空！其实，没一件事该我经手，又都不是我职分内的，但是主席叫各厅处会同一般法团来办，我就无端地被派了多少事情。比方说，秋节劳军啦，慰劳衡阳守军啦，……"

刘易之道："还在慰劳衡阳守军？不是已经打到耒阳了吗？"

"你们吃粮户饭的，晓得啥！"嵇科长翘起厚嘴唇，继续说，"衡阳只管失守了，但是慰劳的事件，并未奉明令结束，派给你的，你仍得要按部就班地办！这就叫公事，你懂吗？……这还算简单的哩，顶麻烦的是如何推动征实，这是才办了一两年的新政，专门的机构只管多，但是上上下下的人都做不了主，芝麻大一点事，都得向上头请示；上头的人不说忙不过来，没有好多心思来考虑，就作兴能够考虑了，他们还不是和普通人一样，不懂的硬不懂；其结果，只好交下来，叫我们给想方法。……"

陈登云喝着酒笑说："我想你学教育的，也未见得内行罢？"

"哈哈！小陈凡事精灵，可惜没进过官场！……说真话，你要是内行，充其量当个技正好了，唯其不内行，才能做大官，干大事！……告诉你个秘诀，要做大官，就得万事皆知，一事不晓。……"

"你简直说当个大种糊涂虫，不更明白些吗？"

"不然，你大学没念完，所以论人的知识不够。内行的专家和不内行的大官比较起来，等于一个只见的是树，一个只见的是林。……"

"我不懂你的话，"丁素英老老实实地问，"树不就是林？我们口头常说的树林，树林，岂不是一样的东西？"

陈登云点点头道："有分别的，我懂。"

刘易之附和道："我也懂。……你说下去罢！"

"其次，还有个秘诀，就是要想做大官，脑子得先练得空空的，越空越好。……"

因为没有人打岔他，遂吃了一筷子菜，接着说："因为自己没有脑子，才能用别人的脑子，有什么问题，交与科秘去代想，公事上就叫拟具办法候核。其实，核也是科秘的事。……科秘中间，而且的确真有人才，尤其是现在大学出身的，跑过外洋的多了，虽然专门知识比不上技正，但比起老公事来，就渊博得多。只要有一个人提头，大家一讨论，管你中外古今的办法都有了。就替长官拟起演说稿子，也头头是道，没一句外行话，如其收在长官讲演集子里，也无一篇不是好文章。"

费副官不由用筷子把桌边一敲道："嵇科长的话明快极了！我就常常怀疑，我伺候过的长官那们多，一天天的高升发财，中间好几个还是我们武学堂同学，从前在学堂里，十个里头有八个都叫作瓜儿，学科术科，样样不行，甚至有话都说不清的。可是到社会上一混，不到二十年，就分了高低，以前认为不行的，他妈的倒飞黄腾达起来，一般说来，叫作福至心灵，看他们做的说的，好像都比别人高明。其实，从我们挨近的人看来，还不是同在学堂里一样？以前，我还不大明白这是咋个搞起的，难道真个命中注定吗？我也曾把我几个闹得喧喧赫赫的长官的八字，隐到找人算过，都不算啥子了不起的命，跟我们一伙多年当丘二当跑滩匠①的，还不是差不多，可是别人何以就爬了上去呢？我从前研究来，也不过认为别人运气好罢了，顶多算是浑胆大。……唉！现在听嵇科长说来，我才明白了，做文官的，我倒不敢说，定然像这样，做武官的，我真敢说，除了只知有己，不顾利害，浑胆大外，……"

---

① 本是四川袍哥的语汇，后来普遍化了。跑滩，是流荡各处谋生的意思，以跑滩为职业的，叫作跑滩匠。

一壶酒很快就斟完了。丁素英大声喊杨世兴再拿来。刘易之先表示够了，费副官也说，还要等着同马经理商量事情，莫喝多了误事。

"甲戌年的允丰正，是少有了，"嵇科长毫不在乎地说，"算来，只是八达号还多。我们难得碰头，丁丁又这么贤惠，总之已打扰了主人，何不再喝一壶呢?"

"你今夜不到罗罗家去赶茶舞会吗? 刚才小刘已招呼过了。"

"还早嘛! 她是要将就几位密斯特的，总在八点半才开舞。小刘，你可晓得招呼了好多人?"

"我不晓得。内人只吩咐到这里招呼几个人去。"

"你是外人，自然不应该晓得内人的事啊!"嵇科长颇有含意地说了这一句。

陈登云也是有意地要将这句话打断，接着问:"起先把话头说岔了，你自己抱怨事情太多，但是才数了三桩，都算是照例的公事，还有呢?"

"你要听不照例的公事么? 有的是! 第一桩，就是救济贫病作家。……"

"啊! 你也揽着了这件事了吗?"费副官说，"说起这般无聊文氓，真像屎苍蝇样，有缝就钻。我们那里，也钻了来。自然也是我的事。我晓得这伙人惹不得，但也得罪不得，我只是向他们说，对于救济的事，我兄弟表二十分同情。不过，我们拿枪杆的，还不是同你们耍笔杆的一样，政府规定的一点薪饷，吃不饱，饿不死，若非本了各人良心，要尽这一份义务时，我们早请长假，改行了。我们这机关是有名的穷机关，要望我们帮助，我们唯有抱十二万分的歉。却好，那伙人倒也容易打整，你先向他们告穷，他们便也相信了。"

"这是你们那个机关，性质不同啦！我们哩，说起来是责有攸归的，凡是人民的事，都该我们办，笼笼统统地说来，管、卫、教、养，你看范围好大哟！不过，真正人民大众的事，多劳点神是应该的，可是啥子作家，不晓得是哪一类的家伙，也要我们来磨脑经那却未免太例外了！"

陈登云道："不错，这几天报上正登得热闹。好些文人都在呐喊。我想这不过是那般搞笔头子的人闲得无聊，闹着好玩罢了，怎也会劳烦起你们办公事的来？这新闻却没有听过。"

"你不信吗？我只提说一件，陪都某夫人随便来一封私函，你能像对付小百姓某大娘某太婆样，或是置之不理，或是公公道道给她批一个碍难照准，就完了吗？遵办哩，不成公事，却也不能开这个恶例，说起来，中华民国的政府，牌子上还是人民的，不是哪一个私人可以任意指挥的。不遵办哩，这官话又不好打，而且会得罪人，做官的能得罪一个像那样的大人物吗？你仔细想想看，光是回一封信，要说得方方周到，面面光生，这岂是寻常科秘，光会写案查的人，能做得到吗？……吓！要费点脑经哩！"

丁素英老是在让人吃菜喝酒，并且说："你们只顾说话，菜也冷了！……啥子作家作家，我也不懂，既是要办救济，想来总是可怜的，我们出点钱也罢了。自从打起国战来，可怜的人真太多，几乎每一个月都在募捐办救济，只要你肯捐，一天里头，几十万都不够！"

刘易之问道："马嫂嫂你捐过好多?"

"我哪里有钱捐！造孽哟！今天去扯了两件衣料，说佛似的说了几天，我们先生才给了一点钱，还算来算去，生怕给多了，说起来我才可怜哩！……"

"好，不说了！"陈登云开着玩笑说，"再说下去，我们马经理太太也要叫人救济了！"

酒已喝完。大家只各吃了半碗饭，便一齐穿过堂屋，依旧转到前面窗根下来。

小学生已放学回来，一共五个孩子，两个女的，大些，有七八岁，三个男的，都只六七岁，早跳前跳后，吵成了一片。

天上也挂出一片夕阳，好像明天是个大晴天。阶沿下的蟋蟀，已渐渐鼓动翅子。近月来常常出动的盟国飞机，不管是四个发动机而机身细长的 B—29 重轰炸机，抑或是机身粗短的运输机，已为大家看熟了，毫不惊异，也偶尔高高的从遥远的云端划过，余音摇曳，虽不像音乐，却也丝毫不令人惊恐，就连老哈巴狗都都，也略不在意的，只顾跟着孩子们在跑跳。

刘易之端着茶杯问费副官："我要请教一件事，你看湖南的战争，该不会蔓延到大后方来罢?"

陈登云一面洗脸，一面接口说："我看不会！至低限度，四川是安稳的，只要宜昌打得好，日本鬼子窜不进三峡来。"

"凭我们学过军事的看，宜昌方面并不重要，只算一种牵制战。倒是湖南那一股，是主力。敌人的企图，现已判明，是在争夺飞机基地。因此，我们可以想到零陵、桂林、柳州，都不免危险。不过敌人越深入，供应线越长，山地越险峻，我们防守倒越容易些。但我们的短处也多，交通不便利，增援困难，机动性太小，大部队不便使用，尤其可惜的，就是没有重武器，坦克车早已没有，连守要塞的大炮也没有，寥寥几门步兵炮，中啥用！"

刘易之道："报上不是登过，守衡阳时，曾经有过两团美国炮兵吗？"

"报上并没登过。仅只有过这种传说罢了。后来证明了，并不确实。谈何容易，美国的炮兵就开到前线，条件不够得很！只是美国的新武器运到印度的真不少，并不如一般人所说，必等滇缅路打通了，才能大批运来，而是使用这种武器的人，须得加以训练，这是那位联络官阿克森亲口告诉我的。他并且说，顶吃亏的就是中国士兵的体格同学识都太差。曾经在昆明训练过中国兵的美国军官，无一个不叫苦。就拿炮兵来说罢，连角度这个名词都不懂，还能说数学、弹道学、气象学、物理学吗？若要一一从头教起，真不晓得学到何年何月？……"

刘易之拍着掌道："哦！我才明白为啥闹了几个月的知识青年从军，连我们领袖的大老少都报了名！"

"就是啦！我这半个多月来，忙得不开交的，就是办理这件事。已经初步训练好的教导团，要飞，我们得联络民众团体，办理欢迎欢送，说空话，赠奖品。一方面又要指导各地方的学校，如何仰体领袖至意，鼓励学生，踊跃报名。再而，还得向一般糊涂虫下功夫去指示，如何观察那般思想不纯正的分子，慎防他们利用机会来传播毒素。……说起来，真真头痛！中国事情老是有里有面。倒是面子上的事好办，顶恼火的，便是里子上的事。你要禄位高升吗？那你就该力有专注了，吓！……吓！……"

"依我讲，这倒是多余的。"费副官同大家一齐抽着主人送上的菲立浦纸烟，散坐在阶沿上，悠然说道，"训练兵士的第一要义，就在服从命令，就在不准许各人用脑经。唯有顶老实的乡下人，两眼墨黑，一字不识的，最不会用脑经，也最合乎兵士资格。这是我们有经验的话。满清时候，若果不办新军，哪会革命？赵尔丰若果专用巡防兵，同志会也早打垮了！我们艰苦抗战这几年，虽然越打越恼火，但一直没有闹到兵变，最近如苦守衡阳四十天，听说连盐都没有吃的，大家宁可战死，也不出降，可以说，得力就在兵士们的脑经简单。自然，脑经简单的，就不能再要求啥子学识。如今要依赖美国朋友，不能不听别人的话，把自己十几二十年的好经验丢了，把些认得字的学生招来当兵。这时倒好，只怕将来不容易指挥，你要他们向东，他们偏有他们的主意，却要向西；或许就听你的话，向东了，但是走两步，脑经一转、立刻回头的，也未必没有。这样，还能用啥子兵，还能说指挥之要，须如身之使臂、臂之使指？总之，兵士一有了脑经，就不容易指挥，凭你再训练，终归枉然。在抗战初起时，我曾在学校里当过几个月的教官，恭喜发财，莫把人怄死了！比方说，你要他们绝对服从，他们就敢于问你，为啥？从前我们在学堂里，教官认别字，你教官写个马字，却指着说这是牛字，我们得一齐念牛字，不敢问他为啥？要是问了，立刻受处罚。如今哪行！他们不但要问，还会笑你念别字。你就处罚了，他也未必心服。心里不服，你还能改造他的头脑吗？……"

嵇科长叹道："凡事都有利有害，难得两全的！因为要借重别人，只好听从别人的话了！别的且不忙考虑，光只穿吃两个字的支出，就不得了，听说现在好些军队已经受了影响了，饭要白米饭，每天还要配够多少油，多少豆类、多少蛋，……"

"这倒不见得，"陈登云道，"今天，我进城时，就看见南门大街一大队兵，正蹲在人行道上吃饭。我亲眼看见一大甑饭，还不是霉得变红了，又有砂石，又有糠稗的八宝饭？我车子挨着饭甑走过，好一股臭气，比我喂鸡喂狗的东西都不如！菜更没有，那些兵全是捧着这样一碗饭在干塞。"

"或者是尚未编制的新兵。"费副官作一种更正的语气说，"正式作战的军队，对于营养一层，已渐渐在注意了，这是受了盟军的影响。不过，还未能如嵇科长所说，配备得那们够。嵇科长说的，是军政部根据专家所拟的一种命令，也只能说是一种命令。若要贯彻实施，还有相当长的一段距离。"

女主人已收拾齐楚了，出来向着众人带笑说："时间还早，来四圈麻将，打五抽心，人数刚够。"

头一个借口不赞成的，就是嵇科长，他有礼貌地说："丁丁，今天实在对不住，不能奉陪！我是从茶店子一直就到你们这里来的，一个整天，还没有回家，今夜又要到罗罗家去跳舞。如其此刻不再抽空回去走一趟，真不免要发生问题的。"

"当真你太太管得这样严么？"丁丁还是笑嘻嘻地说，"我们先生就不这样，没笼头的马样，要咋个就咋个。"

"丁丁，你不能这们比，第一，你的先生就姓马，有笼头没笼头，是你自家的事；第二，各有家法不同！……"

陈登云忽然笑了起来道："没笼头的马回来了！"

马为富果然从穿堂上走进来。

"啊！对不住，没有赶回来奉陪！……老杨，泡茶，拿纸烟来！……啊！……啊！久违了，嵇科长！……"

"不用你招呼，我们已经酒醉饭饱了。今天有啥特别消息没有？"嵇科长这样问。

"我们做生意的，有啥消息？倒要请教你们在机关上的。"

"不然，现在我们机关上得来的，不是好听的面子话，就是惊人的谣言，倒是从你们的号信上，或者长途电话上，还有些真消息。不说别的，只需知道那一条路的货价涨跌，就推测得出那一条路上的战争情形如何，这比啥子通讯社的消息，还真。"

"这样说吗？那我可以奉告，广西的情形颇不好。我们抢运东西的汽车，已由贵阳派出去了。卫作善已接了无线电，明天坐飞机赶回重庆，说是另有要务，你就可想前方是怎样的吃紧。……果如你所说，报上的消息，真没有什么，除了看外国打仗的新闻，我是不大注意的，没头没脑，简直弄不清楚。"

丁素英已把皮拖鞋拿来，又从小马手上接过他的西装上衣，一面说："这下，麻将牌还是打得成的，角色够了。"

费副官把小马肩头一拍道："有件事要和你商量，等了你好久了。"

陈登云也趁势站起来道："我先失陪！"

"怎吗！陈五哥，你安心拆台吗？"丁素英颇不高兴地问。

"你不到舍下去跳舞吗？"

"今天恐怕不行，若果霍大夫要在我那里消夜的话。"

"陈三姐不是全好了吗？"

"好是好了，但霍大夫说的，得再将息几天，今夜大概是最后一次复诊。"

小马也站起来说："请你告诉霍大夫，一切诊费药费，全开出来交给我，让我直接送去，出卫作善的账就是了。"

"何必呢？那是莉华一时的气话，后来说清楚了，她对卫作善也没有什么。车子赔了，车夫的医药费全给了，已算尽了人情，莉华那方的费用，算我的，不必再向他提说。"

"你这漂亮，操得不对！该卫作善出的，为啥不叫他出？人情还人情，责任还责任，将来见面时，再请一次客，两方面都顾着了！……"

第十章　一个多事的下午

夏令时间的六点钟，距离黄昏还早。

是晚晴天气，沉沉的云幕已慢慢地被撕成一块块，一缕缕，金黄色的斜阳把一半边街房的墙壁，也镀成了黄金色。

总府街是甲等街，街面不宽，人行道也窄。两面应该拆卸退让人行道的铺家，大概为了很多原因，有的照规定尺寸退进去了，有的依然如故，把一整条街的两面，遂形成了一种不整齐的锯齿。

只管划为甲等街，因为是市中心区，而繁华的春熙路和曾经繁华过的商业场又南北交叉在它的腰节上，以形势而言，实在是一条冲要街道。而人们也不因为它被划甲等街，遂按照规定而减少往来的数目。

陈登云的包车一走到这里，也就不能由周安猛冲。满街的人，满街的车，彼此车铃踏得一片响，车夫也不住声地打着招呼："撞着!""左手!""右手!""少来!"但是，总没办法把一般踱着方步，东张张，西望望，颇为悠然的男女行人，全挤到人行道上去，将一些水果担子和临时地摊踩毁呀！

成都市街上行道的秩序，自清朝办警察时起，就训练着"行人车辆靠右走！"二三十岁的人早已有此素习了的。忽然由于国民党的"新生活运动"，一次手令，二次手令，强迫改为"行人车辆靠左走！"说是必如此才能救国，也才是新生活。几年来的强勉奉行，大家又已渐渐成为素习了。现在政府说是要将就盟友驾驶的方便，又要改回来，仍然"行人车辆靠右走"了。而且宣传上又这么说："倘若一齐靠右走，则行人脑后没有眼睛，车辆从后冲来，岂不有性命之忧？不如改为车辆靠右走，行人靠左走，不一齐右倾或左倾，那吗，行人车辆迎面而行，彼此看得明白，便来得及互让了。"这是聪明人的想法，实开世界行道秩序之新纪元。总府街的行道秩序，可以说恰是在做这种宣传的实验。

陈登云的车子刚好拉到商业场门口人丛中放下，他也刚好下车时，一辆吉普车忽从西头驰来，活像艨艟大舰样，把一条活的人流，冲成两大片。这大舰上载了四个年轻的水手，也可说就是美国兵，只一个戴了顶黄咔叽船形帽，三个都戴的是中式青缎瓜皮帽，准是才在福兴街买来的。一路闹着唱着，同人浪里的哗笑，和一片几乎听不清楚的"密斯特，顶好！"的声音，溶成了一股响亮的激流。

十字街口上的交通警察，只管笑容可掬的平伸左臂，礼让着要他们过去，可是那大舰也像喝醉了似的，并不一直向东头走，而只是绕着警察先生所站的地方打转转。警察先生很是惶惑，对于这辆过于活泼的吉普车，真不晓得如何指挥法。一条无形的线牵引着他，使他也面随着那车，一连打了三个转转，两条带有白袖套的手臂，一会伸起来，一会又放下去，脸上是很尴尬的一副笑容。

这简直是街头剧，而且是闹剧，从四条热闹街上走来的人啦车啦，也像朝宗于海的江淮河汉四渎，把十字街口挤成了一道潮样的墙。呼叫和哗笑的声音，确也像潮音，刚沉下去，又沸涌起来。

吉普车兜到第三个圈子，才在春熙路口侧停下了，也登时就被人潮淹没。许多人都不肯离开，好像在研究车，又像在研究人。一下流通了的人力车，凭车夫怎么喊叫，总喊不出一条可以走得通的路。几个火气大的车夫，一面用手推，一面又有意地用车杠去撞，可是无感觉的人潮，还是那么挤，还是那么涌，只有少数上了年纪的男女，才望一望就走开，却也要大声表示点意见："有啥看头！几个洋人罢咧！"

忽然间，停吉普车的地方，一串火爆响了起来。被爆炸的纸花，带着烟火，四面溅射，一派硫黄和火硝的浓烟，凝成簸箕大一团青郁郁的密雾。挤着的人墙登时就崩坍了。情绪好像更快活，"顶好，密斯特！……顶好，顶好！"比火爆的霹雳叭啦的响声还响。

陈登云这时才看见一个戴瓜皮帽的美国兵，单腿跪在地下，正拿着一只自动照相机向四面在照。

照相机好像是无形的机关枪，崩坍的人墙，一下子就变成碰上岩石自然粉碎的浪花，人人都在朝后蹿，人人都在呐喊："在照相了，躲呀！……莫把你个宝气样子照进去啊！"

十字街口的秩序乱极了，比"六·一一"和"七·二七"日本飞机盲目投弹时的秩序还坏。这可气杀了交通警察，红着脸跳下他的岗位，挥起拳头直向人堆中打去，口里大声叱骂着："走开！走开！外国人要照相啦！"

"你妈的打老娘！老娘打这里过的，惹着你龟儿子啥地方？你敢打老娘！"

"哈哈！打着了女太太！……你才歪哩！……看你脱得了手不？"人们是这样的吵着。

人潮又汹涌起来，要走的都不走了，才躲蹿到街角上和各铺门口去的，也飞跑拢去，一面像打招呼地喊道："快来看！……快来看！……警察把一个女太太打伤了！……抓他到警察局去，他龟儿敢乱打人！……"

这时群众的情绪是愤怒了。

警察连忙大声在分辩。仅看得见两条有白袖套的手臂一扬一扬，是在加重说话的分量。但他却终于敌不过那更有分量的女高声，和评断道理的群众的噪音。

陈登云已看清楚了那抓住警察胸前衣襟的女人，二十多岁，相当高的一个身材，两条露在外面的膀膊和面孔的肌肤白而且细，墨黑的垂在细长脖子上的短头发，好像用火夹子烫过，只发梢有点蜷。还是那件没有腰窝的花标布旗袍。还是那一双不算怎么灵活而只是黑白分明的眼睛。

"啊！原来是她！"

他立刻就认识得出来是朱乐生太太，尤其是那一口彭山腔调引人注意。

他立刻就徘徊起来，他该不该挤进去厮劝一下呢？说起来，是有一面之缘的，不说是妇女，便是男性像先长兴那人，既在街头与人口角，照理也该挺身而前，帮着发几句白的。可是朱太太须不须他帮忙，已经是问题了，因为她是年轻女人，容易占上风，攘臂而起的，不是已有那一大堆的人了？还有次一问题，便是莉华晓得了后，岂不又会无中生有的瞎起疑心？

幸而事件立刻就解决了。三个戴瓜皮帽的美国兵早已分开观众，挤进核心，听不明白叽呱了几句什么，只见一个美国兵用手臂挟着朱太太的光膀膊，两个密斯特就分攘着人众，连那个惹起问题的警察先生也在内。接着吉普车开上去，看不明白是怎样一个情状，只听见噗噗噗几声，连喇叭都没响，那车已在人众拍掌欢呼声中，一掉头直向春熙路开走了。

"倒便宜了密斯特了！哈哈！"

"莫乱说！不见得人家就那们坏！"

"年轻小伙子，筋强力壮的，又吃醉了，哪能不……"

"人家都是大学生，有教育的，哪像我们这里的丘八，一见女人就慌了，人家分得出好歹来的！"

"你敢打包本，他们能规规矩矩把那婆娘笔端的送回家去吗？……我看未见得罢？"

"如其不说清楚了，她能顺顺利利地就跟着上车吗？而且看来也是好人家的人，并不是啥子抬美钞的'马灯'呀！"

"你听得懂那些密斯特的话吗？连我都不懂，那婆娘并不见得就懂，'顺手一拉就拢来'，也不是个啥子正经货！"

"嗯！倒有点像。你看她不惊不诧的，连脸都不红一红，被密斯特抱她上车时。……唔！而今的世道！……"

警察仍旧回到岗位上，若无其事地瞅着车子行人靠左靠右的各自走各自的路。十字街口也霎时就恢复了原状。

陈登云回头把周安看了一眼道："你认得那女太太不？"

周安也正笑得大张着口，把头一摇："不认得。五先生你认得吗？到底是他妈个干啥的？"

"唔！我晓得吗？……我到敬益增买点东西，你就在这里等着我！"

商业场自经几次大火，重修又重修，已经是一条不列等级的过道，早说不上什么场所。只是窄窄的街畔，两排浓荫的榆树和洋槐，枝柯交错，俨然成了一道绿洞，六月炎天，一走进去，顿然感受一种清凉。老年人每能因之而回忆到民国十三年以前，未修马路时，许多街道一到暑期，便搭盖过街凉棚，以遮骄阳，以避酷热的景象。不是老年人，也有因之而发生感慨，在亚热带的城市中，何以不容许铺户们在酷烈如火的大日头下，弄点什么遮蔽的东西来抵挡一下骄阳？而何以执口市容，一定要把大多数玩不起冷气设备的居民，摆在像烤炉似的简陋房子里，消耗他们多半精力来抵抗自然的酷热？纵不然，人行道上的树子也应该加以提倡，也应该让它长高大点，也应该设法使那既难看又危险性太大的裸体电线藏在地下，而不要只是磨折那些可能遮阴而又美化市容的树木啊！

敬益增是北平人开的商店，是一家百货店，门楣上一块江朝宗写的招牌，早被聪明的主人把写招牌的人名涂了，也和郑孝胥题写的某一中学校的门额一样。其实，在顾客看来，倒不在意下。当其极盛时代，就是说继马裕隆而兴起时，满架子的好货色，每一件都合用，每一件都比别家的好，又每一件都不很贵，顾客是何等的多，生意是何等的旺，招牌倒并不怎么大，也并不怎么漂亮。写字的人更不见得是什么了不起的名人。自抗战几年来，门面只管辉煌，招牌只管做得挺大，写招牌的是汉奸江朝宗，虽隐去了，到底因了名气大，记得的人只管多，可是货色太少，也太平常，纵然货码标得比一般都高些，而生意总不如以前。即如陈登云之来，本想花一大沓钞票，为陈莉华买一些像样点的东西回去的，但是一个人在冷清清的气氛中，只管被一般殷勤的店伙周旋着，看了不少货色，总感觉得全是春熙路可以买得出，而价钱也差不多的。结果为了自己的面子，同时为了酬答店伙的过分殷勤，仅仅选了两双乔其纱舞袜。算来只用去了崭新的四百元一张的法币五张而已。

临出门时，他不禁开了个玩笑道："真可怜！像你们这样大的商店，连我几万块的生意都做不下来！"

一个有经验的伙计很为难的赔着笑脸说："您老，大来大往的人，自然花得不满意。可是我们也真为难啦！道路越来越窄，运费越来越贵，利子又大，管制又严，好货倒有，只是成本太高，卖不出，又犯法！您老想想，这生意怎么做！再不打几个胜仗，就连眼前这点货也会卖断庄的！……"

这时正是全城人众到市中心区来逛街和找寻娱乐的时候了。

成都市在抗战中扩大了，人口从战前的四十几万增加到八十多万。近郊许多地方，从前是纯农村世界，但自民国二十七八年起疏散的人出去的多了，而许多新兴的有关军事机构也尽量建立在郊外，这样一来城外一些地方电灯有了，马路有了，桥梁有了，粮食店、猪肉架子、小菜摊、杂货铺也有了，连带而及的茶铺酒店饭馆旅社栈房都有了，业已把城郊四周十来里地变成了半城半乡的模样；但是一种旧习还依然存留着，便是没有夜生活。

半城半乡之处，交通到底不大方便，只有一些越来越不像样的实心胶轮的人力车；而且一到夜里，还不大找得到。得了抗战之赐，使劳作收入较优的车夫们，辛苦了半天，足以一饱了，他们第一需要休息，第二对于比较寂静的黑魆魆的乡野道路，总不免存有几分戒心，虽然近几年来已不大有什么路劫事件发生。新兴的木箱式的马车，和长途车式的公共汽车，路线既只限于四门汽车站以内的旧市区，而且一到黄昏也都要收车的。因为没有夜的交通，在近郊，遂也无夜的生活，大家仍然保存着农村的早作早歇的良好习惯，那是无怪的。

市区以内哩，则说不出什么原因，或者成都市还未进步到近代工业和近代商业的社会，好多生活方式，犹在迟缓的演变中；一般人还是喜欢的日出而作，一清早是大家工作得顶忙碌的时候，入夜也需要休息了。娱乐场所也如此，白天是准备有闲阶级的人们去消遣，夜间则只能以很短时间来供应忙人，无论是书场，是戏园，是电影院，大抵在八点钟以后不久，就收拾了，而别的许多大都市的夜生活，在八点半钟起，才开始哩。

八点半是成都人最牢记不能忘的"打更时候"。只管大家已习惯了用钟用表，而打更仍是很有效的。小铜锣沿街一敲，于是做夜生意的铺店便关了，摆地摊的便收检了，茶馆、酒馆、消夜馆一方面准备打烊，一方面也正是生意顶兴隆的时节，行人们纷纷倦游而归，人力车是最后的努力，马路女郎①也到了最后关头，再过一刻，维持治安的人们便要用着他们遇啥都感到可疑的眼光，向寥落的夜徘徊者做绵密的侦察或干涉了。

没有八点半以后的夜生活，于是从下午的五点起，就几乎成为有定例的逛街，和欣赏窗饰、和寻找娱乐、和钻茶馆会朋友谈天消遣的必要时间。而成都市区又只有这么一点大，几条中心街道，像春熙路，像总府街，像几段东大街，便成为人流的交会地方。因此，周安拉着陈登云的车子也和适才在总府街东段时一样，不能凭着气力朝前直冲，只能随在一条长蛇似的车阵之后，而时时向后面车子打着招呼："少来！""前挡！"放缓脚步，徐徐通过了春熙路，通过了上中东大街。

西东大街西口接着锦江桥这一段，本来比较人少，可以开腿跑的了，却不知什么缘故，只见很多的人从人行道上，从马

---

① 指妓女。——原编者注

路当中，扯伸两脚同竞赛般，直向锦江桥飞奔。那阵仗，比紧急警报放后逃命的情形还严重。

周安登时把车拉到街边，向后面一个学徒似的大孩子问："小哥，前面啥事？"

"逮逃兵。……跑了二十几个新兵，……是关在兴隆店里的。……"

"逮逃兵，也值得这们跑！……有啥看头？"

周安刚跑了几步，快要转弯了。

"砰！……砰！……砰！……"

"啊！开火了！"

还没有跑拢的群众登时站住，登时车身，登时又以全速力朝着奔来的方向扯伸两脚的跑。

"啊！……啊！开火了！不要去！……有机关枪！……"

"啊！锦江桥开火了！……打死了人！……有机关枪！……快莫过去！……"

第三伙跑回来的人更是脸色都白了，挥着两手叫道："啊！开火了！……打死了一坝的人！"

"有机关枪吗？"

"龟儿子才说假话，有机关枪！……有步枪！……打死了一坝的人！……哄你，不算人！……你舅子敢过去！"

确是没人敢过去，陈登云第一个就不敢。他连忙跳下漂亮的私包车，走向一间五金店门首，同时还不自觉地把一顶真正巴拿马软草帽拉下来，盖在眉毛骨上。周安也把包车打了一个转身。

"五先生，我们走青石桥出城罢！"

跑回来的观众，到底为好奇的念头支配着，一定要看个实在。他们先还满面惊惶的停伫在各家正准备关闭的门前，尽量把身子向柜台贴着，慢慢地他们镇定了，有一个人先溜到街边，伸头向前探了探，接着有几个人照样做，接着是一群人，于是暂时冻结的情绪又蹦跳起来。

"歇火了，大概打不起来。……去看一看，到底打死了好多人？……他龟儿，青天白日的敢乱开火！……还在大街大道上！……到底是打逃兵呢，还是打看热闹的人？……看热闹的人他敢打？一定打逃兵。……逃兵也不能随便就开火打呀！他妈的，不是出了告示吗？……逮住他龟儿，不依他的，好歪么，量实他有枪！……我们不怕，不依他龟儿的！……"

于是又浩浩荡荡地向锦江桥开去，虽是大家的脚步都比较慎重了好些。

陈登云好像也胆大起来，便向周安说："不走青石桥，……顺便看看，到底是回啥子事？"

"啥子事？不过逮逃兵，向天开了几火威武炮，就把成都儿吓昏了！拿到我们那些地方去，那倒来不倒！有让你开火的时候，早就把你捶绒了！"周安旁若无人的，边慢慢拉着空车在人众后方走，边这么自言自语。

锦江桥头上已被吵吵闹闹的人众塞断了。

"打死他！……他敢乱开枪打人！……有告示的！……就是

逃兵也不准胡乱处死！……他是啥东西！……打死他！……"

陈登云不敢再走，再走就将挤进人堆里去。他遂站在街口的人行道边上。

"各位莫动手！"一片比较高朗、比较有力的声音叫喊着："打死他两个不打紧，可是交代不出去，是你们街坊上的事呀！……莫打！莫打！本来有理的，打死人，倒输了！"

这声音好熟。

"是熟人！"陈登云却想不起是哪一个。人堆那么大，尽见人的后脑勺，尽见人的肩膀，望不见说话的人。

"他先生说得对，莫打死了！拖他两个龟儿到兴隆店，……让他们官长处治！……还嘴强！你们为啥要开火打死人呢？……不是这两位先生抢了你们的枪，你们还要打哩！……打死人也是命令吗？……"许多人的声音这样排解着，评判着，申斥着，都理直气壮的。

"把他们两手都背剪起来，免得开了横线子，交代不出！……"又是那高朗有力甚为耳熟的声音。

"河里的尸首不捞起来吗？……叫他们官长来捞！……棺材抬埋都是他们的事，我们街坊不管的！"

"就这样好了，拉着他们走！……牛维新你把两支枪扛起来！"

"哦！原来是他，白先生！"陈登云立刻想起这个曾经教过他理化的中学教师。

人堆分裂开来，果然是白知时。头上还是那顶旧得发黑，而且也已变形的新繁特产棕丝帽，脚下仍是那双补了又补的黑皮鞋；只今天不是白麻布衫了，而是一件洗熨得不甚好的灰绸大衫。气概依然，站着时挺胸凹肚，说话时指手画脚，好像随处都是他的讲堂，凡听他讲话的，十九都是他学生似的。

陈登云心虚，连忙把头掉开。其实用不着，白知时并认不得他，何况此刻他全神贯注的，只是那两个被人众打得鼻塌嘴歪的凶手。

凶手果是两个追赶逃兵的兵。身上粗劣的草绿单布军服，已被扯成几块，露出一身黧黑肌肉，倒相当结实，要把他们克服下来，看样子倒费了点气力。绑腿都解下了，变做背剪两手的绳子。四条粗壮的腿。四只长大的脚板，全是尘土。草鞋也破烂了。一准是今天才从城外开来。想其拿着武器，押送那些面黄肌瘦，弱不禁风的新兵或壮丁时，一定很武勇。

跟在后面的，就是那个眉浓脸宽，颇有一把气力，个儿却是很矮的牛维新。一只肩头扛了一支步枪。"指天恨地"的学生帽，仰挂在脑勺子上，麻灰布的制服也扯破了，右腮也抓出了血，可以证明他是出手搏斗过的。

"一定还有那个姓黄的学生！"陈登云拿眼睛去搜索，围着走的人一大群，倒有几个穿麻灰布高中学生制服的，却看不清楚人的面孔。

锦江桥上还挤了一堆人，那是在观看河里的尸首。

有几个人在描写逃兵怎样地跑来，有的向粪草湖街跑，有的向染房街跑，两个在后面的，太慌张了，跳下河去。两个兵追到桥上，便朝跳河的开枪。一个着打死了，正要再打第二个时，恰遇着一伙学生走来，便动手抢枪。街坊人众也拥了过去，帮着抢，帮着打。"杂种！他默倒有了枪，就歪了！随便开枪打死人！这是成都省呀，要讲道理的！大家去找他们的官长去了。非估住他照委员长的命令办不可！……吓！吓！成都有耳目昭彰的，可以乱搞堂么！要不是那个先生招呼着，一定打死了！……倒是打死了好！可怜的，那些拉来的新兵，简直叫花子样，哪里还像个人形！待得也太刻薄了，咋受得了！……"

第十一章　问题……问题……问题

天濛濛下着雨。雨不大，时而又停一停。但是夜来下了个通宵，把未曾干透的土地淋得很烂。

白知时高高地举着一柄大油纸伞，戒慎恐惧地坐在一辆叽咕车上。幸而他人瘦，不算重，不足把那生铁圈子包着的独车轮压在相当软的泥糊里。但是叽咕车的木承轴还是要呻吟，还是要叽里咕噜的；而分开两臂，紧握着车把，努力推着车的老余，仍然显得很吃力，坐在车上的人每一步总听得见他像牛样的喘。

白知时每逢天雨到城外一所疏散中学校上课和下课回城时，总是特雇老余的叽咕车代步，而每次听见老余牛喘之际，必恻然想着要改造一下这具诸葛武侯所发明、一直流传到今、似乎略加以修正的木牛。他想以白檀木的轴嵌在青杠木的轴承上，使它干吱吱的摩擦，这可要费多大的力能！设若在两头各加一只钢珠轴承，至低限度可以减少一半以上的摩擦，则推的人至低限度便可减少三分之二的力能。其次，木轴承是直接安在车底上的，故车轮一碰着石头，或一到硬地上，那震动便一直传到人身。推车的两条臂可以震麻木，坐车的更恼火，孕妇可以震到坠胎，四川大学一位教授太太不就是显例吗？心脏衰弱的老人可以震断气，也是有过的。所以许多讲卫生的朋友，宁可天晴踩香灰，下雨踏酱糊，也不愿找这个代步。并非讲人道，实在怕受罪。设若把轴承和车身全安在一只简单弹簧上，则震动的力被弹簧减弱，不但坐者舒适，就推的人也不吃亏呀。

他也曾把这念头告诉过老余。老余一听就冒火，他说："不说我上代人，光说我罢，从光绪手上推叽咕车，推到而今，以前除了农忙外，一年四季的推，矮车高车啥没推过？而今有了点岁数，才是熟人招呼着推趟把两趟，三四十年了，并不见我的膀子震来拿不动筷子！坐车的千千万万，我从没听见过震死的！生娃娃的倒有，我从前就推过一个阴阳先生的娘子，从娘屋里回家去的，我看她那肚皮就不对，果然离房子还有三根田埂，就生下他妈的一个胖娃娃！那并不是车子震下来的呀，是临到时候了，该发作，不坐车，也一样要生的！坐叽咕车，只图省俭点脚力，本就不求舒服。从前的人，只要早晨一下床，就没有舒服的。不走路，光是坐着不动，该舒服了！在从前，还是不啦！高背椅，高板凳，哪个坐着不是把腰杆打得笔伸的？只有下考场的老师们，三更灯火五更鸡，伏在方桌上念书写文章，才弄得弓腰驼背，样子虽斯文，吃苦倒行！门板做床铺，石头做枕头，我亲眼看见过的。只有而今的人才不行，越年轻，越要图舒服，床要睡炕的，椅子要坐炕的，连叽咕车也想坐炕的了！叽咕车不炕，他们不坐，说是震得心跳。也好，我就不推。我倒说，从前的人真经事，七八十岁活得硬邦邦的，而今的人，哼！好像骨头都是炕的了！……"

一连串的牢骚话，简直没有商量的余地。说到省俭气力，老余的理论更强，归总一句话："气力越使越有，越图省俭越没有。本是卖气力的事，为啥要省俭？"

说到改好了生意多些。

"啊！啊！更不对！再改，还是叽咕车，一步一步地推。在马路上，你能赛过黄包车吗？图快当的，哪个不坐黄包车？在小路上，要坐叽咕车的，你不改，他还是要坐，这两三年来，你先生哪一回下雨时不特为来招呼我。不坐的，就像那些学生娃娃，你就再改好了，他还是不坐。为啥呢？是叽咕车，没有洋马儿漂亮！"

这老佃农的执拗顽固，只好令白知时慨叹。他知道单凭口舌，是不足为功的，若要使老余心悦诚服的照改，只有两种方法：一是先教他读书明理，再给他一点科学常识，起码也懂得一点物理学和经济概论，使他有了新的观念，先感到自己的不足，而后才能求进步，才能虚心研讨，才能容纳异说。"唉！这是要下水磨工夫的，所谓教育第一！我哪有此时间？老余快六十的人了，又哪有此耐心？"其次，是示范，是实事求是，自己先挖腰包，找懂机械的设计制图，先做一个具体而微的模型，实验研究，有毛病就改，改了再实验。有了百分之九十九的正确性，然后才选材鸠工，造一具正式的改良叽咕车，无条件的交与老余去使用。然而还要多多准备两套零件，以防老余有心将它弄坏，而证实"你看，果然不中使呀！"必待他莫名其妙的受益了省气力，一天可以多打几个来回；坐的人舒服，生意好；因为新奇，可以多给几十百把元钱；这样，再拿与旧式叽咕车一比，利害分明之下，他哪有不乐从之理？"唉！这是要花一笔大本钱的！除非有钱，而又有好心，方可以做到'民可使由之，不可使知之'的一层。但我又哪有这笔钱？……设若我造得起这辆改良叽咕车时，第一，我就用不着坐叽咕车；第二，我自己也可以改行来推呀，又何必要讨好老余呢？"

从此，那改良叽咕车的念头不再热烈，仅仅戒慎恐惧的坐在老余的叽咕车上，而听见他牛喘时，才淡淡的在脑际萦回一下而已。

今天，连这念头也没有了，而萦回脑际的，只几件另外的事。一件是续弦与否的问题，一件是应否就聘到远方去教书或回县里去争县参议员的问题，还有一件，便是知识青年从军的问题。

几件问题扰在脑里，比解释物理学上什么绝对定律，相对定律，与夫化学上什么物质分裂和变化的方程式，难多了！那些书本上的问题，看来艰难，但是死的，也只有一个对象，解决得了解决不了，只是自己一个人的事，无显明利害可言，而且在短时间里，也和旁的人发生不出直接的影响；尤其无时间问题，一个疑难悬在那里，今天解决不了，明天，今年解决不了，明年，而目前的这几件，则一切不然，都要立待解决。末了这个从军问题，说不定今天一回去就得解决，又是国家和个人之间都有绝大关系的。

脑子不闲，便照料不到拿伞的手，屡屡被老余打着招呼："哎！把伞撑高点，后面看不到路！"

到第四次上，他简直把伞收了。那是一柄道地泸州油纸伞，又大又重，虽不及成都造的小花纸伞好看时髦，可是使了两年多了，还没有补过，是一个朋友赠送的，在目前的成都，大概还买不出哩，从阴历的八月起，是不能离它的。也和他身上至今犹然穿着的一件胶布长雨衣一样，虽已有了十多年历史，颜色已经说不出，旧敝得已到快要破败的程度，然而求之今日市上，新的自然没有，有也不是教书匠买得起的，拍卖行倒偶然有之，也是古董了，不见得就比他的好，这是民国二十年托一个朋友在上海定做带回，一共花了十七块半大洋。

天还是阴沉得可怕，雨倒越小了。但是成都的阴历九月，是出名的漏月，要望晴明，真不知还要好多天。这条只有二尺来宽的泥路，幸而是黑沙泥路，路底子是在民国二十六年春，建设风气达到最高潮时，由本保保长提议，响应建设乡村道路，得到一般农户的赞成，曾自动的出钱出力，铺过一层碎石，并借了公路局一只废而不用的小石碌压了压，所以还相当硬；虽然得力于路面不宽，而又依着两面田沟曲曲折折，免了汽车黄包车和载重板车的糟蹋，但是叽咕车和水牛的蹄子，还是有破坏能力，路面是早不成名堂；不过到底是黑沙泥，只管在雨后调成了酱糊，却也仅只几寸厚，而且并不像黄泥路之又黏又滑，只需打光脚板，是满可走的。白知时在好几次找不到老余，或老余不得闲的时节，他经济力受不住别几个车夫的竹杠，他也曾把鞋袜脱了，打光脚板来回走十多里。但是雨伞和胶布雨衣两者，总是不可或缺。

因为天气阴沉，他脑里问题的分量也像加重了些。他简直没有多余的心思，再和老余搭白。一直走到街口，下了叽咕车，照向例给了车钱，挟着一只旧书包，从极窄而又随地堆放许多东西和摆设花生摊子的人行道上和一般来来往往的人们挨着让着，向南门大桥走去时，他还在思索。

南门大桥，据说即古之万里桥，这只好骗有思古之幽情而又无考据癖的朋友，成都城变了多少次样儿了，哪里还剩有三国时的真古迹！不过，桥上的风景，到底优于东门大桥，阴历九月，江水犹然滔滔，凭着石栏向东望去，可以看得见小天竺的建筑，可以遥望华西坝，可以看出一线横波的疏散木桥。

白知时每星期三次出南门去上课时，因为不愿把自己辛苦所得的薪水，分上半数给黄包车夫，除非害病，他老是安步当车；而来回打从桥上走过，总不免要流连几分钟。只管是交通孔道，行人车辆都多，在他总感到是个好地方，比起在一巷子所佃居的那间房子，实在清静得多，空气也新鲜些。

今天，他更无例外，又在那里呆下了。大约不到八分钟，忽然灵感来了，眼睛一亮，第三个大问题，即是他外侄黄敬旃要去干知识青年从军的大问题，忽得了个面面俱到的解决。不由拿手把额脑一拍道："得之矣！"

　　但他自己不觉得，只这样，已经引起一个穿中山服的人注意了。

　　这人原是坐着一辆人力车，拉过桥去时，看了他两眼，刚下桥，便又步行转来，挨肩走过时，又看了他两眼。

　　他是那样的不在意，仅举眼把这人看了下，仿佛面熟，但他却没有心思去追忆。只想着赶快走到他的寓所，把书包雨衣放下，好去商量大事。

　　他的寓所，比起他好几个同事佃住的，就算相当阔的了。公然是在一座大门尚比较高朗，尚比较气派的门道内。但是也只有大门可观，一进门去，是一条很狭窄的走道，也可说是一块长约六丈许，宽只五尺的天井。中间铺了一条石板路，但也不能让人来往，那不仅仅因了天井里水沟不大通，渟潴的污水把两边泥地变成了乌黑小淖，而且也浸到石板，在石板面上盖遍了一层苍苔的缘故，实实为的那是两厢房分住人家的公共洗濯场和晒晾场呀！一年四季，无论天晴下雨，天井两边老有四五只大木盆，老有四五具用高板凳和门扇搭的临时刷洗工场，也老有七八个年轻的、半老的妇女蹲坐在大木盆边，用气力的搓，俯在门扇上，用棕刷子刷。照常理讲起来，两边各长五间的厢房，就作兴每间住两家，每家平均三人，也不过男女大小三十人而已，而天井里何以会成年成月的洗晾上那多的衣裳？这解答，户籍警察可以告诉你：有好多户的妇女都是靠洗衣裳吃饭的，她们洗的十分之九都是别人的衣裳啊！

　　对于这些杂院，一如许多小铺户、小工场一样，是治安警察、户籍警察力所能及，也是随时注意的地方。他们不但彻底明了那些女的靠洗衣吃饭，男的靠拉车或什么出卖劳力的事吃饭，并且也清清楚楚地知道上房当中，还住有一个姓白的教书先生。他只占了一间狭而长的耳房，前后两垛牛肋巴窗子，都用好几块厚薄长短木质颜色全不同的木板钉死了，不能开。其实开了也等于零，外面只两道不通风不透气的黑巷子，而前窗外还有其他用处。只屋山花上有两扇玻璃格子窗，高高的位置在邻家的屋沟上，不叠上两张方凳是没法去开阖它，但通气靠它，通光更靠它。光线倒很够，尤其是大晴天，偏西的太阳会慢慢从床边，从书桌，从衣橱，从布有蛛网和尘垢的泥壁，一直爬到天花板缘上的。在暑期中，房间里在下午两点后，好像烘了一盆火。白知时倒颇为满意，他说："一切霉菌在高温九十五度以上，是绝难存在的了！"而不满意的，只在隆冬时候，许多裂了缝的泥壁和那两扇玻璃窗，虽用报纸糊了，但天花板稍高，地板不但木枕松，而且被老鼠、被潮湿弄出了许多大大小小的破洞，冷气一跑进来，就停伫在那平时倒不觉得有如此其大的空间中，而无法用热气将它驱出去。唯一救济方法，就只把那大得出奇的一道双扇房门紧紧关上，还得闩上哩，不然，门扇仍会自己打开的。

白知时在这里已住了九年，资格相当的老。自老婆死后，国战打得更激烈；法币发得更多，物价也上爬得更快，教书收入，虽然也被一般在文武大员眼中看来好像无耻的教书匠们吵着闹着要加薪，要津贴这样，津贴那样之后，不免也自百分之十二，百分之十五，百分之二十，百分之五十的在增长，毕竟算是与物价竞走的乌龟。而首先使白知时痛感不快的，便是那个死硬派的房主，非一口气把租金加到百分之三百不租。

白知时初听之下，并不是着急，而是生气；生那老寡妇房主的气，骂她损人利己，妨碍抗战！原想仍用老方法，联合一众佃户，先给那老寡妇一个警告，次来一个抗议，仍不行，便以一齐搬空相恐吓。却万万料不到刚一着手，便得到一个回答，还几乎全出于那般卖气力的朋友，他们说："算了罢！别个拿房子出租的，也要吃饭呀！我们只要挣得出，何苦要挖苦人哩！"其余十分之一的住户，自然资力都不及白先生的人，于是便实行第二个政策。但是老寡妇和警察局的人和街正都有亲戚关系。到抗议第三月上，便被判决了：要住下去，得照房主所定，补足租金，不哩，有政府和农民银行在四郊修建的疏散房子可住，那吗迁去好了，并且政府正在做强迫疏散的工作，只管搬去住，暂时是不要钱的。

幸而白先生耳目相当长，人事也相当宽，在社会上混了这些时，也略有经验，便取了个巧，让那一伙受了他鼓吹，而果然不肯妥协，必要坚持到底的几家人先搬了去，自己还在徘徊之时，便已得到消息了，疏散房子简直不可住：草顶盖得太稀，漏雨；地基潮湿；顶不好的是交通不便，和左右人家窎得太远；小偷太多，连不值钱的破竹椅都要；做小生意做小手艺的人家全没有活路做了。大家受不了政府的"恩惠"，要搬回来，但是何尝可能呢？第一，城门口的宪军警已在执行命令，除了阔人家的沙发钢丝床等等上等家具外，一概只准搬出，不准搬进；第二，老寡妇已喊出了：搬回来的，仍然当作新佃户，除原加的百分之三百外，再加总数的百分之百。

白先生气炸了，很想到警察局去告她，说她借房居奇，激刺物价。但是又自行取消了，知道警察局断不会单为他一个人出气的。然则真个另找廉价房子搬家罢？也不行，只要能蔽风雨的房子，都贵了。倒有许多主人疏散下乡，而空着的高房大屋，但多不肯出租，甚至连借也不肯，说是他的房子好，家具好，租借给人，不免被人糟蹋，而自家还要常常回城居住，宁可花钱费米用些人来看守。可能出租的，又早被一般从沦陷地方逃到大后方的人士抢租了去，只有再向这伙人手上分租，一间房子的租金，又每每比他承租全院的总额还高，而且外来的人们都有帮口，说四川土话的穷朋友是不容易挤进去的。空下来的学校也被新兴的机关，或竟是新兴的学校住满。倒是疏散出去的本校，可以腾挪个一间半间，然而白知时起初为了友谊，为了教书的历史，不能不在甲校就一个专聘，在乙校就半个专聘，而在丙校、丁校还得应酬几个钟头，后来则是为了实际的生活起见，更不能依照官方的无情规定，只接一个学校的聘书，而所教的几个学校，又分处在南门外、西门外，还有一个在东门外的，两校相距每每二十几里，算来，现住之处，还像是中心，起码也可省去一多半的时间和脚力。末了，还有一法，也是在民国二十九年秋，老婆死了不久，法币才打了四折时，一个颇有眼光的朋友劝过他的那办法，即是趁房子尚便宜时，在少城买一院，或在西南门之间的菜园土买两亩，不求考究的自己修一院。可是那时又未思虑及此，十几年口讲手画辛苦积来的三千多块硬大洋，在早存在一家有信用的私家银行，按月支息四十元，贴补家缴之余，还可以时时寄一笔整数回江油去赠送那个守寡的胞妹，也即是黄敬旃的母亲。到二十九年，法币的折扣快打到五折，他已忧虑起来，不知道这实值一千六七百元的存款，将如何处理；恰好老婆因流产出血不止而亡，便借了伉俪情深为题，棺殓等略为奢侈了一下，于是存款实值，便只有八百多元。要买房，要修屋，除非找关系向政府借一笔疏建款子；本来是可能的，那位朋友也这样劝过他，但我们的白先生却翻着韵本凑悼亡诗去了，而借口说疏建款子是限定修建疏散住宅，"我骗来在城内买，城内修，不但良心说不过去，倘政府真个派人调查出来，岂不还犯了法？还有一层，便是轰炸业已开始，知道未来局面怎样，有远虑的人还正在拼命卖房子。别人打的是捡两文算两文的踏实主意，而我乃反而朝牛角里钻，岂非不智已极！"

他也不完全是书呆子啦！及至法币折扣再大时，他已把那只值到五百多块大洋的存款，从银行内取出，搭在一个同乡做药材生意的股子上。到房子生问题时，虽然已打了好几个滚，可是再想买房子，已差了好些，新造哩，更差得远。何况每月还要从中抽一些出来贴补生活，光是打了住的主意，还有吃哩喝哩，穿哩戴哩，还有同乡方面，同事方面，交游方面，少不了的应酬和馈赠哩，还有黄敬旃读书的这大笔有责任的帮助哩。

无法可想，他只好仍旧设法和老寡妇恢复了好感。商量着把原住的一间正房退了，只占了那间耳房，后面一半间灶披①也不要；而检漏修理，在早本归房主的，也转由佃客担任，房租暂时不加。并准其在耳房窗根外，即是封闭的前面一垛牛肋巴窗子外，安了一只娇小不过的行灶，一只小水缸，一张窄窄的条桌，也居然好用，而且不和别家共用一个灶披，倒省了许多油盐柴米的走漏，以及清理起来，就免不了和那个见小婆娘的口角和闲气。到了后来，老寡妇一个一十岁才进高小的外孙儿要在白先生跟前补习一点算术和国文，白先生答应之后，老寡妇对他也更好了，住的问题似乎从此解决。但我们的白先生真未料到，才平静了一年又十个月，最近又发生了新的问题。

---

① 　一种中式平房的厨房外，临灶的一方搭的简陋房屋，一般无墙壁，只供主妇或厨师生火时遮雨和堆柴火用。——原编者注

第十二章　大问题是这样发生的

白知时挟着旧书包和那柄泸州大雨伞，沿着他惯于经行的右厢三尺许宽的阶沿，从几个洗衣的和坐在各家房门首做着各种活路的妇女中间，谨谨慎慎走过时，好些中年和老年的妇女都习惯的要略略让他一下，并向他打个有礼貌的招呼"回来啦!"因为在这个门道里，他的身份最高，虽然从民国三十年以来，他教了几个学校的收入，早已不及两厢中住的任何一家，这已是彼此都明白的事。

在第四间厢房与第五间厢房之间，还横过天井砌了一道青砖隔墙。当中两扇木板大门，非有大事是不开的，而平常出入，都由开在两边阶沿上的两道侧门。这侧门原都有门扇的，只需一关，住在上房的人便另外有个世界，可以说和两厢便隔绝了，只管第五间厢房还插在那世界内。这是成都旧式门道的格式，便于一正两厢住三家人。而各门各户，鸡犬之声相闻，人则为了避免是非，可以老死不相往来的；还有一层，便是同一院子的内眷也才有个回避的余地，你可以假装看不见我的，我也可以一样的假装。以前不用隔墙，那是犯忌的，而用的是木隔，名曰蜈蚣架子，表示有个界限而已，同时又免挡住了财气。到民国年间，营造工头只知道这样拦一拦才好看，于是由蜈蚣架子改成了隔墙，复因这院里左右第五间厢房都由原来体系上截断，另开一道通阶沿上的门，成了独立的一间，以便多招两家佃客的缘故，才老实将门扇取消，而便于大家出入。

白知时一进侧门，又上了两步石级，立刻就站在他那大得出奇的耳房门外。才举手去取开那只并未加锁而仅以一根铁钉插着的门扣时，就在那间他曾经和老婆住过的正房里，忽飞来一片不算苍老也不算清脆的妇人声音："白哥子才回来么？我等了你好久了！"

门扇已自己打开了，但他却转身走到正房窗根前，隔着那冰梅护窗的一块玻璃窗心，朝那说话的妇人笑了笑。

"你今天回来得早吗？行市怎样？"

那妇人本已三十二整岁，照历书说，则是三十四岁，在早晨才起床，未洗脸，未梳头，未喝酽茶，未接连抽足三支小大英时，或许还要看她三十六岁挂零。但是，当她刻意打扮之后，即是说扑了香粉，晕了胭脂，画了眉毛；涂了唇膏，把烫鬈的蓬松短发略梳顺理，把微微泡起的眼瞠摩挲一会之后，却也和一般的染有鸦片烟瘾的妇女们一样，至少可以看年轻五岁；倘若再将那件漂亮而不十分摩登的短旗袍穿上，再披一件流行的薄呢短外套，不穿平底鞋而穿一双半高跟皮鞋，再配着永不离身的那一对赤金腕钏，以及出门时必戴的一对宝石耳坠，一条有小金锁的赤金项链，和四五只嵌有玉花宝石的戒指的话，则又未尝不娉娉婷婷，顾盼生姿，而那瘦得像竹竿的身材，和微耸的两肩，和微凹的胸膛，反而颇有点一九二〇年巴黎的小家碧玉的风度。自然，这在现代男子们的眼里看来，会认为病态的美，是不为爱好健康美的少年所喜悦；但在四十五岁以上的中年人眼里，则是风情旖旎，最动人的了。

此刻隔着窗子同白知时说话之际，那一身装潢美好的甲胄已脱去了，仍只是一件相当旧的浅灰洋布短袖长衫；露出两条虽不算枯但已瘦得可以的膀子，金钏光辉已不能为那苍白颜色的肌肤和青郁郁的筋络增加什么华丽；脚下一定又换穿了那双倒了后跟，当作靸鞋的破花鞋，光是站在方桌跟前，已看得出那一对大膝盖的短腿是软洋洋，没有劲的。

"你问的啥子行市？"一支小大英拈在右手上两根熏黄的食指与中指之间，相当小的红唇中吹出一缕青烟。一双光彩不足的大眼睛，噙着笑意，从擦得红红的高颧骨上溜过来："是清油吗？是纸烟吗？是杂货吗？是黄金储蓄券吗？开口就外行，莫把人笑死了！……"

果就眯着眼睛，很放肆地笑了起来。白知时一点不觉得这句话可怪，倒承认自己实在是干这种事的外行，遂也附和着，张开大口一笑。

这妇人是唐老寡妇的独生女，民国二年，熊克武、杨庶戡在重庆闹独立，胡景伊由成都开兵去平乱时出生的。民国十二年，正读红照壁女师校附小时，恰遇着杨森攻城，全城人心惶惶，父亲又被流弹打死，因而就废读了。民国二十一年，已择定吉日和高局长结婚，安排新式旧式一并举行，证婚人已约定石肇武旅长担任了的，偏偏二十四军和二十九军又在成都市内火并起来，兵荒马乱，还顾什么繁文缛节，汽车花轿全没坐成，草草过门和高局长成其好事后，便一同出省偕赴马边。二十二年孩子刚生不久，共产党在川北建立了根据地，而二万五千里长征的前锋已指向贵州，就那样偏僻的马边，也震动了。其后，同丈夫走了好些地方，都是住不多久，便遇共产党的军队开来，比如在富林、在荥经、在名山，乃至在北路的梓橦。她后来追叙这两年多的情况，常叹息说："真是命中注定的要当乱离人，日子没有过伸抖一天，随时都是提心吊胆的，一听见风声就跑！但那时生活真便宜呀！一斗四十五斤老秤重的米，才六角钱，下力的也多，无论啥子偏僻地方，都有抬滑竿的，也都有烟馆，所以跑了那们多路，人没吃过大亏，东西也没受过损失！"

算是直到国战打起了后，他夫妇方回到高局长故乡乐山牛华溪。高局长在外面奔波久了，倦于风尘，遂在本乡任了一个不大的职务。据说，平生宦囊不甚充裕，而回家后又抽上一口鸦片烟，瞻念前途，不能不在浑水时候弄几个养老钱的缘故，于是就同本乡一般土豪起了利害冲突；好几年来，都是剑拔弩张的，却绝未料到即在去年秋天，为一件极不要紧的小事——卖放壮丁，公然被人密告为蓄谋通敌，扰乱后方，在十六小时内，就被乐山驻军张皇其事的派队抓去，不由分说，便引用了几条什么法令，"验明正身，处以死刑！"

　　高太太，也即是唐淑贞，当时简直气昏了，也吓昏了。娘家没有势力，婆家又少人手，怎么办呢？只好劳神费财，将丈夫尸首领回，草草棺殓，草草安埋后，含冤负屈的收拾收拾，奔上省来，投靠到妈妈怀里。儿子高继祖正好读了高小。

　　唐淑贞本来身体就不结实，随着丈夫十年，没有过过一天伸抖日子，焦焦愁愁的，时常闹心口痛。丈夫抽上了鸦片烟，遂叫她也来试试看，果然妙，一试心口就不痛了。如此试了两年，鸦片烟成了瘾，心口痛好像还没有断根，而身体越瘦了。

　　因为是独生女，而又因为遭了横事守了寡，当然更被母亲宠爱。滋补品如银耳，如蛤士蟆，是天天必需的。据说，缅燕更好，只是买不出，是禁止入口的东西。再加以一天儿钱烟膏，一天两包小大英，这费用绝不是唐寡妇南门外十二亩田地——推叽咕车的老余，就是她佃客之一，分租了四亩六分。——一巷子一个杂院的收入，所能支持，虽说她，唐淑贞自己带了些来，若不让它生子息，而只是用老本，到底不行的呀！何况物价已越爬越高，渐渐威胁到任何人的头上来了。

　　她，唐淑贞毕竟算是跑过滩的，见识比她安土重迁的母亲强多了，又因为常须买烟膏的缘故，认识的人也广，而警察局里还有两个亲戚，都能够商量大计的，于是从去年冬天，她就跑起安乐寺的有名黑市场来。半年不到，不但内行了，不但目下生活上的一切需要全得了解决，而且把握在手上的物资还相当的多。

　　她上省来时，恰遇着白知时将正房一间退佃，她很高兴地住下，因她未出阁前，这间正是她的绣房。而不高兴的，便是仅隔一道泥壁的白知时，每天早晨起身得太早，一下床，就马不停蹄的走，而那一双永不下班的皮鞋，有力地敲打在枕子松动的地板上，简直使隔壁睡早觉的人，被震得不但厌烦，而且神经都痛了。要不是不多久唐淑贞为了要上安乐寺，不能不习惯早起的话，白知时的租佃契约一定会成为问题的。

从安乐寺有了美国纸烟起，唐姑奶奶——一院子的人都称她姑奶奶，连她母亲也用的这称呼。——和白先生就接近了，为的要请他代认洋文。第一次在窗根下的阶沿上，第二次在唐寡妇的堂屋里，第三次在白知时的耳房内。第一次，是偶然碰见，那是一个星期六，白知时下了课，带着他外甥回寓来弄午饭，唐淑贞也刚从安乐寺回来，买进了几条菲里浦私货纸烟，价钱很便宜，她不大信得过，无意地请白先生认一认洋文，到底是真是假；白先生把他所能认得出的字，全老老实实告诉了，而且那么认真，那么殷勤，使得唐淑贞无法不由衷地道谢他。第二次，是唐寡妇出面请他去的。因为又多了两个牌子，价钱也自不同，这一次连唐寡妇也向他致起好感来了，把年前为了加房租的那番云雾，全吹散得无影无踪。第三次，是在黄昏时候，也当白知时坐了茶铺回来，正点上灯，唐淑贞笑嘻嘻拿了几个长方形的硬纸盒进来：

"白先生，又要劳烦你了。请看一看，是外国点心吗？"

午餐和晚餐两个英文字是一看就认识的，其余几个字得翻一翻字典。

"我晓得了，白先生。不用翻着，那是空军们在飞机上用的饭食呀！"

"一准是的，高太太——啊！姑奶奶，你真聪明！……"

一支小大英就递了过来，同时笑得连几颗略带乌黑的牙齿全露在外面。

"谢谢你，我是不吃烟的。……"

有了应酬，自然就交谈起来。次一步便是要请白先生在夜间空闲时，每一周给高继祖补习一点算术和国文。因为"娃儿在牛华溪中心小学没有读上几本书，他老子公事又多，从没管教过他，几年来都误了，趁着才进高小，每周补习两三次，或者把功课做得起走。"

白知时本不答应的，但是看见娃儿还驯谨听话，他外婆又声明了不再加他的房租，虽然别些佃客全须再加百分之二百时。

关系到了宾东，谈话的机会就更多，而谈话的范围也更大了。不到两个月，彼此的身家，彼此的经历，彼此的心性，彼此的嗜好，彼此的爱恶，好像彼此都很了然。高太太最感觉白先生是好人的地方，便是白先生自己只管连纸烟都不抽，但从没有劝她戒过鸦片烟。这一点，就与她在近年来所碰见的男子们不同啦！别一些男子，好像都比白先生强，就连在警察局里服务了多年，直无升迁希望的那两个亲戚，也好像比他有出息。不过那两个人曾在代她买烟膏时偶尔说过"这东西虽然还多，但越来越贵，一天多吃两口，实在划不过，不如戒了的好！"从这上头想来，白先生却又比任何人都好，通达人情，心地纯善。

但是白先生到底还有点书呆子气，第一，先不招呼他，他从不先招呼人；第二，没正经事情请他，他只能站在堂屋里说几句话，让他到房间里坐，也必须有唐寡妇或高继祖在一块时，并且从不坐床边靠烟盘；第三，唐淑贞来他耳房内时，他总要有礼貌的在温水瓶里奉敬一杯白开水。既未能特为她泡一碗春茶，又不肯不要倒白开水，而大家洒脱些。幸而唐淑贞有时亲手做点菜送他，比如红烧肉、清炖鸡之类，他倒并不推辞，并且还声明他是弄不出什么好菜回敬。有时请他吃顿便饭，或消夜，他除了真正有事，也是没有设辞推谢过，看来，他又并不怎么拘泥，倒比别的一些人来得撇脱，来得天真。

唐寡妇母女到底对他存的什么想头，他好像从未去研究过，直至最近一天，他的外甥黄敬旃似有用意地问他："舅舅，听说你有意思要续弦了吗？"

"啥子话？"他大惊地说，"你听见哪个说的？"

"自然有人这们说！……只看你的意思怎样，……我们替你想，倒该……"

"胡说八道！"白知时外表上看不出有什么不同，还是像在讲堂上说话时一样，"快五十岁的人了，又当此国难期间，一个人的生活尚成问题哩！……到底你从哪里听来的？……你们替我想的，是哪几个你们？"

"就是同牛维新他们几个人。"黄敬旃只要不在人众跟前，是有问必答，而且谈话也有条理，"大家商量来，都赞成你再接个舅母的好。你又决心不回家乡去的，一个人住在成都，为啥不趁机会安个家？好在人家又有家当，嫁给你后，不唯不累你，并且还可以帮你的忙，你为啥还这们犹豫不决！大家都有意思要来劝你，才先叫我探探你的口气。……你到底有没有这打算？"

"我真不了解你们何为而有此议论？"白知时仍惶惶惑惑地道，"难道你们已替我物色到了对象，一切条款具备，只待我一点头就解决了吗？……天下事有这样容易的么！"

"对象不是已经有了，还待我们替你找？"

"唔！你说的是……"

"对啦！就是那个！"

"莫乱说！"白知时马起脸，严肃说道，"别人是正正派派的寡妇，有财产有儿子的人。……唉！作兴别人就要再醮，以她的身家年纪，不好找个三十几岁，做大事，有大发变的人？……别人并没有什么打算。……我咋行！……莫乱说！别人的名誉要紧！……"

"舅舅，你到底是装疯吗，还是当真？"

"……"他只能张着大口。

"老实告诉你，要不是唐老太婆特为把我喊去，叫我找个人来做红娘时，我咋个晓得你们的事情！……唐老太婆说，你们的感情很好，又谈得拢，又晓得你无挂无碍，有良心，有品行，岁数她也清楚，还说老点好，靠得住些！……又说，并不嫌你穷，她一家人并不要花你一个钱，只图有个人撑持门户，得她女儿喜欢，有依靠，小娃儿有人教管就行了！……又说，你是个方先生①，她们都曾经向你漏过口风，希望你先提出来说的，你却走的是方格格路；成都的风气，从没有女家先向男家开口的，所以她们才商量了好久，特为喊我去讲明白，因为我们将来是亲戚，你们结了婚后，她是我的舅母，她是我的外婆！……"

这番话，是黄敬旃特为把他约到城墙上，四下无人，向他说的。并且同时告诉他：同学们大家都兴奋得了不得，商量着去从军；他和牛维新等，已经报了名了，只等检验了身体，就开到新津飞机场，起飞到印度去。

这于他白知时，直等于两个霹雳。

头一个霹雳倒还在想象中，虽然通身被震得有点麻，到底是令人高兴的；其所以未把头脑震昏者，得亏有了年纪，而又有了点世故，同时又讨过老婆，对于女人的好处歹处，以及其神秘而最为男子所欣喜而视为不可测度处，也多多少少得了些经验。在平时，当唐淑贞眉眼传情，和她的妈殷勤过分时，未始没有遐想过，一则，不相信以他这个毫无前途的穷教习，会被一个积世老婆婆和一个能干的中年妇人真个看得上眼，因而更其庄重起来，生怕误会了别人的用意，稍不谨慎，被别人瞧白了，不但声名弄糟，并且即刻就有被驱逐而寄身无地的祸害。还有哩，就是顾虑太多了，自己没有钱，且不说将来自己要受别人的种种拘束，即同乡们说起，好像自己希图别人家当，而

---

① 指行为端正而有些迂腐、固执的人。——原编者注

甘于卖身似的，也是不好听的声名呀！

如今事情既然叫明，顾虑倒没有了，所剩下的只是切身的利害。当晚回去，先就找着唐淑贞，两个人开门见山谈论起来，一直就谈到三更，并且床边也坐了，烟盘也靠了。从这时起，一个大问题便横梗心上。但唐淑贞倒老老实实对他改了称呼，背着人称之为知时哥，当着人则曰白哥子。而且在说话时，也不大留心礼貌了。

苟其白知时年轻十岁，这问题是不会成问题的，只需他说一句话，随便哪天结婚好了。不然，再老十岁，也容易解决，古人诗咏过的"我已扁舟将远逝，得卿来作挂帆人"，横顺只有那一条路，迟一点倒不如早一点的好。偏偏将近五十年纪，说老哩，尚不肯死，明知道前途并不怎么光明，然而总觉得光棍一条，自由自在惯了，今日与人结了婚，明天的自由生活便要大打一个折扣，犹之讨口三年，不肯做官的心情一样。那吗，就毅然决然地不干好了，唐姑奶奶并非离了姓白的就找不着第二个人，何况唐姑奶奶之选到他，不过出于理性上的利害打算，何尝像小说书上说的那种，一见就迷恋得像磁边铁的那样爱法，不结婚就非弄成一出悲剧不可。但是，在目前只认钱不认人，正如大家所说人欲横流之际，因了新生活，还正捧出四维八德，高喊精神抗敌，精神救国，而以他白知时之困顿，居然得蒙唐淑贞高太太的垂青，难道不即是中国传统精神之复活，不即是传奇上所谓的风尘知己是什么？倘拒而不纳，小则有伤个人感情，可以因恨成仇，大而言之，则是破坏固有道德，蔑视本位文化，不奉行新生活运动，而减少了抗敌救国的力量，那还了得？一言蔽之，毅然决然地不干，他实未能出此，别的都是借口自慰，只不过舍不得罢了。

好在唐寡妇并未向他提出最后通牒，唐淑贞也答应他再作考虑，还是必依礼法，找证婚人，找介绍人，由她拿一笔钱出来，热热闹闹举行结婚典礼的好吗？抑或因在国难期间，诸事通融，简直就照摩登办法，仅在报上登一条"我俩同居了"的广告，连至亲好友都不请吃一台，而把两个铺拉在一起就了结了呢？在坤造这面倒无意见参加。

他虽得了不限期的考虑时间，但是一周来的生活情形业已大变。第一是耳房前窗根下的行灶已不再生火出烟，不但每日三餐，已移到堂屋里陪着唐寡妇唐淑贞和高继祖在一张方桌上吃，而且还有意无意地自己坐在上方，唐寡妇坐在下方，唐淑贞母子则分坐左右，俨然是一家人的光景；所不同的，就只除了唐淑贞一个人外，其余的人还未改称呼，而好菜上桌，虽不一定要用筷子再三奉敬，但是高继祖总要被招呼着："让先生多拈几筷，娃儿家莫乱抢！以前莫人管你，以后可不同啦，随处要学点规矩！"

其次，就是出必告，返必面，虽没有明文规定，但是不知不由地总要这样做。

今天就是个例，耳房门已自行闪开了，但只听见一打招呼，便自然而然站在正房的冰梅花窗下去，把刚进大门所计划的放下书包雨衣，立刻就去找人的事全忘记了。

第十三章　问题全解决了

"说到行市，我倒要问你一句话。……你进来嘛！站在外头说话，多不方便！"

"等我把书包放下。……啊！你何不到我房间里来？……当真，我还有件事要同你商量哩！"

唐淑贞果然是趿了双旧白缎绣花平底鞋，而且是光脚两片，并未穿袜子，而且在白知时床前一张旧藤躺椅上一斜靠下去，衣衩朝上一撩，晾在外面的，几乎是光光的两条大腿。

白知时在床上叠着那件旧胶布雨衣时，不由把那光腿盯了两眼道："天气已经凉了，你们还不穿长脚裤子，不怕着凉吗？"

"难为你操心！如今哪个还穿长脚裤子！"

"打霜下雪时呢？"

"还不只是一条摇裤？讲摩登的，仍只一块兜着屁股的三角裤。你简直连这个都不晓得吗？太规矩了！"

"你不晓得我已是好几年的寡公子吗？"他颇不好意思地瞥了她一眼。

"不一样!"她也还了他一瞥,却是很有信心的样子,"寡公子不规矩的多啰!"

还是一杯照例的白开水递到面前,她公然也伸手接了。

"你说有啥事同我商量,是啥要紧事吗?"

"在我好像是要紧的,我硬想不出再好的挽救办法,你心思细些,……"

"难怪这两天看你焦眉愁眼的,活像生意做蚀了本样,老实说出来看看,如其为银钱的事,那好商量。"

"唉!倒无关银钱!说起来很简单,就是黄敬旃那娃娃,也和他一伙同学样,要投效知识青年从军去了,你说糟糕不糟糕,这事真把我难坏了!"

他更其把两道又粗又短的眉头蹙了起来,大额脑上的皱纹显得更多,上唇上一撇浓黑小胡子也好像有点抖颤。

"我默倒是啥倾家破产,了不起的大事情?"她把开水杯向身旁一张小方桌上一放,毫不在意地说,"这点小事,也值去费心思!年轻人是火爆性情,既是点燃了,就让他去罢,好在从军也是好事情!……"

"还消你说,我们还这样的在向学生鼓吹哩。不过你要晓得,黄敬旃是我亲妹妹的独子呀,他们黄家四房人就只这一根苗,他母亲又是少年守寡,比你居孀时还年轻得多,那时,黄敬旃才出世八个月,今年他已十九岁多了!……"

"你妹妹居了孀,为啥不再嫁呢?到现在,不是儿女一大堆了?"

"你哪里知道，我们外州县的风气闭塞得很！有碗饭吃的人家，都讲究守贞守节的，如其不然，大家都要笑你，连你的父母兄弟都要受批评，说家教不好。"

"那吗，像我现在的办法，也要不得啰!"

白知时略为想了想，才道："我说的是前一二十年的风气，现在新思潮涌去了，当然不同。比如从前有饭吃的人，哪个肯把子弟送到成都来读书，说是怕到繁华地方来学坏了，而今来读书的真多啦！尤其从二十七年起征兵以来，连吃不起饭的人都钻头觅缝的要进学校，县里容不下，便朝省城跑，你不见星期天到我这里来的一大群年轻人，十分之九都是二十七年后进省的。……"

"你的话一开头就拉到旁边去了，这又不是学校。"她的第二支小大英又吸燃了，还故意斜起眼睛笑了笑道，"就说黄敬旃的事罢，你的意思是……"

"我的意思是不要他去。因为他不比别人，又是独生子，他妈又守寡十九年，就以体格说，他娇生惯养的，也受不住军队生活的苦呀!"

"那吗，你不准他去好了。"她仍然跷着光腿，躺在藤椅上。

"你倒说得容易，可不知道知识青年从军，已经成为一阵风啦，连蒋委员长的两个少爷，一个已经做到专员，一个已经是上尉军官了，都奉命首先报名，跟着就是院长的大少爷啦，部长的弟老爷啦，什么长的侄少爷、孙少爷啦，都从了军。并且说得那从军简直比啥都好，比啥都有出路，其实把青年人鼓动起来的，倒不只这些，而说的是并不在国内受训练，是直飞印度，直接受美国军官的训练，美国是民主国家，军营生活也不像国内的黑暗专制。又说只三个月，就可以编成正式军队，向敌人反攻。青年人的救国情绪是直线的，只要你一鼓动，不打算把他们领到牛角尖上去时，他们就是一团烈火，任何人都无法把它扑灭。前几年，一些青年拼着命要朝陕北跑去的，就是为了救国。由于那方面懂得青年人的心理，可以指示一条直线给人走，而我们这方面的人，却偏要把青年造成一伙老成持重的中年，不晓得利用，只晓得害怕，越害怕越要把那一团烈火设法扑灭，于是什么残酷手段都使用出来。这几年里头，真不知糟蹋了多少性情真挚的好青年！未来的国家社会所受的损害不说了，你光看近两三年来的抗战，打成了个啥样子，人气越打越淡，人心越打越冷，社会打掉了头，无论何人只顾打自己的算盘，还亏了一些报纸昧着良心说我们是越战越强，到近来更因为罗斯福总统拉了我们一把，一些人简直喜欢昏了头，没名没堂地喊着我们是四大强国之一！但是我们平心静气想一想，欧洲的反攻，别人已经打进德国边境，俄国这面，更是打得有声有色，太平洋上，光靠美国独立撑持，也打到了菲律宾，东北已经动手被炸，眼看着日本本土也快要着B—29的光顾；可是我们哩，长沙失了，衡阳失了，宝庆失了，这两天，桂林、柳州又看不保，这还好说越战越强吗？还有脸面冒充四强之一吗？到了这样紧急时候，才在训练新兵准备反攻，也才知道利用青年人的热情，也才听了美国人的指教，不再害怕知识青年，也才容许他们去走救国的直线，啊，说起来，真对不住国家呀！但是，青年人闷了这几年，眼看着死气沉沉的一张厚幕，一下子揭开了，可以听凭他们呼吸行动，听凭他们去找自己本就欢喜的道路，你想，我们有好大本事能去阻止这一阵风？何况从政府起，还加劲地在鼓动！我自己想了几天，实在没有那移风易俗的力量，凭良心说，我倒赞成的成分多哩！"

唐淑贞觑着两眼，只顾抽烟，一直静静地等他住了口后，才哈哈一笑："你的大讲演发表完了没有？"

"大讲演？"他大睁着一双相当机灵的眼睛，"啊！哈哈！……原谅，原谅！"

"倒不怪你！……你搞惯了，不管在啥地方，也不管是啥子人在听。……不过，我倒要劝你总该留点心！我前头那个也是这样的脾气，管你啥子人，只要话匣子一打开，就只他一个人唱，把人得罪了，还不明白。"

"是的，我相信你的话。历年来，就因为无心之言，得罪的人太多了。我也知道自己的脾气，所以只好在目前这个小环境里生活，大家都晓得，我纵说错了话，尚不至于惹是生非。要是掉一个环境的话，……"

他于是想起了他的第二个问题。

也在这个星期里，他接到他一个老学生的信，要聘请他到下川南一个偏僻县份去教书。那学生并不是他怎么得意的门生，以前在中学读书时，也并不是成绩怎么好的学生。不过这学生相当活动，直到去年在重庆一个什么中央办的而不直属于教育部的大学毕业后，到成都来时，凡以前毕业同学和学校里略有声名的教习，全被拜会亲候，而白知时因也在公园茶馆里和玉珍园的酒席上道谢过他两次，并且很受过他一番照例的恭维，这在师生关系上说起来，真是不寻常的关系。于是白知时对这老学生就不由得誉不绝口，认为在目前这种人情硗薄的社会，起码也算得中流砥柱了。到今年春季，忽然从报上看见各县中学校长更动题名，他的这个了不起的学生居然被发表了他那县里的中学校长，他只好拍桌赞叹："好快，好快！……到底英雄出少年！……"继后，就常常在报纸的那县通讯上，看到他的名字；很活动，也很响亮，又是什么三青团的书记，又是什么调查会的委员，总而言之，三个月不到，光是官衔就有了五个，而且照规矩说，非很有资格的士绅，非在社会努过多年力的人们，是不容易爬得到的地位。就是这个非同寻常的学生，平日也偶尔通过信的，忽然来了封挂号信，在几句客气话后，就直率叙明，要聘请他到那中学去教书。条件优厚，不任管理，只教十六个钟头，致送一个半专聘，去的旅费在外，学校供应食宿。并把那县的生活费用，录列一单附上，看起来，只穿的一项贵点，其余，无一不比成都便宜到五倍以下，而尊师米，还是以五十几斤的老秤为一斗计哩。这颇打动了白知时的心，同时又知道因为那县过于僻远，凡性情不很沉着的人都不肯去，就去，也住不久；都说要安心发财的，倒可以去，太黑暗了，看不惯。他哩，教书教到现在，已渐渐糊涂起来：尽如此受苦，尽如此挨穷，不知到底为着何来？总之，既不能改行，同样是敷衍钟点，同样是误人子弟，倒不如趁着还未饿死，还有气力，就着本行，抓他妈的两手，不害人，不犯法，良心问得过，而养老之资也可望作部分解决，比较之下，何乐而不为呢？这是为的利，他想走。

就这时候，他的本县奉命成立临时参议会，说是准备民主了，不能不有个像民主设置的议事机关，如同国防最高委员会的参政会样。这事，在许多大员们的口头说了颇久了，也同结束训政似的，一味的是大员们极愿意干，而且也拼命地在干。然而老是百姓们不听话，叫他们自治，他们不，叫他们自理，他们也不，老是赖着大员们管、卫、教、养，害得大员们被盟邦指摘，竟自不客气地说，虽是什么近代圣人手订的，总之近乎什么叫法西斯的制度，要是不改来像我们样，那我们只好不帮忙了。啊也！不帮忙，这怎么可以呢？于是只好咬着牙巴，叫大员们不要太过劳，赶快，赶快，设法把民主表现出来，于是才又换过嘴巴，从大员们起就拼命喊将起来：你们该民主呀！我们累了二十年，你们还不民主么？从此，管、卫、教、养都是你们的责任，你们敢不民主吗？如此一逼，谁敢不奉命民主？好多县的临时参议会，因才无可奈何地组织起来。

虽说有所组织，到底百姓们还是关在黑漆桶内在受训。所受的，仍是被管、被卫、被教、被养，一年加紧一年的那一套，不但手脚训得瘫麻，即神经也冥顽不灵了。"怎吗！要民主！却没听见说过！可是地头上出的？好多钱一斤？要是重庆买得出，我们就凑钱去买来缴了罢！想来也同征实，征购，拉壮丁，过分消费税一样的新花样，不奉命行事，要犯法的！"于是，各县都由执政执党执军的人代了表，纷纷向重庆去采买，重庆的货有限，才采买到成都，而白知时虽不时兴，到底离故乡已久，一切情形不明，又因教了很多年书，可说是在另一个世界内，邈矣夫不知生民疾苦，正好提拔出来，去扛那面民主招牌。于是，便一连来了两次专使，要他回去当临时参议员。细问之下，什么权力都没有，除了举起手来喊："赞成！赞成！"不过，也有收获，便是讣闻上可以刊出这项官衔，生虽不能利人，死却可以吓鬼。这是为的名，他倒想走，又不想走。

为名的事，他已决心不干了。但好些在省的同乡，连一伙学生在内，却要他干，他们劝他，责备他，大意是"地方上的事，要没有几个如先生样的正派人出来参加，那简直更会弄得一团糟。虽说这临时的发言机关，仍然操纵在县长大老爷手上，不能像民国元二年的正式县议会，但是到底比二十几年来，连影都没有的好，起码也稍稍可以为人民大众向政府申诉一点疾苦，纵说政府不完全听从，但总知道一点儿，此其一。设若参议会中多几个正派人支持，也比较有力量，人民大众再加以拥护，县长大老爷至少不敢像近几年来之猖狂为恶，不敢像近几年来之借着打国战为名，杀人要钱，一切以便宜从事，大大小小事情，起码也得同议员先生们商量商量，此其二。还有那般同县长大老爷一鼻孔出气的区长、乡长、保长、甲长们，平日狐假虎威，欺压人民，县长杀一个人，他们就敢杀十个，县长要一千元，他们就敢要十万元，县长保护他们，人民把他们没奈何，如其议会里再没有几个不与他们同流合污的人，那他们更得势了，人民更会被糟蹋得只有死路一条了，此其三。从挽救桑梓上着想，先生真应牺牲一切，回去服务！……"说来说去，大有斯人不出如苍生何之概。

虽然县中也有一些亲戚故旧同样欢迎他回去，说是仰赖他的力量，大家也可得点好处，至不济事，也可抬一抬头，免得派款多出钱，抽丁多出人。但是反对他回去的，也从县里一直闹到成都，善意说法，是他多年未曾回去过，早与地方隔阂，"连人都认不清楚，哪能代表人民？虽说他是本县人，但听说他在成都置了产业，并安了家，已经算是外籍了！"还有恶意的攻击，一定硬派他于二十八年鼓舞民气，加强抗战力量时，加入过共产党，"一直到现在，都有'左倾'嫌疑，思想不纯正的人，就是国家的叛逆，其罪浮于响应敌伪！我们人民不要这种奸人来当代表，如其敢冒昧回来，我们人民一定打倒他，为国家除害，为民族伸张正气！"其次，则骂他人格卑鄙，对其已死之父母不孝，对其孀居之胞妹不悌，读书时则逢迎师长，教书时则笼络学生；甚至连他耐贫耐苦，牢守岗位，也成了他的罪过，"连切身问题都解决不了，怎能望他解决人民的问题！"这么一来，自然更坚定了他不干的决心。

但是为了多得几个薪水的事，却令他徘徊起来。如其不有续弦问题，他倒早已接聘，对于成都本已生厌了，更何庸留恋？而今日尚放在心上考虑的，只仅续弦以后的利害。自己搭做药材生意的一点血本，那是不能动用，也不敢动用的，仅仅偶尔透支一点红息，贴补每周教三十四小时而收入的不足。未续弦前，安贫不安贫，自己尽有颇多的自由，然而有了老婆，并有了儿子呢？他虽没有过儿子，但有过老婆之累的，添一张口的吃已恼火了，还又添一个身子的穿，算一算，全部收入，断难两者兼顾，何况还有一个现成儿子的教养？到那时，乌龟王八且有非当不可的苦处，哪还说得上安贫不安贫的自由！虽是唐淑贞曾坦白表示过，她的一切穿吃嗜好，和高继祖的一切教养费用，全行自了，不要他出一个钱，甚至于他的衣食住行，也连带解决，不要他再操心，"教书多辛苦！你已快五十的人，还能支持几年？一个月收入几文吃不饱饿不死的钱，不够我的纸烟费，不如爽爽快快地丢了它，趁着我手顺，帮我跑跑安乐寺，老老实实发一笔国难财，享几年福罢！"话是这么甜法，他倒更其不放心起来。

"她图我的啥，一个没有前程，没有发变的教书匠？我又有啥子特长打上了她的眼？将来又以啥子方法抓得住她的心？"他先是自卑的这样寻思。其次，再深一层想："如今的世道不像从前；男女间的离合太容易了，社会也看惯了，不稀奇，法律也没有保障，就是有地位的人们，也可时而结婚，时而离婚。妇女们见异思迁的更多。今天是高太太自动选上了我，不但无条件地嫁给我，甚至还愿意供养我，倒好，说不定算是我的老运亨通。但是高太太还年轻啰，虽然吃一口鸦片烟，模样也不算怎么动人，可是我没有同她有过什么了不起、拆不开的关系，像年轻人讲的啥子恋啊爱呀的，假使她一旦不高兴了，要换个口味，她是很容易办到，只需向人略微示个意，自然就有希图钱，希图人，希图当现成老子的人们去巴结她，勾引她，而且只要比我稍为随便一点，比我漂亮一点，比我年轻一点，比我有办法一点，都有真资格的；何况现在人心不古，像这样甘愿捡便宜的男子，岂少也哉！到那时，我却怎么办呢？不答应她，不和她离婚，不准她胡行乱为，我能吗？我有这权力吗？如其真个再受了她的供养，再用了她的钱，那简直更软了，她有本事把我赶走，甚至可以说这些不值钱的家具衣裳全是她的，我还只能两手一拍地滚蛋，这样，我又怎么办呢？岂不一切都完了，还要受人家的讥笑，笑我没出息，笑我贪图别人的什么，着别人看穿了，才吃了亏？声名狼藉了，还有人要我教书吗？就学生们也瞧不起呀：'先生道我以正，先生未出于正！'我真没脸见人！但是，我那时有个几十万在手上哩，自然我就用不着怕。有了钱，再不行，我也可以归老故乡，像什么文学家说的，隐于没人处去养我的创伤呀！……"

他把利害算得如此清楚，因才想找一个机会和唐淑贞商量一下，且不忙结婚，让他到县里去教一年书，一方面，省了在成都的许多无谓的花费，不再去透支药材生意上的红利，让它去像滚雪球般多打若干个滚；一方面，那里收获既多，而用费又轻，收一文便积存一文，再找关系搭笔容易赚钱的生意，或放点大一分五的高利贷，则一年之后，经济必有基础，然后再回来结婚，又免累了她，岂不两全其美？

此刻灵机一动，觉得机会好像到了，于是话头一转："……

不过，发感慨也看有没有可能激发感慨的对象。假使在一个极其闭塞的地方，连报纸都没有，像雷、马、屏、峨①，如像松、理、茂、汶②。这些偏僻地方，耳所闻，目所见，全是一些平常生活中应该有的生老病死苦之类，纵说有什么你抢我夺的黑暗事情，但是与国家民族的前途无干，也不会使人动辄受刺激，那也就无甚感慨可发了！……如其我能在这种地方去过上年把的时间，你赞成不？"

"赞成！"她似乎不大明白他之所以要问她的意思样，仍然是那样半躺半坐，随随便便地答应着。

"那吗，事不宜迟，已经开学快两个月了，我这里请朋友代着课，一星期内，就得赶着走啦！"

"咁！你要走？"她才注了意，把纸烟蒂向地下一掷，猛然站了起来，逼着他的鼻头问道，"你要走！是变了卦吗？……好嘛，我不留你，去跟我妈说去！……吓，吓！还没有结婚哩，就变了心，倒看不出你啦，亏我妈还夸你是好人！……"

脸都红了，两太阳穴的青筋也全突了起来，眼睛鼓得铜铃大，是动了真气的样子。

"何必生气，我原是和你在作商量。"白知时毕竟教书教久了，还有些应付手段，也得亏大了几岁，方不致露出恐慌样子，并且懂得急脉缓受的方法，仍然有条不紊地说，"作商量，就是

---

① 指四川雷波、马边、屏山、峨边四县。——原编者注
② 指四川松潘、理县、茂县、汶川四县。——原编者注

不曾决定，看你的意思如何。你刚才又亲口说过赞成，……我问你，为啥又赞成我走呢？"

"我赞成你走？"她倒诧异起来。忽然想起了什么似的，"啊！是呀！我说过赞成。可是并没有赞成你走，你不要抓到黄牛就算马！……你故意说两截话，故意弄个圈套来套我！……我们是女人家，心直口快的，哪能像你们当先生的！……你跟我说句真心话，是不是要变卦？也不要紧呀，要变卦，就趁早，免到将来闹笑话！……唉！真是知人知面不知心哟！"

她不等他说真心话，她的看家本事就拿出来了，也是一般女人的看家本事：满眼眶的泪珠，一面孔的可怜容色。

他还敢说真心话吗？同时，也看清楚他已不可能再有意志和行动的自由。他自然不免有点悲哀，但他一回忆到发妻未死之时，他又何尝有好多自由，"结婚不是恋爱的坟墓，实是自由的坟墓！"不是他曾经说过的名言吗？他的发妻不是也一样叹息道："光是抱怨你自己失了自由，你就不替人想想，人家又哪样不在将就你，体贴你，人家又有好多自由？就说吃饭罢，我们从小起，就只一天两顿，夜里打二更时端碗抄手面消夜，匀匀称称的，吃得多舒服！但是一嫁给你，就不能不依随你吃三顿干饭。早晨下床就做饭，连头都来不及梳，晏了，你要吵，说是赶不上学校钟点；天不等黑，就吃夜饭，晏了，你也要吵，说是累了一整天，肚子饿得难过。其余的不说了，你想想，人家又自由了些啥子？若果都要照常的自由，好嘛！你吃你的三顿干饭，我吃我的两顿饭一顿点心，只要你舍得费用！……"

结了婚就不能自由，乾造如此，坤造也一样，大家都要损失些自由，大家也才能心安理得的相处下去，这是人理上的相对论，诚足悲哀，但悲哀也不是绝对的呀！

不过许多道理绝不是此际能向唐淑贞女士说得明白，而使她完全理解得了。还是用了些戏剧行为和言语，才把这一场误会解释清楚，第二个问题只好就此搁下，以不了了之。唐淑贞也让了步，不一定要他改行去跟她跑安乐寺，并答应他，学校薪水能积存整数时，交给她去做生意，另立账目，赚了归他，蚀了赔他。问她为什么要如此要好？她先是笑笑地说："爱你嘛！"然后才解释说，"有啥稀奇！因为你人好，又是造造孽孽的一辈子，既决计嫁给你，怎吗不替你作个长久打算？你们老酸，动辄绷硬铮，好像吃了老婆的饭，使了老婆的钱，就圯了，没脸见人了，以后老了，还是在使自己的钱，或者连饭钱都算还老婆，不是就快活了？也不再想啥子别的心思了！"啊也！这是结婚定了的做法！那，第一个问题，还有什么考虑的余地？

现在，自然又回到第三个问题。

白知时一再表明他内心的矛盾：他是绝对赞成知识青年从军的，他在几个学校里做过不少的义务宣传，比什么兵役部次长、成都市市长说得还透辟，还富于刺激性，弄得校长们有苦说不出。但他却又不愿意自己的亲外侄去牺牲，因为这太自私了，又过于矛盾，他不能正面去禁止黄敬旃，须得用一种什么无害的秘密手段才好。

"那只有把他关起来，不准他去。"女的说法还是正面的，硬性的。

"这不好，会引起反感的。"

"你总有个打算呀！"

"我想去找那几个负责检查身体的西医，都是熟人，可以说私话。请他们证明他有肺病……"

"对嘛，只怕医生们不答应。"

"惠而不费的事，有啥不答应？不过……"

高继祖的声气已在隔壁正房里喊："妈呀！"

"做啥子？我在这边！才放学吗？"

"妈呀，你说今天去看电影《泰山凯旋记》呢？……"小皮鞋的声音一路跑了过来。

"今夜我却不能陪你们去，我要去找医生。"

孩子已跳了进来，赶快揭下童军帽，向白知时鞠个躬，便奔到她妈跟前："我看了广告，智育是六点，蓉光是六点半，你赶快过瘾，我喊外婆快点弄饭吃，我们去看蓉光，好不好？"

"今夜白先生有事，不能去，我们明夜去看。……吓！明天是星期六，夜里不复习，更好啦！"

"不好，你许了我的今夜去！……"

"你们去好了。明天下午，我还要出去找人，今天晏了，找不到几个人的。"

第十四章 夜 袭

"九月寒霜降，"自然是依月亮历的九月。不过这一年的九月，还相当暖，并无寒霜征象，就在中旬前几天，月亮已经很好时候，跑夜警报的，仍只是多穿一件单衣罢了。

成都已好久没有过夜袭了，大家脑里差不多已没有此种影响，黄昏生活还是那样的安定而热闹。

中旬之初的月亮，刚届黄昏，便已挂在天边，阳光越黯，月色越明。倘在去年和前年，日本攻势还正旺盛时，中国天空还只靠少数飞虎队像游魂样偶尔闪过一些影子时，每逢月夜，大家总有所准备，即如唐淑贞，也不会这样心里安闲地打扮着，准备带领儿子去看《泰山凯旋记》了。

因为高继祖不断地催促，唐老太婆只管一面骂她的外孙，却也一面帮着向嫂，比平日提前半点钟就将夜饭端上桌子。唐淑贞对于夜饭，和对于早饭一样，只算是到时候的一种点缀，不吃也可以。她顶要紧的一顿，只有午饭，不过在夜里十点后的那顿点心，是不能少的。

唐老寡妇本和成都一般人家样，是只吃两餐的，即是说上午八点前后一餐，下午三点前后一餐，天明即起，打二更就睡，不吃午点，也不吃消夜的。自从女儿大归，说是要将就高继祖读书之便，建议改为吃三顿时，她是不大悦意的，而首先附和着愿意照办的是向嫂。柴米油盐加三分之一的耗费，不说了，而且还打破了每月只依阴历的初二十六打两次牙祭的老规矩，差不多每天有点小荤，再不行，每顿总有一样猪油弄的菜；而隔不上三天，就有一顿大荤，不是清炖，便是红烧。唐淑贞说："不常常吃点大油荤，心里不好过。妈是过了六十的人，也应该吃好点，兵荒马乱的年成，过一天，就该穿好吃好，舒舒服服快活一天，喊声日本鬼子杀来，啥都没有，还照以前那样省俭做啥子！娃儿哩，也应该吃好点，他爹说过，小娃儿的营养顶要紧，若是吃坏了，一定有碍发育，并且还多病多痛的，与其病了求医吃药，不如平日吃好些！"主人常常见荤，做饭洗衣的向嫂又哪能专吃清油小菜？何况只一个女工，多一铲少一铲也不在乎，因此，首先附和着愿意照办的也是向嫂。

这还不算，尤其使唐老寡妇起初不得不猛烈反抗，而后来才委屈答应的，就是吃牛肉一件事。据唐老寡妇说，唐家是三代人不吃牛肉的了。头一代是祖爷爷，当李短褡褡、蓝大顺造反时，由隆昌逃难上省，曾在乱兵前头，爬在一条水牛背上抢渡过河，算是水牛救了他的命，便赌咒不再吃牛肉。第二代是老公公，当外科医生时，不知要升一种什么丹药，一连三次都没升好，他若有所悟，连忙跪在药王菩萨跟前，许了愿心，不吃牛肉，那丹药才升好了。南门外二十几亩田地，就是老人家一手积起来的。第三代就是她的丈夫，本是兄弟两人，大哥不成行，十八岁上读书不成，便改而习武，弯弓射箭，练南阳刀，端大礅磳，好一把气力，入了武学的。却因操袍哥，滚到黑棚里去了，在双流地界上犯了案，从此漂流浪荡，不知生死，如果还在，差不多快八十了。因为哥哥不成行，这个小十岁的弟弟便被父母管束紧了，一直到二十岁，父母双亡，业已娶了妻后，还没有职业，还在江南馆徐老夫子那里念八股文章。民国初年，才钻进军政府，弄了个小事，后来跟着尹都督的队伍进川边去当书记官，到出来时，却弄了一身病，又染了一副大鸦片烟瘾。却是倒存了一些钱，目前这房子，就是民国五年修的，同时，唐二老爷也入了佛门，勒令一家人都不准吃牛肉，那时，唐淑贞才三四岁。

"三代人都戒过牛肉。我虽没有皈依，但我却朝过山，进过香，至今还在吃花斋。牛肉哩，二十几年没进过灶房门的，你难道记不得了？为啥要叫我犯戒？"

"你晓得啥！牛肉是顶养人的，价钱又比猪肉相因，为啥不吃？你没在牛华溪看过，那些瘟的老的水牛，还要杀来吃哩，成都这们好的黄牛肉，却不吃！前三代人不吃，是前三代人的事，怎吗管到我们第四代第五代来了！你又没进过佛门，更没道理不吃！你说老太爷皈依了，不准全家人吃，你就至今不吃，那吗，老太爷死了二十年，你为啥还活起在呢？又说，老太爷又皈依了，又不吃牛肉，该是善人啦，善人就该得善报，为啥

179

那年又着冷炮子把脑壳打破死了呢？又说，三代人戒吃牛肉，就应该人财两发呀，为啥到现在，你只生了我这一个居孀的女？财哩，可怜啰，一年到头，都在呻呻唤唤的过日子！你说，你说，不吃牛肉，还有哪些好处？吃了，还有哪些歹处？你说，说不出，就得吃，从今天起，硬要把牛肉拿进灶房门去！"

"姑奶奶，你做啥子这们横豪！"老太婆在别的人跟前从没有这样和蔼过，依然满脸笑容说，"我告诉你，牛是多们可怜的畜生，替你们耕田种地，多苦啦！自家只是吃一把草。我们靠牛为生，还忍心去吃它的肉吗？所以佛爷说，吃牛肉的人要打入阿鼻地狱①的。……"

后来两句话，她自己也知道是杜撰的，哄不着人，说得并不起劲，也像念灶王经样，不大懂的句子，就囫囵过去了。这连十一岁的高继祖也呵呵地笑了。

唐淑贞的理由更正大了，攻势也更猛烈了："你这更不对！我们吃的是黄牛肉，黄牛只是喂来吃的，就像喂猪似的，它并不耕田种地呀！耕田种地的是水牛，水牛肉并不好吃，我在牛华溪吃伤了的。……"

至于打入阿鼻地狱，以及今生吃了牛肉来生准定变牛一层，已不再置议，因为对方也已没有坚强信念；而自打国战以来，人间惨事多有比吃牛肉更甚的，譬如把壮丁拉去，一群一群的

---

① 一译无间地狱，意为人在其中，没有间隙。阿鼻，梵语。——原编者注

饿死，一批一批的拿扁担打死来示众的事，即会有地狱和轮回，恐已难于轮到吃牛肉人的头上来。于是，二十八年来不拿牛肉进灶房的戒条，公然打破。只是老太婆起初还自己坚持着不肯吃，其后，偶尔喝几口汤，既不反胃，也没有做噩梦，久而久之，也便糊里糊涂地吃起来。

这一天的夜饭菜，恰是清炖牛肉，还是唐淑贞在安乐寺下了早市后，特为从叠湾巷转到皇城坝，在一家相熟的回民牛肉店买的。并听从白知时的说法，放了二两干枸杞下去，说比白炖的还补人。火候到了家，吃起来果然肉嫩汤浓，味道颇鲜。唐淑贞居然破例吃了两个半碗汤泡饭。老太婆和着另一碗素菜，吃得也多，临了时，还讨好似的说："砂罐里还多，留着明早，够白先生和继祖再吃一顿了！"

刚吃完饭，高继祖就催着要走。他外婆说："忙啥？还没有吃茶哩。"他妈说："忙啥？我还没穿衣裳鞋子哩。"向嫂在收碗时也说："早晨上学时，为啥不这样忙？看戏就忙啦！"向嫂和他外婆相守有十多年，也是快六十的人，所以敢于训他。

他只好到庭前去看天色。黄昏余景犹明，月亮有大半边圆。他叫说："快黑了！蓉光六点半开，晏了，买不到票的！妈，看看你的手表！"

"才五点三刻，忙啥子？坐车子去，不过几分钟，去早了，难得等！"

"那吗，你快点穿鞋子，我去把车子喊在门口等你。"

不到三分钟，他飞跑了进来。才进大门，便一路喊道："预行警报出来了,妈呀!……妈,……预行了!……妈呀!……"

这像满池塘蛙群里忽然投下了一块石头。两厢房十多家人全沸腾起来。好几个人一面向门外跑,一面问:"真的吗?日本鬼子当真敢来夜袭吗?……"

出去的人立刻就回来证明道:"黄旗旗拿出来了,街上已有出城的人。……赶快收拾!……月亮好得很,敌机一定要来!……城外冷,……露水还一定重哩,得多穿两件衣裳。……顶好把铺盖带去,晓得他妈的敌机啥时候来!……"

准备跑的一派,都吵着闹着,尽量在收拾自己拖得起,背得起,提得起的东西。不跑的一派,还有照例要发挥一番他们相信的真理:"跑啥子哟!白天还不怕他龟子敌机,夜里更不在老子们的意下了。……他妈的,前几年好凶啊!'六·一一'、'七·二七',百打百架敌机,也没绊着老子们的边边,现在,……哼!……老子们还是不跑!……好!保险给你们看房子!负责没有贼娃子敢来!"

向嫂是从来就没有跑过一步。她的真理是死生有命:"若是命中注定该死,就跑出城去,还是会挨炸的。头一次猛追湾,第二次罗家碾,那些挨炸的,不都是特特从城内跑去凑数的吗?"

唐老太婆顶害怕跑警报了:岁数大,发了福,一双裹死了放不大的小脚。但是胆子又小,不能像向嫂和佃客中那些各有真理相信的人。每一次跑警报总是她顶慌张,收拾一个大包袱,得坐三回马桶。

唐淑贞，每回都是她镇定些。她并非不跑，但总要等到放了空袭警报以后，有时还必等放了紧急警报时，才跑。跑也不远，只是一短段路程，从瘟祖庙的城墙缺口一出去，一过疏散桥，就呆下了。十有九次，当解除警报的哨子一响，她头一个就回了家。或是日本飞机当真飞来上空时，要只是侦察机或战斗机，她根本不理会，不等飞机走远，她已进了城。要是轰炸机哩，她倒也同一般人样，很紧张的，甚至觉得呼吸都快停止了；但是，只需听到炸弹一爆发，她凭经验，知道日本飞机每次远袭四川，无论在何处投弹，总只是每回只投一次，从没有盘旋一周，再投二次的，投几次的也有，那一定是分几批来；她又凭经验，知道来袭成都的路程，比去炸万县、炸梁山、炸重庆的，都远得多，来一回很不容易，所以每来，总只一批，少到九架，多到一百零八架，却从没听说像重庆被炸最厉害时，一天多到五批、七批的；因此，她也就放心大胆的，头一个就赶回来。回来做什么呢？十有九次，也为的过鸦片烟瘾。她感觉到一件稀奇事，就是每遇警报，她的鸦片烟总得加倍地抽，不是事前顶不住瘾，就是事后瘾发得太快。

　　这时，她已穿上了高跟鞋的，便连忙脱了，换上一双青咔叽生胶底操鞋，是专为跑警报穿的。并连忙将那特制的夹层毛蓝布大幅窗帷扯严，遮得一丝光一缕气都不容易漏出去。然后又连忙从那张旧式架子床的踏脚板凳抽屉中，将一副小巧玲珑的鸦片烟行头取出，连忙点烟灯，连忙烧烟膏，及至她妈和向嫂把一些要紧东西收拾成两个相当大的包袱提到她房间来时，她已抽了小指头大两颗烟泡。她儿子也自己收拾了个小包袱：两件童军服，几本教科书，还有几本《西游记》连环图，是向同学借的。都知道她的脾气，不敢催她，只静静坐着，等放空袭警报。

两厢佃客走得已差不多走完了，负责防守贼娃子的，则一群男女大小都挤在大门口，取笑打从街上走过的男女大小，院子内倒非常清静起来。

"妈，人家都走了。"高继祖怯生生的忽然说一句。

已经是第六口烟过去，唐淑贞精神渐渐勃发，脾气也好了些；仍然技巧的搓着第七个烟泡道："莫慌！预行出来了这们久，还没放空袭，多半又不会来的了。……我在安乐寺认识一个居太太，湖北人，人多好的，有说有笑，她有个娃儿在航委会做事。照她说起来，日本的空军简直不行了，不说在南洋着美国的空军打得落花流水，就在中国地方，也着打得七零八落。它现在就只陆军还行，中国还不是它敌手哩。这话一定确实，是航委会传出来的。那吗，它还有啥力量再敢到我们大后方来轰炸？……所以说，大家都别着急，说不定又因了啥子误会，把美国去轰炸了前线回来的飞机，当成了日本的，乱放起警报来，像头一回样。……唉！可惜白哥子没在家，要是能赶回来，倒打听得出一点真消息！……"

就这时节，八达号里一般茶舞的人，也同样的很镇静，不过也有一小部分男女舞客过分胆小，在几个美国空军接到命令，驾起吉普车赶出南门去后，便也各自溜走了。

罗罗，也就是刘易之的太太，穿着一件大红闪花缎旗袍，在百枝烛光的电灯照耀之下，比在黄昏的微弱光线里，尤为鲜艳夺目；胸襟上一大簇茉莉花球，和细长而白净的脖子上的一串假珍珠链的白光，也够调和得颇不俗气。和女主人丁丁比起来，就是那几个来自万里，很少与中国女性接触的美国大兵，也很容易的在几眼之下，便分出了前一个是社交老手，而后一个只是才学摩登的少妇。

她此时正凝精聚神地坐在靠壁一张皮沙发上，同着嵇科长的太太在密谈什么。当马为富走去把电灯一扭开时，两位太太都不觉一震，各自拿手背把眼睛一遮，同声说："光线太强了!"

陈莉华正站在角落上一只放收音机的条桌旁，虽在收听本市广播电台那位相熟的女广播员以流利的北平腔，报告着今天各报已经登过的中央社的刻板新闻："……高田圩敌昨向桃子隘进扑，被我军击退，敌人损失甚众，有回窜势态。……"同时，也听见了两位太太的话，便向正抽着纸烟在与龙子才站着说话的陈登云招了招手。

陈登云笔挺的穿了件"斯摩金"，打的也是黑领结，下面配了条细条纹薄呢裤，算是今天茶舞会里很得体的一身装束。但嵇科长却向费副官私下挖苦他不懂时尚，不应该在不拘礼节，活泼天真的美国朋友跟前，摆出十九世纪的英国绅士派来。

费副官老是那身黄呢中山服，笑说："我们老粗，又没留过洋，连上海都没去过的，倒不懂这些。我只晓得穿上西装就摩登了! ……哈哈!"

"你不懂，我懂。你光看今天那几位外宾，是不是都穿的夏威夷衬衫来的，拿老规矩来说，是不该的；比如别人请你参与啥子大宴会，你连长衫都不穿，只穿了一件汗衣去。但是美国人就是这点可爱，以前的啥子老规矩一概打倒，在交际上一味的率真，从没见过面的人，一谈上路，立刻就像弟兄样亲热，并不讲那虚伪的礼貌。你只看报上载的海尔赛海军大将第二次回到他旗舰上来，头一个命令，就是取消领带。穿西装不拴领带，你想这是如何的豪放，英国人办不到，所以在这次大战里，英国的海军就真蹩脚！……"

陈登云看见三小姐在招手，立刻就走了过去："有啥事吗？"

"一定又是丁丁的主意了。小马咋个连这件事也不经心，他也曾交际过的呀！"

"到底为的啥？我不懂你的意思。"

她不由抿着嘴皮一笑："你也同小马一样了，还要我说吗？"

她又拿眼朝电灯一看，光线果然太强，射得两眼生花。

她今天穿的一件元青花缎旗袍，只在前裾的右角和后裾的左角，绽了两朵朱红花和两片翠绿叶，都是刮绒的，素净而俏丽，和罗罗的打扮恰成了一种强烈的对照；并且把那丰腴的身体和颈项，陪衬得更其肉感起来。今天在八九个女客中间，只她与罗罗最为外宾注意，每逢扩音器把音乐片子一送出后，总有两三个高大强壮的美国人一同来要求她们两个跳舞，好几次没有停歇过。她的舞步也还稳当，不过赶不上罗罗来得轻盈，这是常不常跳的关系，倒没有什么，而使她略不高兴，认为不如人的，就是罗罗能够说英国话，唱英文歌，而她却是哑巴。好在今天由费副官邀来昨下午茶舞的几个空军，都能强勉说几句中国话，差能略略达意，不过有一个学了些下流话，在相搂而舞时，贴着耳朵说了句："你是乖乖！"她真没办法去回答他，只好拿眼睛白了他一眼，又摇一摇头，同时找一句简单的中国话回答他："说得不好！这是顶不好的话！"他好像懂了，也摇摇头，又笑一笑。但是那只搂着腰肢的有毛的粗膀膊更其紧了紧，而贴着耳朵仍是那句："乖乖！……你是乖乖！"就这时候，得了消息说，日本飞机有到四川的模样。一般正搂着舞伴的美国兵遂都立刻聚在一处，说了两句话，便匆匆地给每一人握一握手，喊着"古拜"走了。

因了她的眼风，陈登云才懂了她的意思，连忙点点头道："好亮的灯！……哦！是的，应该换成绿色的电泡。我已跟小马说过，并且我亲眼看见他预备了的，何以又不改换？"

"我想，一定是丁丁的主意！"

"不见得罢？"

"你怎么知道不见得？……想到有这们多客，又有洋人，若果不把电灯弄得雪亮，不怕人家说她点惯了清油灯吗？"

陈登云一笑走开，跟着便是老杨来把灯泡换了。立刻这个舞厅里——此刻可以说是客厅里的光线，就柔和了，恰与庭中的月色花荫配合成一片优美的境地。

嵇太太忽然诧异道："谁叫人把电灯泡换了的？……真聪明！"

嵇太太是三十年纪，一个正在发福的少妇。从面孔到一双脚，从头发的电烫样式到鞋子后跟，无一处不显得四平八稳，没一点指得出瑕疵，但也没一点引人兴趣的特征。态度也大方平淡，好像熟透的一颗水蜜桃，但是任何人都看得出她是出身大家，而又受过大学教育的人。在交际场中，是那样的蕴藉文雅，却与任何人都无过分亲热之表示。也因此之故，她虽然说得一口流利的英语，过于文爱娜，比起罗罗的那种洋泾浜英语来，更不知高明到哪里，可是一般美国空军人员，总把她当成有学问的老阿姐，也一样同她跳舞，也一样同她谈天，甚至有时也一样的邀她坐吉普车兜风，或到几处空军营去出席什么联欢会，而到底是不敢越份，而到底只算是忘形的朋友。她就是这点强，就是这点才把一个自命风流浪漫的嵇科长抓住了，使他只敢偷偷摸摸，而不敢光明正大的胡搞，并且还不惜把一面惧内的挡箭牌挂在口上，一点不怕人笑。

罗罗望着她一笑道："我晓得这个人，但是我不说。"

"唔！不劳烦你说！"嵇太太也聪明地一笑，"厅子里只这几个人：先生们都是心粗气浮的，想不到；女主人家进去了，没出来；居太太哩，是新认识的客，不会管到这上头；那吗，还有什么人呢？自然用不着你说了！"

"噫！你果真是条理分明，无怪嵇科长和纳尔逊中校那们佩服你！"罗罗顿了顿，又道，"若果你当真去做起官来，恐怕许多男子们都要吓死了！"

"岂但我？就是你，就是陈三小姐，就是坐在那边的居太太，哪个不会把些笨男人吓死呢？如其都做了官，其实，告诉你，做官是顶容易的事，比我们剪裁一件衣料，烧一样寻常菜，还容易得多！你莫把做官看得太神秘；我告诉你一桩故事，你就明白啦！……"

丁素英又匀了一次粉，又换了一件新衣服，嘻哈打笑地挽着她的马经理，走到舞厅中间，像宣布开会样，把两只短而胖的手，拙笨的几拍，等到众人都注意地看着她时，她却红起脸，推着她的马经理："你说！你说！"

"好的，我说！……哥子们，嫂嫂们，拙荆①的意思：今天是我们第一次开办的舞会，请帖上虽写的茶点招待，其实是预备了一点酒菜。原先因为有外宾在场，安排是中餐西吃。而今外宾既不在场，到底我们还是西吃的好呢？还是……"

几个清刚而低沉的男高音、男中音："西吃！……我主张西式！……还是西吃的好！……"

只有陪着居太太在密谈的那个正走红运的龙子才队长没有提出主张，而四个女客，也只是笑，不表示意见。

"不行呀！"马为富屈着指头算算道："男女来宾九人，主张西吃的只有四人，都是男宾，这咋行呢？"

陈莉华笑道："又不是啥子军国会议，说不上表决，更说不上多数少数。我看，客随主便罢！"

---

① 旧时对别人谦称自己的妻子叫拙荆，出自《列女传》，说梁鸿的妻子孟光"常荆钗布裙"。——原编者注

稽太太跟着说:"对的! 我赞成陈三姐的说法!"

稽科长向罗罗挤了个眼睛道:"两位女宾的作风真够圆滑,可以当得外交部长了。"

"我才在说稽大嫂若做了官,头一个就会把你吓死!"

丁素英遂向她的马经理道:"那吗,我们还是西吃罢。……"

杨世兴慌忙走来,向众人说:"先生伙! 警报扯响了! 你们的车夫问啷格办?"

居太太首先站了起来:"多谢你家! 我要回去了!"

"莫要走!"龙子才也站起来,无意地伸着两手一拦,"你那条街正是军事机关! ……"

费副官挺着胸膛,很像一个负有全责的大军人,挥着两手叫道:"请雅静! 等我们听一听! ……"

嗡! ……嗡! ……嗡! ……嗡嗡嗡! ……嗡嗡嗡!

"是空袭警报,没关系! 等我打电话问问看。"

陈莉华已把收音机扭开。

"……注意! ……注意! ……敌机三批,由鄂西基地西飞! ……敌机三批,由鄂西基地西飞! ……已过万县! ……已过万县! ……仍向前进! ……五分钟后再报告! ……"

陈登云立刻走过去说:"我们回'归兮山庄'去罢!"

刘易之毕竟年轻,比他太太还沉不住气,向陈登云说:"我们也到你那儿去!"

汪会计领着男女老少一大群,从舞厅门外走过,叽里呱啦的，很像才散了戏的模样。

稽科长也有点慌了，对他太太说："我们也到陈三姐那里去，好不好？"

他太太还是稳坐不动地说："刚才你没听见毛立克上尉说吗？他们决不容许日本飞机进入市空的，现在不比从前，你还怕吗？"

罗罗也才恍然若悟，连连点着她那美丽的头道："我可证明，密斯特毛立克确是这们说过！那，我们还怕什么！我们有盟军保护！莫走莫走，大家都别走，陈五哥、陈三姐、稽大嫂、稽科长，都别走！……啊！还有居太太、龙队长，都别走！……当真，密斯特毛立克说过，……唔！华生中尉也像说过的，不过我没听清楚，……总之，有盟军保护！日本飞机……"

"……注意！注意！……敌机三批由鄂西基地西飞！……已过梁山！……已过梁山！……敌机三批继续西进！……敌机三批继续西进！……成都平原月色甚好！……月色甚好！……市民们赶快向四郊疏散！……市民们赶快向四郊疏散！……"

罗罗刚走去把收音机关了后，费副官也打了电话回来。

"真该枪毙，那伙接线生！偏是紧急时候，偏跟你顽皮，喊了老半天，才打通！"

小马问："咋个的？说是三批敌机已过梁山，到底一批好多架嘛？"

"没关系，没关系，我刚才问了防空部，说是一批只有三架，还是两个马达的轻轰炸机，看光景是扰乱性质，发生不出大作用的。并且我们盟军的截击飞机，已向遂宁那带飞去了，大约不会让它窜入市空。……不过，马经理，灯火却要灭尽，那倒开不得玩笑！"

小马登时就把舞厅的电灯关了，并亲自到前前后后去检查电灯关完了不曾。

丁素英大声说道："恁早就把电灯关完了！我们咋个消夜呢？"

几个清脆的女高音："我们都还不饿，等解除了再吃罢！"

嵇科长走到外边阶沿上说："这们好的月亮！大家不如到外面来坐。"

第十五章　是先兆吗？

已经正午了，楼上过道中的光线并不怎么亮。从尽头的窗门上向外一看，又是阴天，不过云层并不很厚，白漠漠的幕面上，到处有一些较黑的云团，好像在游移，在变化，同中国画师正在用蘸饱的水笔，打算渲染出一种什么花样似的。

收割后的稻田，满布着几寸高露在土面外的稻桩，令人想象到长络腮胡的懒人，一周来不曾用过剃刀的光景。

今年这一带的稻很茂，据说也由于白穗太多，收成不好。但在上几年，稻麦改进所的先生们业经指出，这叫白螟，要不设法根除，是可以成灾的。他们曾作了好多篇文章，也有载在大报副刊上，也有载在专门农学的月刊或季刊上；他们用了好多拉丁学名，引了好多外国教授、外国专家的名言，大声疾呼说，川西平原的螟害不除，直接则影响民生，间接则妨碍抗战；并列了许多表，考出许多数目字来，作各种虫害的损失比较，指出螟害之大，尽亚于美索不达亚平原的蝗灾。

专家研究的文章，在少数知识分子中，不能说没有效果。

第一，临时省参议员中几位由农科出身的先生，就予以深切注意，打算特别提案，要政府想办法；第二，中央政府专设管理农事的机关，也为这事，呈请拨出一笔专款，敦聘专家写出了若干篇专门名词较少的通俗宣传，印成小册子，特为由重庆专车运交省政府散发，"以广宣传，而除螟害"。后来由省府提出省务会议，经各首长考虑了又考虑，商量了又商量，还是按照公文程序，将运省的小册子留一部分备案存查外，其余又专车运往重庆，只是飞令农总会分发各农分会，"以广宣传，而除螟害"。农总会当然不敢怠慢，开了三次临干会议，才决定按照螟害区域之大小，分配小册子寄发之多寡，然后又将部分运渝的小册子，打成包裹，交邮政转寄到成都。三个月后，成都农分会果然奉到，还好，立刻就各捡一份，随文分发到附郭各乡镇公所归档，由"以广宣传，而除螟害"，变成了"以清手续，而重会务"。

看来今年这一带的农民，还是不会知道那小册子上所告诉的简单根除螟害的方法的。因为陈登云还未发现有一棵有螟害的稻桩被掘出来焚烧的迹象。想来在不久时候，有些田必又灌满冬水，有些田必又翻出来点麦子、点油菜籽，而那有问题的稻桩，仍然和以往一样，作了自然肥料。这一来，倒真正的"以广传布，而利螟害"了！

陈登云倒并不注意这些，他只不过顺便看看天色，也顺便看看地面上的景物。远远的是特为疏散而修造的学校、民房，黄澄澄的麦草稻草屋顶摊了一大坪，想象从飞机上看下来，大有一个临时工厂的嫌疑，而真正的和军事有关的一个机械工厂，确乎就在那左近，占地也很大，房屋也不少，虽然听说成绩并不如它名字那么伟大。

倒是郁郁苍苍的武侯祠的丛林，似乎还不算什么一个足以引人注意的目标！因为在它四周的农人家，哪一处不是竹树蓊然，互相掩映？从天空中看下来，必像陆海中无数小岛，而武侯祠这个岛大得很有限。

他也只是这么瞭一眼，便趿着拖鞋走下楼梯，刚要进他书房时，王嫂已提了另一小桶热水正要上楼。

"王嫂，今天早晨是不是飞过了好些飞机？"

"不是吗！一清早就飞起了。"

"你看见没有？"

"看见一些，我起来得晏一点。"

"啥样子的飞机？那声音好大！"

"四个头的也有，两个头也有。"

"哪一种多些？"

"我弄不清楚，你问周安、庄青山他们。"

提到庄青山，他忽然想起了赵少清的事情，看见王嫂已经上楼，他遂推门进书房来。

书房还是区利金所布置的那样，当他二哥陈起云在此小住时，因为难得用它，并无什么变更，他同陈莉华住进来，也一样的难得用它，有客来和他们不出去时，所利用的一多半是客厅，一小半是书房隔壁那间起居室。

其实书房也只是一个名义，和政府组织中某一些部会一样，对有些人是必需的，是有用的，对某些人则是照规矩有这么一种东西罢咧！

书房中最能名副其实的，就只那张相当宽大而新式的楠木写字台，和那张有螺丝铁心，可以任意旋转的皮圈椅。虽然靠壁也安了一只玲珑精致类似书架的东西，但隔着玻璃门，看见里面却放了些空酒瓶、空罐头，和一些家用的药水瓶，以及装针药的纸盒、药棉花、胶布、洗眼睛的玻璃杯、浣肠用的家伙等，一部分是旧存，一部分是新收。书案上并无文房四宝，只摆了一只插笔台，还插有一支废而无用的钢笔。几只盒式蓝红墨水缸，倒都是来路货。还有一只印字盒，盒盖上放了一只橡皮图章，刊的仿宋字，文曰陈莉华章，有一本《金粉世家》的封面上，就盖有这样一颗蓝色印章。

《金粉世家》《春明外史》《落霞孤鹜》，这几部大书，并未摆在书架上，也未置于案头，而是随便放在美人榻旁边，一张摆有香烟碟的茶几上，足见陈三小姐倒是在这里用过功的，所以人迹虽疏，而书房里倒一样的干干净净。美人榻前尚有一幅金黄色的小地毡，绒面有寸许高，可以想象一双精巧的高跟女拖鞋放在上面时，是如何的艳冶！据说，是文爱娜特特送给三小姐的，并表明过，是外国货，在香港沦陷前不久，某一位大员带来送礼的名贵东西。

但这些全未被陈登云注意，也同稻田，也同其他景物样，对他都太熟了。他一进来，对直就走到侧面窗子跟前，打开窗门，向外大声喊道："周安！……周安！……"

"嗨！……"

"到书房里来，……有话跟你说！"

周安像是在洗东西，进来时还拿着一张布手巾正在揩手。

三十几岁，出身农民的人，身体很结实，手脚粗大，皮肤是红褐色。认得字，可以看唱书，只是不能写信。在成都拉车有好几年了，据他自述，是民国二十四年被过路兵拉夫担东西上省，便因而改了行。这一来倒好，同样出卖劳力，而拉车的收入，比起拿锄头挖土，值得多了！而且使他更其安心的，就是在家乡是吃的杂粮，成年的玉麦红苕、胡豆豌豆，而在成都，"管他妈的，顿顿都是白米饭！生意好，还要吃他妈半斤几两肥肉哩！"民国二十五、六年拉街车，那时，车少人多，生活低，不容易挣好多钱，"以前一块硬洋钱换二十九吊铜圆，拉他妈五六里路，不过吊把钱！觉得钱太少吗？但是拉上两三趟，就够你一两天的缴缠。后来，一作兴使钞票，物价就涨啦。一块钱的票子，换二十吊铜圆。我们还是拉一吊钱，拉两三趟，就只够一天的缴缠。幸而好，国战打了起来，卖气力的年年着拉去当兵，一大批一大批的朝省外开，拉车的人越少，挣的钱就越多，从二十七年起，倒过了几年快活日子！"但是也得亏周安尚能保存着他那农民的素质，自幼在土地上工作，很难吃得八分饱，也很难穿得八分暖过，晓得挣钱不容易，挣一个就很重视一个。有时钱积得有个整数，在疲劳过度后，也曾动过念头，对于那般同业劝诱的话，也曾打算试一试。譬如说，抽一口鸦片烟就不觉得累了，人也精神些；或者打个平伙①，大酒大肉吃他妈两顿；约几个人打场把乱戳②消遣消遣，诸如此类，是他同业中十有九个不能免的。然而他偏偏有那种牢固的成见："不容易挣来的钱，哪能那么乱花！"也幸而他还有一个尚在卖着劳力的父亲，在故乡分佃了别人五担多苞谷土，带起他那自幼就童养在家里，在民国二十年才和周安圆了房，已经生了一个女儿的媳妇，辛苦地过着日子，随时打着信来向他诉苦，问他要钱。因为尚有一个不能抛弃的家，便有一重不能抛弃得了的果，同时也才有了一个"树高千丈，叶落归根"的信念，而时时鼓励着自己："莫只图眼前快活，趁着年轻力壮，趁着正好挣钱时候，趁着还能吃苦，扎实累几年，把眼前这个国战耐磨过后，回家去多弄几块土，放放心心去种我的地，有收没收都莫关系，过一辈子清静日子就好啦！"

他有这种打算，所以才能不把积存整数的钱胡乱花掉，而拿去买了两辆没有牌照的旧街车，收拾收拾，改为长途车，自己拉一辆，又放一辆出去。照如意算盘打去，不出三年，可以擎乳到十辆车，他就可以自己不拉，而只是当老板坐收租金的了。然而事情却不顺遂，第一，车子的价钱越来越大，尤其橡胶皮带，像钢珠、钢丝等一切本地造不出的，都因来源断绝，

---

① 打平伙，四川方言，即平摊份金的意思。此处指每人各出一份费用吃一顿。——原编者注
② 乱戳，四川纸牌的又一种打法。——原编者注

一涨就是十几倍，还这样受统治，那样受统治，花够了钱还是弄不到手；第二，人心不古，车子一放出去，就令人提心吊胆，不是租金收不够，就是连人连车都不见了，有时是人被拉壮丁的拉去，车则顺便没收，有时是人把车输了，吃了，嫖了，总而言之，再拿钱去赎取回来，已经是坏得不能再坏的车子，吃了大亏，还无处申诉。自己一想，在社会上没有势力的人，休想学有势力的人去吃别人的血汗。因此，在前两年，才收拾余烬，把所有的钱全借给一般顶相信得过、有身家顾性命的同业，和顶熟悉而十二分可靠的，做小生意的同乡们，每月收取一个大一分二的利息，而自己则托人介绍到陈家来拉陈起云和陈登云的私包车。

由此，周安的生活更安定了，他不再每天计算那必需的三顿菜饭钱。他还自庆帮着了陈家，伙食比好多人家的都好，吃得不但舒服，并且增长气力。又自庆帮的不像许多当老爷、当先生们的人家，每月只是干巴巴的几个讲死了的工钱，而陈家则不同，除了到处同阔人们应酬，每到一处，必收一笔额外的饭钱外，还有号上和公馆里不时有从牌桌上分得的头钱，这两项的收入，就比死工钱强多了，还有不时修理车子，照规矩的回扣哩。而且到去年秋天起，物价生了翅膀时，他算来就是每月放到大一分二的利息，也不强，并还时常焦虑着你图别人的厚利，别人却图你的本钱。这也有例的，他认识的一个同业，每月积存的一些钱，因为没处存放，也同他样，不肯嫖赌嚼摇鸦片烟胡花，而自己也是无家无室，光棍一个，便按月借给一家开小饭店的熟人，也是以大一分二的利息照算；每月的利息他不用，并加上新积存的，又归在本上行利，不过半年，就翻到十几二十万元，可以取出置片地方了。可是，就这时，饭店倒了账，两口子搭一个娃儿一溜烟没见了。存钱的人不只那车夫一个，怎么了呀！找人找不着，告状没人理，向人说起来，不被骂为"大利盘剥人，活报应！"就被骂为"蠢东西！有钱为啥自己不使，却还要想人家的？"莫计奈何，只好叹气。他，周安，是有打算的，怎能不设法把些本钱收回？怎能不伙着号上的几个管事职员，见可以赚钱的买卖，也乘机买进一些，卖出一些，囤积一点，居奇一下？可以说，直到现在，周安已是八达号小账簿上的一员，他的前途很有希望，他也越发不能离开陈家的了。

不过他的衣服还是那一身，天气已经凉了，仍是陈登云给他的那件补过的短裤，仍是那件补过的夏威夷汗衣，仍是那件穿过一年的羊毛背心；因为尚未出门，尚穿了一双颜色业已灰败的旧线袜，和一双变成灰色的青布鞋。但头上却戴了顶陈起云给他的旧灰呢博士帽，大概下床就戴上，还未学会进房门就揭下来的礼节。

"我问你，庄青山取过保没有？"

"他才上省拉了半年的车，人生地不熟的，哪能找得到铺保！"

"但是照规矩要保人的。"

"我保他就是了。……他也是我们一块地方上，有根有底的人，不为拉壮丁，哪会上省？人倒老诚，没拐账①，五先生，你过几天就看得出的。不过还没帮过人，不大懂规矩，我负责教他就是了。"

"这倒没多大关系。只是赵少清呢，也是你举荐的？……"

"是我举荐的。"

"听说他快要出医院了？"

"昨天马经理告诉我的，说接了啥子通知，说他可以出院了，叫我今天有空就去接他出来。"

"出来后又咋个办呢？"

这却把周安问着了，瞪起两只不怎么狡猾的眼睛把他主人看着。

"咋个办？你想一想！"陈登云重复了一句。随在所穿的一件绒浴衣的袋子内将纸烟盒摸出。

周安正待去找洋火。

"我有火。"烟盒上附带的打火机已哒一声按燃了。

"还是劳烦五先生给他想个办法罢。要是右手不残废，还可以再去拉车。唉！也是他命运不好，那天偏会着汽车碰上了！你五先生晓得的，我们在后头是咋样的在喊呀！他会听不见，不是鬼找到了吗？"

"哪有那么多鬼！"陈登云笑了笑，"只怪他自己太冒失

---

① 拐账，成都话，有狡猾、阴险、错误等含意。没拐账，意即此人不
　狡猾、没错儿。——原编者注

了！……我问你，他那手难道真个不中用了吗？"

"就只打不伸。不晓得那洋医生是那们搞起的，肩膀上开刀，会把手杆弄出毛病来，害人一辈子！"

"我想，卫先生那里，还可问他要几个钱。不过，也不会多。你想嘛，是你跑去碰上别人的汽车，并不是别人把你撞伤的，这是一层。还有哩，别人已经出了医药费了。真是死了，倒还可以要他一笔抚恤，如今只是残废了一只手，并不算怎么了不起的事。如今打国战期间，一天里头死好多人，残废好多人，国家又抚恤过好多呢？军政部规定过，一员上将战死了，抚恤不过十万，治丧费顶多一万，拿现在物价说，一万元还不够买一副火板板①哩。但是政府只出这么多，你能向他争多论少吗？我们平民老百姓，自然不能像政府那样挖苦人，但也不能就没个款式。设如说一个人着汽车撞伤了，就赖着要人家供养一辈子，那也不对呀！街上那么多人，别人还敢坐汽车吗？卫先生因为是熟人，马经理又说过话的，所以除了医药费外，还可以要求他再出点钱，这已经是很大人情了，你说是不是？"

"你五先生说得很对，只是……"

"我想，赵少清原是躲壮丁出来的，我听你说过，他家里还有老人，还有田地，现在他只残废了一只手，倒正好回家去做田，再也不怕拉壮丁了。我想，等他出来住两天后，就叫他回家去罢！"

---

① 又叫火匣子，是用薄杂木板钉的棺材，价格低廉。——原编者注

"嗯！五先生你倒说得轻巧，你就不晓得做田的人，哪一种能离得右手？他龟子偏偏把右手残废了！"

陈登云有点不耐烦了，仍瞅着周安道："那吗，咋个办呢？难道要我供养他一辈子吗？"

"我们也没有这个意思。只是想到赵少清年纪轻轻的，成一个残废人，重事不能做，叫他回去，他家又养不活他。想到五先生，你和三小姐都是做过慈善事的，啥子捐你们不在出，总可以给他想个法子的，所以才请王大娘先来说一句。……"

"王嫂倒没直接向我说。……是我忽然想起来，才问你的。……一定要我想办法，我实在想不出。现在一句话归总，卫先生不能负责供他一辈子，我更没有这个责任。你们商量了要赖着我，那不行！如果不讲人情，他出来了，连我这里都不准他落脚，他敢把我咋个？……"

睁着一双眼睛，很是生气的样子，一连就抽了好几口纸烟。

周安大概很懂得他的脾气，只是淡淡地一笑说："五先生，你把话听拐了。我们哪里是商量着想赖你！不过想到你五先生人手宽，又肯给人帮忙，像赵少清不能做重活路的人，轻活路是能够做的，他也认得几个字，好不好劳烦你五先生给他找一个啥子轻巧一点的事，只要有碗饭吃，过活得下去就好啦。我们只是这个意思，恐怕王大娘没说得很清楚。"

"连你也没说清楚呀！"他的脸色方缓和了。

想了一下，方再瞅着周安说："找事也不容易，尤其像你们只能够出气力的人。不过既这么说，我替他留心好了。他当过听差没有?"

"当过的,只是不多久。"

"我想,赵少清冒里冒失的,又不大听话,坐心也不好,也不是个当听差的好材料。"

"现在睡了这么久的医院,人比以前驯静多了。……"

楼梯上是高跟拖鞋的响声。

"就是了,我今天不打算进城,你就去接他罢。"

他先开门出去,恰迎着陈莉华走下来。

"你在跟周安谈赵少清的事吗?……咋个的?"

"让他暂时住在这里,再给他找事情。"

两个人一道走进客厅,中间圆桌上业已摆了两份报纸。

陈莉华不由抿着嘴一笑道:"今天真睡得久啦,报都来了!"

陈登云一面递纸烟,一面颇有含意地笑道:"几乎是通夜在用功,怎么能早起呢?"

"又有你说嘴的,"一口烟直喷在男的脸上:"以后不准再这样啦!"

"问问灯神菩萨,看是哪个的过错?……"

早一个耳光打在那脸上,不过并不痛。男的忙一把把那柔若无骨,才在指甲上染了蔻丹的手抓住,正学着洋派,将嘴皮贴在略有青筋的手背上时,王嫂已开门进来。

"还吃不吃早点呢?"她好像并没看见男女二人的举动似的。

男的仍握着女的一只手笑道:"我一直没睡好,胃口不开,不想吃,你呢?"

"哪个又睡好哩！才一合眼，那飞机就响起了，越响越低，活像擦着楼顶飞过样，连床都震动起来，时候又久，真怪啦！往天都不像这样，偏偏今天早晨，人家要睡觉时，它便那们飞法！"

"或者是纳尔逊、毛立克那伙密斯特故意和陈三小姐开玩笑罢？"

"说得好！密斯特能够这样费事来和我开玩笑，那我还了得！我也可以到白宫当贵宾去啦！当真的，快看报，昨夜敌机轰炸哪里？"

"你们是不吃早点了！"王嫂仍是那样若无所睹地说："我叫老邓把午饭开早点，好不好？"

男的已把一张夹江手工纸印的《中央日报》展在手上，便点点头道："对，也得等淡菜煨的鸭子炰了才行！"

报上粗号木刻的大标题是："菲岛海战美军大捷——敌舰队遭受惨败后溃退，"全是中央社转译合众社的电文，整整占了一版的四分之一。接着是："雷岛美军继续推进—— 一周来已占领机场六处，"是"敌舰队不堪再战，"是"罗斯福勉美海军，"是"超级堡垒战绩，"是"荷兰敌陷重围——盟军占领赫托根布，"是"苏军越过挪威边境——华沙西北德防线被突破，"是"戴高乐谈话，"全是中央社转译合众社电，偶尔有几条是转译路透社的。还有几个比较小一点的标题，是"意境美军苦战，"是"艾登飞抵希腊京城，"是"阿比西尼亚情势稳定，"是"甘地发表声明。"还有一篇特载，是"莱茵之战"。乍一看去，好像是一幅美国报的翻版，这已占了全报纸四分之三了。其余一份，则是"捷克首任大使昨日呈递国书，""青年从军运动如火如荼展开，""中美英苏昨宣布承认意大利政府，""青藏公路——西宁玉树段完工，"只这四条，标题大，记叙得很详，自然也是中央社的消息。关于四川本省的新闻，只有两短条，一是"川发公职候选人合格临时证明书，"一是"四川荥县县长贪污案。"关于国内战场的，只一条："大溶江以东对战中——高田圩敌寇屡扑不逞，"标题大，而中央社的电文却只有寥寥的三条。到最后，才看见一条本报讯："敌机昨晚袭川——在附省三县盲目投弹后逸去——敌乘月夜肆扰市民应速疏散。"

陈登云道："我找着了，你听，'昨日下午五时，鄂西发现敌机三批，有窥川模样，省防空部获得情报，察知敌机企图袭川，蓉市乃于六时零六分发出注意情报。旋敌机继续西飞，乃于六时四十九分发空袭警报，七时四十分发紧急警报。敌机窜入川西后，因云雾迷濛，不易发现目标，于附省某某三县盲目投弹，并用机枪扫射后逸去。弹落荒郊，我方毫无损失！……'哈哈！还是弹落荒郊，我方毫无损失！哈哈！……"

陈莉华正翻着《新新新闻》，在看那一些别报全不屑载的地方消息，和一些零碎新闻，也一笑道："真该死！为啥要那么睁起眼睛说瞎话？哪个看报的人不晓得昨夜月亮多好？哪个又不晓得汉州、新津、温江三处飞机场都着过炸弹？又哪个不晓得那炸弹只把飞机场打了几个小窟窿？又哪个不晓得还着盟军的'黑寡妇'打下两架来？为啥要这么胡说！"

"我怎么知道？大概是……"

隔窗子看见华老汉弓腰驼背的打从走道上进来，手上拿着一封信。从习惯上，陈登云晓得那是一封挂号信，要盖图章的。他遂打开一扇窗门，从外面一排铁签子的空隙伸出手去。

"华老汉儿，是从哪里来的信？"

"打重庆寄来的挂号信。"华老汉已经由走道上折到窗子外面，把信递到陈登云的手上，又补充了一句，"是三小姐的。"

"咋！是我的？"她就像被一只看不见的黄蜂螫了一下似的，猛然从沙发上跳起来，很娇健的两步就抢到窗口。从陈登云刚缩回来的手上，刷的就把信夺了过去，仅从眼角上扫见"重庆第××号信箱寄"一行印好的红字。但是，她已了然这是什么人寄来的。立刻心坎上就像放了一块很重的石头，脑子里也像腾起了一层濛雾。

她也不像平常泰山崩于前而其色不变的镇静样子，大张着眼睛，紧揑着信便朝书房里跑。

陈登云犹豫了一下，才待跟踪走去时，已听见她又从书房跑出，叫华老汉赶快拿回执去。接着，又听见她飞快地上了楼。于是心里更清楚了，决定是庞兴国又拿什么话在勾引她，说不定最近已来往过好多次信，只是他不晓得罢了。

他很想去清问。但是华老汉能告诉他吗？那是王嫂引荐的人，心目中只有王嫂和三小姐的。问王嫂吗？那简直比直接问陈莉华还难了，说不定还要抬出她一番怪话哩。

他本可以假装不晓得是谁给她的信，甚至可以假装认为是文爱娜寄来的，故意跑上楼去，向她抢来看看，到底写些什么，以便自己好筹划应付。但是他不敢。他曾经偷看过她一封不甚要紧的信，被她察觉了，一直闹了三天三夜，后来还是赌了咒不再看她的信方罢。犯咒不犯咒，他倒不管，令他胆怯的，还是那种拼死命地吵、拼死命地闹，其间还搭一个端血盆的王嫂，这比起区利金之对付文爱娜还难，他二哥早就向他说过了！

　　一想起他二哥的话，他真佩服极了。到底长他十二岁，留过洋，读过什么心理学的人，确有见解。当他正商量着要与陈莉华同居时，他二哥就切实告诉过他："你们既然恋爱到如此地步，你最好就该鼓舞她正式同庞兴国离婚，不但要经过法律手续，还得多登几个报，这样，使她感到难于回头。然后，再和她正式订婚，结婚必须办得热闹，也必须多登几个报，这样，使她感到难于翻悔。如其不然，你有好多把握，能永远抓住她？你岂不晓得，她已是恋爱老手，相当有了名的？不过，如今有了岁数，已到追求归宿的时候，倒是你的机会。但是，西人的谚语说得好：机会的头发是生在额上的，若不迎头抓住，它就永远过去了！……"

　　"唉！我就是这么心悬悬的！"

第十六章　回　忆

（一）

　　陈登云懒洋洋地靠坐在一张太师椅上，他的脑子没一瞬息宁静过，虽然并无检讨意思，而前尘影事却总要乱云似的涌到眼皮上来。

　　是五年前一个春天，他一度投考了重庆大学和四川大学，俱失败了之后，一个中央的什么机关恰从南京、汉口撤退到大后方，正在恢复工作，扩大用人之际，他二哥抓住机会先挤了进去，当了一个独立部门的主任。接着，他同好几个同学，好几个同乡，也凭借关系挤了进去，独他抓到了一个不管文笔事情的科员，这是他入社会之始，而人生之门，是这样轻而且易地对他打开了。

　　他也同他二哥一样的脾气，感觉到自己对别的什么事情兴会都好，也都干得下，就只不宜在公事地方办那按部就班的挨板事。尤其在打国战之初，若干年来的观感一变，不管这战事的结果如何，大家总感觉到一切全在变；将来的生活情形绝不会像以往，好吗？歹吗？没有一个人敢预料，也没有一个人想到去预料。一切人却都是兴奋的，都想参加到这伟大的事变中，卖一分气力。中年以上的人鼓不起好大的劲，只愿多多贡献一些透彻的意见，凭着他们不大够的经验，一天到头说这说那；而中年以下的人，则是专重实际，想到哪便要干到哪，为什么不这样干呢？横顺是要这样干的！干了再说：那时是一股朝气，活像北伐军才到长江流域时样，而主持大事的人也正在提倡"干！"于是他二哥在半年之后，首先就跳了槽，从这个机关，跳到那个机关，从文的机关，跳到武的机关，从大后方跳到最前线。他哩，原也要跟着跳的，原也打算冲到前线去当一名政工人员，或歌咏队里去占个位置，相信凭自己的天才，是绝对可能干出点成绩来。但是却没有冲成，反而在那毫不合意的机关里，住了差不多两年。

这原因说起来很简单：他那一科里有三个女职员，虽然不是随着机关撤退来的旧人，但差不多是同时逃难来的下江人。下江人，而又是小资产阶级出身的少妇，光是那种打扮，那种风姿，在那时的陈登云眼里，几乎无一个不是安琪儿，几乎无一个安琪儿的一颦一笑不使他发狂。发狂的也不只他一人，若干同事的收入，几乎十分之九都给报效光了，而真正得了实际恩惠的，并不是他们这一伙。他至今还记得，假使在下了办公室后，能够邀谁随侍到英年会对门大楼去奉陪一杯咖啡，或一杯可可，已经算是万幸。一直到三个安琪儿一个一个变做了高级职员的夫人，不再到办公室做摆设时，陈登云方一怒之下，下了决心赶一下时髦，要到陕北去进抗大。

那时，重庆正在苦难中。从民国二十八年五月四日被日本飞机大轰炸大焚烧之后，中国的防空力量越不在日本人的眼中，日本飞机的来去便越是自由。到三十年六月四日大隧道惨案发生起，整一个星期的疲劳轰炸，像陈登云这伙自以为在恋爱中不得意，而神经受过创伤的青年，实在非逃不可。陈登云于是就向他二哥的朋友处拉了几千元，喊着赴陕北的口号逃来成都。

他现在还记得清楚，那时在四川本省内逃难的狼狈和辛苦。飞机已经实行登记审核制，若是不认识军统局的人员，休想买票。新制初行，格外严厉，一张准许证，他本可以钻营到手的，但是起码也得等上半个月。公路局的汽车哩，正因为人事关系未调整好，交通部不管，别的机关不帮忙，弄得只剩下十几辆破烂卡车，行驶在这段顶要紧的成渝公路上。只管规定一车载四十二人，但是天晓得那数目字，而且车票很难买，又还没有公开的黑市可钻。小汽车因为"一滴汽油一滴血"的缘故，能在四百五十公里的公路上跑的，他，陈登云，在那时尚没有资格挨得上哩。剩下来的只有溯江而上，到乐山后再乘汽车上省的一条路，许多人都如此走，上行轮船多，也还挤得下，说起来不过多耽搁几天。

民生公司一只中型新船，大概叫"民武"罢，搭客是超过了规定的。陈登云所住的那间房舱内外，全打上了地铺，从架子床伸脚下来，要到门外栏杆边去撒一泡尿，都得从人们的肩头边踩过去。断黑在朝天门磨儿石码头才上船时，陈登云是不自在极了，天气热，码头上又通夜在上货，在床上流汗睡不着，但又不能到栏杆边去纳凉，设若不想到去陕北还有多少苦头待吃，依他老脾气，他是决计不走的了。一直到天色未明，船已开出去，船舱里透进了一股凉风，他方摆开大四门，呼呼地睡着了。

在江上两天，听不见警报，看不见报纸，平静多了。但又感到岑寂。满船的人，除了谈战事、谈轰炸，都是他听得不要再听的话外，便是谈各自本行内的私事，听了也只觉生厌。消遣的书不曾带一本，就带了，也未必能消遣。如何消此永日？加入一船牌局去打牌吗？倒可以，并且他自己也敢负责绝不会把全部旅费输光，然而从他提出到陕北去的口号时起，即已赌过咒，永不再喝酒，永不再打牌。换言之，他安排牺牲了来为国为民，他就该先从戒酒、戒赌来磨炼自己，要痛痛的磨炼，要磨炼到能够把握自己。这两天，不就是好机会吗？傍晚时，船过了泸县，停泊在蓝田坝码头上，他跳上岸去找茶馆喝茶时，很佩服自己有毅力，有决心，有耐性，而且有吃苦头的本事。

从蓝田坝到宜宾又是两天的水程。这两天，他不寂寞了，因为同房舱里换了一个客人，而且是一个有趣的人。

这即是庞兴国，四十年纪，五短身材，斯斯文文的人，态度也好，谈风也健，能够几天几夜谈出你喜欢听，而毫无半点使你发生反感的话。并且不管你是什么人，他都能一见如故的随和你，恭维你，使你也不知不觉地把他引为老朋友，而向其说心腹，并以出处大计来请教他。那时，他刚奉着一个什么机关的命令，到云南去干办一件机密公事，经好几个月工夫完成了，才奉命由川滇西路，沿途调查着来到蓝田坝，也是安排从乐山上省的。

一到宜宾，"民武"轮的乘客有一半是即刻就换上民生公司另一支小得坐上百把人便无插脚余地的汽划子。大家便挤在划子上过夜，只管又热、又脏、又臭，而臭虫又到处咬人，却又弄不到船票。

如其不亏了庞兴国随身带了一名勤务兵，不亏了勤务兵的一身老虎皮，以及他在江湖中学得的一套欺哄吓诈的本领，陈登云和他的主人还没本事抢得到这种罪受。

天气是那么热法，小汽划子被各机关的人员三番五次检查着，凭人情、凭势力，又横插了四五十个出了双价的客，及至开行之后，全划子直变成了一具烤炉，一切是滚烫的，连人的呼吸都是。

这样烤了两天，到船泊竹根滩，船上执事人员声明，奉了驻军和税警命令，下午要盘舱检查，必须明日上午才能启碇到乐山。一船的旅客都焦躁起来，质问船上执事人员，为什么要如此耽误行程？船上执事人员只意态悠闲地挥着扇子说："这是军队的命令，干我们啥子事！我们公司规定的，原是两天到乐山，上一次尚是两天到的，这一次，偏又出了花样。大概是什么人把他们得罪了罢？你们有本事去请求得个立即放行的条子，我们巴不得今夜赶到乐山，你们少受一天罪，我们少开两顿伙食，大家都好了！……"

然而在"军事第一，军令至上"的时代，谁能有这本事？陈登云是颓丧极了，并且影响到了他赴陕北去的勇气，仅只这一段旅行就这样的苦，这样的烦难啊！

还是庞兴国得了主意，他说，与其在汽划子上受热受苦，不如多花几块钱，雇坐黄包车，四十华里路程，顶多三小时就到了乐山。那里有较好的旅馆，有较好的浴堂，并且有著名的棒棒鸡，有著名的江豚可吃。好好休息一夜，第二天又可赶车上省，只需不多几十块钱，便可买得舒服，陈登云当然赞成。

竹根滩有几里长的一条正街，是犍为、乐山两地盐的出口，是各盐灶必需的煤的进口，是财富区域，可也与其他码头一样，靠船的码头还一直保存着原始时代的面目，极简陋的房子，极崎岖的河岸，还照例的垃圾遍地，肥猪、癞狗与人争道，却也照例的在码头内面才是整齐的马路，才是整齐的商店，也才有上等茶馆，上等饭馆。令陈登云惊奇的，尤其是一条长街走完，来到运河边上，一望对面的五通桥，简直是一幅幽美图画。

一条相当宽的运河，随着山势曲曲折折流出，两面的山不高，有些有树，有些没树，倒不甚出奇。而最勾人眼睛的，便是那两道河岸上的大黄葛树，每一株都那么大，每一株都浓荫如幄，人家，盐灶，甚至盐井，都隐隐约约地被枝叶掩映着。近三年来，陈登云一直没有忘记那景致，也一直想到去重游。

他们在乐山果然只住了一夜，凭庞兴国的势力，居然弄得了三张木炭卡车车票。临到上车，又居然加钱弄得两个司机台上位置，虽然挨着左前方的木炭铁炉，差不多有汽划子上那么热，到底不像车厢里插干柴似的挤，起码也容许你有抽纸烟的空间。

是他们的万幸。木炭车从上午七点半钟开行，载了半车货，载了六十多人，到夹江，又挤上三十个人，从远处看去，是一座人山。本已过重了，而车子又是五痨七伤的，它一路气喘，一路挣扎。到上坡时，简直像一个病人。就这样，一路上还有斜挂一支手枪的好汉，率领几个他已收过钱负过责的人，非命令车子停下，拼命挤上去不可。然而它竟能一步一步地走过眉山，走过彭山，渡过新津河，走过双流，费了十五小时，到夜间十点过钟，居然爬到成都南门车站。乘客们一下车，无一个不有"也拢了"的感觉，也无一个不倾心佩服司机的本事真大。

那时，八达号还没有开张，小马、老金诸人还未上省，现在的许多朋友，陈登云尚不认识。下车之后，跑了好几家旅馆，才在学道街一家什么旅馆，找到了一间铺。平生没有经过这一次旅行的劳苦，人是疲倦极了，倒头便睡，虽然蚊子、臭虫是那样地在朝他进攻。

一连在成都住了好多天，碰见了几个老同学，谈起到陕北去的话，有的摇着头说："太难走了！且不忙说朝北路上走的汽车难弄到票，那些到了西安的，有的也被抓回来！"于是就历数着一些为他知道的以及不知道的人，有大学学生，有中学学生，也有曾经是学生而现在是干着各项职业的，从说话人的口头说出，大抵都是百分之百的有干劲、有学识的猛勇青年。其中有几个，据说已过了三十的人，目前还有一多半关在集中营里，消息全无；有几个还是二十七年就抓了进去，除非很有势力，尤其和几个什么社有关系的，才被家属保了出来。

这种言谈，陈登云在重庆早已听见过，只他并不深信，认为这是政府阻挠青年去陕北的谣言。以他在单纯环境中培养出的单纯头脑推论起来，到陕北不过为的找一个可以出气力、流血汗的机会，来报国报民，拿情理来说，并不算犯法，也是打国战时在大后方的青年应该干的，从读小学起，先生们也是这样在教导，他怎能相信在这个时期，会由政府中的人出来阻拦，还认为这是叛国行为？但是，到今天，他只管还在诧异"真有这样的事吗？"而原来就不很坚决的信念，遂也起了根本动摇。

问题是他既已来到成都，不去陕北，他又干什么呢？有两个已在大学住了两年的老同学劝他考大学："你是读得起书的，为啥不读大学？现在考大学比以前容易多了，大学也多，读四年，至低限度也有个资格。"但是他不高兴："挣资格，有啥意思？设若要做官的话，只看关系找得如何，凭我晓得的，就有几个特任官都说不上资格。我到底也在机关中滚过两年，做官的秘诀，多少晓得一些，除非一步登天做上部长、次长，倒还有点意思，要是小官儿，又犯不着再去读四年大学。若是真正为了学问而读书，倒对，我从前投考大学时，也有这念头。可是耽搁久了，啥都生疏了，不说别的，光是一篇国文就做不起。现在世道荒荒的，救国还来不及，哪有闲心再去读书造学问！"

那么，到底干什么呢？实在想不出来。无聊，无聊，天气又热，只好跑少城公园，坐茶铺，溜电影院，溜戏园。尤其使他烦恼的，就是旅馆太不能住，到夜来，不但蚊子、臭虫搅扰得不能安枕，还时时有闯房间的私娼，查号的军警，两者一来，都不免令人有点惊心动魄之感。不上半月，他真想设法回重庆去了，要不是有一天在一个什么画展场中无意碰见庞兴国的话。

光是碰见庞兴国倒没有什么，但是同他一道的恰有他的太太，和他那刚满四岁的次子二和尚，这却使他的生活来了个大转变。

于是，他想起了在画展场中和她见面的那一情景：一件大领短袖的白绸旗袍，赤脚上一双高跟的白皮条鞋，头上一顶在成都尚不大看得见的宽边草帽，也像外国女人样，向左斜戴着，右鬓边的漆黑的头发是蜷曲在帽子下。打扮得那样的素净，光是外表，就给人一种新鲜淡雅的美感。庞兴国慎重地向她介绍"是一个有志趣、有本事、又能吃苦、又能耐劳的好青年！我们虽是仅仅同行了几天，倒合得来，因为他为人又驯谨，又热心，又端正，没一点时下青年的流气和骄气。"她含着微笑，向他有礼貌点了点头，只是戴的是茶黑色太阳镜，不大看得出她的眼神。他也必恭且敬地鞠了个躬。不过也只是鞠了个躬，就连在礼貌上应该有的几句"早听见庞先生说……"也好像忘记了，无论如何想不起来，而庞兴国的那番当面的恭维话，他只好绯红着脸，勾着头，低着眼，承受了。

已经在展览场的门口，照礼节是该互相告别了，但他却不知不觉跟在后面，一直走到街边。庞兴国问他："要到哪里去吗?""不到哪里去。""有事情吗?""简直没事情。"

庞兴国顿了顿才道:"那吗,莉华,我们不回去了,就到左近乐露春去随便吃点东西,作为欢迎他,好不好?"

"不好!"陈莉华直率地说,"光是请客,倒随你的便,若果连我也请的话,那我就不赞成下江馆子。"

"为啥呢? 我觉得它的鱼头豆腐还不坏,自然比杭州清和坊王饭儿的就差远了!"庞兴国并不注意他太太的神气。

"大概庞太太是不大喜欢那口味的。不如到少城公园去吃静宁,它的鲫鱼豆腐,是辣味的。今天我邀请,沿途很仰仗庞先生帮忙,到成都来,还没有到府上亲候过哩。"

直到此刻,他算是才把应酬话补充出来。却也得力这几句冲口而出的话,方引起了陈莉华的注意。后来,据她自己表白,才见面时,还当他是个浑小子,从他说了不大喜欢这口味的话起,方慢慢查出他居然还能够体贴女人。

从静宁出来,他就陪着他们到丝棉街,顺便"踵府"亲候。次日又去正式拜访,于是更熟了,陈莉华也不那么矜持,居然能够开口大笑,居然能够接受他的纸烟。——那时还没有专抽三五牌的习惯——也居然有意无意地以那清澈的眼波正面的来审视他。到拜访的第三次上,庞兴国问到他在成都有什么事干时,他方把他的行动,以及打不出主意的烦恼,一一倾吐出来,并很谦逊的请求指教。

庞兴国是做官的,既知道了他的关系,以及他二哥的地位,遂极力劝他仍向政界活动;能够巴上去当一位执管大权的大一点的官，固然好，不然，就当一名承上转下的中级职员也好。他曾慨然说道："尤其打国战以来，官味实在差远了，比起从前来。记得我从前以书记官代理珙县县长时，那是啥派头！真正上司只有师座一人，只要你把师座巴结得好，办事真够劲，钱也来得松活！……唉！好景不长，真可惜啦！如今是……不过，做官到底是正经出路，何况你已经打进了头关，又有你令兄的吸引。只是为啥你要把它丢了呢？"

自然不便说是为了失恋，只是夸张地说要做点实际上的救国工作。

"这就是你们年轻人没经验的怪想头！你们以为一定要亲自去冲锋陷阵的，才算是救国吗？却不知道在后方办事，也是救国工作，细说起来比冲锋陷阵还吃力得多！你只需把办事不要叫作做官，改个名字叫服务，你就明白了。若果不多留一些能干人在后方服务，我可以说那便没有前方，要粮无粮，要钱无钱，要人无人；不是无粮、无钱、无人，其实都有，只是没人办事，没方法送上前方去。所以委员长也怕我们在后方的都要丢下自己应办的事不办，忍不住一腔热血要朝前方跑，才再三昭示我们说，各人有各人的岗位，能够站在自己岗位上努力的，就算救了国了。委员长天禀聪明，我们能訾议他的话不对吗？……"

因而更不能向他说出要赴陕北去进抗大的原意，仅仅是表白出，任干什么事都愿意，只不想再当科员。

但庞兴国仍是固执地说："万丈高楼从地起，年轻人不要太好高骛远了，其实由科秘出身，才是正途!"因为他，庞兴国，今日之巴到专员资格，而正是从三等书记一步一步爬起来的。

虽然话并不算十分投机，而两个人的交谊却进了步。庞兴国劝他先写信去前方问问他令兄的主意，再定出处大计。他，陈登云，接受了。庞兴国又劝他不要再住旅馆，"太不方便了，我们这里距新南门如此近法，一有警报，伸脚就可出城，如不嫌弃，不妨迁到舍下来住。舍下虽褊窄，到底还有一间书房可以下榻。"他，陈登云，也欣然地接受了。

陈登云自迁居后，不上一个月，几乎就变成了庞家家庭的一员。六岁多的大和尚，四岁多的二和尚，成了他的好朋友，随时要拉着他叫摆龙门阵，叫买东西吃。贞姑儿才一岁半，雇了一个年轻体壮的奶妈带着。王嫂则是洗衣煮饭一脚带，因为一个老伙房新近请假回简阳去了，说是要耽搁一两个月。

庞兴国天天要到专卖局和田粮管理处两道衙门去办公，有时还得到西门外省政府疏散地方去跑跑，一辆包车是他专用品，一名车夫、一名勤务兵只能服侍他一个人。他的太太陈莉华，好像也在一个什么机关里当职员，也是每天都要出门，不过没有包车，没有公差伺候，当然职分比她的老爷小，职务或许也比她的老爷轻，断黑以前总要回家，一个星期中也总有一二天的闲工夫在外面同朋友们讲应酬，回家的时间有时便在三更前后了。但是星期天，两夫妇却绝对不同别人应酬，老是早饭以后，要不一家人出城躲警报；便携着两个儿子，快快活活地去看电影，去吃馆子，去逛春熙路买东西。自从陈登云变为家庭之一员后，这一天也有他，而这一天也是他顶高兴的一天，因为庞太太居然不把他当成客人看待，两个孩子全交与他照料，偶尔买点东西，也总爱交他拿，说他比她的老爷还仔细。

及至更熟了，清问起行辈，知道庞太太娘家姓陈，排行第三，而又大他两岁。有一天，陈登云忽然冲口而出，把平日喊庞大嫂的名称改变了："三姐，你今天又有应酬吗？"这是在吃早饭的桌上。大和尚首先起了感应，把筷子咬在牙齿缝间，笑说："陈先生喊妈妈三姐！"

庞兴国也笑道："可以的，一笔难写两个陈字，横顺你们舅舅不在了，添一个么舅，又何尝不好？只是登云老弟吃点亏，哈哈！……"

陈莉华只抿着嘴皮笑了笑，很有深意地把那盈盈眼波向陈登云一扫，仍低着头扒她的饭。

大和尚拿眼睛把各人一看道："我才不喊他么舅哩！这名字怪难听的！"

他妈道："就是啰！人家喊我三姐，不过表示更亲热点，我们又没联过宗，咋能算一家人呢？你爹老是这样不通！"

"不通！哈哈！"庞兴国是那样的好脾气，每逢太太一批评，他总是哈哈，活像他喜欢的就是批评，甚至咒骂，"吓！……哈哈！不通么？总之，是同姓，同姓和同宗有多大不同？……哈哈！"

"同姓就是同宗吗？"陈莉华毫不放松，"同宗岂不就等于同族？同族同宗是不许结婚的，但是我问你，同姓为啥又可以结婚呢?"

陈登云连忙插嘴道:"同姓没有结婚的。"

"没有吗?"她不由张口一笑。她就只门齿暴一点,显得口也大了些,一笑时,全口的米白细齿差不多露出了一半,"你问他看看。"

庞兴国点点头道:"我们那一带是作兴同姓结婚的。我外家姓张,我外婆娘屋也姓张。我前一个太太姓王,她母亲的娘屋也姓王。好几县都这样作兴,倒不稀奇,只是同一宗族,在族谱上清得出支派的,才不能结婚。"

"哦!那吗,我喊三姐,真不可以就拉作亲戚啦!"

这是他和陈莉华恋爱的第一步。不过他至今回忆起来,还感到那时他之对她,确乎是用着弟弟的爱在爱她,而她也坦然地接受了。从此,不再称他做陈先生,而直率叫起他的名字来。

一个月内陈起云由安徽的回信寄到了。对于他无缘无故把科员职务丢了就走一层,并无责言,只略为说他太少打算,应该骑着马儿找马。同时对他跑到成都,又甚欣然,知道成都不是战略要地,又非工业区,纵然免不了日本飞机的骚扰,到底比陪都平安得多。至于他的将来,他二哥已有计划,叫他不要忙,姑且在朋友家住着,他本人即将回川了。同时,又给他兑了一笔钱来,叫他看看后方有何东西可以买的,不妨趁机会买一些,只要比得上八分月息以复利计算六个月的利润总和就满意了。他未曾告诉他哥赴陕北进抗大,他哥信上自无指示。于是他放了心,把这消息告诉了庞家。

他初初住到庞家，尚仅只不大赞成的大和尚已六岁多了，尚未送进幼稚园或初小去读书，一任那孩子野马般在家里咬大人、踢他的小弟弟、小妹妹，一天到晚地生事。他于是自动地教着孩子认字，又买些连环图教他看，大和尚居然能够用心，家里有秩序多了。二和尚和贞姑儿少挨一些拳脚，哭声也少了。并且两个孩子也知道爱干净，脓一样的鼻涕也肯用手巾揩掉；尤其看了《白雪公主》电影后，到吃饭时，居然甘于把四只脏手洗得白白生生的。这一点，陈登云很得意，王嫂也很得意，并当着主人的面大为称赞道："陈先生真会管娃儿们！"但是男女主人都无过分喜欢的表示，仅仅照例的说两句道谢话，这也是他连带而及的不甚高兴的事。

除此之外，他对庞兴国夫妇之间的关系也很是羡慕。他们和睦相处，从不相吵相闹，顶多只是彼此用一些为外人不甚一听就懂的话互相讥刺几句，却也从未弄到面红筋涨，不得开交的地步，而只是男的沉默无语，女的冷笑两声。陈登云看惯了他的老家、他的亲戚间，家庭悲喜剧的，遂甚为赞美这个风平浪静的家庭，才真正是许多小说上所描写的理想家庭，模范家庭。他一直到现在，还是不很明白，两个人既已生儿育女，共处了七八年，何以还能各戴着一副面具，而将那虚伪的场面敷衍得如此其好？已演变到目前地位了，何以还能藕断丝连，而不痛痛快快地闹决裂？

"唉！到底是啥原由？只怕连二哥也不会明白的！"

他想到这些往事时，脑子紊乱极了，自己真无办法能够将它清出一个头绪。如其能够奔上楼去，把信抢来一看，或许摸得到一点端倪，说不定到事故发生时，想得出一点对付的手段。但是他敢吗？本来不至于闹破裂的，那样办法，恐就难免了！

　　"我是以一片真心肠在待她，比起庞兴国来，她何尝不明白？既然明白，就不该再有秘密呀！但是，为啥子庞兴国的信一来，她就忘乎所以了呢？……唉！总而言之，女人的性格都是稀奇古怪的！……好罢！若果真有对不起老子的地方，老子倒不吃亏的！……无毒不丈夫，老子还是有两手咧！"

第十七章　回　忆

（二）

接连两支纸烟过后，口有点渴了。提起耳朵一听，全个房子仍然寂若无人。把手表一看，原来才过了半点多钟。照例，陈莉华一封回信总要写上点把钟的，照例，写秘密和机要信是不下楼的，并且一定有王嫂参与。在一刻钟前，王嫂业已被唤上楼了。

"唉！讲啥子爱情，妈的！……连一个女用人都不如！……像这样，不如简直闹破裂的好！……"

于是他设想到真个闹破裂以后的情景：女的一定会使出各种手段，撒娇撒痴的闹得天翻地覆，但是他不睬，他的心一定死硬了。任凭她闹，她忏悔，她哭，任凭小马等人来劝，来拉和，甚至任凭二哥加以指教，或是说出什么恐吓话，总之，他不睬，他的心一定死硬了。

他并且要报复她。却不是将她置于死地，而是要结结实实地气她个倒死不活。他一定等不到她走，他立刻就同另外一个比她长得更好，生得更聪明的年轻女人结婚，还要请她参加，一直等到她昏倒后，才把她赶回到庞兴国身边，交她丈夫严加管束，一直不准她再有男朋友，并虐待她，磋磨她。

"怎吗虐待呢？……庞兴国做得到吗？……"

于是他又回想到从前的情景，一面抽着第三支"三五"。

那时老金、小马已经从重庆来省，正着手调查川西、川南、川北和西康方面一切产销情形。他们规模一来就大，使钱也阔绰，交往方面从政界到某一县、某一乡的舵把子，几乎组成了一张网。陈登云因了他二哥的老关系，已被收罗进去，成了一员，不过因他的性情和习惯，只做了一名跑外围的游击员，接近核心，却不是负责的核心分子。因他的关系，庞兴国也和这般新兴阶级的人认识，不过好像气味不投合罢，老金在背地议论老庞昏庸老朽，只是一个做小官的材料，没现代知识，够不上新人物。甚至说他连那般顶守旧、顶顽固的老西①们都不如。而庞兴国虽未曾有过闲言，依然和见头一面似的那样和蔼可亲，那样恭维逢迎，可是神态之间，似乎倒保有一点距离，使人无法与之拉拢。

起初他仅只怀疑而已，并且颇以老金的议论为非，虽没有正式为之辩护，但闲谈中却几次引自己为例道："各人有各人性

---

① 四川人称山西人为老西儿。此处指抗战时期到四川的山西官僚资本的山西代理人。——原编者注

情，性情不合适，便难于强勉。庞兴翁习惯了办公事，除公事外，好像别的都不起劲。但是人却是很好的，世故深一点，却还热心，肯帮忙。"

老金仍然带着不相信的神态说："好啰，我们往后看罢！"

跟着，他二哥陈起云也回来了。他本不是大老板的核心，但自抗战第二年大老板回到重庆，执掌了国与家的大权后，推广了用人范围，而且牛溲马勃，兼收并蓄，只要能够听驱使，有本事能为他和人增加财富的，倒不再分什么区域和派系。以陈起云见缝插针的本事，自然在跨进那个机关之前，他已经算是大老板的人。就是老金，就是小马诸人，原本是别个团体中的干部，也是由他拉去，不久遂被大老板赏识了，认为可以单独主持一个单位，先放在宜昌、长沙等处试用了两三年，颇为合意，然后才逐渐升迁，一直升到专管川西区域八达号的一位经理，一位副经理，而陈起云则以专员身份，特被调回，以指导业务的名义来协助老金二人开业的。

八达号在破落街开张之后，陈登云本应该迁去同他二哥和老金合住的，他不肯；小马在藩署街佃居的一个中等门道，空出了一部分，他也可以迁去单住的，他还是不肯。他借口说是庞兴国不让他迁走，又说他那里比破落街、藩署街都接近新南门一些，有了警报，容易跑。这理由倒很坚强，甚至在秋末时两次发了空袭警报后，他拖着他二哥跑出新南门，在新村荒地上呆了呆，即便溜到复兴桥头一家花园茶铺里坐下。那茶铺，像赶青羊宫时临时搭盖的房子样，顶上是一层单篾篷，四围也是一层单篾篷，篷里面安了很多张矮矮的白木方桌，矮矮的黄竹椅子，篷外空地上也像花市样种了很多草花，尤其多的是凤仙，是九月菊，是状元红，以及叶子绿得发油而并无花的苏瑞香，靠篷檐还有一排终年不凋的冬青树，很简陋的茶铺，却是很有野趣，尤为城里人高兴的，便是那一条相当宽大的河流，虽然已在秋末了，那水犹然夹着泥沙尚未十分的清澈见底。

陈起云随着兄弟坐下来，举眼一看，很多的茶客。所不同于平日的，只是男女老少全都静静地品着茶，全都凝神聚气，像在等候什么似的。连堂倌来冲开水时，也轻轻地、悄悄地，并不像平日那么吆喝。也有卖瓜子花生，卖糖果纸烟，卖面包糕饼的小贩，也有穿着长衫，在衣纽上挂一面小牌写着"麻衣神相"的斯文人，可是也仅只在你跟前摇来摆去，默默地光用眼睛来兜览你。陈起云先把热热的茶喝了两口，又接过他兄弟递来的纸烟，把相当壮大的身体在矮竹椅上摆好后，搜出手巾将额脑上沁出的微汗才一抹，忽然一张滚热的、带有浓重肥皂气息的洗脸帕，直向脸上扑来。他连忙抓住，便向脸上颈上手臂上揩抹着，一面低低向他兄弟说道："揩一把滚热的脸帕，到底舒服得多。你为啥不揩？"

"我害怕传染病。"

"你信那些打胡乱说！开水里头绞出的帕子，又用了肥皂，还有啥传染病？外国人的行为都科学，都好，就只不洗热水脸，出了汗只用干手巾扑一扑，却不对。我在美国顶搞不来的就只这桩事。"

"砂眼确乎是从脸帕上传染的。"

"谁叫你揩眼睛呢？你就是这样执一而不通！"陈起云向他兄弟说话，历来就是像致训词样，陈登云心里只管不以为然，却也从不敢分辩，而且表面上还要做得颇以为是的。今天看见他哥感到适然的样子，心里更觉高了兴，仍低低问道："这样的跑警报，该比重庆躲防空洞有趣味些罢？"

"唔！……要是放了紧急警报，日机当真来投弹时，……"

"好在成都这里，就只警报多，日机当真来投弹的时候就少。"

陈起云于是挥着扇子，又四面一看道："的确还好，虽没有前线平静，却也没有那种乱糟糟的样子。我想，敌机纵然来投弹，也不会朝这些毫无价值的地方乱投的。"

"那又不然啦！我听见此地人说过，民国二十八年，就在华西大学靠近河边那里，便中过一颗炸弹，还炸死一个女学生，那面江村茶铺里也炸伤过几个躲警报的人哩。"

"那吗，这里也不是好地方啰！"

"可是，据说从那回以后，敌机投弹就有目标了，不是飞机场，就是城里繁盛的街道。这里差不多都是荒地，仅只一些篾篷，没有值得轰炸的，他们的间谍工作多细啊，哪些地方有什么，该不该轰炸，大概比我们住在此地的还清楚些。"

"所以你就不打算搬走了。"

"唔！……"

"你那地方还舒适吗？"

"强强勉勉的，顶舒适也说不上。不过，比号上清静些，比小马那里方便些。"

"大概女主人还好罢?"陈起云突然来这么一句，好像射箭的高手，并不怎么目测，只是随意一箭。

陈登云本没有什么，然而却会红了脸，连忙几口纸烟喷得眼前一片白。

"有好大的岁数，是哪里人?"他哥依然在问，不看他一眼。

"大概有四十多岁!……"

"那不是老太婆了? 倒好，倒好，比我们妈少不了几岁!"陈起云说得那么正经，你绝对猜不到他说的是反话。

"不!……女的也不过二十多岁。我以为你问的是庞兴国呢?"他不但脸红，简直有点不安起来。

他想了一想，觉得这事不能含糊，须得切实表明一点心意，方不致引起旁人的误会。

"我倒没有什么!……她还大我两岁，……是个正派的家主婆。……"

陈起云不作一声，只拿眼角挂了他一下。

"她已有两个儿子一个女，……对她丈夫也很好。……"

他好像把心里的积愫倾吐尽了似的，微微叹了口气，同时又像把他不能告诉外人的思想，也因那简单的几句话表白出来之后，足以显示自己实在是一个纯洁青年，并不是一见异性就忘乎其形，连什么分际都不顾的。登时，他便镇定了，神态也潇洒起来，不再像刚才那样的扭怩。

"好的，等会解除了，我同你一道去走走。一则回拜庞兴国，……啊！说起此人，我倒要问你，他果真没有一点经济头脑吗？"

"这倒是真的。囤鸡蛋的笑话，你晓得吗？那就是他出马第一功啰！……"

陈登云到现在想到囤鸡蛋的喜剧，犹免不了要大笑。……

那时，八达号正在筹备期间。成都市的物价已追随着昆明、西安、洛阳、重庆，一天一个价地在涨。听说千元一张的法币又将继四百元、五百元的法币出世，重庆的大印钞局已经在昼夜地赶工，什么人都已感觉到法币一天比一天地在贬值，生活的担子一天比一天沉重，稍有打算，稍有能力的人，自然而然都走向做生意的一途，一有法币到手，便抢购实物。除了生产的农工，除了挣一文吃一文的苦人，除了牢守成例，别无他法可想的良好国民，除了信赖政府必有好办法的笨伯外，几乎人人都改了行，都变成了计算利润的商业家。大家对于国家大事，对于自己行为，已没有心思去过问，去检点，而商量的，只是如何能够活下去，如何能够发一笔国难财，以待大祸的来临。这是一股风，从大老板和一般支撑国家大政的至亲好友起，都这样彰明较著的半官半商，亦官亦商，以官兼商，因商设官以来，这风更卷没了国民党统治的中国，连很多的带兵大将都随而变成了买办。到老金、小马挟着大老板的雄厚资本，打起半明半暗的旗号，到成都来再一推波助澜，于是连生平不把商人瞧在眼里的庞兴国，也因而动了念头。

那时，大家争着囤积的，是政府管制得最严厉的布匹粮食。庞兴国认为不对。他在管制衙门当差事，也和检查衙门有往来，只管看见同事们不免有勾结商人、顺便做点违法生意，可也看见一些没有背景，而又做得太光明的小职员们之做替罪羔羊，被无情法律认真处治的戏剧。

那时，美国空军已陆续来到，据闻要来的还多。管制机关奉到了密令，叫大量的准备粮食、水果、白糖等。算一算，足够十多万人的消耗。

于是有人说，与其做犯法的囤积生意，不如去供应盟军，既可赚钱，而又可得美名，如其做得好，还可受政府的嘉奖哩。

但是这也得眼明手快，比较内行的人，才行啊！凡可以做的生意，早已被人预约了，甚至连修飞机场的铁锹、竹筐、叽咕车等，已有大公司出来包揽，余下来的，不零星，便是无钱可赚的。

不知触了什么机，庞兴国忽然想到外国人是离不了鸡蛋的。战前，他曾经到过汉口，参观过外国人的打蛋公司，知道外国的鸡蛋不够吃？"那吗，来到我们中国，岂有不大量吃的？算一算看，每个人每天作兴吃五个鸡蛋，一千人便需要五千，一万人便需要五万，十万人呢？光是供应鸡蛋一项，恐怕川西坝的出产便不会够，这生意倒做得。如其先下一笔资本，把鸡蛋大量囤起来。到供应时候，恐不随我涨价，赚他一个饱？"不过，这些话都是他事后告诉陈登云的。在他着手做这项生意时，就连他的太太，他也没有商量过。做得很为机密，只有他一两个好友参加，各人都想方设法地凑集了颇可观的一笔钱。

结果，盟军并没有大批地来。来的，还只是少数的飞虎队员。大量的鸡蛋未曾冷藏，一个月后全坏了，不但本钱蚀光，还须再凑一笔钱来销除它。

这事，不仅变成了笑话，而且把庞兴国也害够了。若干年来宦囊所积，本可过活得较好的，经这一来，便感到了拮据。庞太太先就冷言冷语地讥刺他，说他非分妄求，"偷鸡不着反蚀一把米！现在的生活已经困难了，几个钱的死薪水，够养活几人？自己不懂做生意，就守着老本不动，到底可以贴补一些，不然，就交给懂生意的人去做，自己少赚几文，也好。如今，把老本都弄光了，我看以后咋个过活？"庞兴国自己之丧气灰心，那更显而易见。从此也愈坚固了他的信念：只有做官，才是正当途径。

陈起云对于这出喜剧，并不像别的人那样讪笑庞兴国，只是对他兄弟说："可见发国难财还是不容易的，起码就得有超人的眼光，不然，大家都改了行，岂不全国皆商？那财又怎么发呢？天不生空子①，不足以养豪杰，豪杰岂是空子们学得到的？所以我们对于空子，应该广劝他们安分守己的好！……"

那天下午，他哥到了庞家，果然看见了陈莉华，印象很好，

---

① 四川袍哥语言。原话是"天生空子以养豪杰"，空子，指未参加哥老会的，一般平庸而又容易上当受骗的人。后来，此话在社会上通用。——原编者注

晓得她喜欢应酬，过不几天，便在八达号请了一桌客。庞兴国、陈莉华夫妇是主要客人，为的是他兄弟打搅了他们，特为略表谢意。

陈登云在庞家作了八个多月常客，对于庞家全家人的情形都很熟悉。大和尚得了他的主张，已进了一个中心小学，除星期天外，家里总有半天的清静。但感到清静的，也只有王嫂和奶妈。陈登云每天都要到八达号的，有时还要到附省几县去实地调查，或买进抛出，一部分为的八达号，一部分则为了他自己和小马的小组织。庞兴国自然难得在家，而陈莉华也好像成了习性，即使不去办公，也不容易在家里待上半天。庞兴国的衙门和他的朋友，和他经常往来的地方，以及他生活方式，甚至连他的思想，陈登云都相当明白；他不必问，庞兴国在见面时，总要尽量地表白。唯有陈莉华最神秘了，她天天都要出去，据说她最喜欢应酬，然而却很少看见有人到她家来找她，更没有看见她请过客。有时过节过年，或是什么可资纪念的日子，例如庞兴国和她自己的生日啰，贞姑儿满二周岁啰，也有几个男女亲戚上门，可是在神态和言动间，彼此全都有礼貌地保持着相当距离，并不像非每天必碰一次头的光景。而她只管很爽快地见啥说啥，看来活像胸无城府样，然而一触及她的私生活，和在外面的行动，她却立刻沉默了。

陈登云自从见她头一面起，心里已经感到很爱好了，及至成了她家庭的一员，和她相处的时候越久，越发觉得她可爱的地方太多。身体虽然丰腴一点，因为肢干相当高，看起来仍然窈窕多姿，尤其穿上高跟鞋时，走着碎步的直线，从后面看去，真有说不出的美。他平日听说女人们生育了，会使身材变坏，在中学校一位教英文的先生这样说过，并引出例证说，法国人口之减少，出生率总不比死亡率大，好多的原因就由于法国女人太爱自己的身材，不愿生产孩子所致。他在重庆和那三个女同事鬼混时，也曾从她们口里听见过生孩子是女人甘愿送葬她青春和美好的苦事。再一看亲戚朋友和社会上许多上了三十岁的妈妈们，确乎有此种现象，不是害了贫血病，使面容枯槁，就是胸部干瘪，腹部像酒坛样凸了出来。然而陈莉华尚大他两岁，已是三个孩子的妈妈了，何以简直不呢？身体一点不变坏，胸部依然是鼓蓬蓬的，他看过她洗了澡后，只穿一件大领衬衫，躺在藤睡椅上纳凉的姿态，半部胸背都没有遮掩，那不会是假的呀！而且从脸上起，通身的肌肤是那么充盈荣华，简直是一朵有光彩的盛开的牡丹。说是牡丹，也只为辞藻的比拟罢了，其实像马群芳花圃里的牡丹，那就不见怎么好啊！

　　最使陈登云恋恋不能一时舍去的，倒不止此，还有那落落大方的态度。这就迥与他以前所认识所迷爱过的若干女人不同了。在当时，尚不甚觉得出，只微微感到活泼，活泼得有时过了分。比如一说一声笑，一笑就往往到弯腰顿脚，在说话时不但两只手要舞，还会从你嘴上把纸烟抢去，甚至你拍我一下，我攘你一下，至于一下就倒在怀里摸摸脸，拍拍屁股，那更寻常之至。味道确乎有味道，只是今日想来，未免太酽了点，换言之，则是太随便了点，太下流了点，而陈莉华没有这些。但一样有说有笑，又不像十九世纪所重的闺范：庄重、羞涩，和木头样，表面冰冷，而一接近了，又像一块炽红的炭。不！她之举动，是自然的，有节制的，不太激刺，却又有回味。

然而令陈登云几个月来不胜烦恼的，也是她这态度：不冷淡，不亲热，好像神秘，又好像什么都是公开的，连同她那捉摸不住的，像秋天潭水般的眼睛，你本来无邪的，但它会激刺你、勾引你，只要有意无意地一荡漾，你就想跳下去；但是临到你要跳了，它却变得汹涌起来，再不然，就干涸了，现出它磷磷的石齿，使你自然而然地望而却步。

像这样的神态，这样的眼睛，绝不是他，陈登云，在几年当中，同女人们打交道时，所曾经见过，即那三个女同事，已是非凡了，也还嫌其平板单调，没有这样的复杂，没有这样的有波澜。一言蔽之，这绝不是无经验的，专讲摩登的少女所能有的神态和眼睛，却也不是寻常的，放荡的中年妇人所能有的神态和眼睛，这与她的光艳的容色、充盈的肌肤、窈窕的身材，之非寻常女人所具有的一样。陈登云找不出她何以有此，何以会不同寻常的缘故，何以在她脸上甚至连一张略大的口，略高的颧骨，略暴的门齿，而脸上鼻梁上还有许多雀斑，全都不觉得不好看的理由，他只好叹息："大概是天生的尤物！"

因为他对于女人已略有经验，又看过一些描写女人心理的小说，他心里早已肯定陈莉华准定是社交中群花之一，断不会为一个只晓得做官的庞兴国先生独自占有得了。不过，她是那样的机警聪明，要想从她口里知道她的行为和心意，是多么不容易！岂但她，就是王嫂也守口如瓶！有时，偶尔问问王嫂：

"你们太太老在外面跑，她到底肯在哪些地方耍？"

"我咋晓得！"

"她肯跑亲戚处，朋友处吗？"

"我咋晓得！"

"她的朋友，女的多吗，男的多？"

"我咋晓得！"

"她喜欢的是打牌吗，是看戏？或是……"

"你莫讨探我主人家的事！我们当帮工的，哪里管得着！你向我们老爷去讨探好了！"

向老爷讨探？岂不近乎得罪人？退一万步说，也近乎挑拨人家夫妇的感情！他虽明白这道理，但他却忍不住，在适可的场合中，譬如说，只他们两个人很悠闲的在新南门外河边江村茶铺消遣半个黄昏时，彼此天南地北，无所不说之际，他曾偶然这样加上一句："三姐的交际倒很广呀！"

"不是吗？她认识的人比我还多！"当丈夫的并不为奇的说。

他不便再引申下去。倒是庞兴国自己接着说道："就只不大照管家务，在改进所当一名秘书，收入还不够买香水，但是成天的为朋友，讲应酬，这笔费用倒真可观！"

他只好默然了。但那不满意的话，仍然接了下去："劝也不能劝，脾气是那样大法！……"

其后，又自己转弯道："有本事的人，脾气总是大的！我前头那房，脾气倒好，可是除了料理一点家务外，啥都不行！不忙说应酬，就是两夫妇间，也像锯了嘴的葫芦样，设若是我前头那个在时，我敢说，老弟，你绝不会在我家里住上一天的！……"

他于是知道庞兴国对于他太太是如何的满意，而他太太的自由，也是通了天的。

如其他不为了发现自己已经在爱陈莉华，那他将仍像从前一样，绝不会想着要知道她在外面的行动。女居停①的自由行动，与他作客的青年，有什么关系哟？但是，他总觉心头有某种要事似的，不弄明白总不了然。他似乎比那当丈夫的还更为认真地在怀疑。是什么道理呢？他一直说不出来。

那时节，他恰又在忙上。他哥对于他别的什么都不说话，甚至还赞许。唯有领导他做生意，论行情一层，却不放松，除了害病，每天上午，八达号的会聚，是绝不许缺席的。他哥的理由是：办自家的事，尚不认真，则这一个人便毁了！何况是为了找钱！人一生，活的就是钱！有了钱，一切解决，然后无论干什么事，也才可以把全部精神摆在事上。至低限度，也才不会贪污。他还很偶然的引了一句古语说：儒家之道，先于谋生。所以他的论据很坚实。而又因了在社会上滚过十几年，得过极多经验，加以跑过美国，能拿外国的学理来印证，才慨然

① 居停指寄居的地方，也称呼其主人叫居停。据《宋史·丁谓传》：寇准常住王曾家。寇被贬，独王质问。丁说："居停主人勿复言！"——原编者注

活了三十六年，方摸着了人生途径。他是喜欢他这个老五的，因才不要他再去摸黑路，而亲自领导他同走这条坦道。陈登云的性情倒也很合适，刚一上路，就公然可以开步走了。

以此，他才抽不出时候去侦查陈莉华的行踪，而只是闷在心里。

然而有一天，他记不清楚到底在他住去的第十个月上的哪一天？大概在阴历孟夏月的中旬，已经可以穿单衫时候。也记不清楚为了什么，他那天会提早了一点多钟，刚在号上吃完午饭，就回到庞家。第一个感觉是很清静的一个院落，听不见孩子们一点吵闹声音。他怀疑大和尚还没有放学，二和尚和贞姑儿一定被人带领上街去了。但并不然，两个男孩子全痴呆呆地坐在堂屋门外一张大竹椅上，在翻看一册早已不要看的连环图。而且看见他进来，也只抬起头看了他一眼，不像平日那样跳跃欢迎，他很是惊奇地站住了。

"今天你两个忽然规矩起来啦！……挨了打吗？是不是?"

大和尚翻着眼睛道："妈妈不好，医生刚才走!"

二和尚接着说："祝奶子带起贞姑儿捡药去了!"

陈登云像着了焦雷一般，不及取帽子，便朝上房走去道："妈妈在房里吗？……三姐！……三姐!"

陈莉华睡在她的那间单人床上，——她同丈夫不但分床，而且是分了房的。大和尚二和尚是与父亲同一房间。只贞姑儿和祝奶妈睡在她卧室的后间，有一道小隔门相通。—— 一幅圆顶蚊帐深深的将床罩着，隔纱帐只看得见一点隐隐约约的人影。

人是脸朝里面侧卧着，一床甘蔗色绣花棉被齐头盖着，没一点声息，像是睡熟了。床跟前一双尖头拖鞋，像打卦似的乱摆着，一件出街的夹旗袍，是随便地搭在一张立背洋式椅上，高跟鞋也随便地摆在当地，从没有离过手的纹皮手提包，则抛在一张小方桌上，一望而知是忽然染了急病，匆匆跑回来，来不及照平日那样收拾，便倒上床去了。

陈登云不敢去惊动她。放轻脚步，刚要退出去时，突然听见一声叹息，好像病人又没有睡熟。

他停了差不多一分钟，又待走时，那人影居然蠕动着，翻了一个身，又是一声叹息。

"三姐！……"他喊得那么轻微，像呼吸样。可是从那不甚坚定的声音中，谁都听得出他心房一定在打战。

"唔！……是你吗？"

"三姐！你怎么啦！……我刚刚回来。……"

"把帐子给我掀开，我闭气！"

及至帐子掀开，方看清了她脸色雪白，两只美丽的眼皮微有点红，并有点浮肿，像是哭过。一定哭过，因为涂过口红的嘴唇也淡了许多；左臂伸在被外，手中恰好团着一张花洋纱小手巾。

他很担心地站在床前问道："哪里不好？……"

并不回答，好一会，才把头发滚得极其蓬乱的一颗绝好看的头向后一昂，那两道像起着涟漪的眼波，便一直射在陈登云的瞳仁里。那不是森冷的秋水，而是含着暖意的，融融春水，为陈登云十个月来从未接触过的；而且那波光中还蕴藏着一种力，是什么力？自然譬喻不出。陈登云的心已经在打战，这一来，心房简直缩紧了。全部的血液似乎尽向头脑上在潮涌，登时，就感到脸烧了，头晕了，眼睛也蒙眬了，手足也失措了。如其他没有同女人们混过的几年经验，如其他没有在恋爱中栽过筋斗，如其他没有三个女同事加过切实训练的话，那他一定会怯懦的夺门而逃，逃出去再打失悔，再痛责自己之无胆。但是现在不同啦，他已直觉地感到这是她在给他的机会。说不定也在试他到底知不知道爱，有没有勇气爱？他于是不再思索，便急速的俯下去，一言不发，直把正在抖颤的滚烫的嘴唇，凶猛地盖在她那淡胭脂似的，好像也在抖颤的嘴唇上。

第十八章　回　忆

（三）

　　陈登云沉酣在他那初恋的回味中，那是如何值得咀嚼的滋味啰！

　　他想着自从一吻之后，陈莉华是怎样的就变了态度，立刻就笑盈盈地在耳朵边嘱咐他："从此更要稳重些！得明白，我也姓陈，我是你的姐姐啊！"

　　两个人从此便缠绵起来，也无话不说，他的身世，他从中学出来后的经过，甚至第一次同一个下流女人接触，后来如何迷恋那三个女同事的一切丑态，在他哥面前都不肯出口的，他全告诉了她。事后虽略为失悔，不应该这样披肝沥胆地过于坦白，生怕还会因此引起她的轻视，以为他原来才是个浪荡子，并不算什么至诚的少年啊！但是，她那么会说话，又那么长于勾引，颠颠倒倒的几句，再加上一颦一笑，再加上眉眼的挑逗，他又怎能守得住秘密？使他能够安心的，倒是这些秘密并没有如他所想，引起了她的厌恶，反而有时大笑，有时还同情的安慰他两句："年轻人都不免要闹些荒唐事的。……不过，上回当，学回乖，……太学乖了也不好，那便成了滑头了。……我是不喜欢滑头的。"

他只管这样的爱她，但是要从她口里听听她的经历却太少了。她告诉他的，只是她出阁以前，无父无母，跟着一个寡妇姨妈，是怎样的吃苦。姨妈又老又穷又病，以致她只读完小学，便不能再读书。十八岁上就凭姨妈做主，嫁给庞兴国填房，庞兴国大她十六岁，说不上情趣，只算是一个通达人情，性格驯善的好丈夫。使她比较满意的，就是庞兴国很能体贴她，允许她不送她回老家去，永远跟他在外面组织小家庭，听凭她的自主和行动自由。

"还有哩。"

"还有啥？从此生儿育女当家主婆，平平淡淡地过日子，还有啥？我们女人家是不比你们男人家，搞不出啥子名堂来的!"接着还蹙起眉头，做出一副苦闷的脸色。

"你说的是那些平常女人们。你哪能同她们并论呢？比如说，你还在外面做事，还有社交，还有男朋友，说不定也风流过，还有啥子情人啰! 爱人啰! ……"

"放屁的话，你把我说成啥样子的人啦!"

"摩登，……现在的摩登太太们。……"

"我就不摩登! 老实告诉你，改进所的事本不是我愿意的，是庞兴国估住我干的，我已经辞掉了。因为在外面做事，自然就免不了同人家应酬，说我甘愿这样，那就挖苦我了。你来了十多个月，你只看看有人到我家来找过我没有？若果有了好朋友，你们还看不出形迹来吗？……吓吓！庞兴国也不是怎么大量的人，他能不拿耳朵打听打听？……吓吓！谁都像你这不老诚的小伙子，见一个爱一个，要是我有了心上人、好朋友，还能要你吗？……你想想！"

　　不错，还能要他吗？这倒是有力的反驳。然而那一天为什么会忽然病倒呢？据说还吐过几口血。她自己说是受了热，她身体不好，历来就受不住初夏的暴热的。据中医说，是肝经火旺，肾水不足养阴。据西医说，则是受了极大激刺，神经过分紧张，引起了轻微的脑充血。总之，病得不寻常，到底如何起因，她不肯说，任何人也不知道。陈登云至今想及，还是一个疑团。不过他也用不着再去探讨，因为从那一病，陈莉华就很少出门，改进所的职务果然辞去，也的确没有一个朋友来探视过她，男的没有，女的也没有，好像真正只爱了他陈登云一个人。

　　他追踪着旧影，心里也平静得多了，不管她爱他的程度如何，总之她相信了他，不但收集余烬，把庞兴国和她所存余的一点资财全交给他，任他全权去经营，从没清问过他的账目；并对陈起云也改了口，呼之为二哥。及至庞兴国得了陈起云的帮助，由省政机关调到中央机关，在铨叙部叙了个简任官衔，派往北碚一个什么机关当主任，全家人安排着走马上任时，她对他、是如何的留恋！

他现在还清清楚楚地回忆着中间的一幅画面：在起身的头一天，他为了帮助他们收拾一切，老早就从八达号回去。心里只管像猫儿抓的那样难过，而面子上却又不能不做出为他们的荣任而欣喜。议定了全家人都走，连王嫂、连祝奶妈，——即是带领贞姑儿，还不到二十岁，身体壮实，人也生得白净，就只举止有点狂，还爱溜着眼睛看陈登云的那个女人。——只将伙房留下，同陈登云仍住在丝棉街独院里，那是他们典当的房子，在习惯上说，等于买了的。动用家具全不动，连极少数的几叠做装潢的书，和若干件时下名人的字画，全托给陈登云保管，携走的只是两箱子衣裳，和被盖零碎用具。庞兴国夫妇都出门惯了，何况还有王嫂，还有那个万事精通的勤务兵；然而他，陈登云，还说是不放心，还要亲自来帮着检点收拾。到下午诸事具备时，有朋友来会庞兴国，只陈登云一个人闷闷地坐在庞兴国房里一张太师椅上，正摸出纸烟，忽见陈莉华一闪地就从后房里走来，毫无顾忌地一下就坐在他膝头上，捧着他的脸，很热情地接连吻了他几下。等他定住了神，伸手去搂抱她时，她已像惊鸿般猛又朝后房飞去了。

他赶过去，还来得及抓住她的手，使着气力拼命将她拉到怀里。她一面笑，一面双手攘着："你要做啥子！……哎哟！使不得！……祝奶子就要抱贞姑儿来了！……你安心要我跟你闹翻吗？"

"唉！……你简直不明白人家多们伤心啰！"他几乎流下泪来，一面喘着气。

她站开了一点，靠着那隔门，一面前后照顾着，一面把一只手软软地停留在他掌握中，说道："岂止你一个人！……但有啥办法哩！……千里搭凉棚，终有个尽头处！……"

"你不能留下不走吗？若是留下来，你想想，只我们两个人，毫无挂碍的……"

"唉！你倒说得好！我不走，我算啥子呢？我嫁了八年多了，有儿有女，丈夫又对得住我，平日处得那们好，我留下来陪伴你，我过得去吗？还不要说到我丈夫的名誉，我的名誉，……"

她态度那么坚定沉着，可见是思考过的，而且也是有过经验的。

"你不知道讲爱情的人，是啥都不顾的吗？你也看过小说，看过电影的。"

"吓吓！……那是小说，那是电影呀！"

"可见你爱我并不太真！……"

"这样说，也可以。你就趁此撒手好了！……世间有讲真爱情的，有那纠缠着一时半刻也扯不开的，你只管去找，我并不干涉你。说老实话，……上回当，学回乖！……"

"你上过当吗？"他抓住这一句连忙问。

"我说的是你！"她生气似的，把手收了回去，并且眼睛里也含着一星星怒火，"你上了我的当！我全是假情假意地在对付你！……你上了当！……要认真，只有你吃亏的！……"

"妈妈！……你在哪儿？……"二和尚在后院里叫。

"哼！我啥都牺牲了，图你的啥？……"她走了两步，又回头瞪了他一眼，"你凭了啥想独自霸占我！……"

已经出到后院了，却又跑到门口，探头向他一笑道："好弟弟，莫怄气！只要情真爱挚，将来总可以在一块的！"

就是这样一幅画面，活像一道灵符样，把他的什么心，什么情，以及精神上一切可以名物的，全给摄去了。而最使他至今犹觉莫能为力自主的，还在她说话作了数。

她说过只要情真爱挚，总可在一块的。陈登云起初还不相信。就是在他们走后，他承继了庞兴国的包车，另雇了周安来拉，虽仍天天到八达号办公，却一天到晚恍恍惚惚，许多极熟的事也会弄错，许多极小的数字也会弄不清；人也瘦了，几乎夜夜都在闹失眠。他二哥问了他几次，他总说没什么。但他二哥太聪明了，有一天，便给他戳穿了道："你的那些钩子麻糖①的事情，难道我不晓得吗？岂但我晓得，告诉你，全八达号的伙计，哪个不晓得？得亏现在世道不同了，这些事情无地无之，无日无之，大家看惯了，听惯了，并不稀奇。你倒应该正大光明把它摆出来，……本来，年轻人浪漫下子也太寻常啦！只要不误了正经事。你看美国人就如此，恋爱还恋爱，办事还办事，不唯不相妨，而且还相辅相成。所以人家背后批评你不该那样时，我总替你解释，认为你们年轻人心里有了寄托，精神有了安慰，办事还格外有劲些。……前一些时，你倒还能如我的期

① 钩子麻糖，四川方言，意即与别人的关系不清白。——原编者注

247

望，所以我并不阻止你，只要你守着分寸，不过分沉迷，弄到妨碍别人的幸福，和自己的事业，可是，……可是现在便不对呀！既已经扯开，那就算了。做事情得讲究有决断，讲恋爱也一样，至低限度也应该提得起来，放得下去，自己要做得主才行的！美国人大都有这本事，我在美国一年多，就没听见过因讲恋爱而情杀，因为失恋而自杀，像日本人那样恋爱至上，像我们中国小说上所说的，动辄就消极了，遁入空门当和尚，不然就当隐士，当疯子，……这样，实在不算是二十世纪的恋爱行为。二十世纪的，可以美国为代表，恋爱时火热，热得可以把身边的一切都烧毁，但是一旦不投合，立刻丢开，谁也不妨碍谁。别的不说，你先看那些电影明星，谁不一年离婚几次，结婚几次？至于平常人，五分钟的热恋，过一两天，彼此走开了，又再恋爱，又再丢开，那更是不胜计数！……自然啰，我们中国人有我们的文化，自不能一概和美国人比。不过，时代总是二十世纪呀！前二十年不许可的事，比如说一个青年男子，和一个有夫之妇讲恋爱，像你们样，那还了得，不说本夫有理由砍下你的脑壳，并不犯法，就是毫不相干的人也可杀你们，打你们，把你们抓到衙门里，办你个凌迟碎剐。然而今天，照法律讲，就是本夫告到案前，也仅止办一个妨碍家庭的罪名和奸非罪，这算得啥？……总之，人的生活，人的思想，人的见解，是应该跟着时代进步的！讲恋爱也一样，以前那种讲从一而终，平生不二色，固然来不倒，就是讲爱情永存，讲恋爱不变，甚至害相思病殉情殉爱等，也太违反时代精神，何况这们一来，只是妨碍自己。……你想想，照你这样拖下去，你自然不说了，她又有啥好处？而且我敢负责说，她那个人倒是颇有时代精神的，她爱你，不过作为她开心的把戏，你哪有她的经验，你哪能打过她的手板心，不要太痴心了！我再负责说，此刻恐怕她又有别的爱人了，以后就再碰头，她还会睬你吗？……唉！时代的男女！……"但是，他老老实实把他一切经过通告诉了他哥，尤其着重在"情真爱挚，总可以在一块"的话，他哥总摇摇头道："据我看，那不过是一句话。……设若当真做到了，……唔！不容易，她绝不能和她丈夫离开的，……她的时代精神还不够！……"

然而她说的话到底作了数。……

庞兴国他们是中秋时候走的，到任后，男的来过一封类似八行的信，开头是"久违芝宇，时切葵倾，"中间还有"勿吞南针，以匡不逮，"等于一通就职通电，陈起云叫书记照例写一封尺牍回他，临盖章时，他问道："老五，你不趁此夹一封情书给你情人吗？……不过，别写得太过火，太肉麻，免被老庞偷看了出事。"

"我不写！……"

"为啥呢？……哦！我懂了，你还没有这手艺，是吗？"

"倒不是！"陈登云光是使口还行，甚至还能剽窃一些书句和雅言，使起手来，那就比他二哥差远了。但是他却会藏拙，在送别时，就曾和陈莉华约过，彼此都不写信，理由是少使自己难过。还有哩，免得被庞兴国或别的什么人看见了，不好。

真有什么事情，非互通消息不可的话，只简单写几句，足以达意就够了。

因此，陈登云便这样眠食不安地过了差不多四个月的时间，彼此皆未来往过一封信。

这时，区利金正来成都作客，老金已把自己的女友文爱娜介绍给他，两个人住在"归兮山庄"，打得火一般热。

这时，他二哥看见他精神太萎靡了，为了要挽救他，并为了他的前途起见，正向有关方面在替他运动一个到湘西去视察业务的优差，差不多已成熟了。

这时，忽然从重庆来了一封信。一看封面上的笔迹，并不黑大圆光，自然绝非庞兴国写的。

陈登云才一看信封，心房早就跳得连自己都听得见。急忙拆开，仅只半页信笺，字倒比他写得还秀丽，有胡豆大小，他至今还一字不错地记得是：

"登云：我同王嫂已到重庆，正托人买车票，一周内准回蓉。速令人将我卧室收拾出来。一切面馨。问你安好！"

他用不着再看名字，早就把那半页信笺蒙在面上。虽不如小说上所描写的什么桃色信笺还带有紫罗兰香的那样浪漫的感觉，可是总令人感到了一种说不出的幽馨。

他原本刚回来的，便又翻身出去，叫周安仍旧拉到八达号。他二哥恰好还有半小时的空闲，正在听北平广播。

这一来，颇令他二哥惊诧，料不到陈莉华为什么会回来。两弟兄猜了许久，只猜准了一半，一定发生了什么事故，说不定只短期回省一行，顶多耽搁个把月，仍然要走的，断不会是为了爱情。"断不会，我敢负责说，你莫太得意了！那女人虽只二十多岁，可是很深沉，并不是单凭感情用事的。……你设若真要把握住她，那只有一法，叫她和你结婚。"

"结婚？……"

"不错，结婚。设若你有本事，你就先运动她和她丈夫离婚。现在离婚也容易呀，只要双方同意，登个报就行了。……你家里那个，更不成问题，还没拜过堂，拿现在的习惯说起来，顶多只算订过婚的。我们共同给老娘写封信去，叫把她送回万家，再花点费用，不就完了吗？"

陈登云想到此间，不竟两只眉头全蹙紧了。因为在商量此事时，两兄弟都把事情看得太容易，却未料到弄到现在，一件事都没办通，反而还时时地在起反响。今天这封挂号信，还不知将会引出一种什么样的后果？

中断的思绪因又接续起来。想到那时是如何的热情，除了督着周安和伙房加紧加细打整房屋不算外，还每天下午三点钟起，便要跑到牛市口车站去候车。到了第四天，算是接着了，像捧星子样一直捧到丝棉街。四个月的别情，彼此是如何的直叙了一整夜。也才知道她之回省，最大原因乃为庞兴国不知何时和祝奶奶偷摸上了。前两月，两个人还隐隐藏藏，只露出一点可疑的形迹。她自己想一想，对不住老庞的地方也多，只要大家容忍得下，彼此心照不宣，倒也罢了。却不料最近一个月，公然闹得不成体统了，把祝奶子①叫到一张桌上吃饭，还叫勤务兵添饭伺候，这且不说了，夜里公然和祝奶妈一床睡，把贞姑儿交跟她去带领。这已令人忍受不了，而尤其可恶的，便是有一天，一个什么剧团在那里上演《雷雨》，庞兴国弄到几张优待券，率领全眷去看戏。在戏园里，碰见好多朋友，他竟敢于把祝奶妈介绍出去，说是他的小姜。这可把她气炸了，立刻车身回去，和王嫂商量之下，当夜就借了一辆小汽车，带着王嫂直到重庆。

第二天，庞兴国赶到重庆，一见面，就作揖下跪，再四声明是自己一时糊涂，他对于祝奶妈，只是为了要她好生带领贞姑儿，同她勾搭，不过买她的心，使她能够长帮下去，其实没一点心思要讨她做小老婆，何以呢？第一，纳妾是犯法的；第二，有玷官箴；第三，祝奶妈是有丈夫的，怎能再嫁？总之，他解释得很轻松，只求太太能够回去，不要闹得大众皆知，则他可以不再接近祝奶妈，甚至把她开销了都可以。

陈莉华却是晓得他的脾气的，"做官人的话，等于狗屁，越说得好，越靠不住！"而她尤其生气，绝不愿妥协的，便是祝奶妈有哪一点儿能赶上她，无论论身份，论教育，论见识，乃至论身材，论面孔？"就只年轻，就只风骚，就只一身的白肉，天生的贱货！我真不懂老庞怎会把她看上了！要是一切都比我强，

① 奶子：奶，发二声。旧时成都小孩对于奶妈的称谓；但有个别人家，为了小孩好养，母亲也让亲生儿女称自己为奶子。——编者注

我自惭形秽，莫说头，我还会怂恿老庞把她讨了，就让她做大老婆，也心甘情愿。但是说公道话，像老庞那样分辨不出好歹的人，我为啥要留在那里，受他们的脏气？"

她于是乎决计回省，决计要报复老庞。她以前还顾着大家的名誉，大家的面子，费了多少心力，才求得一点安慰。现在可不行了，她已光明正大的告知了老庞，"你生成的狗命，拿好东西你吃，你偏偏认为屎香。那吗，好罢，你既然明目张胆地欺负我，我也可以公开地去和人家讲恋爱，去和人家同居了！现在的世道，男女平等，你要我对得住你，你就不该乱搞，何况你已是五十以上的人，还这样不化气，我才二十几岁，正好时节，为啥不可以浪漫下子呢？我并且告知了他，你就是顶爱我的一个人，我回省，一定和你同居。"

"庞兴国一定生气极了。"

"生气吗？他才不哩！我的事情，他哪样不清楚，他只是会装疯。他也明白，我帮助他多大！他今天弄到这地位，是哪个的力量？比方说，你我没有密切关系，二哥肯给他设法吗？你肯给他做生意吗？他也晓得要是跟我认了真，我倒乐得离开庞家，还怕没人爱我吗？但他就恼火了！所以他当时只求我谨慎点，莫太公开了，为两个娃娃将来设想。……"

"不如清清爽爽地跟他离了婚，倒彼此无妨碍！……"

"那我又不愿意便宜他呀！第一，他倒乐得把那祝婆娘弄来做正式太太，我不是腾出位子给他们？第二，娃娃们算哪个的？完全交给他，从此不看一眼，我舍不得，到底是从我身上分出来的；我全带走么，一则，他太舒服了，娃娃们正该教管，正该劳神的时节，不累他却累我么？二则，他拿不出一笔像样的离婚费用，我也无力量来养活这一伙人呀！第三哩，……第三是贞姑儿确乎离不了祝婆娘。小娃儿懂得啥，若要生拉活扯把她从祝婆娘身边拉开，那不晓得会哭闹成啥样子。就在北碚，叫我带了她一夜，我已经受不了，闹到后来，还是叫那婆娘来带了去，让他们三个人挤一床。为娃儿起见，我不能带她走，我也存心要累下子那婆娘，免我走了，她倒轻轻巧巧地过活起来。好在贞姑儿和两个娃娃都得他们的喜欢，让给他们，我也放心。……"

歇了一歇，又谈起她今后的态度，意思是要陈登云照着办，她才能同他"暂时"同居。她说到"暂时"两个字，是斩钉截铁的，一丝不含胡。并且表明了，她是女性中心论者，只有男的将就她，她不能将就人。她现在之回省，一来是报复；二来是求自己安慰，她并不一定非爱他不可。她说明了，向她求过爱的太多，譬如到人市上雇用男工样，她是具有选择爱人的绝对自由的。设若他不愿将就她，不能履行她的条件时，她立刻就可驱逐他，什么情，什么爱，对她都是腐朽的绳索。那时，却不能怪她！她的条款也简单，第一，她从此不叫庞太太，而叫陈三小姐，无论在人前人后，不许犯讳。第二，所有交给陈登云手上经营的东西，一律改户，并交还她掌管；如何经营获利，仍由他负责，蚀本照赔；账目凭证，要经她过目过手。第三，她行动起居一概自主，不但不许干预，并不许询问；连带的是不许代收书信，不许在男朋友跟前摆出吃醋的样子，不许在女朋友跟前故意讨好，免得激刺她，更不许向她提说离婚、结婚的事。最后一款，便是仍须分房居处，她的卧室仍照从前一样，作为禁地，不经她许可，不许涉足；至于别的事情，要听她的高兴，绝不能由他来主持。

他现在想到这些条款，才渐渐感到太不平等。不过经了十个月的实施，也只有头二条和末了一条是严格遵守着，第三条的几款就很模糊了，他未一一奉行，她也不大提起。

大体说来，他算幸福的，尤其自区利金走后，他哥代管了"归兮山庄"，要求陈莉华同他住进去以后。在丝棉街，到底因为是庞兴国的家，既使用了人家的房子，又爱上了人家的老婆，他不是完全没天良的人，于夙兴夜寐之际，总觉得有点不痛快；而且是古式平顶房子，门窗户榍又大又敞，随便你在哪一间房子里，凡有人进出，总是一览无余；恋爱生活多少得含点隐秘性才好，何况又不是正式夫妇，这种感觉，陈莉华虽没有说出，但从她赴过区利金、文爱娜的邀宴后，经陈起云一提说请他们移住"归兮山庄"，而就欣然从命，毫无考虑的一事上来看，当然，她是与陈登云共鸣了。

陈莉华大概也因"归兮山庄"的房屋较为可以，而又距城有几里，虽然也叫陈登云给她备办一辆包车，却很少出门。陈登云留心观察：他每次从外面回去，她总在家里，穿一身便服，悠悠然不在客厅里做手工，由王嫂陪着谈笑，便是独自躺在书斋的美人榻上，看不肖生的《留东外史》，看张恨水的小说，看

《红楼梦》等书。在这样情况中，他只要把帽子一丢，外衣一脱，两个人就不免有一番缠绵，有一番拥抱。岑寂的居室影响到了两个人的心境，使得两个都有了社会经验的少年男女，俨然像初解风情，彼此皆只十七八岁样，偎依在一处时，除了天真的爱外，更无世界。两个人有时互相拿眼睛爱抚着，不说一句话，好像谁一开口，谁就负了破坏幸福的重责。结果，总是陈登云忍不住叹一口气道："我们能一辈子都这样，岂不好吗?"然而她哩，只微微一笑，并无进一步的表示。

此外，还有令他满意的，便是陈莉华居然还有治理家务的本领。他住在庞家时，只看见她饭来张口，衣来伸手，早晨一起来就在卧室里打扮自己，早饭摆上了桌子，还要三催四请，才满不高兴地出来，一言不发，扒一碗饭就匆匆地穿上衣服走了；有时高兴，则打一个招呼。一直到下午回来，才问问孩子，谈谈别的事情，而家务是绝口不问的。就这次才回省后，也差不多，几乎每天总有半天在外面跑，也不知跑些啥，有时回来了，铁青一张脸，只把王嫂喊进卧室去唧唧哝哝，不晓得说些啥。下雨天，街上那么糟法，寒冻天，北风割面如刀，劝她坐自己的包车舒服些，她绝对不肯，甚至要发气。然而一到"归兮山庄"就变啦，老邓的手艺本来可以，陈起云颇教过他几样拿手好菜的，但几天之后，陈莉华就批评起来，这几天该吃哪些菜，又经济又养人，居家过日子，不能像在号上开客饭，用不着每顿四菜一汤，更用不着每天的鸡、鸭、鱼、肉。她还很懂得做法哩，经过几次指点，不惟老邓心悦诚服，背地里都夸说三小姐是内行，是高手，不唯陈登云享尽了口福，几乎每饭都要赞美，也从此除了非应酬不可的应酬外，几乎每天都要赶回来吃饭，并且不久，"归兮山庄"的家常便饭便出了名，使得丁素英稍稍嫉妒起来，而文爱娜等人则成了她的食客和知己，常常要她自己做的泡菜、腌菜、胡豆瓣等，虽然她和文爱娜和罗罗等人之投合，还有其他的渊源。

她更能指挥男女仆人，不骂人，不发气，却能使得大家做起事来有条有理。笨得要命的打杂老吴，她可以把他训练成一个大致不差的花儿匠，虽然她自己说并不懂得园艺。最会偷懒的周安，泡毛鬼一样的赵少清，在不久以后，都能拭玻窗、擦地板、拍打地毡、揩抹家具，每天做，每周做，都做得很合调，只是客厅里一具石膏做的维纳斯像，不知怎样，着赵少清打成了两橛，现在是由一只五彩磁寿星代替了。只是看门头华老汉没法教来兼差。因此，一所在区利金走后，弄得很凌乱的"归兮山庄"，居然被她收拾得颇为整洁。不过在文爱娜从昆明玩够了，搭着第十四航空队的军用机回来成都，被他们欢迎来看旧居时，却批评说："三姐真爱劳神！要是我还住在这里么，才不爱管哩！让他们男人家收拾出来，我只享受就得了！"

就由于这种变化，陈起云比起兄弟来，似乎还高兴；对于她的印象，越发好了，背后越发切告他兄弟："看不出这还是个文武全才，新旧都来得的女人啊！比我们目前所看见的许多女人都强，更不用说我们家乡那些！你运气好，找着了这样一个五备齐全的情人！……不过，花不常好，月无常圆，还是应该把握机会，做到结了婚的好！……"

这就是陈登云的一种心事，也是他认为不可弥补的一种缺憾。他始终不能了解陈莉华到底是怎样的一个女人。他自己审察自己，的确是愿意同她白头偕老，他一直不相信在十年或十五年以后，因为年龄关系，说不定他还生气蓬勃，身体更为壮健时，她已衰了、萎了、老了；今日是个看不够的美人，那时不免成为一个看了就令人生厌的老太婆，到此境地，他还能爱吗？可是他想不出她怎么会老会丑，于是很有把握地向自己说："我绝对会爱她到老到死，我绝对不会变心，不会见异思迁，平常人只管有因为色衰而爱就弛了的，但我绝对要做个超人！……"

这种想头，他不晓得向陈莉华说过多少回，而且每回都说得那么恳切，几乎连自己听来都会感动得下泪。可是她老没有一句话，老是那么抿着嘴笑。及至问到她的意见，她只眯起那双眼睛，不经意地道："是那样的话，人人都会说，人人也说过，……已经是滥调子了，有啥稀奇！"

"你真是。……"他很生气地鼓起两眼道，"太冷酷了！……人家只差把心挖出来你看！……"

"别挖罢，就挖出来，也没啥看头！"她还是那样漠然的。

但有时她也会伸手把他的脸巴摸一摸，好像是夸奖他，同时也嫣然一笑说："好的，等十年二十年，等我老了时再看罢！……"

这时，楼梯上已有了脚步声。他于是把执在手指上的第五支纸烟蒂向烟碟里一塞，便慌张地站了起来。

第十九章　到飞机场路上

头一个下楼的是王嫂。也和往回一样，手上拿着一个挺厚的洋式信封，急匆匆地从洋灰走道上出去。

他只从窗口上看了她一眼，绝无意思想叫她转来，看一看到底是寄给谁的信。他知道，凭他如何招手，王嫂是不会听他的话，说不定还会翻他一个白眼，——她不是他的用人，她是她的心腹！

他叹了口气，才回身把客厅门打开；陈莉华业已站在外面，还是刚才穿的那件便服，还是刚才趿的那双尖头拖鞋，蓬松的头发依然是蓬蓬松松的披在象牙色的长长的脖子上，浅淡的长眉，浅淡的嘴唇，也一点未加修饰。看来还是接信以后，赶着上楼去的样子。

"哼！不消说，这点把钟的工夫全费在写信上去了，好专心啊！"他心里这样寻思。

但是再一看陈莉华严肃沉静的神态，他什么都不敢说了。于是把身子一侧，她也无言地走了进来，一直走到圆桌跟前一张太师椅上坐下，顺手从桌上一只竹黄纸烟盒内，取出了一支纸烟，他急忙把打火机打燃凑上去。

四只眼睛一交，立刻就分开了。大约才几秒钟，四只眼睛又对射起来。这下，不那样快地分开，在静如止水的陈莉华的眼睛里，已感觉到那两只眼睛里满蓄着的疑问。

"唔！我告诉你……"还是她先开了口。

他也抢着说道："写了好久的回信，有啥子事吗？"

"贞姑儿正在出麻子，很扎实！……"

他立刻感到问题来了，只睁着眼睛把她盯着。

"说是北碚的医生不行，已经到重庆进了李子坝一个私家医院。……"

她一句一句地说得又缓又低。同时一眼不眨把他望着，好像要向他得个什么主意似的。

他很清楚这主意打不得，是于他有损无益的，然而又不能不说话，须知道那是贞姑儿在害病呀！

"大概不要紧的，……我想……"

"不要紧？也不会到重庆住医院了！大和尚二和尚都出过麻子，他们爹是有经验的。……"

"我想，出麻子是每个小娃儿都要出的，并不是啥子重病，医院里伺候得更周到些，你倒用不着这样着急。"

她又翻了他一个白眼道："不是你生养的，你自然不着急啦！"

"你听错了，"他连忙分辩说，"我在劝你。……你想，如其真正凶险的话，他们还不打电报来吗？"

"我回信上已说过了，若有变化，急电通知我，我立刻就去！……"

这对他好像是一通死罪宣告书，虽然不若小说上所写的立刻就昏倒了，或是心里一痛，立刻就喷出口血来。可是他自己觉得，遍身肌肉好像都紧缩了，又好像都松懈了，两条腿是那样的绵软，几乎支持不住他的体重。但他又知道陈莉华对于男子的见解是，宁取刚强，不取柔懦的，如其你就此跪下去，流眼抹泪哀求她不要走，或是用什么温存方式，拿柔情去软化她。那吗，恭喜发财，她倒没什么话说，只是把嘴一撇，从此再不把你放在心上，更不把你放在眼里，十个月来，他虽然尚未把她的底细弄清楚，而于她的性情，却已留心观察得很详细。

他于是转过身去，假装到餐室去倒茶吃。一直走到食具橱前，却倒了杯白兰地，一口喝下，强作镇定地站在侧面一垛窗口前，好像在浏览什么，其实是茫茫然的并无所见，心里却盘算着如果她真走了，他将取一种怎么样的方法去报复她。

她好像已晓得了他在作何举动，并晓得了他在作何思考。她仍不发一言，猛地站起，一直就向他身边走来。

他震动已极，不晓得临到头上来的是凶是吉。及至拖鞋一走到身后，他不由猛然回过身来。

"啊！你咋个的？……病了吗？……惨白一张脸！"她张着一对大眼睛，略为有点吃惊的模样。

跟着便拿手把他的脸摸一摸，又摸摸他的额脑。

他只抬眼把她一看，又用手把她的手腕一推，趁势说道："你横顺要走的，管我做啥子！……"

"哦！原来在使气！"她笑了起来道，"默倒我就走了？我就不回来了？……也好，生一场气，免得将来再住到一处时，又一天到晚的心里不宁静。……"

他立刻又像拨云见天似的，一把抓住她那只手，问道："你走了，还要回来吗？"

她仍然那么巧笑着道："我说过走了就不回来吗？我说过立刻就走吗？简直是小娃儿！……呃！说起来是二十七岁的小伙子，吃饭都不长了，还这样没出息！"

他也趁便将她揽在胸前，一只手仍紧紧放在她腰肢上，一只手则掌着她的下巴，刚要去吻她那微张着的，上唇略翘的嘴皮时，忽然听见起居室里的电话铃：滴铃铃！——滴铃铃！

她连忙把他一攘，便脱出他的怀抱说："我就不喜欢你这些举动！……不管人家高兴不高兴……"

他已走到客厅门口了，回头笑道："不高兴就更该亲热，你看电影……"

庄青山从餐室侧门进来，提了一把开水壶来冲茶。也是一个二十几岁的安岳人，体格手脚都比赵少清粗大，只是看样子没有赵少清精灵，也还未曾把乡气脱尽：头发剃得精光，脚下一双草鞋，虽然说是躲壮丁进省已经半年多了。

"三小姐，邓师问你啥时候摆饭？"声音既重浊，口气又那么直率，同老吴才来时一样。

"叫他等着，"她自己倒了一杯茶，一面向客厅走，一面说，"我会叫王嫂来吩咐。……周安呢？"

"五先生叫他到医院接赵少清去了。"

"咋个不先向我说？"

"我不晓得！"他头也不回仍从侧门出去。

她刚把茶杯放下，陈登云已推门进来。

"哪个打电话来？"

"小马。他要我到旧县飞机场去一趟。"

"是不是就为前天说的那批货？"

"自然是。不过据小马说起来，好像还不只是接来的货，今天去，还有一批出口哩。"

"那一定是麝香了。我名下的一箱，也得在这一批里走啰！"

"走倒容易，这回是毛立克那家伙负责，大概半个月就打来回。进货一来，就得清手续。那时，你若走了，怎吗办？外国人不比中国人通方，你既当面同他讲了，他就得跟你当面交代，这类生意，别人不能代表的。"

她略为顿了顿，但她立刻就醒悟了，因看出了陈登云三尖角的眼睛里，正含着一丝狡猾的笑意。

"好！你想拿这件事把我系住，我就走不成了吗？"

她更坦然地笑了起来道："我倒不肯信我走了后，你老实就给我搁下不要办。……也好！你不办，我就拜托小马，等我回来时，你看我还住在这里不？你看我还睬你不？……稀奇，我肯信离了狗屎就不栽菜了！"

王嫂进来，将一张邮局交快信的回执递给陈莉华。

"你去厨房叫老邓就开饭！"陈登云向王嫂说，"说不定号上的卡车在半点钟内就要来的。"

"带不带行李呢？"王嫂问。

"要的，我想，又接货又交货不是半天办得完的。劳烦你，王嫂，把铺盖卷给我打一打，零星东西，我自己去收拾。"

他又向陈莉华说："我请求你，无论如何，有急电来，你总得等我回来了再走。说不定我赶着把这里的手续清一清，陪你到重庆走一趟。……"

"你能走吗？"

"有啥不能！……就作兴不能，要走还是要走的。老金还是负全责的人，一走个把月，谁管他？……"

果然，刚刚把早带中饭吃完，正在漱口时，华老汉已领了一个司机助手的模样的人进来，说是两辆卡车都停在大路旁边，问陈经理就走吗，还等一会？

"就走！……叫庄青山把铺盖卷先拷去，我洗了脸跟着就来。"

已经吸燃了一支纸烟，把一只旅行提包提上了手，一看四下无人，连忙把嘴向站在旁边的陈莉华伸去。

她笑着把嘴迎上，略为印了一下，便道："洋盘！……别的就没学到！……啊！我问你，赵少清出医院后，咋个办？你同周安怎吗说的？"

"呃！几乎忘记了。我说，只能答应他暂时住在这里，叫他自己去找事，残废是他自己弄来的，我们愿意吗？……不过，那是你的车夫，我的话倒不一定作数。……"

"难道卫作善就只认点医药费完事吗？"

"你和小马商量好了，我咋能做主呢？"

陈莉华到底像往回样，仍客客气气地一直将他送到"归兮山庄"大门口，看他走了老远，才转身进去。

两辆卡车都是一九四〇年雪佛兰牌子。滇缅路中断前一顷时，最后抢运进口的一批东西。在目前的大后方，除了军车、吉普车外，还算是顶合用的，虽然全身零件已换得差不多，虽然计程表、计时表，以及油表都已废而无用，到底比别的许多商运车，和一般公路局的车好得多，第一，难得抛锚；第二哩，每小时准可跑三十公里。

陈登云是坐在第一辆的司机台上。上车地方又在南车站之外，马达一开动，并无耽搁。沿途虽有些想搭车的黄鱼，多半是正经行人，就有些揣着手枪的英雄，也不像在彭山路上那么把手枪故意用一根红带子斜挂在长衫外面，一见汽车走来，便流里流气摆开八字脚站在公路当中，汽车一停，管你过重了好多，总带起一队他已代收了两倍票价的正经客伙，径向车上爬；要是司机不懂事，略为说一句"到哪里去的？"或是"挤不下了，莫爬，莫爬！"那吗，英雄只把右手食指向自己的鼻头指着，冲着司机一问："咦！连我都不认得吗？"于是司机降服了，英雄得胜了。

但是，司机告诉陈登云说："最近好多了，也像由成都到新津这一段样，只管沿路都有流氓痞子估倒搭车的事，但都在车站上，在半路上拿手枪断车的，已经没有；他只管向你招手，你可以不睬他，冲过去，也跟这头一样。"

"怎吗秩序一下就好了呢？"

"哼！惹到了密斯特，闯了祸！"司机定睛看着前面，两手掌着方向盘，但脸上却摆了一种幸灾乐祸的笑容。

路上来往的车辆很多，有大大小小的吉普车，有十个大轮载得极重的大卡车，这些，大都是美国兵在驾驶。车子新，驾驶兵又胆大，跑得风快。八达号卡车的司机很谨慎，不唯不敢竞走，还每每一听见喇叭怒号时，便连忙开向路旁去让它。司机说的"他们的本钱大，碰坏辆把车，不在乎。人受了伤，立刻就进医院。我们没这福气，谨慎些好！"然而他毕竟也抢过了两辆公路局的区间车。那无怪，因为那都是木炭车，又逾龄了十多年，而零件又不够换的老家伙。

"怎吗闯了祸？"陈登云一面借此遣时，一面也为了好奇。

"听说是一辆密斯特的大卡车，开到夹江去，刚过眉山，便有几个驻军，断着车要估倒搭。司机是一个华侨，毫不理会地冲去，驻军让开了，没有看清楚符号，便开了几枪打去。登时汽车停住，跳下三个密斯特，一人一杆手机关，叭叭叭一扫射，驻军开横线子跑了。可是汽车不走了，倒开进城找师长说话。……"

已到了簇桥。这里有一个直角弯，陈登云是熟知的，便拿手肘把司机一拐道："前面的直拐来了，注意！"

过了那直角弯，又碰见十几架载柴、载枫炭、载肥猪、载木材的胶轮大板车。每一车总有两吨多重，七八个并非壮汉的劳工，——英语字典上叫苦力的！——老的有六十以上，少的则在十五以下，也有几个适龄汉子，多半五痨七伤，柔筋脆骨的兵渣；各人尽着全力，像拉船纤似的，一步一步地拉动着那重荷。先看这般劳工的形状和年纪，要说在四川征取了三百万以上的壮丁，公然没有一点影响的话，不是昧尽天良的人，便准是四川移民家中的一伙不肖子孙，一如那拿四川钱，吃四川饭，借四川地方躲避灾难，末了还批评四川文化水准太低，讥刺四川人只晓得将苏东坡顶在头上，而东坡的集子他也看过，不过那么薄薄两本的所谓什么要人。

尽管是些不好看的兵渣，但是他们毕竟负了供应成都市七十多万人口的一部分重责，一般外国人、外省人，一看见他们打着赤膊，露出全身瘦骨，在公路上吆吆喝喝，屈着身，流着汗，拖起那两吨多重的板车，向成都迈进时，大都不会像那位什么要人似的，过分鄙视他们，也不会像英语字典似的，公开称之曰苦力，而竟无动于衷地把那外国文明——汽车——对直开去，将他们压死的。

不！乃至盟军的吉普车、十轮大卡车，也每每要放慢了，徐徐从他们身边走过。就是中国籍的军车，平时，照规矩除了遇见美国籍的军车，为了遵从命令起见，予以礼让外，一直是横冲直撞，像救火车样，然而也很少有向板车和这般不堪一击的夫子们，生过事。这一点确是民主，因而，在这一段仅仅三十八公里的路程上，每每须行驶两个多乃至三个小时的缘由也在此；一则路面太窄，太坏，而在从前初修马路时，又太讲人情，没有把路基稍稍拉直一点，自然也是缘由之二。

"……惹了密斯特，这下师长才当真冒火了，头一个命令就叫清查那几个开枪的家伙，说是清出了，立刻枪毙。……"

"未必清查得出，那不过对付密斯特的话。"

"自然啰！不过这们一来，沿途检查撤销，流氓痞子没有撑腰的，一路就清静多了！最近还出了一件事……"

陈登云自己要吸烟，也顺便递了一支给司机。前面已是第二个飞机场，再过去便是双流县城。路上的吉普车和军车更多，板车、黄包车和走路的人也更多，喇叭随时在响，蒙蒙的尘雾一直没有沉坠过。

"你说下去嘛！"

"也是我们一个同事说的，他现在还在公路局开车。……公路局成立了啥子检查组，请了几个密斯特做顾问，想法子来整顿成乐路上的秩序。大概一个星期以前罢，两个密斯特驾了一辆吉普车开到彭山去查票，尚没有走到车站，就碰见一辆由眉山开来的客车，当司机的就是我那同事。……吓，吓，这才是盘古以来没有看见的事啰！一个密斯特叫把客车停下，把八十几个搭客通喊下来，要看车票。有票的才准上车，连司机台上的客人都一样。……这下，几个袍皮老①都毛了，十几支手枪

---

① 袍皮老是成都人以前称呼袍哥的名词，含有鄙薄之意。——原编者注

全亮了出来。司机吓慌了，忙喊，弟兄来不得！这是盟军，是局上的顾问官呀！那密斯特才神气呢，把司机揎开，对直就走到一个人的跟前，笑嘻嘻地也摸出一支小手枪在手掌上一抛一抛地说：你们的手枪不好！……我的手枪好！……我要看车票，我不要看手枪。"

"他说中国话吗？"

"大概只会那几句。……吓，吓，真是盘古以来没有看见过，十几支手枪恨不住一支小手枪，一齐都下了，还不敢说一句歪话！……后来凭票上车的还不到四十个人。十几个袍皮老，还有七八个穿军装的家伙，都着一个密斯特轰了转去，没一个人敢强一下，你说怪不怪？"

"有啥怪头！这号人就是欺软怕硬！"

"我们也这们想法。他妈的，中国官就是瘟猪，啥事都管不好，连交通秩序也要洋大人帮忙。……你看，只这们认真了一下，一条一百六十二公里的公路上，忽然就有了秩序。听说，这一晌啥子黄鱼、黑鱼都要扯票了。"

"但是我们碰见的几辆客车货车，还是那样挤法哩。"

"那就不明白了。汽车太少，算来又比黄包车相因，又快，挤一下，也不要紧。总之，抗战年间，啥都变了样，从前出门的客伙，坐不起汽车的，才坐黄包车，坐不起黄包车的，才坐滑竿。……嗬！现在可不倒转了？顶有钱的人才坐滑竿，顶没钱的人只好坐飞机！"

"你倒说得好，飞机虽说相因，可是没钱没势的人能够坐吗?"

过了双流,过了黄水河,路旁忽见很多学生模样的人结成队伍,快快乐乐地在尘土中走着。还一路唱着歌,有的已穿了一身破破烂烂的单军装,背上还背了一只小包袱。有几个队伍前头尚撑有一杆旗。一看见卡车,好多人招着手叫道:"停下来,让我们搭一搭!"

但司机睬都不睬,只是稍为开慢了一点,揿着喇叭,一直冲去。一路都只看见那些要搭车的人张着大口,挥着拳头,在向车子喊叫,想来是在骂些什么。

"是从军的学生们罢?"陈登云虽然直觉是的,尚不敢期其必然。他是好多天没有经过东门和北门,除了在报上看见一些热闹记载外,尚未曾亲眼看见过那些由重庆、由东路各县,由三台、由北路各县,踊跃从军的知识青年们。这些知识青年有的已受过一个月到三个月的精神训练,有的因来不及了,于是像生米饭样,全都一卡车一卡车地运走。每次二三十卡车,四五十卡车,车上贴满红绿标语,插满欢送的题着好听字样的绣旗,热热闹闹驰到成都;而一进市区,更其是爆竹连天,和车上的欢呼、歌唱的声音,打成一片。曾有好几天,北门,东门从城门洞起,——虽然因为便于疏散,以前雄伟高大的城门,连同瓮城,连同壮丽的敌楼炮楼,全于民国三十年拆成了一个大缺口,从未想着学北平的前门天安门,昆明的近日楼样,从两面开路,而将这有历史性的城关城楼,给保全下来,作一个纪念也好,但是城门洞之名,仍在人众的口头保存着。——总安排有好几次爆竹，放得一片硝烟，卡车暂时停在人丛中。只见各色的帽子在空中跳，车上的人高兴极了，一面歌唱，一面流泪，一面大喊："要抗战的人们上来，同我们一道从军去！""青年们，国家今天正需要你们啊！不要躲避责任呀！""同我们一起到印度武装去，回来一起流血，一起去打日本鬼子！"确乎也有不少的热情少年，倒不一定是学生，不明真相，感情一冲动就往车上爬。那些有关系的大人们在旁边的，便去阻拦，那咋行！只有挨骂，只有失神落魄地望着自己有关系的子弟们为人去拼命！北门、东门是进，南门是出，进是如此热闹，出也一样。这种情形是在中华民国打了七年的国战之后，而在几乎来不起气的时节，在糟蹋了无数的强壮农民，即以前认为不成问题的兵源之后，却因自己的弊端万出，公然成了绝大问题之际，才又想出的一种花样，如其再照过去那样，再照某些要人所设计的，必先受过国民党的洗礼，在精神上染过色、烙过印的手法作去，仍然不会有这种情形的。——啊！掌舵的人早已被私欲熏蒸在三十三天之上，同人们距离太远，早已不能理解人们的情绪了！

陈登云是如此，他的心已全用在生意上去了，用在联络应酬及对付上去了，用在打牌、吃酒、跳舞、看戏、看电影等娱乐自己的事情上去了，用在和陈三小姐讲恋爱的精致动作上去了，他根本不去想抗不抗战、打不打日本鬼子的事。他好多天没有经过北门、东门；也好多天，只在很清静的时候，打从南门进城，夜深了，路断人稀时，才出城；他又没有到旧皇城去过，甚至连皇城坝也没去过，所以更未看见那般兴奋得连六亲不认，只想上前线的青年人集合出发，等不及汽车，唯恐迟一刻就赶不上飞机，宁可徒步走三十八公里，到新津旧县去的那种伟大的场面。自然，他此刻因了自己赚钱的正经事，舒舒服服坐在自己卡车的司机台上，闲谈吸烟的时候，当然不会一下就想到那些可怜的、跋涉在悠长公路尘土间的，大家所说的从军的知识青年们。

但他到底还年轻，还能憧憬到这般人的热情，等车子已走过队伍，他才问："你为啥不停一下，就让他们搭几个？……"

"你倒好心肠，陈经理。"司机只挂了他一眼，仍然定定地看着前面；把一只方向盘不停地车来车去。

司机接着说："光喊从军，车子都不给坐！你看有好多人，你一二辆货车，搭得完吗？……说起来，倒也应该，好好的学生们连命都舍得，我们尽点义务酒精，有啥来头！……就只人多了，搭不完，搭不上的，还不是要骂你奸商不爱国。光是骂，还不算，还要毁你的车子。你经理负得起责任，我们却负不起，何况你还有那们多的货！"

"真的毁过车子吗？"

"怕没有？前两天就有过，报上都登过的。"

已过了花桥子。司机是熟悉的，并不跟着公路直开旧县，到岔路上便改了道，一转弯，就向飞机场里一所新造的平顶屋子跟前开去。

第二十章　远征的前夕

已经快入夜了，陈登云才疲劳不堪的，同着毛立克和一个当翻译的姜森，共乘了一辆小吉普车，由飞机场出来，向旧县的街上驰去。

飞机场是那么大，差不多有十华里长。一条主要的宽大的跑道，也是有那么长。还有好些跑道，长的短的、竖的横的、宽的窄的。跑道外面，是平坦的空地，有的没一根草，有的仍然有草，只管露结为霜了，那铲不尽除不完的小东西，还那么青郁郁的。此外则是急就成章的，中国式的改良房子——真是把良处改掉了的：热天热，冬天冷，雨天潮，燥天灰的房子！——东也一排，西也一溜，相距都很远：由办公室到寝室，由寝室到餐厅，由餐厅到游戏室；再由司令台到仓库，由仓库到油库，由油库到军火库都相距很远。就拿仓库说罢，分门别类不谈了，光是一组运进的，——自然不属于军用品和军火。——一组运出的，也并不能用人的两脚走来走去，啊！辽阔，辽阔，想不到全是川西坝的人民一手一脚平出来修出来的！

因此你也就不会惊诧场上的大小吉普车,和大小卡车,何以会跑来跑去的那么多,多得比成都市内的还多!

就不靠脚走,而因了问人找人,这里去接头,那里去签个字,有时还赖了相当熟的人事关系,没有多摸黑路;以及许多处所,还赖了好多次一说就通的电话,然而几个钟头搞下来,到底也疲倦不堪,而且也饥渴交加起来。

他幸而当过科员来的,心头默默一算,在四小时中所办的事,倘若改到中国官厅中,四个月办好了,算是你的本事大!可是有桩好处,怕也是在外国找不出的,他想,便是办事的人绝不会累得在寒风里流汗,绝不会在事情办了一半就疲劳得几乎不能支持的罢?

可是他又诧异:何以像毛立克等人,也不过二十来岁的小伙子,同他一样的在奔忙,看来还是兴致勃勃的,丝毫不显倦容,此刻在应当休息的时候,还邀他跑几里路到街上去喝洋酒,吃中国饭?不但毛立克,就是那个个儿和年纪俱不甚大的浙江人而说了一口成都话的姜森,也来得呀!油黑长脸上一对小而圆的眼睛,不也显得神完气足的吗?他不能想了,他太疲劳了。

已经快入夜了,但是飞机场上仍无静止的征象,尤其是天空,不断有飞机降下来,也不断有飞机腾起,也不断有飞机在上空盘旋,光听马达声音,已经使你感到昏晕。司令塔台畔的照明灯,已像扫帚星样,放出了强烈的白光,一转一转的向各方跑道上射去,一射几里,时而这,时而那,还有很多红的绿的电灯闪耀着;拖飞机和载人的吉普车,像窜儵鱼似的在灯光中溜来溜去，接运军火和物品的大卡车，几乎是成列地在兜圈子，光是这种动和光，也会令你感到昏晕。

已经快入夜了，公路上的人特别多。有从飞机场上出来的，有从几里路外各农家屋中走来的，还有大队的从军的知识青年们，也一步一步地走到了，还有从双流、从成都运东西来，或是打空回来的各种车，各样的人。

已经快入夜了，半里多长的街上全是灯光，二合二面①铺户，全像才开市一样，街上的人，也像日中而市的满场时候，那声、那动、那光，似乎和飞机场上的情形一般无二；那里是工作，这里也是工作。

他们还没有到街口，已下车步行了，换言之，已在人丛中挤挤攘攘的了。陈登云饥疲得只想睡，跟在姜森背后，一步一颠地垂头走着，忽然觉得到了一个地方，他们推门进去，原来才是一间专门招待盟军的中国西餐馆。

旧县，官称叫五津渡。过河而北，是新津县城，一条公路直通西康的雅安县；过河而南，是邓公场，一条公路直通乐山县。以地势而言，是管钥着川南的交通。本地出名的，就是那个渡口，从前抬轿的说法是："走尽天下路，难过新津渡。"但也只是抬轿的说法，其实只在洪水时节，河面宽阔，水流湍急，中间有两段沙洲，水深了，不能徒涉，须过三次渡船，给三次渡钱，险也不怎么险，仅只费些时间，费些口舌。在枯水时，

---

① 意谓两对面。——原编者注

这里有两道木桥，很坦然就过去了。自有公路之后，汽车过河便是大的摆渡船，船少车多，有时也不免费个点把钟头而已。

前清宣统年间，这里曾修过新式兵营，在辛亥年时，被保路同志军拆光了。辛亥年保路同志军起事，新津是南路的据点，这渡口上，也曾打过第一次的内战。民国二十年，四川第若干次内战之际，这里就曾征购过民田，修了个不大的飞机场，由于一直没有飞机来降落，才废了，又第二次变为了民田。直到这次作为四川第二个大基地，由盟邦美国要求，才又征购民田，才又把新津河中上下流几里的鹅卵石掏尽，凭大家的少许经验，公然名副其实地又修成了这个大飞机场。

在民国十六年通乐山的公路未完成以前，这里只算是个腰站，充其量不过十来家草房子，预备渡河的行人在此歇歇脚罢了。及至修造了车站，变为站口，才渐渐有了饭铺、茶铺、流差栈房，卖杂货、卖粮食、卖猪肉、卖蔬菜，乃至卖大邑县唐场豆腐乳的生意，和半永久性的泥壁木架房子。到抗战以后，来往的行人越多，这里的街便越长，同时马路也越坏。飞机场一动工，动辄来往着二三十万人，这里竟比一个小县份还热闹，诚如小马曾经说过的，光是供应纸烟一项，就不知使多少人捞饱了！

说是比小县份还热闹，真不算过分形容。除了房子不甚像样外，哪个小县城里有这样雪亮的电灯？有这样多的出售美国纸烟、美国罐头、美国糖果的商店？有这样多的西式洗衣店、西式理发店？有这样多的出售绣货、篾器，和白铜水烟袋的国货店？有这样多的写着洋文的咖啡馆、小餐馆，而且还相当整洁，四壁裱了粉纸，地下铺着篾席，每一张小小抬子都铺了雪白的洋布？更哪有这样多的密斯特？——现在通不作兴叫洋人，而通作兴叫密斯特。这教育很彻底，很普遍，而且很迅速，犹如十余年来，始在官家报纸上甫能看见的平等、自由、民主等名词一样。——更哪有这样多的高等华人？

陈登云才一坐在白木餐椅上，忍不住便冲着毛立克大打了一个呵欠。但他立刻警觉，这在密斯特跟前，是失礼的。于是第二个呵欠，便强勉忍住，只借着整理领带，把四肢略为伸了伸，并摸出手巾，老实的把眼睛、鼻子、脸颊揩了又揩。这时，他才想到他哥说的东方文明，真的，要是此刻痛痛快快洗几把热水面巾，可多么好呀！然而这里讲究的乃是西方文明哟！

毛立克的"骆驼"① 递了过来。他本不大欣赏的，为了礼貌，也只好接来咂燃。在这情况之下，被"骆驼"一刺激，果然便振作了些。他才发现了原来那个男堂倌之外，现在又出来了一个女的。光看她一出来就望着毛立克那么又甜又腻的一笑，两只白膀膊抄在背后拴围裙，一面就来不及地踏着高跟鞋，像飞一般走过来的那样子，陈登云纵就老实透底，也瞧出了那一准是负有别种任务的女堂倌。

"今天，早啦！"这句话是光对毛立克喊出的。声音粗而浊，像是朱乐生太太那一带的人。身材相当高，也结实，毛呢短夹

① 美国骆驼牌卷烟。——原编者注

袄下面的一双腿，壮得像柱头，顶新式的乔其纱长袜，透出同膀膊一样的白肉。袜子、鞋子、手表、宝石戒指、金膀圈、把嘴皮涂得血红的唇膏、一闻便知所扑的那种三花牌香粉、站人牌发油，以及浓得刺鼻的玫瑰香水，不消说全是来路货，就连那件夹袄的料子也一准是的。想也不是毛立克一个人所能供应，一准还有好些密斯特哩！

细眉细眼、塌鼻子、圆盘脸、小耳朵，并不秀气。但一配上那张嘴皮略厚的口，就好看了。年纪有二十几岁，准是一般密斯特们的老姐姐。不过，在一般密斯特的眼中，至多只能估出她才十七岁哩，中国人的面貌和真实年龄，在西洋人看来，委实是一种谜啊！

毛立克亲热的同她握了手后，用着比较好的中国话说道："今天有客。……他饿了。……我们吃好菜。……快点。……快点。"

"你的中国话更进步了。"陈登云打起精神笑说。

毛立克只是笑。

"在女先生跟前再不好生说，"姜森把皮卡克的领子翻了翻，笑说，"会着打屁股的!"

毛立克哈哈大笑着，接连学了两次："打屁股的! ……打屁股的!"

又掉向陈登云道："她顶好。……她不打屁股的。……"

男堂倌先把一瓶白兰地拿来，各人面前斟了一玻璃杯。三个人不由都端了起来，互碰一下，仰脖子就干了。

陈登云低低问姜森："她叫啥名字？"

"他们都叫她梅蕙丝。"

毛立克听见了，连连点头道："是的，梅蕙丝。……电影明星。……马马虎虎她像。"

"在这里，怕是顶红的了？"

姜森点头道："何消说呢？在这群野花当中，真算得'能行一朵白牡丹'了。"

白牡丹用大搪瓷盘捧了一大碗白菜烧鸡块出来。又各人面前放一只西餐瓷盘、一双竹筷、一把叉子、一柄勺。

陈登云再一留心看她的手指虽短，倒还白细，很像丁素英的手。指甲上确也擦着红艳的蔻丹。

毛立克拿着竹筷向陈登云一比道："中国菜。……呱呱叫。……请。"

但是陈登云却吃不出呱呱叫来，因为饿了，倒也不作假。

接着来的是炸鱼，是烧牛肉，是火腿焖豌豆，是炸洋芋，是萝卜饼。杂乱无章的捞了一肚皮。剀实说来，只有焖豌豆一样可强强勉勉算是中国菜，其余的，也算不得是西菜，唯一算中国格式的，只一盆鲍鱼汤是最后端来，而白兰地也并未在饭后才喝。彼此在菜酒中间各扒了一汤碗蒸的白米饭。

到喝汤时，白牡丹便不客气地走来，坐在毛立克身边另一张椅上。同时把一张粉脸偎在他肩头上问道："明天该你走吗？……哪天才回来呢？……海勃龙的外套，……金头自来水笔，……宝石耳环，……等我想想，还有啥？"

姜森大笑道:"用不着想,我给你出个主意,叫密斯特毛立克把加尔各答所有值钱的东西,统统给你运一飞机回来,不就完了吗? 免得你费脑经想,他费脑经买!"

接着又把他的话用英语向毛立克说了一遍。

毛立克登时就拿起大的左手把她那乱鸡窝的头发摸了摸,一直摸到她的下巴,一面笑说:"乖乖,……顶好,……加尔各答有你的,……有你的。……"

匆的,安着弹簧的两扇木板门打开了,轰一声就拥进一群穿着麻制服和皮鞋,但也有草鞋的学生模样的人来。

姜森神经质的一跳而起,不晓得为了什么。毛立克毫不在意的,只把白牡丹搂得更紧一些。陈登云正在剔牙齿缝,也感到了一点惊惶。

但是学生们已散坐在别几张桌旁了。只两三个人粗暴地喊:"茶房,拿凳子来!"

陈登云他们还有未了的事件,知道就这时候,有十几架运输机要到,有少许东西,是与八达号有关的。毛立克则因黎明便要起飞,今夜尚有许多事情,须在夜间十点以前办清,此刻不是荒唐的时候,遂也站了起来,在白牡丹耳边轻轻说了几句,她连连点着头,并眯着眼向他笑了笑,遂将白围裙脱下,交与那正忙得不得开交的堂倌,挽着毛立克膀膊,同姜森先走了出去。陈登云在最后从喊喊喳喳互相耳语着的学生丛中穿出去时,忽然眼睛一扫,觉得看出了几个熟面孔。他立刻就记起,第一次在桤木沟,第二次在锦江桥,看见过的。但是牛维新、黄敬旃却不认识他，只恍恍惚惚觉得这小伙子好面熟。

黄敬旃的身体毕竟不及牛维新几个同学的好，大概因为是独子，而又承祧了几房，自幼被居孀的母亲过于溺爱了一点罢。仅仅步行了三十八公里，就感到脚也痛了，腰也酸了，坐在桌子跟前，两手肘支靠着，一动也不想动。

牛维新瞅着他，刚要说什么时，毛立克他们走了出去，一般人都好像舒了一口气，立刻便大声武气地讲起今夜住宿的问题，和明天什么时候到飞机场集合，什么时候上飞机。

一说到飞机，每一张疲劳的脸面都兴奋起来，好像那腾云驾雾的滋味业已尝着了似的。有人说恐怕也会晕吐，应该多带点草纸。

"草纸？说得太穷相了！……"一个人如此批评，大家也颇同意于他的批评似的，都会心地笑了起来。因为早听说过，这次的从军并不像寻常的入伍。

寻常的入伍，先就把你像囚犯样关在一所破破烂烂的房子里。你的自由和你的普通的稍为值点钱的衣裤，先就给你剥光，然后饿你肚子，教你规则，动不动便是耳光棍子，甚至扁担之类，可以打得死人的家伙，劈头劈脑打下来，还不准你叫唤，不准你动。据说，这是初步训练，不如此，不能换你的脑经，你便不省识什么叫服从第一，命令至上。睡的便是潮湿的土地，运气好，可以捞一把稻草垫垫。一天到晚不下操，只准呆呆地聚坐在房子里，不准说话，不准做出不好看的姿势蹲着靠着。寒天数九遇着发的是单军装，只是那一件单军装，五黄六月遇着发的是棉军装，也只那一套棉军装。至于虮子、虱子、蚊子、跳蚤、臭虫、疥疮、癫疮、水肿病等，没有的，也要弄来有，并且不准诉苦，不准医，据说，这也是初步训练，不如此，不能使你去受苦，打仗是苦事，必须要有野蛮身体才吃得消。又因在前线作战，动辄讲究的是几天不吃，就吃，也遇啥吃啥，因在初步训练时，第一就不准吃到五分饱，第二只能吃发了霉、和了砂石糠皮的米饭，更说不上菜。于是点验之后，正式入营，这时便得练习走路了，不论晴雨寒暑，老是饿着肚皮，一天跑四五十公里，一连几天地跑。因此，自从征兵以来，不知无谓消耗了多少壮丁！一千人到正式训练成一个可用之兵的，难有上三百人的，饿死，拖死，病死，冻死，热死，以及打死的，老在三分之二以上。甚至在湖南罢，有过这样一件事：一个营长送了一千多名壮丁到前线补充，及至走拢，除了几个官长和几个勤务兵外，其余的全变成果戈里的"死魂灵"了。一查起来，才晓得一千多名确乎精壮的壮丁，一直就被那些官长的传统的初步训练弄到饿死，拖死，病死，冻死，热死，以及打死得一个不存！这一来，兵源完了，便只有拉，便只有买！这样养成的士气，还能用吗？何况据说在前线的也只是好一点儿！

然而，有关机关宣传，绘声绘色地渲染了美国人的训练方式，说什么每人一走到，先就是一身漂亮的咔叽军服，还有皮鞋，还有胶皮靴；说什么吃西餐，喝洋酒；说什么住胶布的不漏水的帐篷；说什么一去便学着驾驶摩托车，吉普车，远一点，便是飞机。更鼓吹说这是爱国行为，报国机会。因此，风声所播，一些年轻人就听进去了。有一些人以前想方设法要躲兵役的，现在是连父母兄弟、亲戚朋友都拦不住了。青年人有热血，有勇气，谁不爱国？谁没有幻想？只要在开始当兵时，不要折磨他，不要不相信他，不要牢守成法变本加厉。一句话，就是得把他当作一个人，不要存心奴役他，也不要利用他、害怕他，尤其你说的话要作数，不要今天说这，明天说那，光是说得天花乱坠，而弄到前言不符后语，令青年人看穿了，那你就永远骗不着他，你还要吃他的亏哩！他们有好多人是真心想要去打日本鬼子的。因此，大家也该明白啦，知识青年从军的风气，并不是什么人号召出来的，他不配！也不是因了什么大少爷、弟老爷、侄少爷等名誉从军，而这般青年才羡慕着跳了起来，一如大老板们自哄自地所说：风行草偃，上行下效的屁话，因为连名誉从军的，连说屁话的，全不配懂得！

你看，像黄敬骚那样柔筋脆骨的青年，在和大家各吃了一份火腿蛋炒饭，仅只有半饱，而大家问了问价钱，凑一凑各人的荷包，实在不敢再吃了，只好纷纷走出那间不受堂倌欢迎的小西餐店后，牛维新看了他几眼，便背着人向他说："小黄，我看你还是不要同我们一道走的好。你身体不行，支持不住的，到底从军是苦事呀！"

然而他还是满脸坚决的，只回了一句"我不！……"同时，他更强勉地挺起胸膛，表面上做得很是高兴，跳着吵着，同一小队同学，向带队连长所指定的一个大院子那里走去。

他们这一队，已不知是第若干次来到这里等候上运输机的。

大家早有经验，知道栈房和可住的地方有限，有渡河到新津县城里去的，到邓公场上去的，再挤不了，便到附近几里各院子各农人家去借宿。从成都旧皇城率领他们到此地来的连长，也是来过几次的了，一到，赶忙向街上一跑，便回头抢先占了个大院子。有三四间土墙土地的大的空房间，恰好住得下他们这一队。稻草有的是，竹篾编的大晒席也有的是，倒不必一定问主人肯不肯，——其实主人肯的，知道全是学生兵，还格外烧了几锅开水请他们喝！——成问题的，便是铺盖。然而连长也说有办法，叫他们各自分队调换着出去找东西吃，他即刻过河到县政府去找县长设法借。第一、二小队吃了回去，他们是第三小队了，到街上一看，任何可吃的地方全坐满了，难得等，于是才分头涌到几家点心店和西餐店来。看情形，买得一份火腿蛋炒饭吃，已是万幸。

第一天徒步行军九十华里，——照以前抬轿的算法。——除沿途一些零食，如炒花生、炒胡豆、蒸黄糕、甘蔗、地瓜等外，成顿的只一份火腿蛋炒饭，——因为是西餐店，连一口便汤都没有。——好像行军之初，便不甚吉利了。可是，明晨上飞机，一天工夫就到了印度，算来不过二十四小时，就遂了胸中大志。一下飞机，就算出国，从头至脚，连外到内，一切更新，差不多说来是整个换一个人。几个月内，不仅求学，又受训练，不久，便是一员了不起的现代化的大兵。然后，驾着坦克，沿雷多公路回来，见日本鬼子就打，毫不退让。于是收复了失地不算，还要与盟国大兵并肩杀到东瀛，要不活捉东条、小矶和近卫几个家伙，不算英雄。这是玄想吗？一如从重庆建为陪都以来，一般苦闷的青年每逢政府发表一篇什么鼓励空话，而政治和经济再一度落下去腾起来时，所免不了的正动或反动的玄想吗？不，一百个不，因为已到了实现的边缘，由今计之，不到十二小时，一切都要兑现的了！

与其说鼓舞着他们，使其毫无退缩之意，是几个月后美丽的远景，倒毋宁说仅只是明天绝早就将集合机场，坐上运输机，凌空而逝的那种快游。

黄敬旃和牛维新和衣并卧在稻草堆中，虽是睡眠蒙眬了，犹唧唧哝哝地在谈论着天空的旅行当是如何的美丽，而飞越驼峰时当是如何的危险。

有人插嘴说："当真，我们还没料到，一旦在驼峰上面，或是在西藏啥子地方，失了事时，那才糟糕哩！咳！"

房间里很黑，虽承主人情重，在门里不远处挂了一个菜油灯壶，那光线到底只能达到几尺远就完了。

究竟是什么人在说这种丧气话，看不见。

"滚你妈的，还没上飞机，你龟儿就抬快①！"

"怕死吗？快滚到你妈妈床上去嘛！"

但是在暗陬中也有作调和论调的："莫怪他，坐飞机本来是冒险事，就是客航机已并不怎们安全的！"

黄敬旃生怕牛维新又会借此劝阻他不要走，于是便坐起来

① 抬快，四川俚语，意指犯忌讳，说了不吉祥的话。——原编者注

大声叫道："就是死了，也算是壮烈牺牲，到底也坐了飞机！同学们，我说，值得！……"

一片声音就接了上来："值得！值得！……啊，啊，壮烈牺牲！……我们并不害怕，'……冒着敌人的炮火前进，前进，进！……'"

一个房间里唱起来，几个房间都应和了。啊！一派青春有力的涛声！然而在一年前，就这歌还是禁止了的，不准唱！

第二十一章 又一个意料中的灾害

白知时自从那天匆匆出去，说是去找人设法，不让他外甥从军，以求对得住他孀居抚孤的胞妹，差不多五天光景没有回家去过。

头一天，高太太，即唐姑奶奶，即唐淑贞，相当怄他的气。不爽快答应陪伴她到蓉光去看电影，已是岂有此理了！论理，像他们这样有资产的男女，在讲恋爱时候，逛公园、听戏、看电影、吃馆子，一块儿转春熙路，这是常事，男的还硬要送女的东西，化妆品啦，衣料啦，鞋袜啦，诸如此类，而女的假使对男的有把握的话，尚一定要自抬身价，送东西么，不要，仿佛这也瞧不起，那也看不入眼，虽然心里要得什么似的，虽然巴不得整个百货店都给她买过来。而逛街和到娱乐场所，女的也要装出这是不得已的许可，好像受了绝大的委屈一般。只管说最近几年已不作兴这样做作，女的大抵都爽快起来，几乎内外如一的，对于向自己追逐的男子，已无所谓一半儿怕一半儿肯，乃至有意地要表示出一种忸怩姿态，而全是爱哩就干脆地爱，用不着红楼梦式的缠绵，以及二十世纪四十年代以前的西洋式的心理分析，不爱哩，拉倒，也不在乎。

自然，像以前那种胶粘式，和近来这种闪电式的恋爱，虽然时代不同，环境不同，生活不同，思想不同，去年的皇历已不能用于今年，但是也和提倡四维八德、旧道德的大人先生们所说得口水四溅一样，至高原理总不变的呀！男女间的至高原理，大概就是电磁的作用，互相发热，互相吸引，发热之极，至于狂，吸引之极，便不用说了。无论如何，这总不会变的！

唐淑贞的学问诚然不足语此，可是到底当过局长太太，见多识广，加上自己的经验，当然感觉到白先生似乎没有好多热，而她自己的磁力似乎也有点不够，"你只看他为了自己的外甥，连我都不应酬了！"

光这一点，还则罢了，更岂有此理的，便是一夜不回来。她在短促的警报解除之后，曾特意走到暑袜南街口，买了些刚刚上市的砂仁红肚、肥肠、卤鸡脚等，因为明天是星期天，他没有课，可以不必早起，安心同他好好地消一个夜的。酒啦，茶啦，都预备齐楚，还留着唐太婆不忙睡，陪自己小口小口地烧着鸦片烟，谈谈警报，谈谈生意，谈谈家境，还谈谈越打越近的战事，也谈谈将来，再醮以后如何的打算。一直等到快四更天了，唐太婆不住的打呵欠，连说："熬不住了，眼睛涩得很。"她还眯着眼笑她："老年人是瞌睡少的，就只你一个人不同，总是睡不够！想来，太胖了罢？胖子才永远睡不够的！"她还估着拿一块软糖塞到她口里。然而老太婆终于含着糖跑过对面那间上房去睡了。高继祖当然躲了警报回来就上了床的。

从三更到四更，是很长一段时间。若在一个不抽几口鸦片烟，不靠烟灯、烟签以作消遣的相思妇，那真无法支持的。就是如此，唐淑贞也恼恨起来，酽酽一瓷壶茶已被温水瓶里的热水冲淡了，卤鸡脚也被一指甲一指甲掐光了。强勉走到堂屋门外一看，不很黑，但也没有星月。四下里静寂得像坟墓，也不很像，两厢中睡熟了的人，有说梦话的，有打扑鼾的，有把牙齿错得涩咕咕响的，有打一个翻身把床都摇震了的，甚至有好像没有睡着而叹息的，不必看人，只从这些声音里，便能明白分辨出谁是谁来。而被寒风冻不死的蟋蟀，这时候也争着弄响翅子，好像人类都死绝了，这院子正是它们的天下！

但是关了的大门一直没有听见有人敲过。这时的街也断乎不会再有人走了。唐淑贞打了个寒噤，满怀怨气地进去，把堂屋门关好，把烟家什收拾了，解衣上床，临睡时才恨了声道："没良心的东西，难道着日本飞机打死了吗？我才不信哩！……明天再跟他算账！"

这笔账，岂止第二天没算成，就第三天、第四天也没算成。

唐淑贞在前两天自然只有生气的分儿，她随时都在骂人，连她的妈，唐老太婆，也被骂为"只晓得吃现成饭！吃死饭！到老了还是个浑天黑地的！"儿子高继祖更不用说了，左也不对，右也不对，不念书被骂为贪耍，"没出息，我看你长大了做啥子，只好讨口！"念书声大了些，也要着骂，"显你在读书了！拖起你妈的一片破声烂嗓子，不像叫花子，也像叫花子了!"只有向嫂挨的骂最少,因为"横得像牛,又不懂规矩,你说她一句,她就要顶你十句。又不好开销她,帮了十几二十年了!"

及至问明白了白知时自从住在此地以来,除开有两年暑假中回他家乡去,一把锁把房门锁了以外,从没有连几天不回来的,就是夜里跑警报,到众人回来,关大门时他总回来了。在平常,倒只有他的外甥和同乡们,来他这里谈天吃酒,闹夜深了,在他屋里睡觉。那吗,现在连几夜不回来,足见是反常的事件,并非只是不够热的问题。于是,唐淑贞才转了心思,把光是愤恨的感情抑下,而理智地寻思起来。

先同她妈研究:"他为啥不回来。断不只是跑警报跑掉了,自然为了有事。……啥子事?自然除了找人设法外,还有别的要事。……但是,别的啥子要事,他从没有不向人说的,他并不是那种埋着头干闷事的人呀!……是呀,就在从前,大家还没啥关系时,他一有了事,便要找着人说,向来就是心直口快的人啊!……那吗,出了啥子意外了罢?当真被日本飞机炸死了吗?半夜三更掉在河里淹死了吗?……"

一提说到意外,两娘母都像吃了一惊。尤其当他几个同乡来找他,说是他并没有向学校去信请假,又是天干地晴的,何以一旷课就是好几小时?学校里的人都正诧异,还猜他得了急病,连笔都不能提了。这么一提说时,大家——连说话的同乡们在内。——遂都皱起了眉头,互相瞪着眼睛道:"哪里去了呢?莫非真个跑警报跑出了意外事吗?……"

于是，这一朵疑云，遂由唐家母女扩展而及学校，扩展而及他的同乡，扩展而及他平常往来的朋友，他所认识的人，犹之泰山之云，不终朝而遍于九里三分，并且回溯所及，连唐家院子的两厢，连唐家院子的左邻右舍，全知道了。而各种说法，各种解释，也因之而兴。有的说，为了阻止他外甥的从军，跑到新津去了；有的说，他阻止不了，连他自己也从了军；有的说，或许跑回江油去了，为什么呢？不是亲自去安慰他的妹妹，便是竞选县参议员去了；这都是从好的方面说，唐淑贞虽不十分相信，认为也说不定。还有不好的说法，那就非唐淑贞一颗脆弱的心所能忍受得了，而顶可怕的，除了被炸死被淹死外，便是"该不会被仇家暗害了罢？如今是无法无天的时候，杀个把人算得啥！把尸首朝河里一丢，等到发现时，不但已在百里之外，而且就是亲人也不会认得的。"甚至说，就不必灭尸藏迹，光是杀了，或在致命处打一颗子弹进去，你就找见了尸首，又怎么样？墙壁上不是曾经由什么宣传机关——自然是属于官家的。——写过簸箕大字体的标语："暗杀汪逆的是尽忠民族的行为"？为什么不说明正典刑，大概政府就是提倡暗杀的，而成都又是讲究暗杀以报公仇私怨的地方，曾经有个大军人，公开的警告过他的政敌说："叫他谨慎点，莫乱开口，他有好大的本事？五角钱的子弹，响一声就没事啦！"以此，一说到暗杀，唐淑贞撑不住就起抖来："这真是我的命了！头一个死于非命，这一个……这一个，唉！……"

　　但是据唐太婆说，据他同乡说，据学校里同事说，据此外

有来往的朋友说，白知时虽然心直口快，毕竟忠厚老诚，从来
又肯热心帮忙，对得住人，绝对不会与人结仇；纵然语言不慎，
或无心得罪了人，但以他平日所说过的想来，也不会有非死不
可的可能。那吗，又是怎么的呢？炸死淹死是绝对不会有的，
除非前几年的"六·一一"和"七·二七"。

唐淑贞一头想起了那两个在警察局侦缉队上做事的亲戚，
遂说："等我找他们去。好好的人不见了，警察局也该管一下子
呀，还不要说有亲戚关系！……"

这一来，才算解决了她的大惑了。她亲戚静静等她激动地
说完后，又稀奇古怪地问了她一番话，比如说，白知时平日荒
唐不荒唐？打牌不打牌？吃酒不吃酒？弄钱不弄钱？同袍哥社
会有来往没来往？他同乡们是些干什么的？学生们对他的感情
怎样？和他来往的人有没有做官的，做生意的？他有没有寄往
外省的信，有没有外边的信常常寄给他？他平日说话的路数怎
样？谈到政府和某些人的态度如何？她自然尽其所知地告诉了，
那亲戚搔着光头，想了想道："据你说，这个人简直是个十全十
美的好人啰！不嫖，不赌，不酗酒，不爱钱，行为正派，又不
乱交朋友，学校名誉又好，又守本分，就只有点骂人，对做官
的人，对在社会上有地位的人，都不大满意。……够了，够了，
你回去罢，我可负责他并非跑警报跑掉了！……"

"那吗，他在哪儿呢？"

那亲戚笑笑道："自然，就在城里，……好好儿的，我负
责说。"

"那吗，他为啥不回来？"

"怎们能够回来！……老实告诉你，关起了！"

"关起了？"她震惊得直着脖子叫了起来："犯了啥子罪吗？"

那亲戚镇静得像无感情似的，向她翻着白眼说："叫唤啥子？你们女人家，真是太张巴了！……"

"我只问，他是不是因为犯了啥子罪才着抓去关起的？……关在哪儿？……我要去看看他。……你老人家就领我去，做做好事嘛！……你总晓得我们快要结婚了，……没有他，……唉！……那咋行哩！"

她几乎哭了，把一条手巾在手上绞过去绞过来，已经不成其为手巾的样子。

"我劝你别太着急，刚才的话，不过是我判断出来，多半是他自行失踪。其实，我所判断的对不对，还不敢负责。……"

"不，不，你说过负责他在城里，负责他好好儿的，做啥子又要推脱？……不管你怎们说，……我总之问你要人！"

"怪啦！问我要人？"那亲戚不由大笑起来："姑奶奶，你还不晓得干这种抓人的机关多啦！并不像以前，只有我们几个正式机关才有这权力。告诉你，也有点像三军①合住时一样，……不过，那时叫绑肥猪，目的在要钱，如今改了名字，

_____

① 四川在军阀统治时代，即防区时代，成都由二十四军、二十八军、二十九军三军驻防，各自为政，互相倾轧。在某一时期，由于相互间的利害关系，乃成立三军联合办事处，动辄抓人。该办事处俗称三军。——原编者注

目的是……哎，哎，怎们说呢？……总之，我答应你先调查一下，到底这个人是不是因为思想不纯正被抓了？被哪一个机关抓的？关在啥地方？是不是上头先有命令，或是临时措施？……这中间的名儿堂多哩，而且各机关间还有派系，彼此倾轧，把路数弄清楚了，才相机托人疏通。……"

唐淑贞很不耐烦地说："照你老人家这们说来，光是调查就够等了！"

"这又不然，若果办公事，打官话，那确有时候，说不定三个月、五个月。但是，我这次调查不同，至迟，明天上午就有回信给你了。……到那时，再想办法。我负责说，如果真的是自行失踪，不是执行的上头命令，你放一万个心，包你的人无事。……"

但唐淑贞还是不大相信的，一定要她那亲戚给她一个明确的保证，非把人赶快弄出来不可。末了，她竟说用钱赎取她也肯，并愿意先拿十万元出来使用。

"有钱自然更好办事。"那亲戚想了一会道，"虽不一定像赎肥猪样，不过这种年成，谁舍得见了钱不要？上头的人只管说办事要问是非顺逆，为了主义，应该什么都牺牲。不过要吃饭，要养家，要过得舒服点，光靠上头发的那点正经费用，怎们得行！这种事，又是极其讨人嫌的，到处得罪人，一钻进了那圈子，再无别路可走，要不借此找点生发，也拴不牢人心呀！……自然，上头不要钱的。……"

"我不管你们这些那些，……现钞吗，还是支票？"

"现钞最好。……不过让我默一默。……出手也不要太大了，一则看案情的轻重，二则也得合身份，有时钱使多了反而不好。……"

那天下午，唐淑贞果然只送了五万元去，四百元一张的钞票竟是一大包。

快三更天了，另一个亲戚喜滋滋跑来，报了个消息说："人是查出了。果然不是跑警报跑掉的，而是被关在城里一个地方，还好，并没有受过刑。据说是经人密告思想与行动都有点问题，已经着手调查，只要没有确实证据，是可以放的。看情形，尚不严重，大家谈起来都不大那个。最好，你把他房门打开，让我检查一下他的信函和书籍。……"

共同检查结果，信倒有几封，全无一点嫌疑。书籍哩，只几本讲义，几本参考书，和几本残的科学杂志，几本翻译小说。

那另一亲戚道："这下，我们更放心了！……姑奶奶，恭喜恭喜，明天准定有你的人！……不过，这位姑老爷出来后，你得劝劝他，教书就教书，少向人乱说话，尤其对政府的人员，管人家好和歹，与他啥相干哩，何必拗起嘴巴胡乱批评。对着学生们也不要动辄就义形于色的，说真话，一个教书匠有好大的本事？你劝他，倒宁可打打牌，抽抽鸦片烟，最好是向学生们摆摆空龙门阵，讲讲嫖经，——他是姑老爷，我不好叫你劝他去嫖；其实，能够带点桃色事件，更没有人注意他了，吓！吓！——一句话说完，目前世道不同啦，啥子爱国啰，革命啰，这一切不安分的话，是只准在指定的标语上写，要口头讲哩，除非姑老爷做了大官，奉得有上头的谕旨，叫这么说。……一句话说完，姑老爷既不是奸党逆匪，没人撑腰子，正经话便应该讲讲！还有，一伙学生太爱同他堆了，也要不得。除非领着他们去赌去嫖，那倒太平无事。据说，前两月在东大街鼓动逃兵，也是他带着学生们干的，你想想看，姑奶奶……一句话说完，姑老爷已经是被注意的人。这回算他运气好，报告他的人不过是顺带公文一角，侦察他的，恰又和我们有过连手，还通商量。所以今天一受了你姑奶奶的重托，我们就赶快动员，也幸而来得快，——钱也顺手，他们还没有报上去。……"

鸦片烟盘子旁边谈这种话，真太适宜不过。一面还有烟，——鸦片烟和纸烟，还有茶，还有糖食。唐老太婆和向嫂是被连累得几夜未曾早睡，也稍稍习惯了点，都坐在房里两张老式的四方凳上，用背抵着衣柜，边陪客，边打呼噜。

唐淑贞是越夜深越精神。四天来，因为心里焦急，每夜总不免多烧两口，睡时多半鸡唱二遍。早晨自然起不来，于是安乐寺也几天没去。白天哩，吃不成吃，不是发脾气骂人，就是守在窗根外面，一见来找白知时的学生、同事、同乡、朋友，她都一律烟茶招待，研讨白知时的行踪，清查白知时的底细，同时并单方面公告，白知时是同她订了婚约的，等他一回来，就结婚，"国难期间，不敢讲礼节，只好等抗战胜利后，再请客啦！"于是有些人也就含含糊糊地赶着她喊起白太太；或白先生娘子来。

今天奔走了半天，已经稍觉疲乏，但是胃口却开了些，一回来就多扒了小半碗饭。这时节，因为事情已办通了，心里一畅快，不但更多烧两口烟陪客，并且还闹着饿了，要向嫂去把那已经炖好的鸡热出来，留那另一个过足了烟瘾的亲戚吃一顿半夜饭再走。

向嫂被喊醒后，知道事非寻常，只好边噘起嘴，抱抱怨怨的，边点燃油纸捻走了。唐老太婆打了几个大呵欠，也抱着水烟袋跟着去帮忙。

客走时，快四更天，唐淑贞带同向嫂把大门关好进来，才高高兴兴洗了个滚水脸，上床睡觉。

一时睡不着，心思便潮涌似的。仔细一计算，别的不说，光这几天的耽误，就少做好几十万元的生意，假使像前半月的行市，一进一出至少损失了二三十万。再一想，也还值得，白知时这一出来，总不会再迟疑了，"他是没世故的老实人，我为他劳了这们大的神，花了这们多的钱，他还能不听我的话吗？……看来这个人总算买定了，与人方便，自己方便。……不过事不宜迟，必须结了婚，才把他拴得牢。……到底在啥时候结婚呢？怎样的办法呢？……"

第二十二章　喜　筵

"国难期间，诸事从俭。"这已经成为口头禅，和一切墙上的标语样，说的人无诚意，听的人也只笑笑。

不过有了这口头禅做挡箭牌，于当事人到底方便得多。即以白知时唐淑贞的事件来说罢，在平常时候，即使不按照旧式礼节，花轿鼓吹，拜堂撒帐，而新式的披蝉翼纱，坐花汽车，包餐馆礼堂，劳烦证婚人、介绍人马起脸开教训说笑话等等痛而不快，哀而不伤的举动，也都免了。既不劳民，又不伤财，仅仅在报纸上登了一条大大方方的广告，奉告各位亲友，他们已于某年、某月、某日正式在成都结婚了。

在结婚那天，——即白知时被释放的第三天，按照唐淑贞打定的主意实施的。——大门口连软彩都没有挂一道，只堂房门口挂了一道红，是唐老太婆坚决要挂的。她说，白家也没有神位，高家也没有神位，这堂屋是她唐家的，堂屋里供的是她唐家的神主。照老规矩说，寡妇再醮，是不能再在娘屋里出嫁，算来，她唐家的堂屋只能借给白家用，要不挂一道红，并拿红

298

纸将唐家神主木龛封了的话，则唐家祖先一准会被秽得不安其位，连带而及，唐家的家运也不好。设若唐淑贞不是她赖以养老的独生女，而又直系无儿无孙，旁支无伯叔兄弟，那她还一定会勒令他们另租一间房子，或是临时找一间旅舍去举办大典哩。

在头一天，他们已经开过会议，除了本街前任街正，平日常有照料的那个老亲戚外，连那两个为白知时出过力的表叔也参加过了。既然国难期间，不便铺张，而一个是鳏夫续弦，一个是寡妇再醮，就作兴有很多的钱，也不犯着铺张了，反招别人议论。白知时一直到这时，犹然头脑昏沉，尚不能思考，他只是说："本来，婚礼也太仓促了，要怎吗办也来不及。依我的意思，倒是缓一点的好，然而淑贞……"

"这件事，我负责！……不错，是我主张赶快办。为啥子呢？这回的事，我着了多少急，劳了多少神，还到处搬兵求救，闹得满天风雨，哪个不说：'才怪啦！白先生着了冤枉，怎们唐姑奶奶会这样子出力花钱，他们是啥关系呀！'就只我们这院子里头的闲话，就够你听了。真的，说起来也实在怪，……怎么不叫人疑心我唐姑奶奶还闹了啥子花脚乌龟了吗？……晓得的，像妈妈他们，自然知道我同知时平日感情就很好，近来确已口头提过婚约，还正打算等他空了，择个日子，先来一个订婚礼的，……这些话，你们问问知时，他总还记得罢？所以，在我要营救他时，我就只好宣布了，我们已经正式订过婚的。那吗，说起来就名正言顺，就是两位表叔，不也是为了这缘故才肯踩深水的吗……既然生米已煮成了熟饭，他出来了，还不赶快把这过场做一做，那吗，人家真可以疑心我，疑心我行为不端正，疑心我扯谎。……他倒不要紧，我们妇道人家，还要在社会上出头露面的，那些戳背脊的闲话，可受不了呀！因此，他一出来，我就向他说，目前百事都缓一下，我们非定明天结婚不可。他倒说过，时间太迫了，恐怕来不及。……我说，有啥来不及？我们又不是童子结发①，还讲啥迷信，定要叫王半仙择啥子黄道吉日？如今又在国难时候，我们就不大宴宾客，别人也不会说我们空话！只是想个啥子简便办法，把过场做到，把事情打响，也可以啦！两位表叔是我们唐家至亲，也都有了年纪，都有了道行的，你们看我说的对不对？"

对，唐姑奶奶说的哪还有不对的！于是唐太婆就提出了要挂红的话，理由已如上述，自然无异议地通过。其次，一个表叔说，得在警察局和法院去报告一下，白知时反对，唐淑贞顾虑到将来的意外，讨论之后，才折中下来，由白知时立刻亲笔起草，拟一个结婚广告，由另一个表叔交到五家报馆去，准明天一齐登出，以为合法的凭证，这也是上面提过了。再其次，就讨论到行礼，唐太婆主张，既不在餐馆里行新式的礼节，那吗，就该喊一伙吹鼓手来，拜拜天地，并且给祖先给亲友磕几个头；也该请几桌客，自家没亲戚，多招呼几个朋友也好，本院子里两厢的佃客，难道不要请人家吃一顿油大吗？但是白知

---

① 指原配夫妇。——原编者注

时唐淑贞都不赞成这样办，理由很多，老太婆只好逐渐让步，一直让到只请一桌客，两厢佃客只先打个招呼，送了礼的，等以后过年请春酒时再补请，吹鼓手不要，天地也不拜，祖先前也不磕头，只于明天中午后，等街正、老亲戚，等两个表叔和白知时所请的三几个好友到齐后，只双双在堂屋里给唐太婆磕三个头，高继祖同时给继父亲和母亲磕三个头，全家人立刻改称呼：高太太从此不叫高太太，得叫白太太，高继祖也从此不叫高继祖，得叫白继祖，成人之后，待白太太有了生育，再还宗归姓，若果白太太无生育，则承继两姓，称为高白继祖；然后新夫妇互对三鞠躬，向来宾三鞠躬，放一串千子鞭炮，座席吃酒完事。

一个表叔拍了两下掌道："好极啦！这样一来，新式旧式全有了。现在许多大伟人、二伟人都是这样办的。……本来，光是旧式，太老朽昏庸了，不合潮流。光是新式，也太摩登一点，不大像样，我们中国人，还是要保留点中国礼行才对，该磕头的，硬要磕了头才慎重！……哎，哎，还忘了一件事，既然要放千子鞭炮，那吗，点不点香烛呢？还有，新人的衣冠也得讨论讨论。……"

果然问题是越讨论越有的，连带而及，新房的问题也出来。若说是白家讨老婆，新房就该设在耳房。但耳房是那样的乱糟糟法，光是将就家具稍加打整一下，那也不是一两天可能行的，何况那一床乌中泛黑的白麻布蚊帐，根本就换不下来。唐淑贞用着的那床蚊帐，因为床大，蚊帐也大。然则，只好以正房为新房了。但那房间是唐家的，以情节说来，便是唐淑贞坐堂招夫，出钱养汉，这在雅安以西有些地方倒还许可，而且男的还应该改姓；这里，却是成都呀，不唯说起来，女的名声不好听，即男的也会给人看不起啰！还有另一个问题，便是只一桌席，就该找大馆子做，多花几个钱办好点。不过，此刻就得决定，好早通知，不然怕来不及，而且酒也该用好的。

对于酒席，只有两个表叔内行。于是由他二人商量了下，便决定叫荣乐园办一桌海参全席，"一切都要到堂，并且叫老蓝尽点义务，由我去打招呼，做得好，偿他一桌海参便饭的钱，不好，吃了再说。酒哩，长春号的陈绍，叫个弟兄去抬一坛来，起码也可叫他欢迎一半的价钱。"为了讨老婆，白知时绝对不许唐淑贞再出钱，遂赶着在箱子里取了一万块钱交给那表叔。表叔又绝对不收，说是花不了好多钱，就作为他们两人合送的水礼。前任街正老亲戚也掺了进来说："给我也摊一份。"

香烛问题也解决了，就是不点。并不是对迷信革命，实在没有放香烛的适宜地方。

新房问题也解决了，把白知时那间架子床拆了不要，床后就是隔扇门，把门一开，就通到唐淑贞所住的那间正房，这房原租给白知时住过，也就是前一房白太太的新房，是唐淑贞丧夫回省后，才要了回去的，其中几件家具，尚是讨前头白太太时，白知时买的哩。客来了在耳房里起坐，行礼后也先到耳房，这一来，就不嫌其不是白家的事了。

现在剩下来的只有穿啥样衣服的问题。这用不着讨论，因为既不大举动，便无所谓礼服，只是随身的就行。虽是如此，然而白知时低头一看，脚上那双打了无数补丁的皮鞋，实在有更新的必要，同时也应该剪个头，把胡子茬儿刮刮，洗个澡，把穿了好久的内衣换换。

因此，到第二天，换言之，即唐淑贞钦定的结婚那天，一早起来，白知时业已穿得整整齐齐，至少，脚下是一双崭新的黄皮胶底鞋，头上的乱鸡窝已剪成了样式，还用了凡士林平平贴贴地梳得又光又滑，而脸上也光光生生，显露出一表人才，直鼻方口，大而方的牙腮骨，不用说了，光彩奕奕的眼睛，似乎比平日更有神，更灵活，这样，再配合上一身向一位当公务员的同乡处借来的黄哔叽夹中山服，那样子简直变了，简直不像以前褴褛①的教书匠，而是一个很现代化的官长。

正走出耳房去招呼左厢住的两个劳工朋友——原是昨夜就说好了的，并且都答应帮干忙，不要力钱，因为给老寡妇的新女婿效点劳，将来于加房租时，总有点让手罢。——来拆床，来安顿房间时，行将改姓的儿子继祖，也已穿着新衣服出来了。孩子因在他手上读着国文、算学，本来有点惧怯他的，这时，晓得他要变作自己老子了，似乎不好意思起来，刚一看见他，就垂下头去。

他仿佛也有点出乎意外，略为呆了一下，才笑着脸道："过

---

① 四川人形容人不整洁、肮脏的说法。成都人说"浓里浓呆"。——原编者注

303

来，十多岁的娃儿，应该学点礼节呀。早晨见了长上，得问个早安，再不然，也该招呼一声。……听清楚没有？喊我！……"

孩子只怯生生走来，伸起右手三根指头在耳边一比，给他行了个童子军礼，可仍没有开口。

"怎吗不开腔打招呼！哑了吗？"

唐太婆正在堂屋里亲自用红纸去糊祖先木龛，便走到门外来笑说道："这娃儿也是哟！自己的后老子，就喊声爸爸，有啥不好意思？你看，你爸爸还要对我改口哩！"

真的，白知时在继子面前，只好躬为表率了。遂红起脸皮，冲着老寡妇喊道："哎，是啰！妈妈说得不错，迟早总要改口的。"

虽然把妈妈两个字顺带了出来，到底在牙齿缝中殊觉生涩，心里想的则是："滚你妈的妈妈！老子从十五岁死了亲娘后，三十来年没有喊过人家妈妈。你妈的啥东西，配老子喊你？"

原来他头房太太是一个孤女，他并未对人改过什么称呼。对老寡妇，他本打算称她丈母或岳母的，觉得太文雅了，每天总不免要打招呼的，而成日价"丈母……丈母，"或"岳母……岳母，"似乎有点离皮离骨。他知道旧式妇女们对于称呼最为看重，要是不喊亲热点，唐淑贞准会不高兴，不结婚倒也罢了，既是成了一家骨肉，便不宜因了这点小事，而使太太生心，以致引起将来更大的恶果。何况主佃多年，到底也有点情感。而这回的无妄之灾，确乎又得亏了太太的力量，才脱免得这么快，光以这件事而论，已该感恩不浅了。以人情而论，夫妇本为一体，中国文字解释妻者齐也，英文则说是一半边，因此，男的父母为女的翁姑，既然为了谐俗，都通通喊成爸爸、妈妈，那吗，女的父母为男的外舅外姑，俗称为丈人、丈母，或岳父、岳母，又何不可以再谐俗一点，也直截了当地跟着老婆喊爸爸、妈妈呢？

这一番理由，是他夜来上床时就想好了的。因为在刚打二更时，大家为了明天，不得不早点休息，于消夜之后，便各自起身，白知时照常向老寡妇打了个招呼道："唐太婆请安置了。"唐淑贞登时就带笑带嗔地对他说："当心啰！从明天晌午起该改口了，莫再太婆太婆的不分亲疏啦！"于是他才着意地思考了一番。

此刻虽是提前自主地改了口，心里到底有点不服，于是车身过去，像报复似的命令着那孩子道："我都改口了，……喊我！……不准再充哑巴！喊，喊，喊我！"

孩子在重重压迫之下，只好低眉垂头，轻声秀气地喊了声"爸爸"。

白知时到底过意不去，便伸手把孩子的下巴朝上抬起来，孩子两眼眶里都是汪汪的眼泪。他立刻明白孩子受了委屈，孩子不能像他那样有理性，也不能像他那样边喊妈妈边在肚子里骂回来。

他登时变成了一张和蔼可亲的脸，声音里也含了一种慈爱，说道："怎吗，就哭了！又莫骂你，又莫说你。……女孩子才眼泪多，你是有志气的男娃子呀……好好的听说听教，我是喜欢你的，你妈还要更爱你哩！……得啦，把眼泪揩干，去喊莫掌柜他们进来帮我拆床，安家具。你也来帮我把零碎东西收拾收拾。"

孩子像粘了春气的劲草似的，立刻就舒脸张眉，边答应，边就跑出了侧门。

白知时点点头，自言自语地道："到底孩子天真些！……无怪古人说，不失其赤子之心，……唉！的确不容易！"

过了正午，一切都能按照昨日所计议的程序进行，只是时间挪晏了两小时。一则荣乐园的席担子快一点钟了才来，说是柜上招呼过，口味要格外做好些，菜也要格外做丰富些，因此多安排了一点时候，实在对不住，耽误了喜期。道歉了又道歉，然后才使那个亲自去包席的表叔不发气了。却也得亏白知时所招呼的一个当参议员的同事更迟到了半点钟，方令众人切实感到中国人的时间，原不能作准。就如这时一样，四个人的表摸出来一对，唐淑贞的是下午一点三十五分，白知时的是二点四十分，参议员的委实才是十二点十七分。但三个人立刻解释：唐淑贞依照的是安乐寺的时间；白知时则无所依据，因为三个中学的钟点，便有一点半的时差，为便于一个先生在甲校下了课，又步行若干里，再到乙校去上下一点钟的课；参议员所依的，据说是议会场中的标准时间。那个包席的表叔的表，说是顶准了，是依照警察总局的标准钟拨的，是下午一点四十六分。另一表叔则说警察总局的标准钟也有毛病，有时比春熙路"及时钟表店"的标准钟慢一刻，有时又快十分。白知时说："成都顶标准的时间，恐怕要数华西坝钟楼的钟，那是依据天文台的报告而校正的。"接着他又像一般的悲观论者，叹息了声道："科学到底和中国人无缘啰！何以呢？你们看，维新以来几十年了，我们连时间都没有一个可依据的，还是要等外国人帮忙！"

参议员是才由重庆回省不久的，一面咂着主人所奉敬的一支本地雪茄，一面跷着二郎腿，旁若无人地议论道："我赞成你的见解。……我们就说陪都罢，自从二十七年国民政府西迁以来，称为抗战中心，又是民族复兴根据地的中心，……全国的智力、财力集中到这里，说起来，倒很像北伐以前的广州。……自然，抗战时间不比准备革命时间，单是从二十九年算起，五年来的大轰炸，那阵仗，就非凡。但是一面破坏，一面建设，这是委员长随时在训诫我们的呀！……我们的陪都，既是政治中心，又是全国智力、财力所集中的地力，别的建设不说，一个标准钟总该有的。……可是，……可是说起小什字那具标准钟，真就把人气死了！……拿重庆市政府的每年收入来说，在冲要地方安置几具真正像样的标准钟，实在算不了一回啥子事的，……可是，小什字那唯一的一具标准钟，据说还是一个钟表店捐出来做广告用的，这已经是难得的事了。……令人生气的也在此，那是指示陪都百多万人的时间表哟，说起来多重要！……可是，……可是据说，在初初建立的几个月里还好，相当标准，近来，才糟糕哩，每天你去看，四个钟面，四个时间，请问以哪一面的为准？……妙在没人管，讲新生活运动的，只顾干涉人家扣纽扣、抽纸烟去了，市政府哩，只顾不准市上卖猪肉，不准餐馆用猪肉……"

另一个白知时的朋友插嘴问道："还在禁止吃猪肉么？"

"不是吗？吃猪肉简直像是犯法的事。……"

"为啥呢？"几个不大关心到九里三分以外事情的人都惊诧地问起来。尤其是那个前任街正老亲戚。

"我晓得为啥？"参议员扬着脸，拿眼睛把众人一扫，很像在议会里随便说着不大负责的话的态度似的，说道："政府办事，那有啥子道理可说？何况那位，……咳！何必提名哩，大家都是知道的。……在前，据说是猪只的供给不够，市上肉价涨得不近人情，于是政府为吃肉的市民着想，便拨款组织了一个官办的屠宰公司。……自然，有了官办，就不准民办，民办就是犯法的事情。……官办哩，自然一开始就弊窦丛生，不上几天，蚀本关门。……可是，官办的只管关了门，民办的仍然要取缔，要禁止。……越禁止，就越稀罕，也就越贵，越有利润，猪只来源越畅，杀猪的人到处都是。然而市政府还是不准市上卖猪肉、餐馆用猪肉，……你们说，有啥道理？只是长久地为了一般查禁的下级人员开一道大大的方便之门罢咧！"

还是开始那个问话的教员问道："那不是同禁烟的事情一样啦？"

"你说有啥两样？不过这也在重庆市啰！……咳！如其把这办法拿到成都来，哼，哼，你们看！……"

他还来说出参议会将要怎样怎样，以表现他们的了不起的代表力量时，那个包席的表叔把手表一看道："新郎官，快两点一刻啦！我看你们的典礼可以举行得了罢！"

新娘子在房门外先就接口道："那吗，就请大家到堂屋里来。……"

并且就由那位表叔担任了赞礼和知客。

到千子鞭炮被那个帮忙的莫掌柜拿到砖二门之外天井里燃放起来时，不但挤在堂屋门外来看热闹的两厢男女老少若干佃客，都闹嚷嚷地争着来向老寡妇、向两个新人道喜，说喜话，就是隔着院子的左邻右舍，以及对门对户的街坊们的妇女们，都从两侧门拥了进来，并不是为的道喜道贺，而只是为的看新人，只管新人还是天天见面，就闭上眼睛俱能说出她五官位置来。

男子们不懂得是怎么回事，便都退到新房里去吸烟、喝茶、吃中点。唐太婆是懂的，便将她女儿拉到堂屋门外明一柱的阶沿上来，和众人周旋。一面口头说不敢当，不敢当，请坐嘛！一面又抱歉地说："地方太褊窄了，做不起事，不敢劳动各位的金驾。……这就是我的姑娘，新娘子，现在是白太太。……各位不要见笑哟，就因为吃不起饭，才凭媒说合，大跙了一步。……"

虽然"二婚嫂"这个轻薄字眼已经到了许多婆婆大娘的心头，因为主人家如此殷勤，而又大胆地自己叫穿了，还好再说吗？何况唐姑奶奶是街坊上素有声名的武辣货，今天扮了新娘子，而那张浓抹脂粉的寡骨脸上犹是气狠狠的，谁敢在这风头上去惹她？

中点之后，就上席。果然是好席面，虽非老格式的真正海参全席，却也并非像三十年十二月正式对日本宣战以来的那种只是光溜溜八样大菜的节约席，居然是四水果，四糖食，四冷荤的七寸，而且还是每人一份的瓜花手碟，而且还有压花的席花纸，一色龙凤彩瓷、象牙筷、也是龙凤彩瓷的酒壶，全摆在洁白的圆桌布上。

这局面，女家的两个表叔和新娘子通是见过的，倒不在意下。只是男家几个客连新郎官俱表示了一种惊诧道："好讲究呀！……咦！还是荣乐园的！"

参议员毕竟出众些，立刻便摆出一种恍然的神情来道："是啦！在吃中点时，我就疑心准是荣乐园了。……唔！不错，一进口就尝出来！"

因为是圆桌，不好安席，于是由老寡妇做主，请参议员坐上面的中座。参议员不肯，说："我们是同事，不算外人，得让长亲坐。"前任街正老亲戚和两个表叔也不肯，说："今天该生客们坐，我们送酒席的，没有自己爬上去坐的道理。"

结果，由众议定，新娘新郎今天在这里算是上宾，只有老寡妇才算主人，其余都是陪客。参议员连连举手向两个新人让道："全体通过了！全体通过了！"

及至酒过三巡，菜上几碗，酒好菜好，大家一面谈着吉庆话，——因为在二婚嫂面前，而又拖了个油瓶①，大家的话说

---

① 拖油瓶，是四川人过去称寡妇再嫁时带去的原夫家子女。——原编者注

得都很谨慎。话一谨慎，自然只好向酒菜进攻。参议员自以为是荣乐园的知己，进攻得更其猛勇，许多像在议会里的精辟议论，全被银耳、海参、鱿鱼、虾仁、烤填鸭、米熏鸡等塞下肚里去了。—— 一面热热闹闹地动着杯筷。女主人高兴，两个新人高兴，改了口喊爸爸的高白继祖高兴，几个朋友高兴，前任街正老亲戚高兴，两个表叔更高兴，厨下的掌瓢师听见堂房里不断赞赏的言语，也高兴。

向嫂在经由烫酒，每向连汁水都不剩一勺的空碗里看一眼，必要撇着嘴做个鬼脸，同时必悄悄骂一句："穷吃饿吃！"同时也必灌一茶碗寡酒下肚，同时也必递一茶碗热酒给两个帮忙的佃客道："吃碗喜酒，算我的！"

第二十三章　失踪与复踪

唐淑贞的人材，原本不算怎么错，当其刚嫁与高局长之时，曾经有过一枝花的绰号。如今自然不同啦，肩头微微有点耸，项脖微微有点勾，在二十年前，谁看了都会吐泡口水的。然而现在作兴了方肩头，并作兴高跟鞋，穿上高跟鞋走路，必须腿子打伸，脚尖用力，踏八字脚不行，踱方步更不行。当其脚一点地之时，自然而然就有个前脚才伸出去，后脚就追了上来之势。于是这么一追一赶，而再注意把脚尖踏在一条直线上，不必模仿而电影之步自成，而婀娜之姿自生。如其身体健康的，不妨尽量昂起项脖，挺出胸膛，自然就成功了气昂昂雄赳赳的美国女性。设若身体不行，又瘦又小，则不妨老实把肩头耸起，脑袋低垂，在摇曳之中，也自然有一种娉婷之美，据说三十年代巴黎拉丁区的一般格里色①便这么样地引诱了不少的青年。

以此，唐淑贞的肩头微微有点耸，项脖微微有点勾，并不

---

① 法文 GRISETTE 的译音，即轻佻的女人。——原编者注

足说是她的瑕疵；且皮肤相当白，肌理相当细，以年龄言，也并不大，然而够不上再称一枝花者，她妈看不出来，向嫂却偏能说出缘由，由于以前一对极呼灵，像走盘珠样的眼睛，而今已失了活力，也失了光彩，不但眼瞠下有了眼泡，就上眼皮也微微有点浮肿；其次，额脑起了皱痕，眼角也生了鱼尾；还有，嘴角也有点朝下挂，显得上嘴唇更其翘了起来，从前那嘴唇多么鲜红，而今哩，不搽唇膏，简直就是乌的；从前笑起来多么迷人，牙齿白得像一排珍珠，牙龈红得像珊瑚做的，而今哩，不笑还好点，免得露出那怪难看的又黑又黄的烂牙齿。据向嫂说，这些都还罢了，因为一枝花的残痕犹可强勉找得出来，而变得连痕迹都没有了的，更是那张寡骨子脸，不但既不丰腴，又不红润，在早起不打扮不搽粉时，几乎是一张戏台上青蛇的脸；颧骨高起来，眉骨凸起来，都不说了，还有一种说不出的地方，就是以前虽然发了气，咬牙切齿地骂人，也武辣得好看，巴不得多看她几眼，而今哩，发气也是那样，不发气也是那样，总之凶狠狠的，活像借了她的谷子还了她的糠。

一句话，一枝花已被鸦片烟毁了！

不管一枝花是否蔫了，萎了，甚至残谢了，到底其名为花，其实也是花。结婚之后，男的和女的毕竟不免有一段昏沉沉的时间，这在西洋叫作蜜月，在中国则叫作迷月。

唐淑贞是光明正大地早晨总要高卧到十一点钟才起床。慢慢地过瘾，慢慢地喝泡得极酽的普洱茶，慢慢地抽纸烟，慢慢地洗脸、梳头、搽粉、画眉、涂口红；然后才慢慢地吃一碗煨得极溶的银耳或哈士蟆当早饭；完了，是下午三点了，才慢慢地换衣裳，谈谈闲话，再随意烧几口消闲遣日；再过一会，便吃午饭，一顿菜肴精美的午饭，慢慢地嚼，慢慢地咽，总要费上三刻钟，才吃得完两个小半汤碗的米饭；然后再漱口，再打扮，再烧几口，精神蓬勃了，便邀着白知时一同出门，逛逛街，看一场电影，或是看几折川戏；然后买点小东西，或是糖果啦，水果啦，下酒的干菜啦，急急忙忙回来，一脱衣裳，便开灯过瘾；这是一天里头顶重要的一次瘾，五七口之后，已是二更，才又吃晚饭；这顿饭需要吃酒了，黄的也好，白的也好，吃不多，黄的三茶盅，白的三小杯，只白知时一个人陪着喝；喝完下来，老寡妇、向嫂、高白继祖先睡，两夫妇还要靠着烟灯烧几口耍，总在三更后了，才打睡觉的主意。

安乐寺的大门、安乐寺的茶铺、安乐寺的正殿，以及其中挤得像蛆样的人，吵得像海涛样的声音，已经钻不进她的脑际。她妈在她吃午饭时，偶尔提说一两句，她一定蹙起眉毛，哆起嘴巴，撒着娇，活像一个才懂事的小女郎似的，咬着竹筷说道："妈也是哟！人家才办了喜事，也让人家安安逸逸地过几天不好？……说真话，安乐寺我也赶伤了！……热天热死你，冬天冷死你，遇着下雨，上头倒不怕淋，脚下可湿死你。……你还能穿好衣裳，好鞋子吗？挤过去，攘过来，不放点泼，你硬挤不进去。……还有那些嘴脸，你才看不得哩！个个都像狐狸样，又像狼样，又像蛇样，胆小一点，你硬不敢去同他们打交道。稍为不当心，包你栽筋斗，那是个无底洞，要是一个筋斗栽下去，能够好好生生翻爬起来，除非有通天本事。……我每天赶了安乐寺回来，说真话，硬是人要柔①半天，才缓得过气来。……哼！你们光默到赚钱，好松活么！……第一个就是妈，一点也不体贴人，才办了喜事，就要催人家去拼命！……我硬不！"

老寡妇都挨了训，自然没有第二个人敢开口了。

所谓第二个人，谁也明白绝不是向嫂，绝不是高白继祖，自然只有我们的白先生。白先生不是不敢开口，因为白先生自从办了喜事以来，也和唐姑奶奶的心思一样，想安安逸逸地过一些时日。他也累够了啊！从星期一到星期五，每天六七点钟的功课，星期六还好，只四点钟，若果光教一个中学又好啦，但是教的乃是三个中学，都是老主顾，和他已发生了除非死、除非自己告退是绝不会有六腊之战②的恐惧的历史。自疏散以来，三个中学恰好散在老东门、新西门、老南门三门之外各十余里地方，而且都不通大道，都相当偏僻，现代的交通工具不能去，就能去，也没有这种工具的。别人教的学校，或许有两个三个邻在十里之内，别人可能同一天到三个学校上课，看来

---

① 柔读让字的阳平声，形容累得全身无力，系四川人的方言。——原编者注

② 一九一五年，袁逆世凯叛国，蔡松波率领滇军伐叛入川，与袁战于泸县与纳溪之间，当时称为泸纳之战。其后，川局不宁，学校校长几乎每学期必有更动，校长更动，连及教师，每年六月、腊月为解聘、续聘之关头，竞争激烈，故世人谐音称为泸纳之战。——作者注

辛苦极了，刚在这学校下了课，又须急急忙忙步行到那学校；其实，倒并不怎么辛苦，多走几里，权当散步，权当休息，因为在甲校的两小时连上的功课，可以只教四十五分而早退，而乙校的连上两小时的功课，也一样的只教得四十五分，而迟到；这不是教习先生的过失呀，学校得原谅，学生更加欢然。但是白知时却捡不着这种魋头，他的功课，大抵每个学校占两天整的，说起来，每天只走一处，少辛苦，可是既不能早退，又不能迟到，而且他的老实教学法又习惯了，号音一响，便上讲堂，不点名，不说空话，打开书本就认真地讲，偶尔写写黑板，也很快，因为太熟了的缘故；又不肯借故缺课，除非害病，害得支持不住了，然而几年当中身体偏又很结实。以前尚觉得高兴，他对得住学校，学校也对得住他，不管专聘或是以钟点计，每月得来的薪水，总用不完，除了存一笔在一个极稳妥的私家银行外，还可时时兑一些给居孀的妹妹，或者帮助几个同乡学生；就是在民国二十七八年时，还捐献过好多次给国家去买飞机，和做慰劳之用。——当然也同一般捐款的人一样，捐了就是，从没有问过后果，而偶尔发表一张捐款人名单，也从不过目，就听人说及没有自己的姓名，也只笑一笑而已。——学生们也对得住自己，亲切、尊敬、听话。然而自三十年以来，这兴致就一学期不如一学期，自然，报酬太菲薄了，物价每月跳一丈，而教习的薪水却每学期只增加一寸。那时的教育厅长又是一个对哪都不含胡的时新的所谓三千人物，只管自己住洋房、坐汽车，但是一开口便说："譬如我堂堂厅长，每月也才四百元的薪水，各位一个中学教师，每月拿到一二百元，也够啦！要说不够穿吃，目前抗战紧急，救亡且不暇，哪能顾到个人的饱暖？教育本是清苦而高尚的职业，我们既高尚了，精神方面多得一点安慰也罢咧，为何还要论及物质？像这样只在报酬上斤斤用心的人，怎配说是为人师表！不如老老实实去当黄包车夫，不如老老实实改行做生意！我竭诚奉告各位，国家兴亡，匹夫有责，只要各位冷得、饿得，国家自然得救，只要国家得救，各位就牺牲了也值得呀！如其一定在这困苦时节，要求增加薪水，甚至强迫学生格外出钱、出米来尊师，那，兄弟不客气，决定奉行委员长的手谕，宁可封闭学校，也不许可开此恶例的！"这种不顾事实的官话，也实在令人灰心。因为白知时既不能丢下课本去摸车杠，如教育厅长所指示，又不能去摸算盘，如好些校长们之已为，而自己又习与性成，到时候必上课，一上课必认真，上课时倒不觉得什么，但下课回来，把车钱一出，算一算，真禁不住就颓然了。兴致不佳，以前心安理得认为乐事的，今日出于勉强，差不多就甚感其疲，何况菲衣俭食，营养不足，身体也受了不少的恶影响。多劳一点神，多讲一点书，就感到头昏，感到不能支持。

　　幸而白知时还算有打算的教书匠，一看法币在贬值了，便赶忙将存款提出，交与一个做生药材生意的同乡去合伙。因为相信人，他是从不看账的。那同乡——他和唐淑贞举行典礼那一天，这人还来参加过，吃过喜酒。——也真好，只要他用钱，从未拒绝，而且每年赚来的红息都给他转到本上。几年来，他算略略有了点经济基础。可是一星期仍然要教三十六七点钟的功课，还要为同乡、为自己的外甥，为学生们，劳神费力地帮忙使钱，甚至还要为抗战胜利、为爱国热情而兴奋，而嚣嚣然地批评议论，他确实也累够了！

光是教书之累，还则罢了。为了黄敬旃要从军，差不多劳敝了八九天的唇舌，以及三四夜苦思焦虑，谁知刚刚着手挽救，便生波折，这个打击是何等的严重！然而致此严重之打击的，乃由于想不到的无妄之灾。这在精神与心情上，岂止是打击，剞实说来，简直是斩杀，简直是残酷的活剐，简直是最残酷的车裂啊！

当他那天匆匆出门，正要去找负责检验从军青年体格的霍大夫时，才不过走到街口，就遇见一个穿中山服而面貌好像在哪里会见过的壮年男子，笑容可掬地走来招呼他道："白先生到哪儿去？"

不等他答言，接着又说："有一桩要紧事，得请你到一个地方去走一趟！"

也是不等答言，便走来把他肩头抓住，很严厉的只"莫问！……走！"同时，街边又过来一个短小精悍的小伙子，一只手抓住他右膀，一只手在他腰眼上一顶。他感觉到顶住腰眼的，不是手，而是一件小而硬的家伙。

他登时明白，他一定被匪人绑票了。这是成都以往常有的事。他早已听见过，曾经有个汉州粮户，为了避兵、避匪，躲来成都，不上半个月，一天，到春熙舞台看舞台戏，到戏散出门，正拥挤当儿，忽觉背心上有件东西顶得生疼，忙抄过手去一摸，啊！一件冷而圆硬的家伙！同时，左右耳朵边都有很小的声音在打招呼，叫识相点，跟着走。……

自然他也识相点，跟着走到街口，便被拥上一辆小汽车。而且两手立刻就着一个铁铐铐上，两眼立刻就着一片黑布扎得无一丝缝，汽车也立刻开走，起初还算感觉得出这是南门大街。……

不准说话，他就不开口，心里倒觉坦然，"一定是弄错了，姓白的多啦！断不会是我这个穷教书匠！……可惜没把书包带上，有书包，更可证明一定是匪人们弄错了。……"他又微微有点诧异，今日的票匪们也真进步了，穿中山服不计外，还玩的是汽车，在十几年前，汽油像冷水样，倒还不算什么，可今日正是一滴汽油一滴血的时代啊！从前，倒也作兴绑手绑脚，用的大抵是温江麻绳，听说也有用湖绉腰带的，却哪能及今日的洋派，玩手铐，似乎还是美国货哩。

汽车不晓得走到什么地方，地面那样不平，想来绝不是城里的繁华街道。车子外，没一点闹声，只听见马达响，好久好久连喇叭都没有按过。

白知时脑经一闪，忽然记起二十八九年几个跟他喊抗战到底，和在会场中痛骂汉奸汪精卫，并唱《义勇军进行曲》的青年的自行失踪的故事。据好些学生的传言，统是用汽车载走，一走之后，永无信息。有说送进集中营改造脑经去了，也有说简直就变了骨灰的。他于是才省悟了："唔！我着了！……我着了！……这不是要我自行失踪吗？……绝对是的！……"

他全身都随汽车的颠簸而震颤起来。他本不要这样害怕，想穿了，也不过要命罢咧！何用怕？但是却没方法止住牙齿不哆嗦，止住两腿不像在秋风里的衰草样的抖。同时，口也干了，很想得点水来润一润。

"怪哩，我又不是生事的青年！"他这么想，"两三年来，本本分分的，并没有参加过啥子集会，也没在外头发表过啥子不满的议论。……唔！也说过些牢骚话，那不过为了生活程度愈来愈高，谁不受着生活的威胁？谁又不对抗战前途表示悲观？这是事实呀！在教习预备室，个个见了面，谁不说'这日子怎们过得下去呀？'连校长们都这样地在叫唤！……唔！在讲堂上？……倒说过一些题外话，那又算啥呢？还不是报纸杂志上全有过的！……唔！难道学生中有啥子不满意我的人，在使我的坏？故意添盐搭醋地密告我？……哎！多半是的。现在的学生，不比以前纯洁了。听说已有了什么三青团小组织，大多数都学会了当侦探的本领。……中学生为了好升学，大学生为了有出路。……哎，哎！坏透了！坏透了！"

但他毕竟是学科学的，还不敢不待证实就相信自己的假设。直到汽车又走上了较为平坦的道路，喇叭接连响了几次，转了几个弯，骤然停下，有人把他拉下车，装进一间上有楼板下是土地的小房间，而开去手铐，揭去蒙眼黑布时，他犹在从脑里追寻致其至此的其他原因。

到底是什么原因？以他这样一个人，而居然也受了几天意想不到的"优待"？这时虽听见了嗡嗡的警报声，大家不注意，他也没注意。直到第五天上，自己已经是在绝望当中，刚把一碗盐水饭吃完，突又被另两个不认识的人抓出，依然蒙了一块黑布在眼睛上，并被塞进另一辆汽车，又不知弯来弯去走了多久，猛地汽车停下，有人将他抓下来，只在耳边说一句"等五分钟！……"人与汽车好像都走了，他还是莫名其所以。

他是最驯良的国民，而且是受过高等教育，又正在以教育为职业的人，果然非常守信的竟老老实实待在被人安顿的那地方，静等了一准不止五分钟。听一听，四下静极了，只有远远的几声鸟叫，和草里的几处不大起劲的虫鸣。

他被抓上汽车和抓下汽车的一段时间，他简直记不清楚自己的心情如何，似乎已麻木了。只记得同房间的那几个难友曾经悄悄告诉过他："要是有人提去审问，还好，到底算打响了，哪怕受些奇怪刑法，到底耍通了天；若能报了上去，更好，是政治犯就是政治犯，是思想犯就是思想犯，顶多枪毙，痛痛快快的，少受一些零星罪；不就送到集中营，管他妈的，受训练就受训练，做苦工就做苦工，到底见得到一点阳光，四体百骸也还多得一点活动的空间！顶可怕，就是这等不生不死的拘留着。再不然，就是糊里糊涂地弄出去黑办了，上头不晓得有这回事，家属亲友还在设法找人。真是，即有孝子贤孙要出个讣闻也无从叙起！"以及他被喊出去时，那几个难友的木然而又恐怖的惨白脸色。他早已料到，算了，这也是人生。"唉，就要光明正大，学元元，学刘文玉，高唱一节《柴市节》，也不可能哟!"他做了安排,等枪响时他一定破口大骂一场,以表示他的正气,他的不屈。——很久以后,他才想到,枪响时他还能不能骂?而且黑办的方法多啦,也不会等他有开口骂人的时间啊!

等啦,等啦,大约绝不止五分钟。没有人的声息,也没有枪和其他置人于死的什么东西的声息,"咦!怪啦!"两手一举,才发觉手并未被铐上。这才连忙把蒙眼的黑布取下,虽没有太阳,而从薄薄白云漏下的日光,到底是实质的光明,而久为黑暗所蔽的眼睛,到底一时还不甚睁得开。不过,他已是中年以上的人,人生的路程已经熟悉,并不必怎么留神,仅只一瞥,——实实在在仅只一瞥。——他登时就发现自己恰站立在成嘉公路武侯祠西过去数里,白贞女坊左近一丛灌木之后的野田埂上,脸朝着一道小沟。如其向前两步,包会栽在沟里。是泥沟,已经半涸,倒无死的危险,不过十冬寒月,鞋袜夹裤打湿,终不会令人高兴哩!

再一看,正是下午不久,路断人稀之际。"咳!他们倒选中了时候!"而白贞女坊,"噫!是有心开玩笑吗,抑是巧合?……一定用过心的,叫人家明白,就一点儿小节目,他们也不含糊。……何苦哩,人的脑经想不到是这们用的!……"

大约一分钟罢?一辆盟军的吉普车飞驰的向城那方开去,接着成群结队的行人,成群结队的长途黄包车,成群结队的载重板车,成群结队的挑担、抬杠,成群结队的叽咕车,马路的灵魂复活了。但是早十分钟如此呢?时间算得也真准,"人的脑经想不到是这们用的!……"

到这时，他也才恍然大悟："把我放在这里做啥？……哦！我一准被释放了！……被释放了，我？……但又为的啥？到底是误会了呢？还是……"

他来不及再思索，真像被猎狗追急的兔子似的，三脚两步就迈过白贞女坊的已被拆了一半的石坊。——以前是巍巍峨峨，横跨大路，叫千千万万过路的男女们来瞻仰，来景慕，而其实并无一人要瞅睬这古董，也没人要知道白贞女到底是什么样人？是何时人闹到称为贞女而又能建牌坊的故事，到底是如何一段动人故事？想来，这贞女的一生，准是可歌可泣，说不定比哭长城的孟姜女的遭遇还为复杂，还为热烈！但是今日之间，并无一语传说，没一个人把她当龙门阵摆，那吗，这石坊真也立得没多少用！一自改修马路，这石坊还更委之丛莽，以前的巍巍峨峨，今日已残缺得快完了，"千秋万世名"吗？还不是"寂寞身后事！"白知时在迈过贞女坊、奔上马路时，是这样为他同姓的古女叹息，把自己的命运倒暂时的忘怀了。

跑回一巷子寓所，满认为唐家必然要大吃一惊。然而却不，吃惊的倒是他。

刚进大门，一般正在阶沿上努力洗衣的大嫂大娘们，便都丢下活路，伸起腰，个个笑得脸上发花似的，一齐叫道，"啊！白先生回来啦！……啊，啊！快放火炮！快放火炮！"

果然，大门外霹雳叭喇……铳！一串相当长而响的爆竹遂从大门外，一直燃放着进来。他就这样被人众们，被人众们的闹声和爆竹的霹雳叭喇……铳，围绕着，直送进侧门。唐太婆三代人也已经个个笑得脸上发花似的，从堂屋里迎出来，还有向嫂，还有那个前任街正纪万钟。

爆竹才完，耳朵犹是嗡嗡的，纪老头子已一揖到地，一面说："恭喜！恭喜！从此清吉平安，也从此安家立业。真是双喜呀！双喜呀！……哈哈！……白先生，想不到吃了场冤枉官司，反而红鸾照命。……哈哈！我们倒联起姻亲来了……"

接着，两厢里一般老年太婆、中年大娘，以及年岁参差的掌柜们，也都冲着他打拱的打拱，作揖的作揖，满口道喜，道贺。

贺他离开了班房，——管你正式的牢狱也罢，非正式的拘留所集中营也罢，他们总还沿着前清时代县官衙门里的名词，叫班房。皂班办公室，临时拘留人犯的私监，又名卡房，比正式牢狱还黑暗还糟的地方。——他懂得；用爆竹被除他身上带回来的瘟气厉气，他也懂得；一群人如此像亲人样的欢迎他，他更懂得；但向他道喜这一层，却把他弄糊涂了。

向嫂端了盆洗脸水来，向他说："把背时霉衣裳脱了。洗了脸，洗了脚，再进房里去！……姑老爷！"

他急忙拿眼去看唐淑贞。她只是笑，眼睛眯成了线，上唇几乎贴拢鼻子，右手指头正拈了支纸烟。

还是纪万钟懂事，一面咂着根挺长挺大的叶子烟杆，一面慢慢向他说明，唐姑奶奶已把他们订婚的事，宣布了。并且说，得力是亲戚关系，所以才没费多大的事，仅由姑奶奶花了几万元，凭两个表叔的力量，他才出来了，"不然的话，班房是容易出来的么？我当过多年的公事，别的人不懂，我是懂的。"

他还是呆眉呆眼地把唐淑贞瞅着。脸上没一点表情，好像才从噩梦中惊觉了，还未十分清醒的样子。

唐太婆诧异道："这个人咋个了？是不是着了啥子迷蒙药，把心窍迷住了？"

纪万钟摇摇头道："不是的。大概受了啥子非刑，伤着哪里了。……不打紧，让他静静地养一下。……姑奶奶，你同他进去，最好把你那安神的仙丹烧一口给他。……"

他刚才走进唐淑贞的房门，便一把握住她的双手。握得那么重，她竟蹙起眉头，叫了起来："哎呀！你做啥子？……我的手！……你看，几乎没有把箍子给人家嵌进指头去了！……显你的气力大吗？……呸！"

"唉！你是我的恩人！设若不是你，……我一直是昏天黑地的，……从没有想到你救了我！……"

"这些空话留到以后说罢。……我只一句，你得答应我。……"

"绝对答应，你说。"

"也没啥子。我的话不要当成耳边风。从此以后，一切事情都得和我商量，并且要听我吩咐。……"

第二十四章　蜜月中互卖劝世文

蜜月当中，谁也不愿意想到不高兴的事。因此，女的绝口不提到同高局长在外面奔波时，怎么样躲避红军的辛苦，以及高局长被人陷害之后，只她带着儿子，伶仃孤苦，怎样受大家欺凌的情状。

她不说，自己的以往痛苦，自然也不许他说，连他在被拘留时的许多值得事后回忆的，令人一开笑口的事，也不许说。

"你是五十以上的人，我是三十开外的人，自从抗战以来，大家都过得造造孽孽的，眼前能够快活. 也算我们的幸福，一辈子有几天幸福日子？真真不要自己耽误了，等将来打失悔！"

她自己不上安乐寺，也不要他再去教书。

"我已向学校请了一个月假，找朋友代着课在。耽搁一个月可以，若叫辞了职不干，这倒困难。"

"有啥子困难？世上顶困难的，只有要吃没得吃，要穿没得穿。"

"倒不一定为穿吃……"

"你自然只好这们说。真是的，一年教到头，我没见你吃一顿油大。说到穿，……造孽哟！也是你，搞了这们多年，还不伤，到底为的啥？是我么，早已不干了。"

"你不懂得教书也有教书的乐趣。……"

"又是乐趣，我真不懂！吃不饱，穿不暖，走到人前，满脸穷相，活像一个烂叫花子，还说有乐趣，……穷作乐！"

她拈着烟签，咕咕地笑了几声，又看了他一眼说："莫怄气呀，我倒不一定说的你。你算好的，没家没室，没儿没女，光棍一条，少多少累赘。……但是，如今有了老婆，有了儿子，也差不多和别的那些教书匠一样了。如其老婆儿子都要靠你穿，都要靠你吃，……"

"你还算脱了一项顶重要的住哩。"他也开着玩笑说。

"是呀，还要住房子！……老婆儿女一家人，住两间房子，要不要？就拿我们的房子作比，妈还不一定靠着收房租过活，她收的租钱还不算很大，……就这样，光是两间房子的房租，怕就要刮掉你们薪水的一大半，剩下来的，你说够啥？"

"够你抽纸烟。"

"未必罢！……那吗，我问你，一家人一天到晚愁吃、愁穿、愁住，愁还愁不完，又哪来的乐趣？穷作乐也要乐得起来呀！……我也见过些穷人，却从没有看见像你们这伙穷断筋的穷教书匠！"

"吓，吓！开口穷，闭口穷，一桩清高事业，着你挖苦得不成名堂。但是，我们以前，还是过过好日子的。照你的说法，凡是吃不饱，穿不暖，住不倒房子的事，都不要干，那吗，学校岂不关门大吉？全国没有学校，有子弟的全不要读书，作兴就打了胜仗，这还成个啥子国家？……所以我说，……你让我说完，好不好？……所以我说，世界上有一批人尽管去找钱，也该有一批人守穷耐贫，才成为世界！……"

"好呀，守穷！……三天不拿饭你吃，看你还能守得住不？……我不听这些屁话！……听我说，别人的事我不管，只是你，我总之不要你再教书，太没意思！任凭你怎么说得天花乱坠，找不到钱的事情，我不要你干！"

"这未免太独裁了一点！"他嬉笑着，从烟铺的瓷盘内，拈了只软糖放在口里。他除陪她看川戏、看京戏、看话剧、看电影、听竹琴、听扬琴、听各种音乐和小调外，能与她稍共嗜好的，就只有吃糖果一件事。

他边嚼糖果，边说："我已经说过，教书原本是清苦高尚的职业。我们最初择定这个搽黑板、画粉笔的事情时，就并未存心要靠它发财。自然，在当年投身到教育界中来的，十有七八都怀有一种大抱负，那便是牺牲自己，为国家社会造就一些人材出来。在前若干年，教育经费困难的情形，也扎实呀！我还记得，几个月发薪三成，甚至只发一叠教育公债，等经费有着，再抽签对号补发现金时，也搞过好几年！那样困难，大家都挨过了，为啥呢？一则大家都有抱负，其志并不只在温饱；那时，正当'五四'运动以后，革命军北伐之前，社会上蓬蓬勃勃的一股生气，几乎全由学生们造成，我们感觉到前途希望无穷，因此，更加咬牙吃苦，几乎就造成了一派只顾耕耘，不问收获的风气。的确，那时一般教书匠穷诚然穷到注了，但是一个个好像骆驼样，大摇大摆，昂头天外的气派，吓！许多有钱有势的人，哪曾放在眼睛里！……"

"但现在哩，一个个真像瘦狗样，走到人前，说不出的穷酸相！"是她有心同他开玩笑。

"唉！你总要打岔我的话。……并且我说的是从前呀！"

"我晓得你说的是从前。不过，这才隔好多年，拿现在的情形来看，我不相信现在越饿越穷相，从前倒越饿越硬铮。"

"不相信也由你，事实的确是那样的。就是连我也不大明白，何以从前一般人不怕穷，活像越穷越精神，今日一般人都十分怕穷起来？在教员准备室里，从前在一块时，谈论的是天下国家大事，是政府里哪些人好，哪些人不好，你的见解怎么样，我的见解又怎么样。今日却变啦！一见面，就是东西越涨了，法币越跌了，怎么过得下去呀！而且人也不敢批评了，见解也不敢发表了，生怕被办事人听见了丢饭碗。这风气是怎么造成，我真不懂。"

"我懂。就是讨厌你们这伙穷酸，你们自绷骨头硬吗？你们要胡说八道吗？你们要教些不安本分的学生吗？好，就偏把生活程度提高，偏不给你的钱，穷死你们，饿死你们，还故意弄些人来管你们，今天跟你生事，明天跟你生事，看你们骨头好硬！……就像你这回的冤枉，难免不是学校里那些讨厌你的人干的。你想想，独木不成林，单丝不成线，十个里头有两个撑不起来，其余的哪有不顺风倒雨坛的？"

这是她今夜说话当中最为作古正经的一段，不带一点开玩笑的神气。白知时定睛看着她把嘴皮紧紧凑在竹管烟枪的嘴上，烟斗对准了火尾，一瞬不瞬地呼着；一缕缕青烟，徐徐从她鼻孔中漾出，而薄薄的两片小鼻翅，也随呼吸而扇动，很像鱼鳃；抽到要完时，眼睛简直闭上了，面孔上也摆出了一副怡然自得的神态。不过，白知时并未观赏她，只在心上寻绎她适才所说的话，觉得颇有理由；他以前只把她看作一个世俗女人，说不上有什么见识。此刻，却惊诧起来，何以连如此一个为生活而生活的女人，也懂得了这种世态？若不是执政人的水准太低，手段太劣，便由于几年来社会不宁静，把不用心的人都教会了用心，因而一般的脑经都复杂起来，常识的程度也才提高了。

他叹了一声道："我想，这也是世运使然！我们中国中的毒，就有法西斯和纳粹，可以说，凡是世界上对自由主义有害的，都一齐集中到我们中国。而且还加上帝国主义，加上我们传统的专制，加上帝俄时代的暴政，加上清朝末年的外戚亲贵，加上袁世凯流传下来的老官僚，新官僚，会匪、流氓、痞子、买办，这就是今日的中国！但是，却披了一件法兰西帝政时代咨询会的外套，戴了顶军事第一的大帽子，哎哎！岂止我们当教书匠的该倒霉？我看，……"

她把眼睛一睁，翻身起来，将灯罩上煨着的春茶瓷壶拿去嘴对嘴喝了两口，又拈起一支纸烟，才说："你看，刚才你说的一番啥子话，我虽不完全懂得，但别人听见了，受得了受不了，你们教书的，也活该受点罪，就由于一张申公豹的嘴，好像全中国的人都糊涂，只有你们教书的才聪明！……其实哩，聪明人便不应当讨人嫌！我以前没嫁给你，倒没关系，如今不同啦，不能受你的累。……我不放心的，就是你那张嘴，管在啥子地方，管当着啥子人，一打开了，就开心见肠地乱说。……你这回的事，不管是啥子人鸪的冤枉，总之，根原就由于乱发议论，大表叔已对我说过了。……所以，我不要你再去教书，……穷倒在其次，何况现在我还有几个现钱，大概一年半载，尚不至于怎吗穷。……我就是害怕受累。设若再为了乱说话，着人抓了去，那我只有急死下台。……唉！你该晓得高局长是咋个结局的？……我不能再守一次寡哟！……"

话说得太正经，不但空气渐渐严重，而且情绪也趋于悲伤，已经不适合蜜月谈话，若再继续说下去，那影响就大了。

白知时已经不是当年只知有己的人，于是便故意打了个哈哈道："三更过了，还不打算睡觉，我可熬不得啦！"

"来烧一口，好不好？我给你打一个米口子。"她也转过笑脸，说得相当妩媚。

"多谢，多谢，今晚不再上当。……你不见我今天在戏场中是怎们在打呵哈？惹得大家看着我，多难过呀！"

"呸！有啥难过！难道你讨头一房时，就不打呵哈吗？"

毕竟拒绝了，而且很安然地过了一夜。

第二天是冬初应有的阴雨天。

古人说蜀犬吠日。蜀就是川西，而且是成都平原，成都平原上的狗，一看见太阳，便奇怪地吠起来，可见阴霾时候太多。但也指的是冬天，古人说这句俏皮话，没有指明季节，因而就贻误了好多的外乡名人，无论男性、女性，一到成都平原来，胸中便横梗了一个古怪成见，认为这地方哪里配住下去，既没有太阳，又没有太阳灯。于是，从而论之，"所以文化太低!"于是，也就菲薄到"你们苏东坡的集子，我也看过，不过那么薄薄的两本!"唉，唉，名人们若果运气不好，偏偏选着冬季到成都平原来，那，实在不能为讳，虽说不像伦敦那么雾得化不开，虽说不像巴黎那么阴沉得要终日开电灯，可是到底不像六月炎天，火伞高张、晒得名人们对着月亮也喘气的天气；自然更不能与非洲撒哈拉大沙漠的天气相比拟。以此，每到冬天阴霾季节，不但外来的名人们不自在，就是在成都平原土生土长的土著们也不舒服的呀! 举例言之，如白知时、唐淑贞这一对便如此。

今天是七天里头难得的一天：星期日。他们在昨天看了日场电影回去，正当薄暮时，就把今天的日程安排好了：上午早点起来，早点吃饭，早点过瘾收拾；然后带着继祖，到东门外四川大学农学院去看晚菊花，顺便到望江楼喝茶，看石牛堰掘藏金的遗迹。若果望江楼没有馆子，就绕九眼桥新村，到新南门外竟成园吃一顿小餐。唐淑贞打几个烟泡带去，就不必回家过瘾，等到断黑，就一直到春熙路三益公看《孔雀胆》话剧。散场之后，再回家消夜。这是何等舒适的一天! 花钱不多，又高雅，同时还教了儿子许多见识。安排日程之时，天气并不怎么坏，好像还有一抹残红映于向西厢房的屋脊上。高白继祖听了，高兴得只是笑，连唐太婆也说："如其我走得动，也要跟着你们去耍一天！"

但是今天，七天里顶难得一天的星期日，却自高白继祖一爬下床，——这孩子自到成都，就睡在外婆床上，像一般的有外婆在一处的孩子，所有穿、吃、教、管，统归外婆一手经理。——那檐溜就滴答滴答滴下了。他愁起脸说："外婆，下雨了！"

"该下雨的天气。如其不下雨，今年又会干冬，小春不好，明年的米粮还要贵哩！阿弥陀佛，多下几天雨才好啦！"

"你光晓得望下雨，我们今天不是转不成了？"

"吓！自然转不成了。"

"今天星期啰！"

"星期就星期，在屋头耍罢！……乖乖，下雨天，莫去闹你娘老子，让他们多睡一下。我还要闷一闷哩。"

果然，下雨天，白知时只撩开蚊帐看了看，便缩进头去，重又拥在新太太的颈子边，睡了一大觉。

一直到下午，雨丝没有停过，不怎么大，也不怎么细，檐溜只是滴答滴答。也起了一阵不大的风，阶沿上湿了大半，又冷，一家人遂全挤在新房里，因为那里有烟灯，又有一只老旧的铁火盆。

虽然被雨阻了游兴，唐淑贞倒不怎么不高兴，为排遣起见，多烧几口也就罢了。唐太婆无所谓，只要有个竹烘笼，老是不摆龙门阵就打瞌睡的。高白继祖历来就非父母宠儿，这一天，只管不舒服，却也只能躲在外婆房里，伏在一张古老方桌上看各种连环图，并用笔墨去摩画那些印得不大像样的人形。只有白知时一个人，感到了真正的无聊。他不会打纸牌，也不会打麻将，更玩不来骨牌，——外国牌不必说了。——所以就连一个人玩的过五关，也根本不懂。看书哩，倒可以，但是他有个怪脾气，必要一个人横开十字地躺在床上，或是正襟危坐地坐在书案跟前，清清静静，没一个人打搅，他的心才能贯注到字里行间；就是偶尔看看小说，念念旧诗，也如此。要是不陪太太，他也可以到少城公园泡碗茶，和一般气味相投的人谈谈天呀！然而下着雨，然而方在蜜月当中，尚不好打着泸州雨伞，披上上海雨衣，就自由自在地走啰！"早就料到一续了弦又不会再有完全自由的！"他不敢说出来，也没有报纸看，一巷子不是通衢，住家人户要看报的不多，报贩子是不大肯空喊一条街的。

　　他于是只好向烟铺这边躺一躺，又站起来，在地板上走两步，有时拿火铗把火盆里的红炽的枫炭翻一翻，假如他会抽纸烟也好啦，要是能吸两口鸦片烟，岂不更妙？新太太原本这样希望过他，可是他总在设词拒绝。

　　只好摆龙门阵了。

　　但是不知如何，又把昨夜打断的语绪接上。太太说："……说了一大堆话，你还是要教书吗？真是一条吃屎狗啦！"

　　他皱起眉头，同时又做了个笑脸道："还是觉得教书内行些。"

"哼！是不是你生下来就会教书的？"

自然，这接着而来的说法，就更有力了。他只笑一笑，不说什么。

然而太太不放松："说嘛……我也晓得你还是长大成人，慢慢才学会的，既是学得会教书，为啥又学不会做别的事？我觉得学做别的事，比学教书还容易些罢？"

"你要我学做别的啥子呢？"

"跑安乐寺，做生意。把你加在你那同乡手上做药材的本抽出来，很够了，我再给你搭一点，一天并不要费上你七八点钟，只要不大贪，做稳当点，包你两个月一个对本，一年下来，啥都解决了，岂不比你教一百年书强吗？"

"谈何容易，做生意！你可晓得隔行如隔山么？光看见别人赚钱，要没人蚀本，这钱又从何赚来？还不是跟赌钱一样。……"

"那是太平世道的话，现在做生意却不这样，只要你有本钱，胆子大，把东西抢得到手，我敢说，闭着眼睛赚钱。不过，赚的多少，那就看你抢进的是啥子货，和你在市场上稳得住稳不住。……这些都容易学的，多跑几天，把路数一摸熟了，就行。只看我，我以前难道是内行？还不是热炒热卖，两三个月里旋学出来的。"

"也由于你年轻，对这件事有兴趣。"他实实快被太太打败了，只好顺手抓了一张盾牌。

"只要肯学，倒不在乎年纪。"她要把他逼到转不过身的地方，"兴趣哩，更不是天生的，一件事搞顺了手，搞久了，自然就有了兴趣，像你教书样。……不忙，听我说。一个人的兴趣，也可以改变啰！比如我从前顶爱打牌，一上桌子，三天三夜可以不下来，现在，你看我摸过牌没有？这就是我现在对于打牌的兴趣已改变了。……"

白知时看看已被逼到牛角尖上，而对手还一步一步不放松。他本有一手杀着的，——即现代语所谓王牌。——昨夜已几乎使出，晓得那太无情了，新太太一准受不住，说不定还会引起意外纠纷哩。但是此刻已势逼此处，不投降便只有使它。于是，他斟酌之下，把声音脸色俱格外放柔和了一倍，才说："你讲得头头是道，我真佩服得很。不过我想来，你要我改行不再教书，是为我的好，我自然应该竭诚接受。……我也有一件事要求你，……也是为你的好，希望你也办得到。……这并不是交换条件，实在是你既这样照管我，……真情实意的，……咳！我又怎好把你待外呢？……设若你能答应了我的要求，我敢当着灯火神天，给你赌个大咒，如再教书，永世不得昌达！"

她也晓得他之说得如此慎重，一定有种什么利害的语言在后头的，遂躺了下去，先把眼睛眯成了一条缝，方说："我听你的，请说啊！"

"其实，没有啥子，我要求你的，仅只把鸦片烟戒了它，不再吃。"

果然，他这一箭正中要害，唐淑贞简直就闭上眼皮，不作一声。

"你切莫误会啦!"他连忙停步在烟铺前,更款款然地把鸦片烟的害处,极力讲解了一番。他是站在科学立场,只从生理和卫生方面立言,绝不像百年以来,古人今人,在朝的在野的,所作的那种推行禁改,或劝诫吸毒的文言的公文,或白话的歌词等,不是出以训诰口吻,就是出以骂詈口吻,而皆从空空洞洞的人伦道德方面去立言。

他说得那么委婉,那么动听,首先开口赞成的,倒是他喊妈妈的唐太婆。

"该是哈,姑奶奶?我早就说过,鸦片烟是害人精,沾染上了,一辈子便完了。不过我没有姑爷说得这们好。……"看来她虽在打瞌睡,原来并未睡着,只是人胖了,一闭上眼睛,就不免要呼出一点鼾声来。

"又有你说的!"唐淑贞猛地睁开双眼,恶狠狠地把她妈瞅着,那一股无明火①活像就要烧在她妈头上了。

唐太婆在各个佃户跟前,是一只凶猛的母老虎,但在她女儿跟前,却是一只爱慕主人的癞狗。狗有时也会露出它的獠牙,但总不敢把那牙齿埋在主人的腿肉上。但是白知时生恐她们冲突起来,便带劝带拉,一直把唐太婆拉到她自己的房间,叫高白继祖陪伴着,才又回了转来。

---

① 无明,佛典中指"痴"或"愚昧",包含贪欲和嗔怒等。在俗文学中,也作"无明火"、"无明业火",一般指怒火。如《刘知远诸宫调》第十一:"平白发无明火,不改从前穷性气。"

但那一星星的怒火犹残存在唐淑贞的眼里。一面哆起嘴，拿烟签烧烟："我硬要吃烟，是我自己的钱！……"

"怎吗就发起气来了，太太？这倒不是钱的问题！"

"那吗，就是害我自己，我并没害人呀！……我安心叫鸦片烟害死，看哪个敢管我！"

"吓，吓！太太，你怎吗死得哩！"他马起脸，一点也不笑，"那你不是安心拉几条命债吗？"

"这才怪啦！我死我的，又不抹颈上吊连累人，还要哪个偿我的命债不成？"

"不是这样说的。我是说，要是你死了，头一个活不下去的就是我。你想想，我能舍得你吗？我凭啥子再活下去！"

她倒笑了起来，上嘴皮又翘得几乎挨着了鼻子："我死了，你又是光棍一身轻，无挂无碍的，仍然去教你的书不好吗？"

他遂进前一步，一歪身就坐在她屁股后头，一边拿手摸着她的肌肉不丰的大腿说："哎！你还不明白么！我已经被你说动了，只要你肯自己爱惜自己，不再拿鸦片烟来摧残，我绝对听你的话，改行。"

她也翻身平躺着，把他的手抓去，揾在自己手指过瘦、过长的手掌内，媚笑着说："听话就好！但是，为啥一定要我戒烟？你不晓得我上瘾差不多有五年，原先是为了胃痛，吃上烟，才好了些，要我戒烟，不是安心叫我再害胃痛？你们没害过胃痛病的，不知道那痛是啥样子，简直痛得死人！我也晓得鸦片烟是害人精，原先我一身的肉，大腿撩出来，像柱头，你看现在像啥？说起来真可怜，简直像一只烧子鸭！别的更不说了，以前我叫一枝花，你不信，你问向嫂。而今哩，哎！……难道我不明白鸦片烟是害人精？可是怎们戒得脱啦！不说烟戒了，胃痛要发，我自己晓得，我的烟是抽进了骨髓的，虽是年成不久，但比那些几十年的老烟哥还厉害。倒是吃起烟膘的容易戒。……所以说，叫我戒烟，就是要我的命。横顺只有一条命，戒死了，不如等我慢慢地抽死。你舍不得我抽死，就舍得我戒死吗？……哎！我的好人！"

他一脸的同情，并翻手把她的手握住，拿起来连连亲了几下，才说："你的话只有一半真理。我不是医生，但我懂得一点学理，那就是鸦片烟并医不好胃病，反而还会加重胃病；其次，就是烟毒并不能进入骨髓，只能到达血管。……总而言之，鸦片烟老吃下去，血管中毒越深，不久只有死路一条，万无生理。戒烟只要得法，绝不会戒死，你倒不要朝戒死那条路上想。老实话，我舍不得你死，才劝你戒烟，难道反因舍不得，还故意鸩死你吗？"

"其实，我想吃几口鸦片烟，与你有啥子关系，你一定要我戒，到底为啥？"她更把他扳了下去，两个人面对面地睡在一个枕头上。但她却把头偎在他肩头边，不令他闻到嘴里气味，她讨厌他皱起两只眉毛的怪样子。

"这还不明白易晓吗？"他摸着她的脸巴说，"我为啥答应你考虑改行？自然为的容易找一些钱。但是，钱找来做啥？为的解决我们下半世的生活。我们现在的生活，虽说还可敷衍，可是如你所言，也不过一年半载；物价如此涨法，现在说的一年半载，尚须大大打个折扣。而且我们现在的生活，也只能说敷衍苟活，尚算不得好呀！距离一般人所说的现代享受，还差得远，何况丈母家也不算小康，她岁数那们大了，该不该准备一点身后的事情？继祖才读高小，以后读初中，读高中，甚至读大学，你算算，还要花多少钱？这些钱，不在目前储备，你我都没有恒产的，到那时再筹措，便难了。但是，这些都因为有了你，才连带发生的，假使没有你，倒真如你所说，我还是光棍一条，这苟安偷省的生活过惯了，已没有多大欲望，凭我教书所人，总还拖得下去的，我又何必改行？……你想想看，我答应考虑改行，是不是为了有你？但我希望的，是我们白头偕老，继祖大了，我们难免不再生育，以你我的年纪身体说，只要你把烟戒了，一定还有生的；到老来，生活不但没问题，说不定还好起来，住几天像样的房子，穿几件体面衣服，有了教育费，乐得子女满堂，大家舒舒服服地过活着，这也才像个人生！但是，没有你，这折戏就唱不成！我希望绝了，我还改啥子行！找了钱做啥？我一个人是不要享受的，也不打长久算盘的！……你想想看，你既把希望交付了我，你又怎们不好好把自己看重点，活下去呢？你如不打算戒烟，那，你就是想短命，就是想把交付我的希望又收回去，我何必改行呢？……所以，你要我决心改行，我就得劝你决心戒烟，并不是交换条件，实实在在，要这样做才有意义啊！……你喊我好人，我就喊你乖乖，乖乖，你想想看，把烟戒了的好哩，就这样打短命主意混下去的好呢？……说老实话，我决心答应和你结婚时起，就安排要劝你戒烟的，不过才结婚不久，怎好说？今天才捡了这个机会，……你再仔细想想看！……"

她糖股儿似的扭在他身上，低低喊道："好人！……心肝！你说的都对，老高从没有这样说过我，我晓得他坏！……不过，我害怕，我害怕戒死，我看见过。"

声音是那么嘶哑，不消说是在哭了。

"莫怕，莫怕，我并不是立逼你就戒。我已想过了，霍大夫是有名的戒烟医生，光在成都，听说就戒好过几百人，没一个出拐的。我同他认识，也还有点交情，明天我同你先去请他检查一下身体，再验验血，然后再定戒的方法，霍大夫给人戒烟，并没有一定的方法，大抵因人而施，绝不使戒烟的人有半点痛苦，我亲眼看见过，比你烟瘾利害十倍的，都轻轻巧巧地戒掉了。……乖乖！莫怕！只管相信我，我绝不得烤你冤枉的！"

"那吗，我们明天就去！"她抬起头很坚决地说，但又笑了笑，"心肝，莫拉命债呀！"

第二十五章　少城公园

霍大夫一边洗手，一边向白知时述说检查结果。唐淑贞很注意地在旁听着，除了许多专门名词外，大意知道她的健康还不算怎么坏。胃病也不很凶，好像还没有一种叫什么东西的病，只是一种什么症，以致消化不良。说是戒了烟后，再医。又说，现在已有了一种新药，是美国才发明的，很有效，用不着再像从前一样地动手术。不过这种药，他那里尚没有，但是可以向外国人方面设法，如其他们找不着门路，他是可以帮忙的。并说，也花不了好多钱。

"吓吓！我虽是学科学的，可这两年来，我也相信命运了。譬如买药罢，去年我给一个病人开刀割瘤子，因为有败血霉菌浸入血管，在以前，这是险症呀！一千人中间，只有五个人有救。却不料恰这时候，盘尼西林针药有了，盟军大批来到，美国军医处也恰成立，病人有个亲戚，恰又在那里当翻译官，这真凑巧啦。我才确定了必须要用这针药才有效，便碰着一位名流正因酒醉跌伤，美国军官一个电话证明，于是几支很不容易弄到手的针药，便由红牌楼的飞机场用汽车送到。那名流打了三针下来，剩余的，因为没有适当的冰箱保存，只好由那翻译官送来我这里。千凑巧，万凑巧，您再想不到我那病人便这样不费吹灰之力就得救了！您说，这可不算是他的命运好吗？"

于是说到这种治胃病的新药，他又一个哈哈道："看来，您的运气也好啦！我知道这种药已有来的，只是不多，也像去年的盘尼西林样，是非卖品。要买哩，也可以，但须花相当多的钱，从黑市上去找。黑市的生意，您晓得的，那是随着时局的好坏而定价钱的高低，并不一定依据正常的成本和供求情形。前一会儿，在柳州紧急时，黑市的情形已经不稳。近几天，因为金城江沦陷，日本鬼子杀进了贵州，来势汹汹，人心不安已极，黑市上的东西简直没人要了！……"

他忽然瞥了唐淑贞一眼，不由大惊道： "您怎么啦，您！……"

白知时回头过去，可不是？唐淑贞的脸色简直青白得难看，那光景好像立刻就要倒下去了似的。

他连忙伸过手去，一面着急地问："你咋个的，是不是发晕病？"

她却把他的手挥开，睁起一双水泡眼，向医生问道："先生，你刚才说的话，是当真的吗？"

"我的话说得太多，您问的是哪一句？"

同时，两三个女护士拿了几张什么单子进来，要医生签字。门一打开，就听得见在待诊室里好些病人在说话。

唐淑贞便拉着白知时向门边走道："我们走啦!"

"你到底是咋个的? 不如请大夫再诊视一下，免得……"

"好好的人，……我又没有病，……快走，我会告诉你的。"

白知时走到大门，才想起还没问明医生，什么时候去听验血的结果，还要不要做第二次检查，以及如何付钱法。

唐淑贞脸上也没有那样青白得可怕，只是神色仓皇，连眼光都是诧的。

"你这样变脸变色的，真骇人! 到底是咋个的? 又不肯说。"

"你难道没有听见医生说吗? ……"

她一面喊车子，一面接着说："现在莫问，同我到安乐寺去走一趟!"

他才恍然大悟道："哦! 原来为的这个! ……但是我劝你别太着急了，人急坏了，才值不得哩!"

两辆破破烂烂的黄包车从稀泥浆里飞跑过来，连问："到哪里? 到哪里?"

"安乐寺!"她已坐上车了。

"此刻快三点钟了? 安乐市还有市吗? 去做啥子?"白知时到底冷静些。

"哦，是的啦!"她又跳下车来，连连拿手揽着披在脑后的头发道，"那，我们到哪里去打听呢? 你替我想想，我这阵真没有主意了! ……唉! 才半个多月不上市，想不到就变成这样子!"

"莫着急，医生的话也未免说得过火点。我想，局面再紧张也不会紧张到连生意都没有了的。……"

一个约莫五十年纪的车夫忽然插嘴说："哪里会没生意！我今天上午，才在安乐寺拉了两趟客，还不是那么多人，那么多货，生意几旺相啰！只是听说东西都在跌，布匹粮食跌得顶凶。这倒好，我们穷人倒好过日子啰！"

白知时把车夫睰了一眼，便向唐淑贞道："这样好了。你去找大表叔他们，问问情形，我到少城去会几个朋友，也问问情形。先把全般情形弄清楚了，再做商量。"

"只好这样了。那吗，晚饭前，你一定要回去呀！别在外头尽耽搁，叫人还分一份心来为你……"

于是两辆车子便在大门口分道而驰地走了。

续弦以来，这还是第一次单独一人在街上行走。一面瞅着那个和自己差不多年纪的车夫的背形：一件补得不能再补的短袄，大概是夹的，本底子是甚颜色的布，则已说不清了。想来是有家眷的人，那补丁的痕迹，才能如此匀称。说不定还有子女，子女一定还多，看光景，并不是吸鸦片烟的人，膀膊脚肚还相当结实，皮肤还那么粗糙黧黑，只管岁月在搓磨他，尚没有显著的衰老的伤痕。"不然，这几年的劳工是多值钱啊！拿我们同院子的那般邻居来比，既不吃鸦片烟，怎么会穿着得这们褴法？那一定因为家累重啦！"

于是他思绪就演绎起来："为什么这几乎成了一种公式，即是生活越苦的人们，子女越多，生殖能力越强？……若说纯粹因为出卖劳力的人们脑经没有出卖脑力的人们的复杂，所以生殖能力要强些。也不对！比如我们同事中间，能说不是用脑力的吗？能说他们的脑经不比较复杂吗？何以好多朋友都是儿女成群？弄得生活困苦不堪，太太出来连老妈子都不如，自己在教书，自己的儿女却读不起书呢？……倒是生活越裕如的人，越是稀女欠儿。那吗，生殖力的强不强，似乎同生活的情况成了反比例了。但是，这因果关系怎么说哩。难道说，生活好的人，因为起居饮食不同，影响了生殖能力，换言之，男女纵欲过度，反而把生殖能力减弱了，一如袁子才说的要望生子，莫如学狗，也是古人所言寡欲多男之义？但，这也只有一部分真理。我们同院子里那几位劳工邻居，听说起来并不怎么清心寡欲，但每个的太太几何不是年年都在害通货膨胀的毛病？听说好几位先生，近来有了钱，因为不吃烟不赌博，却都不免有外遇哩！……外国也免不了这公式，越穷苦的人家，子女越多。中国人可以说遗传的生殖能力本来强，又有无后为大的信仰保存于其间，但是西洋人却不如此。何以也是越富贵，在社会上越有地位声光的人，甚至一般出人头地的聪明才智之士的人家，越是丁口不旺，还常有灭门绝嗣之事？这又是什么道理呢？……大概又离不了植物学家的说法罢？……"

忽然脑经一闪，不禁心里笑了起来："怪啦！我这脑子。怎把自己切身的事抛了不想，却去跑起野马来？……唉！我们的事！我们的事！……唉！到底是我的事？还是我们的事？其实，只是她的事！……说来也怪，倘在十天以前，她的事就是她的事，何以仅仅为了同睡了十夜，她的事就变为了我们的事？其至我的事？这关系发生得岂不古怪？……唔，唔，要是黄敬旃这娃儿听话，不去从军，何至于会这么快就弄出我们的事？……黄敬旃怎么还没有信来？路上该不会出事罢？……这些年轻人，等你们训练成功，再开回来时，晓得是个什么局面了？日本人何以还这么打得？听说，我们的基地虽然失得不少，可是盟军飞机却天天在出击，敌人的交通线不是说早已被我们截断了吗？……吓，吓，若果日本人真以破竹之势，一下就冲到四川，……怎么办？……大概知识分子要吃点亏。……"

车子已经在少城公园前门放下了。

他也才收拾思绪，跨下车，照市价付了车钱。不过多出二十元的光景，那车夫连忙笑着道谢，这已是几年以来所没有的规矩。他受宠若惊的，也向老车夫笑了笑，作为答礼，在老车夫看来，大概也是几年所未遇见的规矩。

八角亭畔几大幅宣传画，画着日本兵屠杀、奸淫中国儿女，以及焚烧城市的烈火。在各种强烈的色彩中，特别安置了一个肥而白的女体，几乎是全裸的。在平日看见这幅画，倒颇引得起人们的愤怒和仇恨，而今日，至低限度，却在白知时的心里引起了一点恐怖。心想："果真如此，像我们无拳无勇的人，只好早点逃啦！"

宣传画幅之下贴有几张报纸，一大群人静静地拥挤在那里。地上是濡湿的，大家都不管。

白知时好多天没看报了，连忙挤到人堆里。距离远一点，小字看不清楚，只能看那粗号的大标题："美机大队陆续轰炸日

347

本，"硫黄岛续被猛炸，目标全部被毁，""雷伊泰岛敌人即可全部肃清，""盟机出动几千架——投弹万余吨，轰炸德国后方交通及机场，""苏联大军三面围攻匈京——已突破匈京西南德军防线，""欢送青年军，""欢迎湘桂撤退文化人，""励志社盛大晚会，美空军司令兰达尔参加——中美友情洋溢，"稍为小一点的标题，也还看得见："大批国军又续到渝——教会慰劳团将赴前线，""敌机昨晚袭昆明——两批在市郊投弹，我方毫无损害，""美机续炸武汉及广西境内敌人，""滇缅路我军会师在即，""敌海军消耗重大，"更小一点，譬如用三号字印的标题，就没法看见了；也由于夹江手工报纸太薄，油墨不敢重用的缘故。

"何以没有贵州方面的消息?"他不便问那挤在前面的，也不想再挤下去，"到绿天茶铺去，那里有报看的!"

金河里的流水，清浅如故。河岸上的老柳，犹带着不少的黄多绿少的湿叶子。体育广场或许还未十分干，但照旧有些人在那里踱方步，或急急忙忙地不依路线地穿行。许多人——不光是外面来的，就是土生土长而年纪不到三十岁的。——不知其来由的那通"辛亥秋保路死事纪念碑"，还是那样身份不明的挺立着，好像自庆是用大石头砌的身体，才免了像城墙上的雉堞和铺面砖的厄运!

白知时即使对这些都尚生疏，也无心再用眼睛去浏览，他计算着，趁这尚不算过迟时间在"绿天"，或是"永聚"，或是"鹤鸣"等茶铺，总还可以碰见几个专门留心时事的朋友的。

果不其然，那个顶喜欢说话的参议员，和那个顶不喜欢说话的做药材游击商的同乡，还在"绿天"。两个人老远地就向他打着招呼，一面都大声喊堂倌泡茶，而且都已把挟有法币的手长伸了出来，都摆出了非把茶钱给了便要怄气的样子。

参议员到底分了心，一面在取笑白知时害裹脚瘟，十打天不肯出来吃茶；只听见堂倌把铜茶船响当当朝桌面上一丢，接着就喊了声道谢，原来药材商老老实实的抢先了。

白知时来不及回答参议员的取笑，便急忙问药材商："这几天生意怎样了？"

药材商眉头打成了结，又摇了一会头，才吐出一个字："疲！"

"与其问他，不如问我，我爽快告诉你：大事不妙！目前的人已经打算逃命了，谁还吃药？与其拿钱买药，不如收集几个现钞作盘川，横顺药是医不好真病的，不吃药也不见怎样，尤其是鹿茸一类的补药，更其背时！……哈，哈！……莫多心呀！我说的是真话！……"

"我不光是问药的行情，其余百货呢？……听说安乐寺已经没有市了，确不确？"

这却把参议员关在门外了，只好摸出本城出产的华生牌纸烟来咽燃，并把近视眼镜取下，拿一张过时的花边丝手巾揩了又揩。一边听着那药材商慢吞吞地讲着安乐寺几天来如何混乱的真相。

两三个提篮子叫卖花生、瓜子、纸烟、杂糖的小孩子，沿桌边走来。只管知道这几个人都不是买主，可也不能不依照习惯，要在桌前站一站。直等说话的人赏给了几个白眼，才放心走开了。

"怎吗一下就混乱成这样？"

"自然因了仗打得不好！……"

这下，又给了参议员说话的机会："你难道不晓得日本人已经打到贵州的南寨吗？告诉你，从柳州到贵阳，从贵阳到重庆，这条路，是我前两年走过的，闭着眼睛，我都可以把那路线画出来。南寨一过来，是下司，是上司，是独山，一路丘陵地带，并无险要。由独山分路到八寨，合上来到都匀，到马场坪，全没有大山，马场坪是湘黔公路上一个要点，若这里再不守，那吗，不但贵阳垂手而下，这边只好守乌江、守松坎，而湘西也受了绝大威胁，西南半壁，就将打个粉碎。川滇通路，除了空中外，只剩下由泸县到曲靖的一条。并且看日本鬼子这样拼命乱窜法，大有取得贵阳，再分两路的趋势。若果他改正了二十六七年打一节停一下的战略，而照这次由湘而桂，由桂而黔，一鼓作气的打法，他真可以一路杀向昆明，去截击滇缅路的后方，并占领昆明基地，去打击美国的空中优势。一路则北指重庆，这一路，除了不多几处险隘，像华秋坪，像吊死崖外，不用新式兵力，是没法阻止他机械化部队的。假使陪都被威胁动摇了，且不忙说被其占领，你想想看，这局面将是怎样的？形势如此，人心怎么不恐慌？市场怎么不混乱？我说过的，大家都要收集几个钱，逃呀！柳州、桂林逃难来的就是榜样，哪个还不急急地把囤积在手上的货物抛出来？"

参议员旁若无人地谈着，调子又高又快，好像习惯了五分钟的高台讲演。白知时是被抓去过的，却又不便阻拦他，幸而目前正是一般人吃午饭，打麻将，看电影的时间，茶客并不多；而且好像都说着同样的话，还有比参议员说得更夸大的，活像他是亲自由独山才跑回来，已亲眼看见日本人驾驶着六十吨的重坦克，轰轰隆隆开进独山街市一样。

利害已经切身了，"诸君品茶莫谈国事"的警告，已没有人瞅睬。新闻统制得越是一丝不漏，宣传机关越是天天宣传："我军节节胜利，日寇攻势已挫，……前方大军云集，即将发动反攻，……撤守若干据点，原是既定政策，……西南山岭地带，恰是寇军坟墓。"然而一小半事实，一大半渲染的谣言，却越发得势，人心也就越发不安。

倒是那般手上拿着各式各样东西，专在公园各茶铺间穿来穿去，赚一顿吃一顿的小贩们，还是那样无所用心地一面小声招呼着顾客，一面尖起耳朵在采纳各种舆论。确是比知识分子，比盱衡①时局的人们，镇定得多。

"照你说来，日本人是长驱而入了，我们前方就没有一个兵吗？"

"兵是有的。我已说过，没有新武器的兵，连团防都不如。但是我们有两大支使用新武器的部队，却都做了别用，恐怕一

---

① 盱衡，观察分析时局。——原编者注

时抽调不及，比如滇缅路上那一支，正打得过经过脉之际，就不能抽调。因此，南川、綦江、江津的参议员们，才大声疾呼，要办团练，打算用地方武力来预防一下。但我敢担保是不会成功的。……"

"我刚才看见报上有一条消息，说大批国军又续到渝。或者是使用新武器的队伍，抽调出来的。"

"昨前天就知道了。说是一师人，由美国运输机从西安运去的。我却不敢相信果真就是一师精兵。"

"为什么呢?"

"我们已得了重庆电话，说有人去慰劳时，并没看见有新式的重武器。并且说有一部分是用来填防重庆近郊的。……重庆近郊! 你想，那是多么空虚呀! 要不然，有钱有势的人也不必打算朝兰州跑啦!"

"真悲观!"白知时颇觉丧气地说，"不听见你的话，心头还觉得好些!"

他忙问那药材商："我们的生意不是不做了吗?"

"为啥不做?"照样眉头还是打了结。

参议员又一口接了过去："他也有他的看法。你们伙家伙计，谈你们的生意罢。……我要失陪了。……吓，吓! 前方吃紧，后方尽吃; 我今天就有两处应酬。……光看这一点，似乎又像要打胜仗的样子。……好，要是舍得新太太，不愿冷落朋友的话，明天再吹!"

白知时把他伙计看了一眼道："一个人说话，也不要太把自己表现得过分了，一开口，就没有别人说话的时候，真讨厌！"

那商人笑了笑，喝了口茶，正待开口，一个胸前挂有"麻衣相法"的斯文人，又像觅食的老鹰样盘旋过来，定睛把白知时看着道："看相不？要知妻财子禄的，负责说准，不准不要钱。……"

白知时头也不抬，仍然追问着他伙计，急于要知道他这内行人的看法。

"你还记得民国二十四年春天，红军从陕甘边境打到我们那里时的光景不？"

"唔！我那时在成都，我们县中的事，我不知道。"

"我就说的成都。我那时也在成都号上哩。"

"唔！我想想，那时的成都么？……不错，人心也是很慌张的，有钱的人都跑了。本来红军的声势浩大，那时正是邓军长一军人在北路抵挡，人又少，枪也坏，又没有重武器，连飞机都请不到。……不错，人心很慌张，说不定邓军再打一个败仗，就要退守郫河这岸了。……"

"市场也很乱呀！"那商人的眉头又打上了结。九年前的景象，似已活生生地在他的脑里重现起来。

"唔！市场也很乱。一老斗米，卖到七八角钱，一百斤老称的菜油，也才卖七八块钱，市上只有卖东西的人，没有买主。"

"听说这次桂林、柳州撤退时也一样。"

"那自然啰，大家都只顾得逃命，囤积的东西，哪个不想倾销了，寻几个现钱？"

"我看，四川总不会像广西罢？"他眉头虽仍打了结，却看得出他神态是安定而坚决有信心的。

白知时定睛看着他，也一面回想到二十四年的情形。那时，半个大川北又已重落在红军手上，而西边南边，又有二万五千里长征的队伍经过，活像到处都埋得有火药，只要江油那面的火星一溅，立刻又可演成燎原之势的。许多有钱人已经收拾细软，顺流而东，都跑到上海做标金、做公债生意去了。中等人家也都安排了，只等红军一来就跑。只有极少数有见解，有眼光，又有政治常识的人，才毫未失措的安居着。而手头宽裕的少数富商大贾，还趁势作了笔赚钱生意。他那时也曾劝过朋友买东西，而后来眼睁睁看着听劝的朋友们都发了小财，自己因为手头现金有限，反而一无所得。说不定，这回又是机会来了？

"那吗，你一定相信目前的成都，也和二十四年春天的成都一样啦！"

"我看是一样的，丝毫不差。"

白知时又凝神把楠木林望着，一边不住用指头去挖鼻孔。背着小木箱一路敲打着招呼人擦皮鞋的小孩，和穿得褴褛而确已衰老，真需社会救济的乞丐们，只管在他身边穿梭似的来去，他也不闻不问，这是他用思维时的态度。

"但是日本鬼子却不比共产军呀！……"好像在向他伙计作商量，又像是自言自语。

堂倌来冲茶，他方警觉了似的，再定睛问他伙计："你现在的办法呢？"

"有钱就进货,趁着行市疲。"

"钱呢,哪来的?"

"借嘛!"

"有人肯借出吗?"

"有的,只是利子大一点。"

"那你看准了日本鬼子不会杀到四川来的了?"

"他们就杀来了,还不是要做生意的!"

"倒不错,中国药材又不是啥子有嫌疑的东西,害了病,总归要吃的。"

"就是啰!"

讨论至此,两个人的心情都舒展了好些。此时下午茶客渐渐地来多了,各间茶铺又热闹起来。

第二十六章　改行第一步

白知时回到唐家院子时，唐淑贞正心情缭乱，起坐不安地等着他在。

唐淑贞接触的人不同，得来的消息大抵间接了又间接。那般人从不看报，认为报上所载，多半不合他们口味；凡不合口味的，就靠不住。同时，又认为能够登报的，总不外是骗人的好话，甚至与他们从命令上，从高级人员的口头发表上，得来的完全相反。例如报上登着政府某负责人正式发言说，政府在胜利之后，决心民主，故目前虽仍在抗战和训政时期，但对于人民的基本权利，业已部分实施，凡在法律许可内的自由，政府绝不予以干涉。然而，他们所奉的密令，则是加紧言论检察，加紧邮电检察，加紧思想统治，加紧对于人民行动的限制，凡前后所颁一切禁条，未有密令取消者，一律有效。他们所能够相信的，当然只有他们那个范围内口口相传的真消息。不过，自桂、柳撤退以来，他们的真消息就分歧了，不能如以前之有一贯的体系：一时说，湘、桂的战情已经好转，政府之放弃衡阳，是故意要引日寇深入，使其片甲不回，凡妄言广西危急者，必是别有用心的奸伪分子；一时又说，日寇之所以急急南进，一在蓄意破坏我方空军基地，一在蓄意打通粤汉铁路，我方统帅部对此早有准备，纵使湘、桂、粤基地全失，纵使粤汉铁路打通，吃亏的只有敌寇，凡妄言广西之失，是统帅部部署不周，前方军事失败者，必是蓄意破坏政府信誉的反动分子；一时说，桂、柳撤退是"委员长"既定战略，故撤退时，比二十七年武汉撤退还有秩序，还彻底，公与私并无丝毫损失，凡妄言撤退仓皇，损失重大者，必系不顾大局，唯恐后方不乱的奸伪分子；一时又说，敌骑纵横，钻隙四窜，人民被杀戮，物资被掠夺者，不可计数，元气之伤，实为抗战八年来所未有，现在敌人颇有西进企图，设一旦云、贵遭劫，陪都必然震动，四川为民族复兴根据地，无论如何，必不容敌人得志，应鼓舞人民敌忾，认清救西南即是救国，保卫四川即是保卫民族，人人都有义务，人人都有责任，凡妄言敌寇所到之处，人民安堵，或敌寇之志只在抢夺基地，占领铁路者，必是不爱国家，甘心附敌的失败主义者，和意志薄弱、不堪造就的不稳分子。总之，他们得的命令，和得的口头训词，几乎今天是这，明天是那，上午方说不许流亡难民入境，下午又叫切实救济，切实保护，并且不必考虑其信仰和色彩。这一来竟把他们的心都弄乱了。

他们自己既已乱了，怎么还能统制谣言，驾驭人心？有的反而被谣言的浪头打昏，惊惶失措，弄得满城风雨了。

唐淑贞的两个表叔对她所问询的，就提出了两个答案：一是日本鬼子凶得很，因为美国去轰炸了他们的地方城池，他们就决定把那几个小岛子丢了不要，把整个国家搬到我们中国来。我们中国地方大，他们便打主意，每一省驻扎一些人，美国飞机要轰炸，他们先得消息，先就躲开，从此，挨炸挨打的，全是中国人。听说武昌、汉口、东三省、天津都是这样的，每一次美国飞机出击，你以为是炸的日本人么？那简直错了！倒是美国飞机不炸得那么凶，还好些。如今，我们已得了秘密情报，日本鬼子决定要杀到四川来，为什么呢？就是要把中国赶快踏成平地，好让他们大搬家。所以，他们这回进攻，是聚了力量的，我们的队伍都调到缅甸和国外去了，后方已经无兵可调。其实就有兵也枉然，除了美国，哪个是他们的敌手？连俄国都不行，但是，美国也只有飞机凶，飞机靠的是汽油，汽油也只有美国有，这么远来的汽油，够啥子用？看来，只要日本人一打到四川，不但我们中国完了，就美国也不得行。我们已经奉有口头密谕，说是等日本人冲来，我们就到四乡打游击。哼！打游击？倒说得好听！他们做大官，捞大钱的，到时候，一架飞机到外国去享福，我们却打游击！你说，哪个瘟舅子才干！都是妈生娘养的，都是吃饭长大的，我们为什么装舅子，当屌头①？说起来，我们的责任在维持治安，日本人真个搬家来了，难道就不要治安了吗？要治安，还是离不了我们。我们还不是输赢有糖吃，怕个卵！

---

① 屌头，软弱无能者，是骂人的话。——原编者注

另一个则说得稀松。说外面所传的全是谣言，听不得，也不要听！白崇禧已经回广西去了，立刻就有十万大军，从广西的山里杀出。日本鬼子在前头冲的只有几千人，以前因为白崇禧、李宗仁都背了时，广西队伍才卖了火线不打。如今，白崇禧回去了，还带了好些军火钞票回去，这还有什么话说？并且，龙云也调集了十万大军，从云南杀出。云南兵就是从前的滇军呀！这是我们得来的千真万确的消息，外面许多人还不晓得哩，报馆里的人只晓得胡宗南的十万大军已经调到了重庆，他妈的，这都是二门上听炮响的话。

说到市场情形，两个表叔却意见一致，主张赶快把手上的货抛出去，"现在蚀几文不算，不久，时局一转，管他转好转坏，总之生意是没有做头的，东西怕不一天比一天相因？……"

唐淑贞因此才焦眉愁眼的，不等白知时坐定，便一面抽着"小大英"，一面就把她所得消息全讲了出来："你看喃个办？我手上就是货多。以前只晓得抓货囤货，大家都是那们在做，只要货抓到手，管他是啥，闭起眼睛赚钱。如今哩，大家都不要了，都在抛，三个买来两个卖，好像啥都不值钱了。我真不相信喃个一下就变成这样，……唉！我的命，我的命！"

平时那么有打算的人，也公然噙了两泡眼泪，满脸的可怜容色。

白知时忙挨过去，把她肩头轻轻拍了两下道："莫着急，莫着急，事情并未坏到没有转机。我已经同人讨论过了，不但有办法，而且生意还很做得哩。"

"哎！你倒说得松活！你还没有跑过安乐寺哟！"话虽如此反驳，到底有人在撑腰子，神色终于安定了些。

她遂一把捉住他的手，问起他的经过，不插一句话，只抽着纸烟静静地听着。

末了，她才叹了口气道："现在是各说各的话。不过你那同乡是做生意的，或许他的看法对点。但是……"

她又低头沉思起来，很犹豫的样子。

白知时晓得这是他该显本领的时候了，他曾经向他朋友们夸过口，他是有政治常识的人。"凡人不必都搞政治，却应该都具有政治常识。这就是美国人的作风，我们中国政治之糟，就由于搞政治的人一直是从前学而优则仕的那一套，跳上去、跳下来的只管那么多，其实连政治常识都说不上，还说政治才能？这已怪了，尤其怪的便是一般受政治不良之害的人们，只晓得讨厌政治，却对政治并不当心，不是把政治看为神秘东西，不打算去了解它，就是把它当成了粪缸，生怕一接近便把自己弄脏了，这都是由于一般人没有政治常识之故。设若大家都懂得政治便是我们大家的事体，政治的动荡无一而不与我们切身生活发生极大关系，人人都在注意，人人都具备了政治与社会，政治与经济的常识，那吗，一般搞政治的人，至低限度也不敢再存天下是我们一伙人打出来的，或是什么'天下乌乎定，定于一'的怪思想，而把真正的主人当作了鞋底泥。到这时节，那种假公济私的话，不唯骗不着人，而且连说话的人也才会有说这种话便是犯法的意识。必如此，中国才有复兴之机，抗日战争才有胜利希望，战争之后，政治也才能够上轨道，不然的话……"

但他自己的政治常识，也只是他自己的常识而已，除他心里有此模模糊糊一点感觉外，他从没有把这常识发舒出来，引证到事实上，更不必说影响他人了。

今日他要显扬本事，因就打算利用这政治常识，先来判断一下目前这种紊乱的经济情况，其趋势究竟如何。由他今天所收集的材料，只是两种说法：其一，这情况是暂时的，是由于桂、柳撤退，军事实在不利，因而人心不安，都在抛售囤货，再过一时，军事一有转机，人心不再恐慌，这种只卖不进的情况，必然会没有的了；其二，即令军事好转，但囤户已经吃了大亏，囤户们大抵不是真正的生意人，只需吃一次亏，拿算盘一打，还不如买田置地和放月息划得来，不愿再受风险的大户准定会改弦更张，只要大的囤户一收手，市场上的东西因为供过于求，那身价便只有朝下跌，绝不能再恢复以前又香又俏的情形了。

他再考虑军事能不能好转？至低限度，能不能稳住？即是说，日本人能否打到贵阳？纵令贵阳不守，日本人是否打算进攻陪都？我们的军队已在调动，是事实，但调动的情形如何？是否能在乌江那岸，挫折日本人的凶焰？再而，滇缅路的战事节节胜利，飞往印度去的新兵日益加多，雷多公路快打通了，眼看我们国外接济定然有望，看起来，日本人确已是日暮途穷，这一战，可说是最后拼命。一方面，硫黄岛行将不守，台湾和东三省的军资重地不断被炸，损失那么大，他这拼命的力量，究竟还能继续好久？我们这方面，是不是也同日本一样，只是顾头不顾尾的，一面是拼命准备，一面是没奈何了，只好咬着牙巴尽挨，而这种尽挨的持续力又有好大？诸如此类问题，遂令他感到平日所储备的见闻并不够，自己不能进入核心，不知道中心部门的情形如何，而报纸的记载又是那么不忠实，要凭这点浅薄的常识来作判断，未免太危险了！他不能学他那伙计纯粹相信历史和直觉，因为这都不科学。他已经感到苦恼了。

还有，市场上的涨跌，现在也不能以普通经济学的原则来作论据。现在是非常时期，除了凭自己的劳力智慧，挣一个吃一个的人们外，凡是稍为宽裕一点的人，谁不带几分妄想和赌博性？这并非人心不古，实实由于军事第一，失土太多，统关盐三个重要税源既已损失干净，那吗，要支持这庞大的战费，除了发行钞票，还有何法？虽然近来因为征实征借，政府少印一些钞票，多多把握一些实物，但是物价一天天地涨，现钞一天天地不够用，以前用一块钱的，现在要用两三千元，现钞不够，自然只好多印，印多了，物价越涨，如此循环下去，不管战事胜利与否，总之通货膨胀过度，法币必有不值半文的一天。有资产的人周转起来，法币数目益大，以法币计算的利润益丰，但是实际资产必益受损。如今许多商人不是已经在喊说，钱是赚了，架子越空，即是说，今天卖出去的，明天买不回来？因此，在经济情形不能好转，换言之，在国家没有收入，只有支出，而不能不大量发行钞票以前，有钱的便不能不尽量把握货物，多进少卖，以保实值；钱越多的人，越要这样干，他们不甘愿白受损失，也是人情呀！如此看来，现在之有抛无进，只算一种变态。但可得而言的，便是今日绝不比二十四年的情形。那时，有汉口、上海、北平、广州，乃至日本、香港、南洋等地都可走，把东西卖了，一趟子跑出去做生意，既安稳，而又可以发财，有钱的粮户们打这主意的，确实多。今天哩，走哪里去？只有一条路，坐飞机到印度，这岂是寻常有钱人做得到吗？寻常有钱人太多，纵然日本人杀来了，顶多也只在内圈子里躲一躲，不能打游击的，只好待下去，受点脏气。然而要生活，要保全财产，其结果，还不是和今日一般沦陷区的富翁一样，囤货？囤到时局起了大变化，经济渐趋稳固时，再打主意。这么一来，货价断然只有跟着时闻，跟着钞票数量，——法币也好，伪钞也好，日本的军用票也好，总归是一样的东西！——而正比例涨上去的。然而要彻底弄清楚这情形，也非钻得进内圈子去不可。至不济，也得知道已经发行了的法币总额，每月现发好多，将来准备发好多。再科学点，还应该知道全国现存物资多少，每月每地的消耗量多大。"啊！这太奢望了！我们的财政部长、经济部长和行政院长还未必弄得清楚哩！"不弄清楚，而要判断这经济的总趋势，岂不等于瞎子摸象？可是现在从当国的人起，谁又不在摸象？摸象，就等于赌博，只好碰运气，绝不是靠一点浅薄常识，能操胜算。是赌博，是两抢的事，不胜则败，实际材料不够，光凭想象去判断，这是何等危险！他的苦恼因而就更大起来。

是与自己有关的事,立刻要见分晓的,一点躲闪没有,但是也才显得出真本事!

他想了好一会,直待唐淑贞的瘾差不多过足,儿子继祖已放学回来,招呼过了,他才决定了大计,拿手在自己大腿上一拍道:"决然如此,实有百利而无一害!……"

遂把他的见解向她细细谈出,劝她决然采取他那伙计的路线,一点不要心虚,所有把握的货物绝对不要抛出,而且还应放大胆,再到安乐寺看情形,赶那跌价顶凶,而又可以保存两三个月的东西,再进一些。菜油顶好,就是永安堂的虎标万金油也可以,美国罐头和咖啡自不必说,倒是那些纸盒东西,以及玻璃牙刷之类,不但不要买,就已买的也该乘机卖掉,一是不能久存,虫耗鼠耗太大,二是这些东西只趁风尚,风尚一过,便没人过问的了。

"你要我改行做生意,现在姑且试试,看我眼光如何?"

瘾过足了,心神已经定了许多,烟灯旁边又是最好用心思的地方,于是唐淑贞遂慢慢同他讨论起买进卖出的利害。

唐淑贞只有一年多的实际经验,而且是一条枪[①]的,自从下手以来,一直是顺水顺风,中间虽稍稍有点涨跌,但是并未遇见过大波大澜,若自远处着眼,并旁及于天下国家大事,爬梳条理,寻求脉络,便无论如何,不及白知时。白知时所苦的,只是常识不够,没有很精确的数字以为凭据,然而在唐淑贞眼

———————————

① 此词在四川有多种用法,这里指单枪匹马。——原编者注

里看来，已是了不起的人物，虽然还是外行，她已衷心相信了他。

"你说的都对，"她照常翘起嘴皮笑了笑说，"只是有一点你没算到。我现在已背到三十万上下的账，月息大的到大一分二，小的也是九分，每月光付月息，差不多要三万多，三个月就近十万。如其三个月的货价不涨不跌，就月息说，便蚀了。涨五成到七成，可以够月息，涨上一倍，才有一点赚头。但是这三个月的月息，却该月月清，头一个月，我还挪得出来，第二个月，就恼火一点，到第三个月，若不卖些出去，便要扯指拇①啦。这却嘟个办?"

白知时默默计算了一下，说："这样好了，头一个月的月息，你负责。第二个月，我学校的薪水补领到手，足有四万多，第二个月我负责。第三个月，你再凑一万多，等于我们两个共同负责，不是就渡过了?"

"第四个月呢?"

"啊! 现在的事情，计算三个月已经很够了。到那时，局面一定不像现在，你手上的货色一定有些涨得很高，有些或许涨一点儿，我们再商量看，捡卖得的卖一批，了清一些债务，顾全信用。如其我的看法不走眼，我们再借一次大款，捡那停滞得过久的东西，比如米啦，杂粮啦，豆子啦，抓一些，行市一抬头就卖，一个月下来，倒有些看头。……"

---

① 扯指拇，此处指经济上拮据。——原编者注

唐淑贞把烟签一丢，翻起来一把把他搂住，不由分说地一连几个热吻道："哈！你简直内行！……哈！你简直内行！……用不着学了，我倒要跟你投师呀！……啊！你们读书人真行！……我的眼力不差啊！老师，老师，我喊你老师父，好不好，哥子?"

"莫狂！莫狂！"他自然高兴。到底岁数大一点，还不致那样没限制。

他把她安顿好后，更进一步问道："你这三十万的账，是向银行借的，还是私人?"

"有啥分别吗?"

"有分别，银行是有限期的，而且要看时局如何，以定银根的松紧。若逢银根紧时，那限期一天都不能差错。我有两个熟人都在银行里当襄理，我知道那情形的。"

"不是的。我都是向私人借的。只要每月清息，没有关系。也好，趁这时节，你找张纸来。我说，把那些人通通记下来，再算一算，到底是三十万挂零吗? 或者还不到三十万元? 太零星了，有几千的，有上万的，一大半是我们这院子里佃客们的钱。"

"你倒变成储蓄银行了！"他一面到耳房去把笔墨拿来，"户头多了，应该弄一本账簿，就不用新式会计，也该把四柱立起，将来才好算呀！"

"早就应该办的，现在就交把你啦。先拿纸起个底子，等会儿，你把账簿买了来再誊上去。……我说啦，黄大娘存洋六千四百五十元，青太婆存洋八千二百元，郝五哥存洋一万零八百元，……"

"莫忙！……还有各户来存的年月日，各户的月息若干，已清若干，未清若干，都得记明啰。"

"他们的月息都一律九分，上月底早了清了的。"

"怎吗会有几百几十的零数?"

"自然有的。他们洗衣裳拉车子，出气力挣些钱来，除了缴用，都有剩余。存银行哩，数目太小太零星，银行不收。就收，他们也不存，一则利子太小，仅只三分多点，他们太吃亏，二则存的时候，取息的时候，手续太麻烦，又耽搁时间，他们害怕，也不愿去存。以前便借给那些做小生意的，利子倒大，可是收不到三个月的利，连人都不见了。不是遭了浑事，便是蚀本逃走了。他们也真可怜，辛辛苦苦积几个钱，没一个稳当地方可放。后来听见我在做生意，他们才来找着我，一定要我使，利子小到六七分都愿意。我是跑不了的，又有妈作中证，现住着我们的房子，还怕我们骗他们吗？所以连张借纸都不要，只每月算一回利，利付出去，他们拿去打个转身，又凑一笔交来，所以就有了零数了。以前来存钱的不多，我就凭我的记性记，现在倒该用账簿记下方便些。"

"哎！我还不晓得你有这样的资本可以应用！那，你还怕啥子？只要每月把月息做得出来，其余都净赚了。要是再能吸存几十万，我包你一年当中发大财。"

"只要你有胆量，只要你当真能够看得稳，赚得出来，那倒是容易的事，几十万算啥。我不敢冒险，有时他们拿来，我全拒绝了不收。只要我放个风声出去，我敢说连隔壁、连对门那几个杂院的钱，都会涌来。几十万，一两天就凑齐了。"

白知时真没有料到只几个杂院的财力便这么大。他遂想到他那伙计正要借钱购进药材，要是能以八九分利吸收几十万，那不比在私人银行账底、账面拉扯大一分三的强吗？何况私人银行不能全凭信用，又有限期，照目前情形，两个比期算是长的，有十分人情的，或可再转两个比期，凑起来也不过两个月；能不能现借到手，还是问题。

他于是同她商量到这事。但她却摇摇头道："这责任太重了！如其你要用到我们的生意上，我可以冒个险。替别人借，……我不愿意！你想嘛，要是真有钱赚，我们为啥不自己赚？要是没钱赚，我们何苦去负责任呢？你还要晓得，现在大家肯把钱拿到我这里，因为我一年多没失过半点信用。现在的人，哪一个是老实的，他们都上过当，看见黄鳝也会当作蛇！在前几个月，还试过我几次哩。明明说借一个月，但是等不到二十天，忽然来提本了，说是有要紧用场，立逼将军下马，半刻工夫也等不得。可是我运气好，每逢他们来使钱时，我手边上都有，要好多，拿好多，后来，我生了气，叫他们一总提回去，但他们又不肯。一连几次之后，他们才信实了，我并不是那种人。……如今，要吸收到几个杂院的钱，还是有这一手的，你借二十万，除非你手边留个七八万等他们来试。到底试几回，试几个月，全没把柄。是我亲自借来使，我倒不怕，劳点神也想得过。为别人借，……你想想看，可多麻烦!"

岂但如此? 即为自己利害打算，与其为伙计借，确不如为自己借，这点财源，端的是为自己留下的好!

白知时刚一存心改行，在利害关己的问题上，作风就如此丕变了。

第二十七章　八达号的"吉日"

八达号今天好像开什么大会样，过厅上摆满了包车，一伙精壮的车夫都披着短袄，挤在杨世兴他们的听差住的房间内打纸牌，打最流行的敲敲儿①。周安是不赌博的，一个人长躺在赵少清床铺上看唱本书。拉陈莉华包车的庄青山也同这伙朋友搅熟了，他年轻一点，很想掺下去打几牌的，但碍着周安在跟前，只好抱起两只空膀子，东站站，西靠靠，一会儿又溜到侧门边向里面望望。

杨世兴正待在天井上面穿堂门边，照顾着上房两间大办公室不时地呼唤。看来那差使很清闲，但据说起来，谁也不愿干，没事时不能走开一步，像哨兵样，只能在那张茶具架前兜圈子，只能在一张圆木凳上坐坐；有了呼唤，声叫声应，便没有停脚的时候，经理们、师爷们的脾气又不好，稍为弄差一点，"混账！龟杂种！狗日的！老子日你妈！"一切粗鲁的辱骂，就会劈

① 过去四川人常玩的一种纸牌，"敲敲儿"是纸牌的一种玩法。——原编者注

头盖面而来。也有好处，就是外水多，不过最近没有那么忙了，赵少清被陈三小姐估着安插下来后，凡是提壶冲茶，专门伺应客厅，扫地掸灰，打抹桌椅，都有人分任，吃饭时赵少清专门服侍外场，而经理饭桌上仍由他经由，事情轻巧了些，可是外水也不能一个人独占，杨世兴就为这一点老不自在。

他有本事，能够像以前把那几个同事弄走一样，只需向马经理、马经理太太，或汪会计等人跟前，悄悄去捏造几句：某人把什么事弄错了，某人把什么东西弄丢了，一次两次，引起了听者的疑心，再一调查："到底杨世兴忠厚老诚，说的硬对！"赵少清大概也可弄走的。不过他明白这一手现在还来不得，陈三小姐是不吃瘪的。于是他只好等机会了，而面子上却非常对得住赵少清，说是很怜悯他是残废人，右手折断了，用不得劲，许多事还是他担任了罢；事实上，赵少清却担了重头，一天到晚没有一刻钟的空。比如此刻，他刚从客厅里冲了茶出来，才把那只黄澄澄的大铜壶放上了茶炉子，便又听见杨世兴的声音，说经理室要开水，快一点。他提着大铜壶才走到穿堂后面，又被马经理太太唤住，说是不忙走，把开水壶放下，先来把方桌拉开。一看，内房窗根外面已站了好几个客人，拉开方桌，自然为的要打牌了。

打牌是丁素英提议的，她感觉到男女客人一到四个人以上，既没正经事可办，光是空手坐着闲谈，实在不成体统，倒不如打牌好些。嵇科长太太只是笑了笑，意思是打几牌也可以。罗罗同她的丈夫刘易之心情不同，他们不曾做生意，他们之来八达号，只是作客，主人要打牌，他们也可以奉陪，虽然不及跳舞、唱歌来得有兴趣。

一场麻将的人数是够了。但丁素英却想到自己是主人家，今天的客都是有故而来，不像平日，她如何不应该先让客而自己便坐了下去？于是叫赵少清摆凳子时，便亲自跑到经理室来邀请陈三小姐和其他的人。

陈莉华和陈登云并肩坐在靠窗一张皮垫沙发上，正交头接耳说着什么话。两个人都拈着一支纸烟在指头上，两个人的眉头都稍稍有点蹙，两个人都像有什么大事情在心里。沙发正对面，是她马经理的大办公台，台面上放了一大沓账簿。汪会计坐在横头一只方凳上，正挽起长衫袖子，在一张长算盘上滴滴答答地打着。她的马经理则翻着一本厚账簿，一面念数目字，一面向汪会计说：“……六十七万三千零八元三角二分，……这要加入那笔到期的项目上，看一看总数有好多，……”

由侧面看去，马为富的眉头也皱紧了，鼻翅一张一翕，脸巴子上没一丝笑意，和他平日简直是两个人。

她有点诧异了。照道理想来，今天是不应该的呀！说是有了电报来，老金调到上海，她的马经理——在总号名册上本是副经理，不过在八达号却不分正副，凡在经理办公室坐台子的，统统都称为经理。——实升了经理，别的不说，在八达号总算摆端了，是名实俱符的主人。大家今天全是说来给他们道喜的，为啥偏做出这种嘴脸？而陈登云他们，何以也那样的不高兴？

“陈三姐，陈五哥，打牌嘛，已经摆好了！”

陈登云只看了她一眼，陈莉华只向她扬了一下眉，都不作声。

她的马经理简直不理睬，仍然同汪会计算着账。

"咁！今天碰了鬼吗？……"丁素英大为不高兴。强勉学来的礼貌几乎范围不住她那来自乡间的本性。

陈莉华一探身抓住她的胖手腕，向怀里一带道："你才碰了鬼哩！人家倾家破产，正焦得不得了，你倒有心有肠闹打牌……"

她几乎一个倒栽葱扑到陈莉华身上，算是手脚还伶俐，才把一个肥躯体滚到那空一头的沙发上。

"该歪①哟，几乎绊我一跤！……"

一面勾着陈莉华圆而丰腴的肩头问道："咋个会说倾家破产？你们的生意不是天天在打滚，在进货吗？"

"哼！你倒说得好。就是进货进多了，现在害起鼓胀病来了。"

"要是鼓胀病，那有啥稀奇。三姐，你记得不？爱娜那时不也闹过鼓胀病吗？……吓，吓，哪晓得才是揣了个洋娃娃在肚皮里！三姐，我好久了，都想到重庆去看看那洋娃娃，不晓得多乖哟！"

陈莉华定睛看着她那张圆而胖的脸。脸上是一派由衷而发的笑容，没一丝做作，自然更无半毫的讥讽。

———————

① 该歪，系四川方言，意谓好凶，带有惊叹之意。——原编者注

"你也是啰！见风就是雨，一点秘密都守不住，爱娜晓得了，不撕破你这张嘴！"

"怕啥子，我又没有向旁的人说。……"

赵少清提着开水壶进来，把几碗茶冲好后刚出去。

马为富把账簿一阖，站起来向汪会计道："算来还不大亏。"

"问题不在这里，……"

"我晓得，大关来了，头寸①自然很紧，何况又正当着战事紧急。"

"日子也促了，款子的调动该早点着手。几处的透支都满了额，几年来，八达号从不像这样紧火过！"

马为富两眼望着窗外，自言自语道："看来，得一千万才跑得过！"

"啊哟，一千万元！"丁素英惊惊张张地叫道，"骇人呀！从前我们在新都，听说哪家有钱，上了万，也不过一万啦！如今动辄就是一万，十万，上百万也算大数目了，现在竟闹到千万来了！……"

陈莉华把她一推道："吵啥子？人家要笑你没开眼哩！……"

汪会计喊杨世兴进来，把账簿算盘抱着，同到对间大办公

---

① 头寸，系商业用语，旧时指银行、钱庄等所拥有的款项。收多付少叫头寸多，收少多付叫缺头寸，结算收付差额叫轧头寸。也指银根，如银根松叫头寸松，银根紧叫头寸紧。——原编者注

室去了。

陈登云有点怯生生的神态，向马为富问："我同莉华名下怎么就该到一百七十几万?"

"叫汪静波开个单子你看，就明白了。"

"你刚才所说的一千万，有没有那一百七十几万在内?"

"不在内，凡私人名下的都不在内。"

"这笔数能不能转一个比期?"

"本号上办不到。"马为富今天的态度声气，简直和从前不同，差不多又是一个老金。

陈莉华颇不自在地说："咦! 马经理，一点忙都不能帮了吗?"

马为富才露出了一点笑容道："三姐，你怪错了人。若是平常日子，百把两百万还待你们操心吗? 前几天，你没看见过这里同总机关的来往函电吗? 那是如何斗硬呀! 连我同老金名下的，都叫理抹清楚，半点不许通融。三姐，你还不晓得我私人名下得拿出的八十六万，尚正在打主意，扯指拇哩!"

丁素英道："当真的，三姐，我才想起了，昨天一个通夜他都没睡好，呻呻唤唤的，问他，又不肯说，不晓得才是为了钱的事。其实，我倒说，着啥子急，把人急坏了，也没用。我们有这们大个字号，有这们多货，又有这们多的往来朋友和银行，随便也可借些钱来抵住呀!"

马为富瞪了她一眼道："你晓得啥! 现在就是各往来银行都要办结算，借出来的钱，通要收回去。恰恰又碰着日本鬼子打到了贵州省，人心惶惶，大批的货抛出去没人买。并且以前高价收入的，背了大数的子金，而今价钱跌下来，连本都不够。如其这一关捏不拢的话，……"

"我倒不信日本鬼子当真就杀到四川。货物卖不出去，就不卖，囤起来，等平静一点，怕没有人要？"

"你的主意倒牢靠，但是借的钱要还哩。"

"拿货去抵押嘛！"

"但是人家不要货，要现钱。"

"这咋个搞呢？"

"对啰！"陈莉华道，"这咋个搞呢？你的马经理帮不了我们的忙，你想，我们咋个搞呢？一百七十多万现金，并且几天里头就要，你的马经理说得好，如其这一关捏不拢的话，你想想看？何况大老板又有了电来，……"

"三姐，莫向她说！"小马连忙打岔道，"她是没心肝的，再一漏了出去，才更下不了台哩！"

丁素英一跳而起："我没心肝！你钻到我肚皮里去过吗？……"

费副官一头推门进来，笑道："除了马经理，哪个敢钻进你的肚皮去，告诉我，我不依他！……"

陈登云起来，拉着丁素英膀子向门外推引着道："他说错了，歇一会儿到房间里打他耳巴！现在，请你让一手，等我们好商量办法。"

丁素英出房门时，尚红着两片脸巴，一张厚嘴哆得像打肿了样。

刘易之向嵇太太笑道："你看丁丁那神气。"

"一定同什么人吵过嘴来。"

罗罗迎着她问道："啥子人把你气着了吗?"

"你还说哩!"丁素英气哼哼地向一张矮藤椅坐下,把两手一拍:"你们看,有道理没有?我好心好肠地去请人打牌,鬼也没一个张我的。……"

老哈巴狗都都汪汪吠着,跟一头小花猫从山花边一条小巷里追出来。猫儿跳上白兰花树的草架上,笔端伸起一条尾巴,胜利的把都都瞪着。都都朝草架上扑了两扑,好像感到无法用武,车转身跑到它女主人脚下。它的用意不明,说是乞援也可,说是讨好也可,但绝未料到女主人今天此刻忽然变了态度,什么都不说明,只是拦腰一脚。

都都是怎样的狂吠着,并夹起尾巴逃向堂屋去的模样,她一点也不注意,仍接着说道:"……他还好意思叫人不要睬我,骂我没心肝!大老板来电报,叫准备关门,我难道不晓得?我又向哪个说过来呢?偏骂我没心肝!真是活天冤枉啰!他们的一些鬼八卦,我哪一样不清楚,你们可曾听见我抿起嘴巴说过他们啥子秘密话来?……"

罗罗把嵇太太一看,两个人都不觉抿着嘴笑了笑。刘易之只是憨痴痴地瞅着她。

"……大家都在趁浑水打虾笆,干的是啥正经事!一句话说完,发国难财嘛!平日太得意了,一锄头挖个金娃娃,还要问他妈在哪里，只默倒一帆风顺，一天天的黄金万两，哪晓得人有百算，天有一算，日本鬼子一下就打到里头来，欠别人的要还，囤的东西又卖不出去，这下几个人就胀慌了！你差几百万，我差一千万，几天里头捏不拢，都会倾家破产！……呃！也是天理昭彰哟！这并不是我姓丁的鸪他们的冤枉啦！嘟个拿我来发脾气，这个也不睬我，那个也不理我，还骂我没心肝！……嗯！我嫁给他也两个年头啦，还第一回挨骂，我晓得倒不一定为了生意，大老板的神通我是晓得的，……哼！中间难免没蹊跷！……"

罗罗遂向她丈夫说道："老刘，你说我们还要到胡处长家里去哩，再迟，怕他走了。"

刘易之也像是才想起了似的，点着头道："你不提起，倒忘记了，果然，我们该走啦！"

嵇太太说："我们科长还在外面客厅里，我代女主人送你们出去。……"

三个人款款告别后，走到穿堂前面，回头看时，丁素英已气冲冲地冲进房间去了。果然，一步也没有跟送，一句客气话也没有说。

刘易之低低笑道："好大的气性！倒看不出来。"

罗罗把嘴一撇道："不懂事！啥子叫气性？我们再不走，她还有怪话骂出来哩！"

嵇太太道："她同爱娜倒还相处得好。"

"爱娜哪里把她瞧上了眼，只当作瓜娃子在逗她。我们那位陈三姐，偏是不敷衍，嘴头子又硬，所以她一骂就连她也牵在里头去了。嵇太太，你该听得出那话里的话罢？……她还说挨第一回骂，亏她片嘴啰！凭我碰见就有好几回了！"

刘易之要向经理室走，罗罗把他一拦道："人家正在商量大事，我们莫去打搅，客厅里去看，还有哪些人没走。"

嵇科长、龙子才一般熟人都在，还有几个面目较生的，只嵇太太认得一个身材魁梧、穿了身宽大皮袍，捏着一根象牙旱烟管的，是近几年来才由现役军职改行为商的陆旅长。

正这时，陈登云忽然匆匆走进来，笔端走到武乐山跟前，正要说什么，这个山西老儿忙笑容可掬地抢先说道："小陈来得好，给你介绍一位挺有关系的好朋友，朱主任！……"

那个挺有关系的好朋友朱主任正站在长条儿跟前，一身上等青呢中山服，把人也显得颇为精神，面目很熟。

"哦！原来在桤木沟同时躲飞机的税局职员朱乐生！"他不便说出，只好俨若初相识似的，热烈地伸出手去道，"久仰得很！上月就听见武老板讲过了，恭喜荣升主任，不曾先来道喜。……"

互相敬礼之后，陈登云便邀着武乐山到经理办公室去，说是有件重要事和他商量。

龙子才撑着一双倒笑不笑的小眼睛看着两人出去之后，方掉过头向嵇科长把眼睛眨了几下道："觉得不？八达号今天很不像是喜事。马经理不说了，责任所在。陈老五为啥也失魂落魄似的？"

嵇科长点点头道："这几天，恐怕不单是陈老五才这样罢?"

"据我晓得，捏不拢的虽是不少，大概都没有他恼火。"

"我想他的数目也不见得顶大，有他二老者①撑住，或者不会坐大蜡。"

"你这样看吗?"龙子才很有意思地说了这一句。

"哦!倒是呀!远水难救近火!……不过，小马总得帮帮忙，他们的关系既是那样不同。"

龙子才还是那么狡猾的皮笑了一下。

嵇科长似有所悟地道："是的，小马也正泥菩萨过河哩!……刚才，丁丁正碰了一鼻子的灰。……他找了武老板进去，你看这老西能给他搭搭么?"

"不见得罢?只怪陈老五平日太不为人。走上风时，见啥都是一抹不梗手，仗恃他二哥的势力，有好处，半点也不让人，啥都吃干，好像朋友伙都该尽义务似的;有了事才求人，谁肯照闲?我若是武乐山，我根本就不管!……"

嵇科长也是抓了不少的货在手上，只是还周转得过，没有一般人那么窘。他现在急欲晓得的，倒是贵州的局面稳得住稳不住。因才走去跟陆旅长打了个招呼。两个人遂切切实实研究起战争情形来。

陆旅长自称是蒋百里的高足，并在省内、省外打过好多次内战，现有的一份家当，就是凭内战打起来的。对于战情的判

---

① 指兄弟间排行第二者，系四川人的语汇。——原编者注

断，当然内行。他说："这次湘、桂的撤退，完全是战略错误，说起来话就长了。……"

他遂从第三次长沙会战起，一直批评到金城江的不守。话像流水样，滔滔不绝地由他那张尚未留须的大嘴巴里涌出，而且声势还那么大，活像枯水天的叉鱼子①；而且一双犹带杀气的眼睛鼓得铜铃大，右手上那根空的象牙旱烟管飞舞得直似一位名音乐师的指挥棒。

"……我真不懂怎们会把日本鬼子的力量忽然低估得如此凶法！……既处在那种地位上，怎能诿口于情报的不确呢？……"

全客厅的人都被他的声势吸住了。先生们、太太们在他跟前不知不觉地扯了个半圆圈，每一双眼睛都注意地盯在他脸上，这比什么会场中的什么会议都严肃得多。

陆旅长的话，其实也很寻常，凡近几年来但肯留心报上消息的，都说得出。只不过没有他那们多的军事名词，和他那样能够组织成有首有尾的片段，像说评书样，仿佛每一件事都是他亲身参与过似的。例如说到河南战事失败时，日本人是怎样利用走私路线，司令长官仅仅挟着一只收音机是怎样的狼狈而逃，以及李家钰②是怎样的阵亡情形，大家虽都已到处听人说过了，但此刻在他口里听起来，犹然像初次入耳，这，确乎是

---

① 岷江中游一险滩名，在四川犍为县上首。——原编者注
② 李家钰（1892—1944），四川蒲江人，川军将领，抗战爆发率部出川抗日；1944年5月21日在陕县秦家坡力战而亡，国民政府追赠其为陆军上将。

他的本事！

到他的话浪渐渐泛滥得几乎要"怀山襄陵"① 时，——他自己也知道这是他的缺点，每逢正经的军事会议，他只好强制着让别人说，让自己听。——幸而嵇科长才给他放下了一道闸门："谢谢你这篇精彩演说。不过我们急于要晓得的，倒不在已往的失败，我们只问日本人能不能占领贵阳？设若不幸贵阳也沦陷了，他下一步将怎么样？老实要照他广播所说，真果会进攻我们战时的陪都吗？……莫忙！我先说我个人的信念：我一根笋就不相信日本人真有这大力量的，你看如何？我只想请你这位军事专家给我一个明确的结论。"

朱乐生连忙插了下来："我也和嵇科长一样的见解，日本鬼子绝没有力量打到我们四川来。"

陆旅长把象牙烟管在自己肥脸巴上擦了擦，定睛看着朱乐生道："我不知道你先生从何估定日本人绝没有力量。依我判断，如其日本鬼子真果攻下了贵阳，他就有力量到四川！……"

几个女的都一齐尖叫起来，差不多是同一句话："啊哟！那还了得！……"

居太太道："阿弥陀佛观世音菩萨！但愿你家的话莫说准！我们逃过一次难了，经不住再逃二次难！"

龙子才道："命中注定，也没办法呀！那般从桂林、从柳州

---

① "怀山襄陵"，出自《书·尧典》"荡荡怀山襄陵"，意指包藏、包涵。——原编者注

逃出来的，谁又愿意呢?"

于是话头便转到逃难情形上去了。各人都不由要将自己所听闻来的，添盐添醋地转播出，而且还要引经据典，赌咒发誓，表明全是直接材料。

但是再直接却都不如嵇太太所闻的。原因是嵇太太闻之于纳尔逊中校的吹嘘，据说纳尔逊中校则是自桂林基地撤守后，便时常奉命驾着一架最新式的侦察机，沿着中国大兵仓皇后退，而日本大兵跟踪前进的路线上，低飞侦察得来；不但眼见，而且还有空中摄影为证。据纳尔逊中校的述说，大抵退走的行列是小汽车第一，大兵第二，大车第三，载物资的大卡车第四，最大群的难民第五。而火车和大卡车根本就辨认不出是车，无论从任何角度看去，只看见的是人；倘若是一大堆的集体在公路上像蜗牛般爬，而后面拖有两条泥浆，或一阵尘土的，知其必是卡车；倘若是一长列人的集体在铁轨上蠕动，而行列头上时时突出浓烟的，知其必是火车而已。又据纳尔逊中校说，日本兵与难民群的距离并不太长。日本尖兵大都是小群的便衣队，要是遇见美国飞机，他们不躲躲藏藏，也像中国难民样站在公路当中，摇着手跳跃，就颇难分辨出他们是追兵。前两次他并不知道那些戴着"鸟打帽"，穿便衣的就是所谓"无敌的皇军"，及至在影片上看出每个人的手上都拿有武器时，再根据前线的报告，他方认出了与中国难民群的不同之点。嗣后，他便不得不暂时违背军令，给这些尖兵群一个扫射和迎头痛击，以便减少他们的速度，让前面大群难民的距离拖得长一点。"然而这总不行的!"纳尔逊中校曾自得地说:"倘若真个有计划的撤退,今后的军队应该有纪律的放在顶后面,节节阻止敌人的锐进才对呀!……看样子,要望眼前这般中国军队能够站住脚跟,聚集力量,给日本人一个坚强反击,真不可能。……但也不怪军队。那些在前线拼命的家伙,也够苦了,真不应该叫作兵,简直是一群又脏又臭,饥饿不堪的苦力!这样的兵,哪里还有战斗意志,但是,你们就凭这样的兵,还打了七年仗,在战史上,只好说是奇迹!……"

据说,纳尔逊中校是很悲观的,同时又很着急。因为美国人训练的中国劲旅,尚未完成,又因只靠飞机运输的装备,实在有限,而能用得的兵,又正用在滇缅线上,和打通雷多公路的国际线上,绝不能调动。日本人也看准了这一点,所以才在这最脆弱的一环上用力一击,希冀把这危险的局面翻过来。纳尔逊中校最近的结论是:"要是你们统帅部不再设法把日本人阻止在贵州山地中的话,我们只好由四川基地撤退,那局面就将两样了。"

纳尔逊中校所说撤退的话,并非危言耸听,事实上各国在重庆的外交官吏俱已有此准备。各国在云南、贵州的侨民和传教士们已用飞机集中到重庆、成都两地,以备贵阳一失,即便以运输机冒险由驼峰载往印度。而中国的朝野要人也准备了:就是人众皆知的,一部分已经派员到兰州布置,一部分则到西昌去安顿他们的财货去了。以地理形势说起来,兰州是通西北的门户,相当辽远,日本鬼子只注意南下,尚不大瞧得起西北,潼关以东没有他们的重兵，而潼关以西却有我们的精锐，此其一；甘肃的油田已经发掘成功，西北的羊毛也抵得住陕、豫两省的棉花，棉花虽被自己用统制方法摧残了，而毛纺织却是新兴事业，一样可以把握生财，有油有毛，还有其他可以利用的东西，此其二。然而西昌也有它的蛮荒价值：第一是丛山峻岭，无论如何日本人是不能去；第二有西祥公路，只要有汽车，只待滇缅路一通，将才毁不久的金沙江上的铁桥一修复，则自西昌出行，几天工夫仍然可以出国，人能够出国，货便能入国，你想，从去年起，由印度大吉岭出发的驼队，且能辗转驰驱，从西藏而到西康省的雅安，一色英国的"喀勃斯坦"①，尚比美国的"菲力浦"② 吃香而赚钱，则将来由印缅而祥云，而会理，而西昌，路线既短，交通又便，只要有资本，还怕不可以做个独门生意，一方面统制，一方面专卖，再一方面包揽倾销？纵然暂时当了亡国大夫，岂不仍可作个陶朱公③第二吗？西昌本是不足道的蛮荒，便以这两种资格，也和兰州一样同为朝野要人看上了。

　　八达号的确实消息，就是准备把成都的分号结束，听命迁往西昌。今天使小马和陈登云、陈莉华在办公室为大难的，便

————————

① 英国卷烟名。——原编者注
② 美国卷烟名。——原编者注
③ 范蠡的别号。陶，山名，在山东肥城西北。他善于经营居积，到陶山十九年致富，故后世称富者为陶朱公。见《史记·范蠡传》。——原编者注

是手上的物资囤得太多，现金周转不灵，要赶快脱手，就非想办法不可。不然，是会弄到拿着金碗讨饭吃的。

在客厅里的一般人诚然也都做着囤积生意，可都是自由自主的游击商，他们并不打算迁地为良，他们只担心日本人当真打到四川，在短时间不免要吃点亏。所以他们今天只管说来八达号是给小马道喜，其实是借机会找人，打听一下前方的真实消息。他们全都不相信官办通讯社和官办报纸的新闻。

然而他们也只是抱着一种妄念：不相信许多恶劣消息都是真的，却又相信许多好消息大多是假的；他们只是把大家已知的，半真半假的谣言和肉电报，互相传播着，来做一种精神上的安慰。

故以夫妇之亲如嵇科长、嵇太太，而嵇太太所转述的纳尔逊中校的言论，也不足取信于她的先生。

嵇科长让他太太在人丛中去夸耀她的直接材料，他仍然挽着陆旅长的膀膊，将他拉到阶沿上，很认真地低声说道："旅长，你我都是同一条路线上的朋友，我们的利害不比他们，他们能够满天飞，我们却是走不动的。所以得请你切切实实判断一下，四川该不要紧罢？……但是，请你莫再探源溯流，大发议论，只简短的一句话！……"

陆旅长倒也凝重地沉思了一下，把那支空的象牙烟管向左手掌上一击道："还是我那句话，要看贵阳守得住不？"

"就是请你判断守得住守不住！"

"现在听说正由陕西调了一师兵去。"

"这是千真万确的，是魏德迈参谋长的建议，是指定华生他们一大队运输机去运的。"

"虽说陕西的兵比较装备好些，但是大都没有作战经验。……"

"唔！……"

"这又得看日本人是不是安心要进占贵阳？……他安心要来，师把人是挡不住的。……"

"你看哩!"

"我看吗？……"

陈莉华同武乐山一面说着话，一面恰从经理办公室出来，陆旅长的精神一下就贯注到陈三小姐那面去了。

第二十八章　锦绣前程

在一个整月不到的时间内，南门一巷子唐家杂院里就发生了两桩大事，——两桩意想得到而又委实出人意料的大事；其重大，其突兀，简直和第三次长沙会战之后的日本兵马不停蹄一下子就打到独山来了似的。

第一桩大事，是我们业已知道了的，寡妇再醮。即是说，绰号一枝花，又以泼辣著名的唐姑奶奶，很急邃的竟由前任高局长太太，一转而为现任白教习太太。虽是大事，尚觉寻常。第二桩大事，可就真正算得是大事啦！

其事维何？曰，白太太公然在戒烟了！

自从在霍大夫处作过抽血检验，国家形势变化颇大：美国运输机越发从驼峰之间，日夜不停，成群结队地来；美国的空军也日夜不停，成群结队地向东方天际飞；参军的青年学生犹然不断地向印度跑；中国的所谓唯一的劲旅也不断地在滇缅路上、在雷多路上，打着前所未闻的，真正的胜仗；不必再说太平洋、日本海，以及远在欧洲的战事情形，光就本身这面见到的，已经是希望无穷了。何况报上还天天载着美国新闻社的消息：大约不久，便有一支常胜军队将在中国沿海几点登陆，在内地以及在敌后的若干地下军，据说已确实在向海岸移动，只要美军一登陆，立刻就可演成法国西海岸的形势，无论日本人摆下的这条长蛇阵多强多牢，倘若拦腰几击呢？这种胜败之局，倒不一定要凭什么"有资格的军事观察"来作判断，只要肯留心时事的人，经了这六年多的训练，俱直接的感觉得到，如白知时其人，便是这种人中间的一个。

因为白知时凭了自己的常识，又凭了几个同一见解的朋友的讨论，他把他的信念——即是定要太太戒烟的这个念头。——更其坚定起来，也就绝意不听他淑贞太太的借口说："眼看日本鬼子就要打到四川来了，人心惶惶的，过一天算一天好咧，还有啥子心肠来戒烟。"

她还故意张大其词："安乐寺的消息，都是那么在说，说贵阳已经完了，硬有人接到电报，并非日本鬼子的宣传。大表叔他们在机关上的，总不会造谣言罢？也说，当真听见日本鬼子的广播，说是准定到重庆过年，到成都来吃元宵。你总相信日本鬼子历来不大说谎的呀，他们以前说过要把哪里打下，后来总是要打下的。唉！到成都来吃元宵！你想想啊！……"

但是白知时总是闻风不动，他极其明白，太太的真意并不在替敌人张声势，而是在学日本人的作风，借外交上的矛盾和国际间的风云，来淆乱人的耳目，来打岔人的思绪，以贯彻她的拖延禁政而已。他并知道，要是在这时节稍为让点步，或是把办法商量修正一下，那吗，也会像国家的禁政样，就永远没有结果了。

因此，他总是很淡漠地看着她道："你爱信那些谣言！……"

"别人说的都是谣言。人家是在机关上呀！"太太忿忿然地说。

"在机关上？……我怕不晓得！造谣言的正是他们这般人！"

他并不同她去讨论谣言的来源，以及提出反证，而只是单刀直入地还是劝她戒烟："就作兴如你所听闻的日本人真正要杀来了，你更该趁这时候把鸦片烟瘾戒脱了，好跟我去打游击啊！"

"打游击？你才想得好哩！"她正待借此开花，把正经问题再度引开去。

"无论如何，就逃难也罢，就打游击也罢，戒了烟，总少受些痛苦。"他的意思还是那么坚决。不过语气非常和蔼，而且还加上一些表示亲爱的动作，这是在蜜月中常看美国电影的效果。

恰似唐淑贞所抱怨的"把人逼到悬崖边上了。"既生不起气来，就无由反抗，只好撒了回娇道："好罢，我也只有这半条命……"

她果就在这种被强迫的情状下戒起烟来。

头一个星期，她很没有把握，不烧两口怎么过得了日子？她随时都提心吊胆着在，设若支持不住，非向白知时拼命不可。而唐老太婆和向嫂也一样地提心吊胆着在，"真正戒掉了倒好。

要是在半中拦腰，戒出了毛病呢？我们也要负点责任的！……灶神菩萨有灵有验，保佑没事才好呀！"

如此戒烟大事，哪里不会闹得满街风雨？甚至高白继祖上学下学，总有人在大门口拦住问他；"孙老少，你妈妈今天撑得住些了吗？……还打不打呵哈？还流不流鼻涕眼泪？……"

一直打听着唐姑奶奶公然在半个月内，一点病痛没有，竟自连烟家具都凭白先生收拾起来，不但从未再烧半口，甚至连烟灯都不看一眼；尤其可怪的，就是从没听见她高声大嗓闹过，她同白知时一步不离地进进出出时，也没看见她有过不好过，或是焦眉愁眼，或是气哼哼的样子，脸色虽不见得就怎样光彩，但依然像蜜月中没戒烟时一样的高高兴兴，精精神神的。

"怪啦！一枝花的烟瘾都戒脱了！……"这背后的舆论的言语，是颇为有利于她和白知时的前程的，倒是他们始料之所不及。

不仅是她本人，就是有远虑的白知时，也从未想到半条街的邻居们都因唐姑奶奶的戒烟，而心安理得起来，认为时局诚然严重，——日本人攻占贵阳的谣言已是传遍全街了。——到底还不会弄到逃难，说不定也是"交运脱运两头扳命"的一个必然的难关，胜利是决定有把握。何以呢？因为唐淑贞也把烟戒了，可见国家大事定有转机。于是以前存放款子在她手里的人放心了，晓得唐淑贞戒烟之后必有作为，生意必然继续做下去，也必然做得更好，大利吸收去的钱，定能保本保息，原先打算趁早提出来以防不虞的，这下可就不了。

相信唐淑贞，更相信白知时。"妇道人家"的见识到底有限，可是素来行为端正的教老者①便不同啦。"他是靠得住的人"，已经注名在案，他能够把唐淑贞说得服服帖帖地来戒烟，可见他有真本事。听说他已安心改行要做生意，于是大家都笑着说："这家伙一定关得了火的②！"

到唐淑贞传出话来说："白先生和她打算增加本钱，多买一点别人不要的东西，准备大大在生意上打两个滚"时，因才从本院子起，一直牵连到好几个院子，一般安心积钱，而又无处投放，更其见银行而生畏的劳工们都起着哄道："我们凑合他，好舅子！"

他们有了这支生力军，所以才壮起胆子接受了居太太偶然的提议。

居太太和他们见面是一天在安乐寺门外的一家茶铺里。两个女人好久没碰头了，一会见，自有女人们的一种出规的亲热和殷勤：先是彼此拉着手大声地问好，其次是推推攘攘地让座位，再其次是互相打开了手提包，像男子们样，估着堂倌接自己的茶钱。及至坐定了，唐淑贞才介绍到白先生：

"这是我的先生。"

"你的先生？高先生？"

---

① 成都人戏称教员为教老者。——原编者注
② 关火，疑为是关合，到底该写成哪两个字，不清楚。这是那时才在成都社会偶尔用到的新名词，意指能负完全责任，把所说之事办好。以后，此词流行于各阶层人物之口。——作者注

"不是的，……"

唐淑贞连忙凑过半截身子去，在她耳朵边笑着叽咕了起来。茶铺里正那么人声鼎沸，连坐在旁边的白知时也听不见她太太说些什么。其实用不着去听，因为居太太业已摆出一副正经面孔，并且很认真地在向唐淑贞道贺说："阿弥陀佛观世音菩萨，这倒是天大喜事呀！……你家真不够朋友，怎不通知我一声？真太缺礼啦！……不管怎样，喜酒总要补吃你家一台的。明儿有点小意思送到你家府上。……不赏收，我要怄气的。……那是你家太见外了。……你府上，我来过，你家忘记了。还见过你家伯母，还躺过你家烟铺。……啊！烟瘾也戒脱了吗？了不得，我一定要来道个双喜！……"

居太太有四十几岁，身材相当高，好像正在发福，但面孔却看不出怎么丰腴。两只大眼角微向下挂，眼珠子略带黄色，并且灵活极了，一望而知是个精明强悍的类型。事后从他太太口中听来，果不其然。她于民国二十七年一家人逃难到四川来时，手上并没有好多钱，只因她有个娘家侄儿在航空委员会任了一个不大不小的职务，年程相当久，她遂通过她的侄儿，和很多航空人员拉了世交关系，说起来都是晚辈，平常日子吃、喝、玩、赌，既常常在她老人家的家里打扰，那吗，每逢出差之际，她老人家委托带点不纳税的私货，当然不能推脱。一方面她又广事交游，和检察人员、税收人员无不熟悉，而有账项上的交情。除了跑安乐寺外，也跑几家银号和公司，人事是很宽的。她现在的本钱到底有好多，虽没人能确实指出，可是好几家正经银行她都开有户头，据说，合拢起来的信用透支，总在几百万以上。

唐淑贞初初跑安乐寺时就认识她。说起来，唐淑贞今日对于买卖上的一点知识和成绩，委实还得力于她的指教。她就是这么一个令人喜欢的好人。一点没有一般人所讥讽的九头鸟的坏处。唐淑贞也有心要应酬一下这位好人，同时也想在一个谈得投机的同性跟前炫耀一下她的白先生，于是就提议要招呼居太太先去吃一顿小馆子。本来说是去吃乐露春的鱼头豆腐，但居太太却毫不客气说下江口味有点吃腻了，倒想吃点有刺激的川味。

唐淑贞笑道："那吗，少城公园侧边的牛毛肚子倒够刺激，又麻，又辣，又咸，又烫，包你老姐子吃后，连舌头都要木半天。"

"你莫谅实我这个湖北老不敢吃，告诉你，在重庆时候这些人就领教过了。"

白知时才得插嘴说道："居太太的成都话真说得不错。没有'要得'，没有'硬是'，也没有'做啥子'。"

"啊！哪里的话！诚心诚意的学了几年啦，到底还不十分像。"

"很像了。比起我们几个同事的北平话，真不知高明到了哪里。"

唐淑贞不由哈哈笑道："'天不怕，地不怕，只怕四川人说京话。'我听见过很多人的京话，差不多就同我小时节听见满巴儿说的话一样，真刺耳！其实，我们成都话就好听，老姐子，你说是吗？"

从北平话又牵引到三益公的话剧，又牵引到悦来戏园的川戏，末后还是白知时把话头拉了回来，仍然商量到吃馆子的问题。凭白知时做主，决定到少城公园的静宁餐馆去，那地方是他们以前常常打平伙之处。

今年是干冬天，一连出了好几天的大太阳。少城公园里的常绿树浴在暖融融的太阳光中，很有点春意。各处茶铺里都有八成以上吃茶的人，但是打从其间穿过时，并不觉得人声嘈杂。这里，确乎不比安乐寺的茶铺，那儿是为生活作战的地方，情绪都紧张得像绷紧了的弓弦，哪能像到这里来的人们，在意态上先就有点萧然的了。

唐淑贞本可以喝几杯的，现在戒了烟，酒量业已复原。居太太只管说不大吃得酒，可是为了主人情重，而且又为了是吃喜酒，本底子也是极其随和的人，怎么能好推杯呢？白知时又是一个通情达意的斯文人，天气又这么好，馆子里的客人因为生活费用一月比一月贵，也比以前减少好些，堂口不怎么热闹，菜便不像忙不过来时的随便，一盘红油豆腐鱼做得真够味，堂倌说用的是鲜活大鲫鱼，大概没有假；一盘叉烧搬指，也好像真个用铁叉子叉着烧的，等等，都足令居太太高兴，也就杯到酒干，几几乎在和男女主人两个拼着吃，虽然所卖的黄酒，是眉山鼎兴隆的，并不怎么好。

一面吃喝，一面闲谈，自然一谈就谈到目前的国家大事以及国际间的战事。

居太太因为和侄儿，和一般航空人员，和许多银号、公司的经理、主任在来往，故她的见闻极广。而又因了自己的生意关系，越更留心时事。除了成都、重庆两地的报纸外，她还有三具新式美国军用收音机，并且还有相当数目的肉电台。所以她一谈到国内国外的时事新闻，简直比任何人都明了。自家又走过一些地方，对于长江上游下游，和西南的许多地理，都相当熟悉，谈起来引经据典，比学校里一般光凭书本的先生们都高明而且踏实得多。

唐淑贞自然差得太远，就是常识自谓丰富的白知时也不胜诧异"这婆娘真行哟！"于是就同她谈得甚为投机。

豪爽的女性，三杯之后已是话如翻澜了，何况又到了以说话为生活的年代？何况白知时也是一个卖嘴出身的，能搭白，又能剪裁？

他们谈得顶投机的，尤其在对于日本人只管一鼓作气，打到了独山，却都料定了只是日本人的回光返照，也只由于我们指挥战事的人心思不周到，偶尔疏失，于胜利的大局，是没有好多关系的这一点上。

居太太很有意思地盯着白知时道："你家也是这样看法吗?"

于是她就大为讥笑目前那般安排向兰州、向西康逃难的有钱人。因就说到八达号："那才一团糟哩！连那个贴在身边的大老板都着慌了，几个电报打来，叫赶办结束，准备迁移。号上的人自然就加倍的害怕起来。你看啰，不说当经理的人连天连晚在拼命办收缴，活像迟一天就跑不了似的，连那些拖的小划子①也疯狂了……"

"小划子？……"白知时还不知道这名称。

他太太倒注意了，忙说："别打岔人家的话，一会儿我告诉你。"

"说起来又可怜哟！一个个没头苍蝇样，到处抓钱。见人就问，有批货，原价九折相让，几个月的月息更不说了，请你家搭个手，好不好？……"

唐淑贞大概没听清楚罢？公然认为是居太太的提议，连忙插嘴道："好嘛！我一定搭手！算给我就是了!"口气还那样斩钉截铁的。

居太太愣住了。白知时笑道："你是怎们听的！别人在摆龙门阵呀，并不是在向你推销啥子东西。"

"哦！这倒有趣呀！"居太太笑了起来，"不打紧，就作兴是笔生意罢，横直人家在拍卖，我也答应帮他们找买主。只是，你家也看准了吗?"

"吓吓！说起来，不是有点像撞天婚②吗?"唐淑贞也笑着说，"你一定抓进得不少。为啥不全部买进呢，还帮人家找人？"

"你这个小伢子，真狡猾！疑心我有什么毛病么？"

---

① 这里指大生意带的小生意。——原编者注
② 旧时一种不加自主选择、听天由命的择偶成婚方式，意谓任凭"天意"促成的婚姻，如小说、戏曲里"抛彩球"之类。——原编者注

唐淑贞虽是笑着在，却半真半假地道："你，我倒不疑心，我已经说过算给我就是了，我还疑心你？不过，也得说明在前，若果搞头真大，我不分你的，刚才的话，吹了不作数。"

居太太真有点急了道："告诉你家，我不是不想全部盘过来，因我最近一笔现钱，通换成卢比带到印度去了。各家银行商号又都在办年结的时候，没有多余的头寸。并且东西是那么多，就在平日，我一个人也进不完。你家要是真个看准了，这生意倒确实做得。喊的是九折，山西帮进一批是七五折，我进的是七折。若果今天再去磨一磨，只要没人出手，大概六几折都做得到。……"

"那，你为啥不早告诉我，耽搁了这半天？"

"谁叫你先就把我打岔了，说你同白先生结了婚，又……"

"哈哈！不说了，罚你老姐子喝三杯！"

三杯之后，他们才正正经经地谈到这笔生意上。据说，八达号的底子本来很硬铮，光是盘给山西帮的匹头、陕棉，就有好几仓库。如此旺相的生意，不晓得大老板何以一下就收了手。若果说是为了战争吃紧，迁地为良，但是以身居高位，经纶满腹的他，难道连一个普通商人的见识都不如吗？一般人都看得明白，贵州实是日本人的坟墓，并且都已知道装备齐全，吃得饱，穿得暖，操练得好的军队，已由美国整师整师空运到前线去了，难道说他真个胆小得连这点信心都失去了吗？而且他本人也还安安稳稳地住在重庆，并未听说他公馆里有什么拆卸抽水马桶的举动，虽然他太太儿女是老早就因为所谓的国家大事，飞到外国去了，连娘姨厨子，据说都带了去。大老板何以会命令八达号办理结束，准备迁走？想来，一定还有其他的重大缘由。

居太太不愿再把心思用在这上面，遂作了个结论道："总而言之，怪事年年有，没有今年多，抗战以来，一般大伟人的举动，全不是我们老百姓猜得透的。管他娘的好歹，只打我们的小算盘好了。"

八达号本身所囤积的一大批犯禁的货色，是光明正大盘给了有背景、有力量的山西帮去了。一般大小划子的货色，有的折了账，分了；有的被几个一伙胆大冒险的朋友拣自己合口味的折零盘去了。据居太太一口气数出来趁火打劫的冒险家就有十多个人："平常都是有来往、讲交情的好朋友些，临到磨起价钱来，可是都生分得了不得，活抢人！马经理是栽过筋斗来的，平日就很谨慎，倒吃亏不大。我看，只有那个陈老五，和那个陈三小姐，好像下了整楼梯了！"

据说，差不多为大家认作囤得的货色，都七折八扣的盘光了。她，居太太，因为头寸不够，只盘得一批时销的香烟和几打亚米茄手表。照单子看来，现在剩下的，只有十多件海勃龙女大衣，七八件军用收音机，和几箩五金杂货，还有一批罐头。

"哦！原来都是些停食货，人家择剩不要的！"唐淑贞大不高兴地说，"还是要怪你老姐子。恁好的机会，为啥不早点告诉我一声？"

居太太只是笑了笑道："你家在新婚当中，想是乐昏了？差不多个多月不见上安乐寺，知道你家是不是还在成都？知道你家是不是还在做买卖？今天要是你家不困醒了跑来，还是不会碰头的，我到哪里告诉你家呢？"

唐淑贞忙又把"小大英"取出，仍是先吸燃了一支，递过去道："莫见怪呀！老姐子！是我心直口快，说错了。"

"瞎喷！"一不留神，居太太就冒出一句乡谈来。

她立刻又笑了起来："莫失悔，眼前这种机会还多哩！再几天谣言，你家看，吃进去的，立刻就会吐出来，说不定还要赔点本。不过，你家到底有好多现款在手上？"

"我吗？"她默了默，才拿眼睛把白知时一瞟。

白知时立刻接应着点了点头道："我们大概可以凑出二三十万罢咧！"

"在目前，倒算一笔数目啦！我刚才说的那些东西，你们到底要不要？"

唐淑贞只是瞅着白知时。

"你们算一算好了，光拿海勃龙大衣来说罢，目前从印度走私来的，一件也得万把块，拍卖行标价是二万五到三万。如其你们看得准，战事真的不打到四川来，到下月，一件卖两万，总好出手罢？今天磨他个六几折，算来，个把月工夫，也看对本转弯了。"

"那，我就只提他十几件海勃龙大衣好啦！"

"你家才会打算盘啰！可是人家并不开零。现在也只剩下这一批东西，要是不等着清账，怎能说到六几折就丢呢？"

"但是，其余那些东西，晓得好不好出手?"唐淑贞犹自迟迟疑疑的。

白知时到底作了最后决定，认为就是五金杂货以及军用罐头，将来都可以赚钱，因为内地并不出产这些，并且皆是必需的消耗品。他对这，曾有过一回经验，至今偶尔说起，还不免在打失悔哩。据说，在民国二十七年，武汉刚要撤守时，一个不很熟的朋友要到别处去，有八桶洋钉，诚心要让给他，每桶只要十块钱。他那时从未想到改行做生意，以为八十块大洋的事倒小，只是八桶洋钉，反而成了累赘。那时，又正是人人心情极其紧张之际，有知识有血性的人，都赤忱的在闹毁家纾难，而政府也恰在鼓励人心，大喊着团结奋斗，有我无敌的时候。大家的勇气还蓬蓬勃勃，心想，要是有多余的八十块大洋，不如整个加在爱国捐上，至少也可在国家所买的飞机上给添几颗螺丝钉，或为前方的机关枪给添几排子弹，只要打死一个敌人，这笔钱就算有了着落了，岂有为了一个不很熟悉的朋友，而受八桶洋钉之累? 当时是这样无邪的，毅然决然拒绝了，却不料越到后来，才越不是那回事，"唉! 那时好蠢啰! 真一点没为自己打算过一分一厘。也太老实了，把在政治舞台上的人，都看得像学生们一样的纯洁，以为他们所言所行，全是由衷而发，领导我们抗战，真果是为的民族，为的国家! 唉! 唉! 设若那时早有一点政治经验，不说别的，就单靠那八桶洋钉，不是早已解决了吗?"于是才有了他后来那段结论："当今之世，就要摆个花生摊子，也须懂得一二分政治情形。"所以他既钦佩居太

401

太，而又相信她的话。

唐淑贞也才不再犹豫，全部接收了居太太的偶然提议。说道："就是啦！凭你老姐子一句话，我们全要。请你费心，立刻替我们跑一趟。……不过，你要留意，我们也只能凑得出那个数目字，若是超过了，除非你老姐子能替我们搭个手，代为拉扯一下，顶多两个比期罢咧，你相信我们有底有实的人，总不会拖累你的。"

"你家放心，我估量下，或者不会超过你家说的那数目。……也是你家的运气呀，不因八达号忽然要办结束，陈三小姐怎肯在这时节，三文不值，二文不顾地抛出呢？……你家不晓得，就是为了这些走私货，他们还是花过不少的本哩！别人不清楚，我怎么会不知道？……好的，谢谢你们！我就去，你们也得立刻准备。……大约不出明天下午两点钟。因为后天就是大关。明天不过手，后天就没有希望了。"

第二十九章　"鸟倦飞而知还"

朱乐生凭了检查哨人员的压力，抢买到了两个司机台座位后，很得意的，从人丛中挤出，横过马路，走到车站对门一家茶铺里来找他太太。

但他却向着另一张茶桌上坐着的一个时髦女人打着招呼道："啊！陈三小姐，……早啦！"

看见她同茶桌的还有一个四十多岁的女人，还有三口小衣箱两个铺盖卷，"也到乐山去吗？……那我们同路了！买到了车票没有？……好！好！我先介绍下，这是内人，这就是陈三小姐。……"

两个女人早都感觉彼此眼熟熟的，朱太太只是想不起在哪里见过，因要喂小孩的醪糟蛋花，便不再去寻思。而陈莉华倒已想起了，前年躲警报在桤木沟同陈登云开过玩笑的那回事，不就是拿她——这个满身苕气的女人，做过口实吗？她此刻虽在不怎高兴的时候，毕竟拗不过本能，不由抿着嘴唇做出种瞧不起人样的笑容，向朱太太点了点头。

朱乐生问道:"陈三小姐过乐山去吗?"

来不及问她过乐山去做什么,接着便自己表明他是奉调到乐山税局去服务的,接着便说到今天走的人真多,"车票不好买得很!"

他太太虽然全副心力都用在醪糟蛋花和那娃儿的嘴巴的联系上,但也掉过头来说道:"我不管,我是要坐司机台的。"

"有你的司机台,我早已弄好了,还等你吩咐!"

"我们的勤护兵呢?"

陈莉华连忙回过身去,向着王嫂的耳边叽咕道:"听见吗,勤护兵?凭再怎吗夸耀,还是满身苕气啦!"

朱乐生又在问:"陈三小姐,你们的车票买好了吗?"

"有人买去了,大概没问题。"

赵少清、周安二人一路说着话,从车站大门走过来。来乘车的旅客还陆续有到的,茶铺内、面馆内人坐满了,行李也堆满了。有些像是送行的,有些却在设法买黑市车票。朱乐生那桌上也来了好几个送行的朋友,男女都有,大声武气地谈着这,谈着那。

"车票买到了不曾?"王嫂赶着周安这样问。

"买到了,只是多花了万多元。"

"为啥呢?"

赵少清接口说:"今天只有三乘车到乐山,不多花钱买黑市票,那咋行呢?"

王嫂又问:"有座位没有?"

"没座位，又不多花钱了。第一排第六七两号靠着窗子的。……"

　　一个工役模样的人，拿着一只铜铃，从车站大门内直摇出来，一面大声吆喝道："乐山一次车的客人上车啦！……"

　　周安忙说："莫慌，你们是第三次车。"

　　朱乐生一伙人早站了起来。另一个年轻小伙子把娃儿抱在手上，朱太太只掉头向陈莉华似招呼不招呼地看了眼，便偕同众人走了。反是她的丈夫颇有礼貌地把右手一举道："陈三小姐，我们乐山再会了……哦！我还没请问你到乐山住在哪里？"

　　她本要详详细细告诉他：因为庞兴国调到五通桥盐务局，曾有信来，要求她也到五通桥去；信上并且说，祝奶妈已经被她的丈夫领了回去，不会再破坏他们的家庭幸福；贞姑儿不再想她的奶妈，而随时思念，随时挂在口上的，倒是她亲生妈妈，她并且出了麻疹后，已长高了一头，也比以前乖得多；二和尚更其淘气了些，但已在自己家里读到初小三册，设若有他妈在身边照料着，不是更好些吗？大和尚哩，居然能提笔写信了，在父亲的信里附来了一张信笺，写着胡豆大的字，说了许多孩子气的话，使人看了怪好过的。她现在到五通桥，并不是为旁的事，只是回她的家，仍然去恢复她庞太太的名称。设若朱乐生不是较生疏的外人，她是乐于要把这一切去告诉他。

　　但是她回答朱乐生的，只简简单单的一句："还不能确定住哪里。"

　　及至朱乐生夹起那只"新置项下"的大黑皮公事包，兴兴头头赶向车站那面去后，她不禁回头向王嫂叹息道："说是不要一个人晓得便偷偷跑了的，哪知道才出城就碰见了一个认得的人！"

王嫂很同情地点了点头道："成都省城原本只有这们大点，真要碰不见一个熟人，那除非躲到深山老林里去！"

因为周安叫赵少清帮着拿箱子和铺盖卷去过磅，王嫂便站起来说："等我来拿，他的手不得力。"

陈莉华叹了口气道："就让他拿罢，东西也不算重！唉！你哪能帮他一辈子的忙！"

她又接着向赵少清道："记清楚，照料房子是你一个人的事啦！盗贼水火，你要全部负责任的。周安，他是暂时帮你的忙住在那里，要晓得，他一找着事就要走的。"

"我晓得，还要你三小姐吩咐么。"

"又是三小姐！"王嫂把眼睛一睰。

周安笑道："莫怪他，他现在受伤之后记性还好，只是忘性大得点。……大家说过好多回了，太太姓庞，陈三小姐是太太娘屋里称呼，如今不用这称呼。大门口已贴上了庞宅条子。可是，他老记不得，真糟糕！"

王嫂道："那吗，周安，我看，你还是不忙去找事，就住在丝棉街公馆里。你横顺有本钱做生意，也用不着再去拉车子。老爷太太说不定半年八个月要回来的，只要你安心帮他们，我想他们也不嫌多你这们一个人。……"

陈莉华道："王王也是哟！他找得着好事，让他去多弄几个钱不好吗？留人家干啥子！"

"你放得下心，我却放不下心。说老实话，我倒安心老死在丝棉街房子里的。光留赵少清一个人看守，颠颠懂懂的，不说盗贼水火，就临时有个啥子事，比如派房捐啦，比如派壮丁啦，比如街坊打清蘸啦，比如有个啥子人来问这问那，说不定还有啥子信啦电啦，像他这样颠颠懂懂的，咋行呢？"

周安道："我本不要出去找事的，陈五先生一走后，我就说过，还是来帮太太。倒是太太只答应我暂时住下子。其实，我说哩，我们只管是帮人的，并不是就没有天良。得太太帮忙，在八达号汪师爷他们那里搭点小股，到底不算吃亏，算来实在比出气力拉车，比放账吃月息，都强多了。所以，我才说，与其再去卖气力，倒是拿着本钱做点靠得住的生意，将来若得太太再提拔一下，说不定居然解决了，像马经理他们样。所以，我并不一定再要去找事，只要太太答应我在公馆里住下去，我自然会尽心尽力帮着赵少清照管，再不劳你王大娘操心。将来太太回来，要用我，我住下去，不用，我再走。"

陈莉华只是默默地看着他把箱子提走，并不说什么。

两个铺盖卷果不算重，赵少清把一只放在右肩上，把一只提在左手上，也跟着走了。

"你为啥不吩咐周安一句？你当真不要他帮忙照料房子吗？"王嫂定睛把她女主人瞅着，脸上神气很不自在的。

"唉！你光只顾着房子。房子有啥关系？空落落的一院，只一些不值钱的东西，着贼娃子偷了，着火烧了，也不过是那们回事！不过叫赵少清留点心，格外好些，……"

"唔！这不是你的意思。你不用说啦，你的真意，我是晓得的，不过因为周安是陈登云的车夫，开销了，免得后来看见了又心烦。其实哩，我倒要说……"

此刻，车站右侧的两扇大木板门霍地打开，一辆木炭客车——那千疮万补的木板车身，以及几乎不成形状的铁器，只能说是还像一辆走长途的汽车，也和抗战以来，一般被拉、被买去作卫国抗敌的壮丁样。——顶上顶着小丘似的行李，喘着气，像老牛样，蹒蹒跚跚从门内的车场上驶出。这就是行将负着重载，安排破费两天工夫、走一百六十二公里，到乐山县去的四川省公路局有的第一次客车！

接着又一辆木炭车出来，顶上没有那么多行李，据说是成都到眉山的专车。

接着铜铃又在振摇，招呼去乐山的第二次客上车。

接着另一车站开往西康省雅安的客车也走了。那是不归四川省公路局管辖的，倒是一辆比较新色，而且是烧酒精的车。

接着是几辆花了相当买路钱方得通过车站检查哨而溜走的载客小汽车。

接着是不服什么机关管理的美军吉普车，和美军载运东西的大卡车，由城里开出，气昂昂越过车站检查哨，向大路上飞驰而去。它们肚里装的全是道地汽油，光看那走的样子，就比酒精车、木炭车雄多了。

接着便是那些跑短程的长途黄色车。车子只管破烂，而且打气的胶轮，两年以来，早都改换成用旧汽车外轮花破改造的实心牌皮带了，但拉车的倒都是一伙衣服穿得光生的精壮汉子。就是坐车的，也看得出比那般拼命朝木炭汽车上挤的，相当有钱，或相当有闲。

走了好多辆车子之后，茶铺里和好多家小食店里的客人也随之而减少了不少。在陈莉华这张茶桌的四周，全清静了，剩下一地的纸烟头、热鸡蛋壳和涎痰口水、甘蔗渣。

陈莉华接着又把一只银烟匣摸出，取了一支"菲利浦"，就着王嫂递过来的洋火呷燃后，深深吸了一口，说道："咋个的？车子都走得差不多了罢，周安他们，咋个还不来打招呼？"

"没关系，早迟总要走的！……你听我说，周安，你还是留下他罢，虽然是陈登云雇用过的人，到底还可靠，并不像他主人家那们坏法！"

"你已经吩咐过了，还要我开腔做啥子！"

"你莫同我斗嘴。你到底是主人，你不开腔，怎么能作数呢？……其实哩，这有啥心烦的，不丢开已经丢开了，我倒说，陈登云到底还算对得住你，只是你自己的脾气太大了些！……"

"我的脾气大，是你说的吗？"陈莉华是平生不受人当面批评的。不过对王嫂却是例外，仅仅马起脸，反问了这一句。

"是我说的！……要说陈登云坏哩，也只是他同你相好后，就把你独自霸占了，不要你格外再交一个朋友，从前那些对你多们好的老朋友，全被你丢开了，你为啥要这们干？自然是听了他的甜言蜜语，只认为他一个人靠得住。……听我说，我顶不高兴他的，就是他把你迷得连自己的儿女都不要了。……莫挡我，等我说！你想想，要不是他把你迷住了，那一次贞姑儿出麻子，那们凶法，你为啥不就走呢？"

陈莉华好像真要生气了，一张嘴哆得像个荷包，鬓角上的青筋绷得有纸捻粗，不过眼睛却没有鼓得那么圆，牙齿却没有咬得吱吱地响。大概心里也明白，王嫂说的是真话，而且对她只是检讨而已，并不含什么恶意。

王嫂并不看她样子，依然说了下去："当初，那小伙子到丝棉街家里来住时，我就不大看得上眼，第一，婆婆妈妈的，一点不像有出息的男子汉；第二，太嫩了，啥都不晓得，到底是他妈个中看不吃的东西。不过，你既喜欢他，我还说啥？所以，后来你同老爷闹翻了，要上省来同他一块儿住，我也只好赞成。阿弥陀佛！幸而你还算有见识，一直没有听他的鬼话，同老爷真个离婚，把儿女们丢了。不然的话，现在才真下不了台哩！"

"有啥下不了台！我觉得倒是那们做了，或者还好些。看他敢不敢一下就飞走了！"

"你还要同我强！唉！我晓得你也是嘴硬罢咧！"

王嫂咳了一声，接着说道："我说，他走得倒好！是不是他哥打电报来喊他去，我倒不管，只是能够设法把你账上的钱全归了拢来才走，总算还有天良，我赞成他还对得住你的，就这一点儿。我觉得你们两个人能够这样分手，倒好得多。设若我是你的话，既然相好了一场，我乐得做个美满人情，高高兴兴地把他送走了不好？何必那们认真地弄到杀狗下场。他哩，骂你拖累了他，临到走，还含血喷天的哼声不绝。你哩，自然也恨到了心尖上，所以连他用过的车夫都容留不下，为啥呢？自然是为了以后回来时，眼不见心不烦啦！"

"你的话真多！王王，你倒猜准了，是他哥哥有信给他，要他去西康工作。他要我同他去，好家伙！他还想缠住我。我咋会去那山旮旯呢？说到账上的钱，他怕我说穿他们的内幕，还敢不给我归拢吗？唉！再不要提他了，我不爱听得。你好不好到车站里去看一下。"

周安又来了，说第三次车是商车，车站上已打电话进城调去了，大概还有一会儿才能开来。据车站上人说，商车是酒精车，一点钟准可跑三十公里，比公路局的木炭车快得多，就在十点钟开，今天也准可到乐山的。

"我看太太还是在这里把早饭吃了的好，他们都说车子开晏了，路上就不停的。"

"王王去吃罢，我不饿。两个荷包蛋尽够当一顿早饭了。"

王嫂也不吃饭，只叫周安在面馆给她叫了一碗猪肝汤面。

陈莉华又抽燃一支纸烟，才缓缓地向周安说道："周安，我原来的意思，本不一定要留你替我看房子。一则，我那房子空落落的，并没有啥子值钱东西；二则，我们又不能定夺在啥时候回省，把你空留着，耽误了你发财事情，对不住你。不过，……唉！莫打岔我，听我说下去罢！刚才王大娘又向我说，你倒是很有良心的，并不定然只认得钱。又说是你愿意帮助赵少清，他受伤后，果然不像从前，多少事情摸头不知脑的。那吗，话就这们说定啦，你以后就留住在我房子里好了。工钱伙食照赵少清的额子开支。也不一定要你成天成晚老待在房子里，只需你和赵少清两个不要一齐走开就得啦。你要兼做一点啥子生意也由你。有啥子信电，接到后就给我转来。……总之，事情说不完，你既帮了我这些时候，我的脾气你是晓得的。……那就是了，只要你诚心帮我，我不会对不住人的，王大娘就是榜样。……"

王嫂拿着筷子向车站门口一指道："你看！……那不是马经理吗？"

果然，一乘私包车刚在车站门外停下，马为富从车上跨了下来。一件白狐肷皮袍上套了件蓝布衫子，是新的；头上一顶水獭皮帽也是新的；连同车上搭的一张艾叶豹皮垫，似乎也是才买的。

"马经理多半是来给你送行的。"

"他咋个晓得？我并没告诉一个人。"

马为富向车站里直走进去，车夫也只顾得拿毛巾揩汗，都没有向茶铺这面看一眼。

周安说："我去招呼他到茶铺里来。"

呜！……呜！……啵啵！一辆比较新色的大客车已从大路上烟尘滚滚地飞驰了来，一转弯，就由车站左边的车门开了进去。

"车子来了，我去同赵少清招呼捆绑行李。太太同王大娘跟手进来好了。"

马为富的车夫也拉着空车向茶铺这面走来："周大哥……啊！陈三小姐，你们也在这里？"

"你的老板是不是来给我们太太送行的？他的宝倒押端了，恰恰赶上！"

"送行？……我倒不晓得。我只听说老板是来找这里的检查哨。大概是讲啥子生意罢？"

陈莉华冷笑了声，向王嫂道："你默倒人家都像你吗，还讲交情？却不晓得目前讲究的是有利害才有关系，没利害就翻脸不认人的。唉！照这样看起来，我真有点失悔了！"

王嫂一面走一面说道："也莫怪人，你原本是讨厌了人家，才打算悄悄溜走，不叫一个人晓得。你说过与其再在这种世界中和他们鬼混，不如隐藏在自己家里，倒还心里安静。怎么才回了头又失起悔来？"

"你晓得我失悔的是些啥？陈登云就这样赌气走了，太便宜了他。我还是该把他抓在手里，我倒是有我的打算哩！王王，事情复杂得很，你这个人太简单了！"

车场里只寥寥站了三十几个最后的客人。大概因为第三次客车是商车，是酒精车，一百六十二公里准可一天跑到，而大家又是吃饱了肚子的，脸上都摆出一副从容愉快的样子，各自谈着无关紧要的事情。

车顶上正由车站站丁在给客人捆绑行李，有王嫂、有周安、有赵少清在那里动手动口，陈莉华是无所事事的，萧然地站在人丛中，倒反萧然的触到一种寂寞之感。她忽然寻思："怪啦！我为什么因了陈登云一走，便改变了我的方向？我和他同居以来，本就没有打算能够白头偕老下去，那吗，他被他二哥叫走了，我便不犯着丧气！我还是应该一个人留住在'归兮山庄'，不然，也该回到丝棉街，仍然过我原来那种生活！再活动几年，总要找个好下场。……我既不怎么爱陈登云，我又为什么不可以另外再结交几个朋友？比如说，那个陆旅长，不是就很有意思的在追我吗？还有几个盟军小伙子，不是也给罗罗说过，要进一步同我好吗？只要我肯，还不又是一个爱娜？……那，我仍然是交际场中一个红人，谁能不捧我，谁又敢说我半句坏话？比起我以前的几次失败来，这回可就不算什么了！但是，真怪啦！为什么只由于老庞的一封信来，我就忽然想着我的儿女，忽然就讨厌起以前的生活，忽然就厌恶起眼前这伙人物，……唉！这是怎么搞起的？大概因为多了两岁年纪，老了，鼓不起劲来了！……"

她一直上了车，在头一排车窗边坐下，一面再向周安、赵少清嘱咐一切时，心里犹在这样自审自问。

马达发动，车轮已在转了时，她才忽然想起，连忙向周安叫着说道："你们赶快回去，莫让马经理晓得呀！"

到底莫让马为富晓得什么，连她自己也不明白。而且马为富又怎么会不晓得？晓得了又怎么样？

李劼人年谱

李劼人，原名李家祥，1891 年 6 月 20 日出生于四川省成都市一个小市民家庭。

1894 年，李劼人 3 岁时，其母杨氏请李劼人的堂幺外公为其发蒙。李劼人的父亲被在江西省做县官的亲戚聘到江西谋事，因此留在江西，在县衙当文书，兼行中医。

1896 年，李劼人随母亲和祖母、曾祖母移居成都磨子街杨家大院，住在外祖父家的后院。

1897 年，李劼人 6 岁时，第二次发蒙，蒙师为其堂舅父杨赞贤。李劼人在杨家大院内设的私塾读书至 1899 年。

1900 年，李劼人 9 岁，李劼人的父亲在江西捐了一个典史指分候补，李劼人随同母亲到了江西。因李母病重，腿残，李家在江西第一年的生活异常穷苦，李劼人常去当铺典当衣物。

1904 年，李劼人 13 岁，李父得到一个抚州的差事，举家搬到抚州，家境渐渐好转。李劼人进入小学堂读书，读了两年后，李劼人去学排字工。

1906 年，李劼人 15 岁，父亲去世。其父去世时，家中仅有两块钱。在各方亲友的帮助下，李劼人携病母，扶着父亲灵枢，回到成都。此时，李劼人家中仅有曾祖母、祖母、和病母三代寡妇，李劼人没有兄弟姐妹、叔伯姑姑，真正算得上家中独苗。全家生活来源是曾祖父所积的三百两银子和祖母娘家帮助她的二百两银子，共五百两银子的利息生活。李劼人设法把李家多年未制作的一种疗效很好的朱砂保赤丸方子找出来，由祖母制作出售，每月所挣的钱，把必须生活费用解决后，还有节余。

1907年，在亲戚的资助下，16岁的李劼人考进四川高等学堂附属中学读书。同学中有王光祈、曾琦、郭沫若、周太玄、蒙文通等人。

1911年，四川铁路风潮发生时，李劼人以附属中学学生代表的资格参加。

1912年，21岁的李劼人在附属中学毕业，因无人资助学费，只好放弃继续深造。第一篇小说在《晨钟报》上发表，正式使用李劼人这一名字，原名李家祥未再使用。

1913年，辍学在家，以读小说、报刊、诗词消遣，帮助家庭手搓保赤丸出售。

1914年，李劼人的舅父做了泸州县知事，李劼人被聘为当地科长。

1915年，李劼人随舅舅一起调到雅安。当年8月，李劼人的舅舅辞职，李劼人回到成都。这段经历，让李劼人对辛亥革命的成果和意义发生了怀疑。回到成都后，李劼人便确定了不再跨入官场，有几次当科长的机会，他都拒绝了。

1916 年，担任《四川群报》主笔兼编辑。

1917 年，5 月，辞去《四川群报》主笔和编辑的职务。

1918 年，创办了《川报》，并担任社长兼总编辑。

1919 年，周太玄和李璜在巴黎创办了一个通讯社，邀请李劼人前去。在亲友的资助下，李劼人去了巴黎。

1920 年，李劼人随赴法勤工俭学学生到蒙达尔尼市立中学暂住兼习法文。2 月，去巴黎，在巴黎大学旁听。

1921 年，在拉密尔公立中学学习。研究法国近代文学。

1922 年，在蒙北烈，一小半时间在大学读书，大半时间用来翻译作品和给成都两家报社写通讯。

1923 年，继续在蒙彼利埃大学听课，并全力从事翻译工作。

1924 年暑假，李劼人回到成都，进入《川报》当编辑，写评论。三个月后，《川报》被封，李劼人在宪兵司令部关了八天，在友人的营救下，才被允许放人但不许办报。

1925 年，李劼人女儿远山出生。《马丹波娃利》出版。

1926 年，李劼人在国立成都大学中文系教授《文学概论》。

1927 年，仍在成都大学执教。儿子远岑出生。

1928 年，除在大学教书，其余精力都投入嘉乐纸厂。

1929 年，全力经营嘉乐纸厂。

1930 年，李劼人辞去教职，于当年暑假在指挥街寓所侧开设饭馆"小雅"，夫妻二人亲手掌勺。此事在成都引起反响，多家报纸报道，"成大教授不当教授开酒馆"，讥讽军阀当局对知识界的摧残。

1931年，李劼人刚满4岁的儿子远岑被军阀绑架，"小雅"因此停业。

1932年，通过袍哥邝侠子从中斡旋，李劼人以600银洋赎回儿子，加上为此事付出的跑路费、酬金、烟酒、宴请费等，另花去400银洋。邝侠子是《死水微澜》"罗歪嘴"的原型。当年李劼人受聘为川大特约教授。

1933年秋，举家迁重庆，出任重庆民生机器修理厂厂长职务，由文学教育转向实业救国。1934年，终年为民生机器厂的事物忙碌。

1935年，李劼人回到成都，以写小说为专业，学校找李劼人教书的，李劼人一概拒绝。《死水微澜》出版。

1936年，李劼人完成了《暴风雨前》，《大波》上卷、中卷。

1937年，完成《大波》下卷。任《建设月刊》总编辑。

1938年，李劼人修建居所"菱窠"。任嘉乐纸厂董事长。

1939年，举家迁往"菱窠"。兼任嘉乐纸厂代总经理。

1940年，全部精力投入嘉乐公司事务。

1941年，为嘉乐公司事务，常来往于乐山、成都、重庆三地。

1942年，全力投入嘉乐公司事务，翻译法国小说。

1943年辞去嘉乐公司总经理职务，仅任公司董事长，翻译小说。

1944 年，翻译左拉小说。

1945 年，继续投入嘉乐公司的事务中。

1946 年，写杂文若干，为嘉乐公司事务常住重庆。

1947 年，写作《天魔舞》。

1948 年，一方面在政治上、经济上支撑"文协"成都分会，一方面为嘉乐公司业务操劳。

1949 年，李劼人一家受到特务的骚扰和监视，李劼人写作《说成都》。

1950 年，被委任为成都市人民政府第二副市长。

1951 年，参加川西区各界人民代表团赴大邑县视察土改试点工作。

1952 年，四川东南西北四行署合并，成立四川省人民政府，李劼人为政府委员之一。

1953 年，李劼人被选为四川省文联和作家协会四川分会副主席。

1954 年，李劼人被选为全国人民代表大会代表，赴北京参加全国人大一届一次会议。

1955 年，修改《死水微澜》《暴风雨前》。

1956 年，出席全国人大一届三次会议。

1957 年，完成《大波》重写本上卷。

1958 年，重写《大波》第二部。

1959 年，出席全国人大二届一次会议。

1960 年，出席全国人大二届二次会议。写作《大波》第三部。

1961年，《大波》第三部完稿。

1962年，写作《大波》第四部。于12月24日去世。